Norbert Radler

Unsterblich schön

Bibliografische Information der Deutschen Nationalbibliothek
Die Deutsche Nationalbibliothek verzeichnet diese Publikation in der
Deutschen Nationalbibliografie; detaillierte bibliografische Daten sind
im Internet über http://dnb.ddb.de abrufbar.

ISBN 978-3-95954-025-4

Verlag Jörg Mitzkat
Holzminden 2017
www.mitzkat.de

Norbert Radler

Unsterblich schön

SOKO HX

Kriminalroman

Verlag Jörg Mitzkat
Holzminden 2017

Inhalt

Prolog

Rafael Sommer muss voll in die Eisen latschen, um den jungen Mann, der plötzlich vor ihm auf die Straße stolpert, nicht zu überfahren. *Ist der lebensmüde?*, schießt es ihm durch den Kopf, doch dann bemerkt er, dass mit dem jungen Mann, der wild winkend auf Rafael Sommers Audi zuhinkt, etwas nicht stimmt. Während er mit dem rechten Arm den Autofahrer zum Anhalten auffordert, hängt der linke leblos herunter; beide Hände sind blutverschmiert, ebenso die Kleidung. Ganz besonders schlimm hat es sein Gesicht erwischt. Es ist derart von Blut verschmiert, dass es Rafael an die Visage von Freddy Krüger aus dem Film *Nightmare on Elmstreet* erinnert. Er ist total geschockt. Als der Audi zum Stehen kommt, reißt Rafael Sommer die Tür auf und rennt dem Verletzten entgegen.

„Hilfe ... meine Freundin ...", stammelt der. „Sie müssen ihr helfen." Dabei zeigt er auf einen Busch am Straßenrand. Rafael ist irritiert. *Wieso zeigt der auf den Busch?*, fragt er sich. Doch dann begreift er, und mit schnellen Schritten rennt er ein Stück weiter, um zu sehen, was sich hinter dem Busch verbirgt. Ihm bietet sich ein grauenhafter Anblick. Auf dem Feld liegt ein bis zur Unkenntlichkeit deformiertes Blechknäuel, aus dem zarte, weiße Rauchwölkchen friedlich zum Himmel emporsteigen. Das Fahrzeug war schwarz, so viel steht fest. Aber das Fabrikat lässt sich beim besten Willen nicht erkennen. Einige Fahrzeugtrümmer liegen weit verteilt auf dem Acker herum.

„Sagen Sie bloß, da sind Sie lebend rausgekommen?" Rafael schüttelt fassungslos den Kopf.

„Meine Freundin ... Sie müssen ihr helfen", wiederholt der junge Mann mit flehender Stimme.

Rafael Sommer rennt, so schnell er kann, zum Wrack. Sofort entdeckt er die leblose junge Frau auf dem, was einmal der Beifahrersitz gewesen war. Auch sie blutet aus zahlreichen Wunden und ihr rechter Arm ist grotesk verdreht. *Bestimmt gebrochen*, denkt er. Wie es weiter unten aussieht, kann er nicht erkennen. Nur ihr Gesicht hat recht wenig abgekriegt. *Gott sein Dank*, stellt Rafael erleichtert fest, *es wäre schade drum gewesen*. Es ist nämlich außergewöhnlich schön.

Jeder Versuch, an die Verletzte heranzukommen, ist zum Scheitern verurteilt; das Fahrzeug, oder besser gesagt das, was davon übrig geblieben ist, liegt einfach zu ungünstig. Rafael kann nicht einmal feststellen, ob sie überhaupt noch lebt. Ihm ist klar, dass hier schweres Gerät zum Einsatz kommen muss. Er holt sein Handy aus der Tasche und wählt die 112.

Klar und deutlich beantwortet Rafael Sommer die Fragen, die ihm die Stimme am anderen Ende stellt. Er muss sich konzentrieren, denn der junge Mann ist mittlerweile auch beim Wrack angekommen und redet ständig dazwischen.

„Meine Freundin ... Sie müssen ihr helfen", spult er immer wieder herunter – wie eine Platte, die einen Sprung hat.

„Ich KANN ihr nicht helfen, ich komme nicht an sie ran", versucht Rafael dem Verletzten begreiflich zu machen, nachdem er den Notruf abgesetzt hat. „Ich habe Hilfe gerufen. Wir können nur warten." Doch der junge Mann ist komplett durch den Wind.

„Sie müssen ihr helfen ... Sie MÜSSEN ...!"

Rafael läuft zu seinem Auto zurück, um den Verbandkasten zu holen. Wenn er für die Frau schon nichts tun kann, dann will er wenigstens dem Mann helfen. Doch der will überhaupt nichts davon wissen und wehrt sich verzweifelt gegen jeden Versuch, seine Wunden zu versorgen.

„Meine Freundin ... Sie müssen IHR helfen ...!"

Das Warten wird zur Tortur. Die Sekunden ziehen sich wie zähflüssiges Harz. Ein halbes Leben mag vergangen sein, bis endlich ein fernes Signalhorn das Herannahen der Retter ankündigt. Nur Minuten später ist der Notarzt vor Ort, doch leider muss auch er vor den widrigen Gegebenheiten dieser Unfallstelle kapitulieren – er kommt allen Anstrengungen zum Trotz nicht an die Verletzte heran. Daher kümmert er sich um den jungen Mann, was dieser in seinem Schockzustand nicht verstehen kann.

„Meine Freundin ... ihr müsst euch um sie kümmern, und nicht um mich – mir geht es gut."

Wieder vergehen endlose Minuten, bis die Feuerwehr da ist. Die Männer in Blau verstehen ihr Handwerk. In null Komma nichts haben sie die zusammengefaltete Karosserie so weit geöffnet, dass der Notarzt an die Verletzte herankommt.

„Sieht nicht gut aus", sagt er mit besorgtem Gesicht zu seinem Assistenten, „wir brauchen den Hubschrauber."

Der Helfer eilt zurück zum Wagen, um alles Erforderliche zu veranlassen. Inzwischen sind auch die Polizei und ein Rettungswagen eingetroffen. Nun kommt der schwierigste Teil der Rettungsaktion. Die Beine der jungen Frau sind auf Höhe der Oberschenkel eingeklemmt. Und während der Notarzt um ihr Leben kämpft, versucht die Feuerwehr, sie aus ihrem deformierten Gefängnis zu befreien. Unterdessen befördern Rettungshelfer und Polizeibeamte mit vereinten Kräften den verwirrten jungen Mann zum Rettungswagen, um ihn in das nächst gelegene Krankenhaus zu bringen.

„Meine Freundin ... ihr müsst ihr helfen ...", wiederholt er fortlaufend, bis die Beruhigungsspritze Wirkung zeigt.

Es dauert eine gefühlte Ewigkeit, bis die Schwerverletzte behutsam aus dem Autowrack gezogen wird. Der Helikopter ist bereits im Anflug und wenig später landet er in knapp hundert Metern Entfernung, wobei er eine Unmenge Staub aufwirbelt. Dann geht alles ganz schnell. Die junge Frau wird vorsichtig zum Hubschrauber getragen. Der startet augenblicklich und nimmt Kurs auf Göttingen.

Als er in der Uniklinik ankommt, ist bereits alles für die Not-OP vorbereitet. Über sieben Stunden tun die Ärzte, was in ihrer Macht steht. Die Operation ist erfolgreich und am Ende wird die schlanke, junge Frau mit den langen blonden Haaren in ein künstliches Koma versetzt – ein Koma, aus dem sie niemals aufwachen wird ...

Der Tag fing so schön an

Katja ist heute ein paar Minuten zu spät dran. Aber das macht gar nichts; es gibt – abgesehen von dem alltäglichen Kleinkram – keinen wirklich spektakulären Fall, und um den Papierkram, den sie noch zu erledigen hat, reißt sie sich auch nicht. Außerdem: Wer am Nachmittag frei hat, darf morgens etwas später kommen. Sie hat ihr Büro noch nicht ganz erreicht, da fliegt bereits die Tür auf und ein Hauptkommissar kommt mit hochrotem Kopf herausgestürmt.

„Einen wunderschönen guten Morgen, Erwin", grüßt Katja übertrieben freundlich. Das macht sie immer, wenn sie merkt, dass ihr Chef auf dem Kriegspfad ist.

Der brabbelt irgendetwas Unverständliches in seinen Bart. Die Oberkommissarin kann lediglich das Wort *Kindergarten* heraushören. *Soll er doch sein Heil an der frischen Luft suchen*, denkt sie, als er wie ein wild gewordener Rammbock an ihr vorbeihetzt. Im Büro wird die junge Kriminalbeamtin ungleich freundlicher begrüßt.

„Guten Morgen, Frau Oberkommissarin." Den hat Katja hier gar nicht erwartet. Kriminalrat Lange wirft ihr so einen ganz speziellen Blick zu. Einen Blick, den sie bei älteren Herren in Führungspositionen nicht selten beobachtet.

„Guten Morgen, Herr Kriminalrat. Was verschafft uns die Ehre?", grüßt Katja lächelnd zurück. Ihr Blick fällt dann auf eine auffallend junge Frau, die neben dem Kriminalrat steht und etwas verschüchtert wirkt. Groß, schlank, lange, blonde Haare, sympathisches Gesicht – ob sie wohl der Grund für Brixmeiers Amoklauf ist?

„Das ist Frau Svenja Delmenhorst", Lange deutet dezent auf die junge Frau, „sie wird bei uns ein Praktikum machen und ich denke, dass sie bei Ihnen bestens aufgehoben ist."

Alles klar, denkt Katja, *sie ist der Grund für Brixmeiers erhöhten Frischluftbedarf!*

„Und Sie, Frau Delmenhorst", fährt der Kriminalrat fort, „halten sich am besten an Oberkommissarin von Sternberg und Oberkommissar Allwisser; der Herr Hauptkommissar wird wohl ein Weilchen brauchen, um sich an Sie zu gewöhnen, aber lassen Sie sich davon nicht zu sehr aus der Ruhe bringen – so ist der gute Brixmeier nun mal. So, und jetzt muss ich Sie allein lassen." Dann rauscht Lange von dannen.

Für einen Moment ist es ungewöhnlich still im Büro.

„Sie interessieren sich also für die Arbeit der Polizei?", sagt Katja – nur um dieses betretene Schweigen zu beenden.

„Oh ja! Sehr sogar", plappert die junge Frau – oder sollte man besser sagen, das junge Mädchen munter drauflos. „Ich möchte später auch mal zur Kriminalpolizei und es kann ja nicht schaden, sich ein wenig zu informieren."

„Da haben Sie vollkommen recht", pflichtet Katja ihr bei, „aber ich wusste gar nicht, dass wir überhaupt Praktikanten nehmen."

„Das wusste ich auch nicht", meldet sich Toni. „Bisher hatten wir noch keinen – jedenfalls nicht, solange ich hier bin. Und für unseren Chef ist das auch eine ganz neue Erfahrung. Ich bin mal gespannt, wie lange er braucht, die Überraschung zu verdauen." Und mit einem Seitenblick auf die junge Dame fährt er fort: „Ich liebe ja Überraschungen – besonders, wenn sie so angenehm sind wie diese. Es wäre aber trotzdem ganz nett gewesen, wenn man uns wenigstens vorher informiert hätte."

„Wie sind Sie denn eigentlich an diese Praktikantenstelle gekommen?", will Katja dann von Frau Delmenhorst wissen.

„Mein Vater kennt Kriminalrat Lange ziemlich gut. Der war erst nicht so begeistert, aber dann meinte er, man könne es ja mal versuchen."

„Verstehe", sagt die Oberkommissarin leise, *Vitamin B* – aber diesen Gedanken behält sie für sich. „Sie sollten aber wissen, dass der weitaus größte Teil der Polizeiarbeit am Schreibtisch erledigt wird; im Internet recherchieren, telefonieren, Akten wälzen, Berichte schreiben – all so'n Zeug eben. Wer auf spektakuläre Verfolgungsjagden oder wilde Schießereien steht, sollte sich besser amerikanische Krimis angucken."

„Im Prinzip muss ich meiner Kollegin Recht geben", mischt sich Toni Allwisser ein, „aber seitdem eine ganz bestimmte Oberkommissarin – ich will jetzt keinen Namen nennen – hier ihren Dienst tut, weht unverkennbar ein dezenter Hauch von James Bond durch diese heiligen Hallen."

„Toni, kann es sein, dass du mal wieder ein klitzekleines bisschen übertreibst", entgegnet Katja gespielt entrüstet. „Außerdem: Hast du nichts zu tun ...? Du wolltest doch noch einen Bericht schreiben, wenn ich mich nicht irre."

„Haben Sie das gehört, Frau Delmenhorst?" Toni kommt nun richtig in Fahrt. „Haben Sie diese von Meisterhand dosierte unterschwellige Drohung herausgehört – das zergeht doch auf der Zunge. Da kann man sich vorstellen, dass die schweren Jungs von Höxter reihenweise vor ihr auf die Knie fallen und sie schmachtend anbetteln, von ihr die Handschellen angelegt zu bekommen."

„Hören sie einfach nicht hin, Frau Delmenhorst, das hat er manchmal", erklärt Katja, „das geht auch wieder weg."

„Ich bin jedenfalls froh, dass ich zu Ihnen gekommen bin," sagt die Angesprochene. „Ich meine, in Ihre Abteilung. Das habe ich mir so sehr gewünscht." Katja wird hellhörig.

Sie schaut der Praktikantin in die Augen und ihr will gar nicht gefallen, was sie dort sieht.

„Sagen Sie, Frau Delmenhorst, wie alt sind Sie eigentlich, wenn ich fragen darf?"

„Achtzehn", antwortet sie lächelnd.

„Und Sie sind sich ganz sicher, dass Sie sich das wirklich antun wollen?", vergewissert sich die Oberkommissarin.

„Oh ja, ich brenne darauf."

„Tja, dann holen Sie sich mal den Stuhl ran und setzten Sie sich zu mir", fordert Katja die Praktikantin auf. „Wir haben im Moment eine Einbruchserie in Höxter und Umgebung. Den Papierkram dazu schiebe ich schon seit ein paar Tagen vor mir her, aber irgendwann muss ich ihn ja erledigen. Dabei dürfen Sie mir gern über die Schulter sehen und Sie dürfen auch Fragen stellen. Aber ich warne Sie: Wirklich spannend ist das nicht."

Mit den Worten „Das macht gar nichts" greift sich Frau Delmenhorst den Stuhl und nimmt an Katjas Seite Platz. Nun ist es sehr ruhig im Büro. Die beiden Oberkommissare quälen ihre Tastaturen und Frau Delmenhorst liest eifrig, was Katja in den PC hämmert. Doch schon bald ist es mit der Ruhe vorbei, die junge Frau an Katjas Seite stellt Fragen – kluge Fragen. Und sie überrascht die Oberkommissarin mit interessanten Rückschlüssen. Katja ist beeindruckt, und sie muss feststellen, dass diese gut aussehende Achtzehnjährige eines auf gar keinen Fall ist: ein dummes Blondchen.

In den nächsten Minuten entwickelt sich ein interessantes Gespräch über die Vorgehensweise der Polizei im Fall dieser Einbruchserie, an dem sich bald auch Toni rege beteiligt. Der hat inzwischen einige Informationen über vergleichbare Fälle in der Vergangenheit zusammengestellt. Die junge Frau schaut nun abwechselnd Katja und Toni über die Schulter und sie überrascht die beiden erfahrenen Kriminalbeamten immer wieder mit ihren unkonventionellen Schlussfolgerungen. Das hat den angenehmen Nebeneffekt, dass die Zeit wie im Flug vergeht. Katja und Toni ist es nicht einmal aufgefallen, dass ihr Chef immer noch nicht vom Frische-Luft-Schnappen zurück ist. Erst gegen Mittag erfährt der Arbeitseifer der Beamten eine Unterbrechung. Kriminalrat Lange holt Frau Delmenhorst ab, um mit ihr die Pause zu verbringen.

„Unsere Praktikantin hat den Kriminalrat offenbar mächtig beeindruckt", sagt Toni, als er mit Katja allein ist.

„Dich aber auch", kontert sie grinsend. „Du hast ja kaum noch auf den Bildschirm geguckt, wenn sie sich über deinen Schreibtisch gebeugt hat. Ich überlege mir wirklich, ob ich sie heute Nachmittag mit dir allein lassen kann."

„Jetzt bist du es, die ein bisschen übertreibt."

„Wenn du meinst." Katja zuckt mit der Schulter. „Falls wir aber in den nächsten Tagen einen erschlagenen Oberkommissar aus der Weser ziehen, steht eine gewisse Nadja bei mir ganz ober auf der Liste der Verdächtigen."

Katjas Kollege sagt nichts dazu und sie packt ihre Sachen zusammen. Alles in allem ist die Oberkommissarin rundum zufrieden mit diesem Morgen. Sie hat den größten Teil ihres Papierkrams erledigt. Sogar der Stapel handgekritzelter Berichte auf Brixmeiers Schreibtisch ist dank der flinken Finger ihrer neuen Hilfskraft um einiges kleiner geworden.

Gerade als Katja das Büro verlassen will, kommt Brixmeier hereingepoltert. Er schaut sich kurz um.

„Is se wech?", will er dann wissen.

„Wenn du unsere neue Praktikantin meinst, die ist zusammen mit Lange in der Mittagspause", klärt Toni seinen

Chef auf. „Aber freu dich nicht zu früh – die kommt wieder."

„Uns bleibt auch char nix erspart", knurrt Brixmeier ärgerlich. „Ich kapier einfach nich, wat sich Lange dabei chedacht hat; wir sind hier doch kein Kindercharten."

„Und Frau Delmenhorst ist kein Kind", meldet sich nun auch Katja. „Außerdem hat sie sich schon sehr nützlich gemacht."

„Ach, und wie?"

„Sie kann mit dem Computer umgehen und sie kann – was ich kaum für möglich gehalten habe – sogar deine Sauklaue lesen", sagt Toni. „Sie war so freundlich, deine Berichte in den PC zu klimpern – zumindest den größten Teil davon."

„Wat hat die an meine Berichte ...", dröhnt Brixmeier los.

„Ich habe sie darum gebeten", fällt ihm Katja schneidend ins Wort. „Toni hat weiß Gott Wichtigeres zu tun, als deine Berichte abzutippen."

„Na ja", grunzt der Hauptkommissar, „wenn se als Tippse wat taucht, soll's mir rechte sein. Aber ansonsten seid ihr beide für ihre Belustigung zuständich. Ich will damit nix zu tun haben."

„Tja, Toni, dann musst du dich heute Nachmittag doch wohl allein um unsere Praktikantin kümmern." Die Oberkommissarin wirft ihrem Kollegen einen neckischen Blick zu. „Ich bin aber überzeugt, das machst du ganz gern."

„Sach bloß, du hast schon wieder frei?", blafft Brixmeier seine junge Kollegin an.

„Was heißt: Schon wieder? Weißt du eigentlich, wann ich das letzte Mal frei hatte? Ich kann mich jedenfalls nicht daran erinnern. Außerdem muss ich mir ein Auto kaufen."

„Wat, du und 'n Auto ...?"

„Glaubst du etwa, ich will mir im Winter auf meiner Karre den Arsch abfrieren?", faucht Katja zurück.

„Und? Wat soll es werden? Porsche oder Ferrari?"

„Ein Nissan."

„Ein Nissan? Ich chlaubs ja nich!" Brixmeier grinst über das ganze Gesicht. „Frau Oberkommissarin 007 und 'n Nissan – dat ich dat noch erleben darf."

„Wo kaufst du den?", will Toni wissen.

„Die Frau eines Arbeitskollegen von Gregor verkauft ihren Micra – sie will sich was Größeres anschaffen. Ich will ihn mir gleich anschauen. So, und jetzt muss ich los."

„Lass dich nicht über den Tisch ziehen."

„Ich doch nicht. Also, bis morgen!" Dann macht sich Katja auf den Weg.

„'n Nissan Micra, ich fasset nich", hört sie Brixmeier noch grunzen, dann fällt die Tür ins Schloss.

„Sag mal, Erwin, wo warst du denn den ganzen Morgen? Bist du zum Luftschnappen an die Nordsee gefahren?", erkundigt sich Toni, nachdem Katja das Büro verlassen hat.

„Ne, hab einen Zeujen befracht. Hatte jehofft, noch einen brauchbaren Hinweis auf unsere Einbrecher zu kriegen."

„Und?", will Toni weiter wissen.

„Frach lieber nich."

Herbert Leppler hat heute Morgen seinen alten Kumpel Karl Reiter in Holzminden besucht. Jetzt ist er auf dem Weg zur Bushaltestelle. Er muss sich etwas beeilen, sonst fährt der Bus ohne ihn. Plötzlich versperren ihm drei Jugendliche den Weg und sie sehen nicht gerade freundlich aus.

„Wat wollt ihr denn?" Trotz der offensichtlichen Bedrohung wirkt der Alte sehr beherrscht.

„Weißt du, Opa", sagt einer der Jugendlichen; ein ziemlich großer Kerl mit breiten Schultern und Glatze, „hier in der Gegend gibt es eine Menge zwielichtiger Gestalten, und wir – also meine Freunde und ich – beschützen dich vor diesen Verbrechern. Wir wollen ja nicht, dass dir etwas passiert. Aber diese Dienstleistung kostet eine Kleinigkeit. Du weißt ja, nichts im Leben ist umsonst. Am besten rückst du jetzt deine Brieftasche raus und wir schauen mal nach, ob du uns überhaupt bezahlen kannst."

„Die einzigen zwielichtigen Jestalten, die ich hier sehe, seid ihr", gibt Herbert Leppler unerschrocken zurück.

„Ich glaube, der Alte versteht uns nicht", sagt der große Kerl – offenbar der Anführer – zu seinen Begleitern. „Wir müssen wohl etwas deutlicher werden."

In dem Moment zieht einer seiner Kumpel ein Springmesser und fuchtelt damit bedrohlich nah vor dem Gesicht des Alten herum. Dabei legt sich ein unverschämtes, fieses Grinsen auf die hässliche Visage des Messerkünstlers.

„Alter, du hast doch sowieso nicht mehr so lange zu leben", fährt der Anführer fort. „Da willst du doch deine letzten Tage sicher bei guter Gesundheit verbringen?"

Der alte Herr hat schon eine passende Antwort auf der Zunge, da erregt ein sattes, lautes Motorengeräusch die Aufmerksamkeit der drei Wegelagerer. Eine schweres Motorrad fährt dröhnend an der Vierergruppe vorbei. Anstatt jedoch weiterzufahren, bremst der Fahrer seine Maschine abrupt ab, wendet und stoppt auf der gegenüberliegenden Straßenseite. Dann steigt er ab und kommt schnurstracks auf sie zu. Die drei Kleinkriminellen beobachten ihn misstrauisch.

„Was will der denn hier? Ist der lebensmüde?", knurrt der Anführer. In dem Augenblick nimmt der Motorradfahrer den Helm ab und die drei schrägen Typen stimmen ein lautstarkes Gröl- und Pfeifkonzert an.

„Was sehen denn meine müden Augen da?"

„Ich glaub's ja nicht. Was für eine geile Schnecke!"

„Und dann auf einem so großen Motorrad."

„Hey, Pussy, wenn du auf große Teile stehst, habe ich genau das Richtige für dich", tönt der Anführer. Dabei packt er sich mit einer Hand zwischen die Beine. Die beiden anderen quittieren den Spruch mit schallendem Gelächter. An den Alten gewandt fährt der breitschultrige Kerl fort: „Ist das etwa dein Schutzengel, der da gerade gelandet ist."

„Bete lieber, dass dein Schutzengel auch noch rechtzeitich landet – du wirst ihn gleich bitter nötich haben." Herbert Leppler grinst verschmitzt und seine Augen funkeln.

„Tön mal nicht so laut hier rum, Alter. Zu dir kommen wir später", sagt der große Kerl mit drohendem Unterton. „Jetzt haben wir erst mal was Wichtigeres zu tun." Dann wendet er sich wieder der Motorradfahrerin zu. „Was führt dich zu uns, Zuckerschnute? Du willst uns doch bestimmt zeigen, was du Schönes unter deiner Lederjacke hast, hab ich recht?"

Die junge Frau beachtet den grobschlächtigen Kerl gar nicht. „Machen die Ihnen Ärger?", will sie von dem alten Herrn wissen.

Der kommt gar nicht dazu, ihr zu antworten, denn der Anführer der Gang stellt sich der jungen Frau in den Weg, packt sie am Kragen und zieht sie mit brutaler Gewalt zu sich heran. Sekundenlang stiert er sie breit grinsend mit einem geradezu irren Blick an.

„Hör mal, Pussy, ich rede mit dir", faucht er sie wütend an. Dabei packt er noch kräftiger zu.

„Ich aber nicht mit dir", erwidert die dunkelhaarige

Schönheit, wobei sie ihn bösartig anfunkelt, „und jetzt nimmst du deine dreckigen Finger weg – SOFORT!"

„Das hättest du dir früher überlegen sollen. Jetzt woll'n wir doch mal sehen, ob deine Titten genau so groß sind wie deine Klappe." Der Widerling macht sich mit seinen plumpen Fingern am Reißverschluss ihrer Lederjacke zu schaffen. Er kommt aber nicht weit, da übertönt ein gellender Schrei alle anderen Geräusche in der Straße. Der Angreifer liegt vor der Motorradfahrerin auf dem Gehweg und krümmt sich vor Schmerzen. Und diesmal greift er sich mit beiden Händen zwischen die Beine.

„Au weia, dat hat nu aber richtich weh jetan", kommentiert der Alte die Aktion sichtlich erfreut.

„Das wirst du büßen, du alte Fotze", zischt der Bursche mit dem Messer, dann geht er auf die junge Frau los. Sie reagiert blitzschnell. Eine geschmeidige Bewegung, ein gut gezielter Tritt – der schwere Motorradstiefel trifft den Messermann am Handgelenk. Das Messer fliegt im hohen Bogen durch die Luft und landet im Vorgarten des angrenzenden Hauses. Bevor der schräge Vogel überhaupt realisiert, was gerade passiert, fliegt ihm der zweite Motorradstiefel mitten ins Gesicht und zertrümmert ihm das Nasenbein. Er taumelt benommen zurück, sackt dann auf die Knie und verbirgt die gebrochene Nase hinter seinen Händen, wobei das Blut zwischen den Fingern hervorquillt und groteske Muster auf seine nicht ganz billige Jacke zeichnet.

Die offensichtlich kampferprobte junge Frau fixiert nun den dritten Jugendlichen mit eiskalten Augen, doch der hat nicht die geringste Lust, sich mit dieser verführerisch gut aussehenden Killermaschine anzulegen. Er entscheidet sich dafür, das Weite zu suchen – eine Sekunde zu spät. Bereits nach dem zweiten Schritt beendet ein gut gezielter, extrem hart ausgeführter Schlag gegen sein Schienbein den Fluchtversuch. Die Motorradfahrerin ist sprachlos. Sie hätte nicht gedacht, dass der Alte noch so flink ist und so heftig mit seinem Krückstock zuschlagen kann.

Während die geschlagenen Möchtegern-Raubritter stöhnend am Boden liegen und ihre Wunden lecken, holt die junge Frau ihr Handy aus der Tasche und wählt die Notrufnummer. Doch sie war wohl nicht die Erste, die das getan hat. Kaum hat sie ein paar Worte mit der freundlichen Stimme am anderen Ende gesprochen, hört sie Signalhörner, die sehr schnell näher kommen. Nur Sekunden später stoppen zwei Einsatzwagen der Holzmindener Polizei quietschend am Straßenrand.

Drei Beamte kümmern sich um die jugendlichen Straftäter. Der vierte steuert mit dienstlich wichtiger Miene auf Herbert Leppler und die schöne Motorradfahrerin zu.

„Polizeihauptmeister Gerhard", stellt er sich vor. „Was ist passiert?"

„Die drei Halbstarken wollten mich ausrauben", poltert Opa Herbert lautstark los. „Und der Bursche da", er zeigt auf den mit der lädierten Nase, „hat mich sogar mit 'nem Messer anjegriffen."

„Wie ist ihr Name?"

„Leppler, Herbert Leppler, Herr Wachtmeister."

„Der hat Sie also mit einem Messer bedroht?"

„Jawoll, das hat er!"

„Und da haben Sie gleich alle drei k. o. geschlagen. In einem Abwasch sozusagen", sagt der Beamte augenzwinkernd.

„Ne, nur den einen. Dem habe ich eins mit meinem Krückstock verpasst", berichtet der Alte stolz. „Um die beiden anderen hat sich Ihre Kollegin gekümmert."

„Kollegin?"

„Oberkommissarin Katja von Sternberg, Kriminalpolizei Höxter." Die Motorradfahrerin hält dem überraschten Beamten ihren Dienstausweis unter die Nase.

„Ja, meine Herren, die weiß, wie man mit solchem Jesindel umjeht. Nich lange fackeln, chleich wat auf die Fresse. Von der könnt Ihr noch wat lernen." Opa Herbert hält mit seiner Meinung nicht hinterm Berg.

„'ne Bullenschlampe", stöhnt der Anführer der Gang mit schmerzverzerrtem Gesicht. „Ich hätte es wissen müssen."

„Und was macht die Kriminalpolizei Höxter in Holzminden?", will Polizeihauptmeister Gerhard wissen.

„Meinen freien Nachmittag genießen."

„Wenn das bei Ihnen immer so aussieht", der Beamte wirft einen nachdenklichen Blick auf das Schlachtfeld, das Katja hinterlassen hat, „möchte ich nicht wissen, was passiert, wenn Sie einen ganzen Tag frei haben."

„Da kann ich Sie beruhigen. Normalerweise bin ich ganz zahm. Aber nicht, wenn ich sehe, wie drei Gewalttäter einen alten Mann mit einem Messer bedrohen."

„Ich habe bei dem hier kein Messer gefunden", sagt einer der anderen Beamten.

Katja überwindet mit einen eleganten Satz die niedrige Hecke zwischen Bürgersteig und Vorgarten. Sie schaut sich einen Moment suchend um, dann bückt sie sich.

„Wie wäre es hiermit?" Sie hält das Corpus Delicti in die Höhe und übergibt es dann einem Holzmindener Kollegen.

Inzwischen werden die drei Übeltäter, von denen einer auffällig breitbeinig daherwatschelt, zu einem Bulli geleitet, der vor wenigen Minuten hier eingetroffen ist. Bevor der Anführer einsteigt, dreht er sich noch einmal um. Er wirft der Oberkommissarin einen wütenden Blick zu.

„Hey, Bullenfotze", brüllt er über die Straße, „ich bin noch nicht fertig mit dir!"

„Ich mit dir schon", keift Katja unbeeindruckt zurück.

„Tja, Frau Oberkommissarin ... Herr Leppler ... ich muss Sie beide bitten, uns aufs Revier begleiten. Wir müssen noch ein Protokoll aufnehmen, aber das kennen Sie ja, Frau Kollegin." Polizeihauptmeister Gerhard deutet einladend auf seinen Streifenwagen.

„Sie glauben ja gar nicht, wie ich diesen Papierkram liebe", seufzt Katja und schwingt sich auf ihre Maschine. „Fahren Sie vor und nehmen Sie Herrn Leppler mit. Ich folge Ihnen unauffällig – aber hängen Sie mich nicht ab."

„Das meinen Sie aber nicht ernst", sagt der Holzmindener Kollege mit einem Blick auf Katjas Gefährt.

„Nein, nicht wirklich."

Katja sitzt nun schon seit über einer halben Stunde auf dem Flur in der Polizeidienststelle Holzminden und muss feststellen, dass es hier ähnlich ungemütlich ist wie auf den Fluren in Höxter. Sie hat den leisen Verdacht, dass Opa Herbert seine ganze Lebensgeschichte zu Protokoll gibt. So hatte sie sich ihren freien Nachmittag nicht vorgestellt. Endlich geht die Tür auf und der Alte kommt raus.

„Ich hab' denen alles chanz jenau erzählt", erklärt er, „aber die wollen Sie trotzdem sprechen. Womöglich chlauben die einem alten Mann nicht – denken wohl, ich hätte nich mehr alle Tassen im Schrank." Opa Herbert wirkt ein wenig verstimmt.

„Lassen Sie's mal gut sein, die machen nur ihre Arbeit", sagt Katja, dann betritt sie das Büro.

„Guten Tag, nehmen Sie bitte Platz", begrüßt sie ein noch recht junger Beamter. „Wie war doch gleich Ihr Name ...?"

„Katja von Sternberg."

„Katja ... von ... Stern ... berg", wiederholt der junge Mann langsam, während er den Namen in den Computer tippt.

„Kriminaloberkommissarin Katja von Sternberg."

„Oh, eine Kollegin?"

„Ja, hat man Ihnen das nicht gesagt?"

„Ähm ... nein." Der uniformierte Beamte mustert Katja nun etwas genauer. „Ich habe Sie hier noch nie gesehen."

„Kripo Höxter."

„Ach so!" Der Polizist hämmert wieder auf seine Tastatur ein, wobei er sich die Worte selbst diktiert. „Kriminal ... ober ... kommissarin", dann greift er zur Maus – ein Klick. „Kripoooo ... Höxter ..." Nun dämmert es Katja, warum die Befragung von Opa Herbert eine halbe Ewigkeit gedauert hat.

„Aber Sie sind hier doch gar nicht zuständig?", bemerkt der junge Mann irritiert.

„Ich bin privat hier; ich habe heute nämlich einen freien Nachmittag." Die Oberkommissarin wirkt leicht gereizt.

„Freien ... Nach ... mittag."

„Herr Kollege."

„Ja?"

„Das mit dem freien Nachmittag tut nichts zur Sache; das müssen Sie in ihrem Bericht nicht erwähnen." Katja kribbelt es in den Fingern; am liebsten würde sie ihrem Gegenüber die Tastatur wegnehmen.

„Meinen Sie?", fragt der verunsichert.

„Ja, das meine ich! Und wissen Sie was ...? Ich mache Ihnen einen Vorschlag: Sie geben mir Ihre Faxnummer, und ich schreibe den Bericht selber – ich weiß nämlich auch, wie das geht. Spätestens morgen früh haben Sie ihn auf dem Schreibtisch – versprochen." Katja hat keine Lust, sich bis zum Wochenende hier aufzuhalten.

Anstatt das Verfahren zu beschleunigen, hat die genervte Oberkommissarin den jungen Kollegen völlig aus der Fassung gebracht. Hilfesuchend schaut er zu seinem Vorgesetzten, doch der schüttelt unauffällig mit dem Kopf.

„Tut mir leid, aber es ist besser, wenn wir den Bericht jetzt machen", erklärt der Beamte. „Sie waren also Zeugin des Überfalls auf den Herrn … ähm … Leppler?"

„Ja, so könnte man es sagen." Katja kann nicht begreifen, was sich hier abspielt.

„Dann erzählen Sie doch mal mit eigenen Worten, was Sie gesehen haben – und immer schön der Reihe nach."

Die Oberkommissarin holt tief Luft, sie will gerade mit ihrer Aussage beginnen, da klingelt ihr Handy. Bevor sie rangeht, wirft sie einen neugierigen Blick auf das Display – und wundert sich.

„Hallo Toni, du weißt schon, dass ich eigentlich frei habe?", sagt sie gekünstelt vorwurfsvoll. Doch mit jedem Wort, das sie nun hört, wird ihr Gesichtsausdruck ernster.

„Wo?", fragt sie.

Wieder hört sie aufmerksam zu.

„Alles klar, das finde ich! In einer halben Stunde bin ich da", dann ist das Gespräch beendet.

„Tut mir leid", wendet sie sich an ihren Gesprächspartner, „wir müssen das hier abbrechen. Mein freier Nachmittag ist soeben beendet worden. Ich schicke Ihnen meinen Bericht." Katja steht auf und will gehen.

„Aber Sie können jetzt nicht einfach …", protestiert der junge Polizeibeamte.

„Doch, ich kann; wir haben nämlich einen Leichenfund."

„Die Leiche wird Ihnen schon nicht weglaufen", mischt sich der Vorgesetzte des jungen Mannes ein. „Sie geben erst mal Ihre Aussage zu Protokoll, Frau Kollegin."

Katja greift zu ihrem Handy und wählt, dann hält sie es dem älteren Beamten hin.

„Was soll ich damit?" Er schaut Katja verdutzt an.

„Meinem Chef erklären, warum er den Job alleine machen muss", entgegnet sie.

„Kein Problem!" Der Beamte nimmt ihr das Handy aus der Hand und wartet geduldig, dass sich jemand am anderen Ende meldet – doch das dauert.

„Wer ist eigentlich ihr Chef?", will er derweilen wissen.

„Hauptkommissar Brixmeier."

Plötzlich zeigt sich ein nervöses Zucken im Gesicht des Beamten und er schaut entsetzt das Handy an, gerade so, als befürchte er, eine Giftschlange könne ihn daraus anspringen und ihm ins Ohr beißen.

„Erwin Brixmeier?", fragt er mit unsicherer Stimme.

„Ja."

Der Beamte gibt Katja auf der Stelle das Handy zurück. „Machen Sie, dass Sie wegkommen", sagt er, „und vergessen Sie nicht, uns den Bericht zuzuschicken."

Erwin Brixmeier scheint hier kein Unbekannter zu sein, denkt Katja, als sie das Büro verlässt.

Mit den Worten „Fräulein Kommissarin" wird Katja aus ihren Gedanken gerissen und ist sogleich im Meuchelmördermodus. Ebenso schnell beruhigt sie sich wieder, als ihr klar wird, dass es Opa Herbert war, der sie mit *Fräulein* angesprochen hat. Wäre es jemand anders gewesen, hätte aus diesem ungastlichen Flur auch schnell ein Leichenfundort werden können.

„Was machen Sie denn noch hier?", fragt Katja erstaunt. „Ich dachte, Sie wären schon längst weg."

„Nun ja, Fräulein Kommissarin", druckst der Alte rum,

„das Einzige, was schon längst weg ist, ist mein Bus; und bis der nächste fährt … Fahren Sie zufällig nach Höxter?" Er schaut Katja hilfesuchend an.

„Ja."

„Könnten Sie mich vielleicht mitnehmen?"

„Besser nicht, ich habe einen Einsatz, da muss ich ein wenig schneller fahren", antwortet die Oberkommissarin.

Opa Herbert bekommt glänzende Augen. Er sieht plötzlich aus wie ein Kind, das im Begriff ist, ein ganz besonders großes Geschenk auszupacken. „Ich halte mich auch gut fest – ganz bestimmt!", versichert er.

„Also gut", sagt Katja. Sie bringt es einfach nicht übers Herz, dem alten Charmeur diesen Wunsch auszuschlagen. Und ein paar Minuten länger wird die Leiche wohl warten können – und Brixmeier auch.

Katja hilft Opa Herbert, den Helm aufzusetzen – sie hat immer einen Zweithelm in der Satteltasche – und schon bald sitzen beide abfahrbereit auf der Maschine.

„Haben Sie Ihren Krückstock sicher untergebracht?", will sie wissen.

„Jau", sagt der Alte, „ich sitze drauf."

Katja wirft einen neugierigen Blick nach hinten und sieht, dass der Krückstock etwas übersteht; aber nicht so weit, dass sie eine rote Fahne daran hätte befestigen müssen. Sie startet den Motor und die vier Zylinder der Suzuki Hayabusa erwachen brüllend zum Leben.

„Und jetzt festhalten", kommandiert die Oberkommissarin.

Opa Herbert hält sich fest. Doch Katja fährt nicht los, im Gegenteil – sie nimmt das Gas zurück.

„OPA HERBERT!" Das klingt jetzt nicht freundlich.

„Nehmen Sie ganz schnell Ihre Hände da weg. Etwas weiter unten kann man sich auch festhalten."

„Oh … oh … Entschuldigung …", stammelt es unter Opa Herberts Helm hervor. „Manchmal gehorchen mir meine alten Knochen einfach nicht mehr."

„Sollten Sie unterwegs noch einmal die Kontrolle über Ihre alten Knochen verlieren, halte ich sofort an und Sie gehen den Rest des Weges zu Fuß, ist das klar?"

„Jawoll, Frau Jeneralfeldmarschall!", dröhnt es lautstark von hinten. Opa Herbert wählt eine weniger verfängliche Stelle, um sich festzuhalten, und die Fahrt geht los.

Anfangs ist Katja mit dem Gas noch vorsichtiger als sonst. Doch schon sehr bald gibt der Alte ihr zu verstehen, dass sie ruhig mehr *Chass cheben* kann, und das tut sie dann auch. Als sie Holzminden hinter sich gelassen hat, dreht sie richtig auf – so weit sie es verantworten kann. Sie hat den Eindruck, dass ihr Passagier so richtig Spaß an ihrer beinahe sportlichen Fahrweise hat. Nach erschreckend kurzer Zeit erreichen sie Höxter. Wenig später stoppt Katja ihre Hayabusa vor der Altstadt-Residenz. Da sie es eilig hat, steigt sie sofort wieder auf, nachdem sie Opa Herbert von seinem Helm befreit hat. Noch bevor die Oberkommissarin die Maschine erneut starten kann, packt der Alte sie am Arm.

„Fräulein Kommissarin, wat ich Ihnen noch sagen wollte: Mit Ihnen fahre ich am liebsten Motorrad. Und heute hat mir dat chanz besonders viel Spass jemacht; war schön, wie Se so richtich Chass jecheben haben. Richtich geil war dat! Vielen, vielen Dank; und auch für dat andere – Sie wissen schon. So, jetzt machen Se zu, dat Se wegkommen und bringen Sie die Verbrecher hinter Schloss und Riegel."

Katja nimmt ihn beim Wort. Sie startet den Motor, nickt dem alten Herrn zum Abschied zu und rauscht von dannen.

Auf der Fahrt nach Godelheim findet sie sogar ein paar Sekunden Zeit, sich über Opa Herberts „geil" zu wundern.

Herbert Leppler geht auf seinen Stock gestützt langsam auf die Eingangstür zu. Bevor er das Gebäude betritt, schaut er noch einmal sehnsüchtig die Obere Mauerstraße entlang. Wie gern wäre er noch ein Stück weiter mitgefahren. Was soll's, der heutige Tag hatte ihm schon so viel mehr gebracht, als er sich hätte träumen lassen. Da sollte man nicht undankbar sein; und das ist Opa Herbert auch nicht. Ganz im Gegenteil, er ist glücklich und zufrieden. Und er wird immer noch von dieser wohlig-warmen Welle des Glücks getragen, als er in der ersten Etage den Aufzug verlässt.

Doch hier wird er bereits erwartet. Der Hausdrache hat seine Drachenhöhle verlassen. Die alte Else Grünlich hat alles beobachtet und jetzt steht sie mitten im Flur und empfängt Opa Herbert mit einem Blick, als wolle sie ganze Armeen in die Flucht schlagen. Der Alte zeigt sich jedoch wenig beeindruckt. Ihm sitzt der Schalk im Nacken und ein lausbubenhaftes Grinsen huscht kaum merklich über sein Gesicht. Opa Herbert weiß nur zu gut, wie er diesen alten Besen so richtig auf Betriebstemperatur bringen kann.

„Dat war ja so geil ...", murmelt er, als er, ohne sie zu beachten, an Else vorbeizuckelt. „So unerhört geil ..." Er redet ganz bewusst so laut, dass sie jedes Wort versteht. Die Reaktion lässt dann auch nicht lange auf sich warten.

„Herbert!", faucht sie mit ihrer spitzen Stimme hinter ihm her, und es grenzt schon fast an ein Wunder, dass ihr dabei keine Stichflamme aus dem Hals schießt. „Was hast du alter, geiler Bock mit dieser Frau zu schaffen? Kannst du mir das mal verraten."

Opa Herbert hält einen Moment inne. Er dreht sich langsam um und tut so, als habe er seine Zimmernachbarin erst jetzt bemerkt. Langsam geht er zu ihr zurück. Er baut sich mit versteinerter Miene unmittelbar vor ihr auf und schaut ihr ein paar Sekunden lang geradewegs in die Augen.

„Inne Eier hat se 'ne jetreten", bellt er die alte Hexe an. „Abba so richtich – mit Schmackes. Dann hatta auffe Straße jelegen und sich die Klöten jehalten – und jeschrien hatta."

So, das musste reichen. Herbert Leppler wendet sich ab und steuert zielstrebig auf seine Wohnungstür zu. „Dat war ja so geil ...", verkündet er ein weiteres Mal. „Und so süße kleine Dinger hat se; klein und chrifftich ... Der Willi wird vor Neid erblassen, wenn ich ihm dat erzähle ..., von wejen, zu alt für so wat ... Dat war ja so geil ...!"

„Die ist viel zu jung für dich, du alter Sack", krakeelt Else Grünlich lautstark über den Flur. Opa Herbert hört es aber nicht mehr, denn die Tür ist bereits hinter ihm ins Schloss gefallen.

Die schlafende Prinzessin

Der Ort des Geschehens befindet sich ein Stück außerhalb von Godelheim in einer ehemaligen Tischlerei. Der Zustand des Gebäudes lässt darauf schließen, dass der Betrieb schon vor längerer Zeit eingestellt worden ist. Als Katja dort ankommt, ist das gesamte Gelände abgesperrt und die Zahl der Einsatzwagen verrät ihr, dass sowohl die Rechtsmedizin als auch die Spurensicherung vor Ort ist. Einige Schaulustige haben sich ebenfalls eingefunden, ebenso die Vertreter der örtlichen Presse, die nichts unversucht lassen, irgendwie an Informationen oder zumindest an einige brauchbare Fotos heranzukommen.

Die Oberkommissarin stellt ihre Maschine ab und geht zum Gebäude – und das, ohne die Aufmerksamkeit der Presseleute auf sich zu ziehen. In dem Augenblick, als sie es betreten will, kommt ihr Hauptkommissar Brixmeier entgegen und er wirkt ungewöhnlich verschlossen – ja, schon fast geschockt. Katja fragt sich, was einen alten, erfahrenen Haudegen wie Brixmeier derart aus der Fassung bringen kann.

„Na, Frau Sternberch, sind Se auch schon da?", grunzt er seine junge Kollegin an, und er siezt sie – das ist kein gutes Zeichen. „Dachte schon, ich müsste hier alles alleine machen. Ich sach Ihnen, die Welt wird immer perverser. Dat da drin kann nur dat Werk eines Cheistesjestörten sein, wenn Se mich fragen. Ich hab' so wat Krankes jedenfalls noch nich jesehen, und ich hab schon so einiges jesehen, dat können Se mir chlauben. Abba wat rede ich. Chehn Se rein und kucken Se's sich selber an."

Die Oberkommissarin wagt kaum, sich auszumalen, was sie gleich vorfinden wird. Bevor sie die ehemalige Tischlerei betritt, holt sie noch mal tief Luft. Dann heißt es: sich den Tatsachen – so abscheulich sie auch sein mögen – mit der Professionalität einer erfahrenen Kriminalbeamtin zu stellen. Katja findet sich in einem Raum von etwa zehn mal fünfzehn Meter wieder. Die Kollegen von der Spurensicherung sind offenbar mit ihrer Arbeit fertig; sie packen bereits ihre Sachen zusammen. Es ist immer noch ein eigenartiges Gefühl, einen Leichenfundort zu betreten. Katja fragt sich, ob sich das irgendwann mal ändern wird. Nun schaut sie sich um und ist überrascht. Sie hatte sich darauf eingestellt, ein Schlachthaus zu betreten: Einen bis zur Unkenntlichkeit verstümmelten menschlichen Körper, abgetrennte Gliedmaßen, herausgerissene Eingeweide, Verwesungsgestank und Unmengen Blut – jedenfalls etwas in der Art.

Aber nichts dergleichen ist zu sehen. Die Beamtin erblickt lediglich den leblosen Körper einer jungen Frau. Er ist auf einer Art Altar aufgebahrt. Katja tritt neugierig näher.

Die Tote ist vollkommen nackt. Sie ist groß und schlank und hat lange blonde Haare, ein wunderschönes Gesicht und eine Figur, mit der sie die Laufstege dieser Welt oder die Titelseite manch eines Männermagazins hätte erobern können. Sie war noch sehr jung, achtzehn, vielleicht neunzehn Jahre – fast noch ein Mädchen.

Der Oberkommissarin fällt auf, dass sie perfekt geschminkt ist. Die Lippen und die Augenlider sind in dezenten Farben gehalten. Ebenso Finger- und Zehennägel. Auch die Haare sehen frisch gewaschen aus und wurden wie ein Strahlenkranz um den Kopf drapiert. Besonders auffällig ist ein silbernes Diadem, das gekonnt in die Frisur eingearbeitet worden war. In den Händen, die andächtig gefaltet auf dem Bauch ruhen, hält die Tote ein kleines Kruzifix.

Außerdem wurde ihr makelloser, jugendlicher Körper mit roten Blütenblättern bestreut. Wenn es nicht der Schauplatz eines abscheulichen Verbrechens wäre, könnte man es für ein Kunstwerk halten. Für Katja steht fest, dass hier ein Meister seines Faches am Werk war – oder eine Meisterin.

Eine alte Werkbank dient als Totenschrein. Sie wurde zu diesem Zweck mit einem großen Tuch aus schwerem, schwarzen Samt abgedeckt. Der Kopf der Toten ruht auf einem kleinen Kissen, das mit demselben Stoff bezogen ist. Rechts und links daneben finden sich die Blüten unterschiedlicher Blumen, die liebevoll zu kleinen Kunstwerken arrangiert worden waren und sich in ihrer Farbenpracht vom Blond des Strahlenkranzes abheben. An jeder Ecke der Werkbank steht eine dicke weiße Kerze, deren geschwärzter Docht verrät, dass sie benutzt worden war. Umgeben wird diese Kultstätte von einer Wolke, in der sich sanft die Düfte von Rosen und Flieder mischen.

Es wirkt alles so friedlich. Die Gesichtszüge der Frau sind so entspannt, als würde sie schlafen – eine schlafende Prinzessin.

Katja spürt, dass sie eine Gänsehaut bekommt. Nein, so etwas hat sie bisher auch noch nicht gesehen. Das hier ist unnatürlich friedlich ... verstörend friedlich ... grausam friedlich. Plötzlich kann sie gut verstehen, was dem alten, erfahrenen Hauptkommissar so zugesetzt hat.

„Hallo Katja!"

Die Beamtin fährt erschrocken herum. Dr. Silke Pauli, die Rechtsmedizinerin, hat sich ihr unbemerkt genähert.

„Hallo Silke!" Auf Katjas Gesicht zeigt sich ein nervöses Lächeln. „Kannst du schon was sagen?"

„Sie ist tot!"

„Das habe ich mir fast gedacht. Woran ist sie gestorben?"

„Keine Ahnung."

„Das nehme ich dir nicht ab, Silke." Katjas Lächeln wird freundlicher. „Einen Verdacht wirst du doch wohl haben?"

„Gift", sagt die Rechtsmedizinerin leise. „Eine äußerliche Verletzung habe ich jedenfalls nicht entdeckt."

„Und wann ...?"

„Letzte, Nacht zwischen elf und drei. Näheres ..."

„Ich weiß, nach der Obduktion", ergänzt Katja. „Wurde sie missbraucht?"

„Es gibt keine Hinweise darauf. Allerdings ...", Dr. Pauli wirft einen nachdenklichen Blick auf die Tote.

„Allerdings, was?", bohrt Katja nach.

„Sie wurde rasiert – im Intimbereich. Wir haben jede Menge Schamhaare hier gefunden."

„Wer macht denn so was?"

„Wahrscheinlich der gleiche, der sie geschminkt hat."

„Er?", die Oberkommissarin schaut Dr. Pauli fragend an. „Du gehst also davon aus, dass es ein Mann war."

„Er hat da seine DNA hinterlassen." Die Rechtsmedizinerin zeigt auf ein Schildchen mit der Nummer 6, das etwa einen Meter neben der Werkbank auf dem Boden steht. Katja schaut genau hin und erkennt nun eine ganze Reihe heller Flecken.

„Sperma?", fragt Katja.

„Ja", antwortet Dr. Pauli knapp, „und wenn du mich fragst: Ich als Medizinerin halte es für ziemlich unwahrscheinlich, dass das von einer Frau stammt."

„Außerdem haben wir hier Fußspuren gefunden – Schuhgröße 47", meldet sich Kollege Escher von der Spurensicherung. „Ein bisschen zu groß für eine Frau. Obwohl... es soll ja Frauen geben, die auf ziemlich großem Fuß leben."

„Hört, hört ... ein Experte für das weibliche Geschlecht", kommentiert Dr. Pauli den letzten Satz.

„Ich denke, der Typ hat ungefähr hier gestanden", fährt der Mann von der Spusi ungerührt fort, „mit offener Hose. Er hat sein Kunstwerk bewundert, sich daran aufgegeilt und dann ...", er zeigt auf das Schild mit der Nummer 6, „von der Entfernung würde es ungefähr hinkommen."

„Da spricht wohl jemand aus Erfahrung", meint Katja leicht gereizt. Dieser Escher ist für seine anzüglichen Sprüche, die er vorzugsweise in Gegenwart von Frauen zum besten gibt, bekannt. Schon als ihr dieser Typ das erste Mal über den Weg gelaufen ist, hat Katja entschieden, ihn nicht zu mögen; und daran hat sich bis heute nichts geändert. „Haben Sie auch noch etwas Sachdienliches für uns, Herr Kollege?"

„Es gibt weitere Fußspuren ... und die sind ganz besonders interessant." Helmut Escher macht eine kleine Pause und ein wichtiges Gesicht.

„Kommen Sie schon, lassen Sie sich nicht alles aus der Nase ziehen."

„Die zweite Person trug Überschuhe. So ähnliche, wie wir sie benutzen." Escher zeigt auf seine gut verpackten Füße.

„Das ist wirklich interessant."

„Und wir haben noch etwas."

„Ja?"

„Hier muss ein dreibeiniges Stativ gestanden haben, genau wie da drüben." Der Spusi-Mann zeigt auf eine Stelle hinter der Werkbank. „Es gibt hier keinen Strom und deshalb auch keine Beleuchtung. Und wer immer die Tote geschminkt hat, hat viel Licht gebraucht. Ich gehe davon aus, dass hier batteriebetriebene Lampen gestanden haben."

„Ja, das macht Sinn. Und wer hat die Leiche gefunden?", will Katja dann wissen.

„Spielende Kinder", antwortet Dr. Pauli. „Die haben dann ihre Mutter geholt und die hat sofort die Polizei gerufen. Erwin hat ihren Namen."

„Die Frau und die Kinder haben doch sicher auch Spuren hinterlassen." Katja wendet sich wieder an Helmut Escher. „Haben Sie die …"

„Werte Frau Oberkommissarin", fällt der Angesprochene ihr vorwurfsvoll ins Wort, „wir machen unseren Job nicht erst seit gestern."

„Entschuldigung …", sagt Katja, aber es klingt nicht so, als täte es ihr wirklich leid. „So war das nicht gemeint. Ich denke, das reicht fürs Erste – und vielen Dank."

Kollege Escher verabschiedet sich mit einem Kopfnikken, dann dreht er sich um und verlässt das Gebäude.

„Die Frage, ob ihr irgendwelche Kleidungsstücke, ein Handy oder Papiere gefunden habt, kann ich mir wohl sparen", sagt Katja mehr zu sich selbst.

„Stimmt, die kannst du dir sparen", bestätigt Silke Pauli.

„Dann habt ihr auch sicher keinen Namen."

„Constanze Maier", dröhnt es durch die Werkstatt.

Katja und Silke schauen den Hauptkommissar, der unbemerkt den Raum wieder betreten hat, erstaunt an.

„Tja, meine Damen", fährt Brixmeier fort, „wenn Se meinen, ich wäre die chanze Zeit nur schlafwandelnd durche Chegend jestolpert, ham se sich chründlich jeirrt. Hab 'n Foto an Toni jeschickt. Der hat ein bissken inne Vermisstendatei jestöbert. Constanze Maier aus Höxter, Schülerin, siebzehn Jahre, am 12.11. als vermisst jemeldet."

„Sicher?", fragt Katja ungläubig nach.

„Da mach dir mal keine falschen Hoffnungen. Wennet

um dat Wiedererkennen von jungen, hübschen Mädchen cheht, ist auf Toni Verlass", erklärt Brixmeier und Katja ist froh, dass ihr Chef seine kleine Schwäche überwunden hat – zumindest hat er sie wieder geduzt.

„Katja, darf ich dich auf nen kleinen Spaziergang durche frische Luft einladen?", fragt Brixmeier seine Kollegin.

„Hä ...?

„Hab noch ein paar Fragen an Frau Wehmeier."

„Wer ist Frau Wehmeier?"

„Dat is die Tante, die die Leiche jefunden hat."

Katja will etwas sagen, kommt aber nicht dazu.

„Ja, ich weiß ... es waren ihre Blagen ...", grunzt der Hauptkommissar. „Wat is jetzt ... kommste mit? Wir müssen da lang, is 'n Stück hinter der Kurve."

Katja entschließ sich, ihren Chef zu begleiten. Als sie die Absperrung erreichen, bekommen sie rein zufällig mit, wie sich zwei uniformierte Kollegen über den Leichenfund unterhalten.

„So was habe ich noch nicht gesehen. Wie von einem Maler gemalt ...", sagt der eine.

„So schön und doch so tot", meint der andere, „das glaubt uns kein Mensch."

Brixmeier fährt wütend herum und steuert auf die beiden ahnungslosen Kollegen zu. „Dat soll euch auch kein Mensch chlauben. Ihr werdet jefällichst Stillschweigen über alles, wat ihr hier jesehen habt, wahren. Dat chilt janz besonders für die jemalte Schönheit da drin."

„Selbstverständlich, Herr Hauptkommissar", beeilt sich Polizeimeister Oliver Bender zu versichern. „Wir kennen doch die Vorschriften."

„Da bin ich mir manchmal nich so sicher", entgegnet der

Hauptkommissar. „Immer, wenn ihr wat wisst, trommeln die Buschtrommeln besonders laut."

„Wir würden doch kein Täterwissen ..." Polizeiobermeister Hardy Großknecht kommt nicht dazu, den Satz zu beenden, da fällt ihm Erwin Brixmeier harsch ins Wort.

„Sollte ich rauskriejen, dat ihr irjendjemanden erzählt, wat ihr da drin jesehen habt, ich schwöre euch, dann reiße ich euch höchstpersönlich den Arsch bis über die Ohren auf – und zwar so weit, dat ihr an euren Fürzen schnuppern könnt, solange se noch warm sind. Hab ich mich klar jenuch ausjedrückt?"

„Ja, Chef", antwortet Polizeiobermeister Großknecht und Polizeimeister Bender nickt zustimmend.

„So, und jetz cheht ihr los und befragt alle Nachbarn. Ich will wissen, ob chestern irjendeiner wat Unjewöhnliches in der Nähe der Tischlerei beobachtet hat."

„Nachbarn ...?" Oliver Bender guckt etwas ratlos, denn die Tischlerei steht etwas abseits vom Wohngebiet.

„Na ja, die Leute, die in der Zufahrtsstraße wohnen und alle im Umkreis von unjefähr einem Kilometer", erklärt der Hauptkommissar. „Wenn ihr wat findet, dann will ich et chleich morjen früh wissen. Und die Wehmeier müsst ihr nich fragen, dat machen wir jetz."

„Alles klar, Chef", sagt Hardy Großknecht und dann machen sich die beiden auf den Weg, um den Auftrag zu erledigen.

„War das jetzt nicht ein bisschen hart?", fragt Katja, als die beiden außer Hörweite sind.

„Die beiden sind char nich so verkehrt, abba manchmal reden se 'n bissken viel, und dat, ohne ihren Verstand einzuschalten. Deshalb muss man se hin und wieder daran erinnern, dat se aus ermittlungstechnischen Chründen die Klappe halten müssen", erklärt Brixmeier. „Und mit denen redet man am besten Klartext." Weil Katja immer noch etwas zweifelnd guckt, ergänzt er: „Keine Angst, die können dat ab – die werden davon schon nicht tot umfallen."

Katja sagt nichts mehr dazu. Sie und ihr Chef gehen eine Weile schweigend nebeneinander her.

„Wat macht eijentlich Ihr Nissan?", unterbricht Brixmeier die Stille. Da Katja ihren Chef nicht anschaut, bemerkt sie sein schiefes Grinsen nicht.

„Is was dazwischengekommen", sagt sie.

„Einmal Rührei, eine Nasenkorrektur und ein jebrochenes Schienbein", zählt der Hauptkommissar genüsslich auf.

Katja schaut Brixmeier von der Seite an. „Woher ...?"

„Ein Kolleje aus Holzminden hat mich anjerufen – kurz bevor du hier einjetrudelt bist."

„Erstens ist das Schienbein nicht gebrochen und zweitens war ich das gar nicht", stellt die Oberkommissarin klar.

„So, wer war dat denn?"

„Opa Herbert."

„Waaat ...? Der Tatterchreis, den du mal auf'm Motorrad ins Altersheim jefahren hast?" Brixmeier guckt seine junge Kollegin ungläubig an. „Wie hat er dat denn anjestellt?"

„Er hat mit seinem Krückstock zugeschlagen."

„Ich fass es nicht. Da denkt man, diese Typen sind schon mehr tot als lebendich und dann schlägt so einer mal eben einen jugendlichen Kleinkriminellen zusammen."

„In dem Alten steckt mehr Leben, als du dir vorstellen kannst." Katja muss an den Moment denken, als Opa Herbert sich an ihr festgehalten hat.

„Abba die beiden anderen, dat warst du?"

„Der eine wollte mir an die Wäsche und der andere ist

mit einem Messer auf mich losgegangen", rechtfertigt sich die junge Kollegin.

„Na ja, dann ...", meint Erwin Brixmeier, „sind die beiden wohl selber schuld." Nach einer kreativen Pause fügt er hinzu: „Die schweren Jungs in Holzminden kennen dich eben noch nich. Sonst wüssten se schon, dat se, wenn se Frau Rambo von Sternberch anne Wäschen wollen, wenichstens 'ne Panzerfaust dabeihaben sollten."

„Ich lache, wenn ich mal Zeit habe."

Die beiden Beamten stehen nun vor einem Einfamilienhaus. Erwin klingelt und eine etwas gestresst wirkende Frau Mitte dreißig öffnet die Tür.

„Hauptkommissar Brixmeier, Kripo Höxter", stellt Erwin sich vor. „Dat is meine Kollejin Frau Ramb ... ähm ... Frau Oberkommissarin von Sternberch. Dürfen wir reinkommen?"

Frau Wehmeier führt die Beamten ins Wohnzimmer und bietet ihnen einen Platz an.

„Sie müssen entschuldigen", sagt sie, „aber heute geht hier alles drunter und drüber. Es passiert schließlich nicht alle Tage, dass die eigene Tochter eine Tote findet."

„Wo ist sie jetzt eigentlich?", will Katja wissen.

„Sie ist nebenan bei den Schleppers. Mein Mann ist bei ihr. Er ist sofort nach Hause gekommen, als er erfahren hat, was passiert ist. Ihr Polizeipsychologe ist auch da."

„Wieso bei den Schleppers?", fragt der Hauptkommissar.

„Die beiden Schlepper-Kinder, Fabian und Kira, waren mit ihr in der alten Tischlerei, als sie die Tote ...", Frau Wehmeier bringt den Satz nicht zu Ende.

„Und warum sind Sie nicht da?", fragt Brixmeier weiter.

„Ihr Kollege meinte, wir sollten dafür sorgen, dass das Leben ganz normal weitergeht", erklärt die junge Frau, „und irgendwer muss sich ja um das Essen kümmern."

„Verstehe", grunzt der Hauptkommissar. „Und jetzt erzählen Se uns mal, wat heute Nachmittach passiert ist."

„Nachdem Nele aus der Schule gekommen ist, hat sie was gegessen und dann hat sie ihre Schularbeiten gemacht – was das betrifft, ist sie sehr gewissenhaft. Gegen halb drei standen dann Fabian und Kira vor der Tür. Die drei haben dann draußen gespielt."

„In der alten Tischlerei", wirft Katja ein.

„Ich habe Nele schon hundertmal gesagt, dass sie da nichts zu suchen hat. Wer weiß, was in so einem alten Gebäude alles passieren kann. Aber was soll ich machen? Ich kann ja nicht ständig hinter ihnen herlaufen."

Katja nickt verständnisvoll. „Und dann?"

„Nach 'ner knappen halben Stunde waren sie wieder da und Nele hat mir erzählt, dass in der Tischlerei eine Frau liegt und schläft – ach ja, und dass sie vollkommen nackt ist", berichtet Frau Wehmeier. „Ich habe ihr natürlich nicht geglaubt. Sie hat eine ziemlich lebhafte Phantasie, müssen Sie wissen. Einmal wollte sie mir sogar weismachen, dass ..."

„Sie sind dann aber doch mitgegangen", unterbricht sie die Oberkommissarin.

„Ja, Fabian hat nämlich steif und fest behauptet, dass die Frau tot ist. Die beiden haben sich deswegen sogar richtig an die Köppe gekriegt. Und die kleine Kira stand daneben und hat geheult wie ein Schlosshund. Das kam mir dann doch etwas merkwürdig vor. Da bin ich eben mitgegangen."

„Und dann ham Se sie jefunden", meldet sich Brixmeier zu Wort.

„Ja! Ich dachte, mich trifft der Schlag, als ich sie da so liegen sah. Das schwarze Tuch, die Blumen, die Kerzen und die Frau splitterfasernackt; das war richtig gruselig."

„Und wat ham Se dann jemacht", fragt der Hauptkommissar.

„Ich bin zurück nach Hause gelaufen und habe die Polizei verständigt."

„Hatten Se kein Handy dabei?"

„Das hatte ich zu Hause liegen gelassen", antwortet Frau Wehmeier. „Kann doch keiner ahnen, dass man da tatsächlich eine Tote findet."

„Wo waren die Kinder, als Sie in die Tischlerei gegangen sind?" Diesmal kommt die Frage von Katja.

„Ich habe ihnen verboten, mit reinzugehen. Die haben vor dem Gebäude gewartet, bis ich wieder rausgekommen bin. Dann sind wir zusammen nach Hause gegangen. Sie haben mir Löcher in den Bauch gefragt, aber ich habe nicht geantwortet. Ich war total durch den Wind. Ich glaube, die Kinder haben da erst richtig gemerkt, dass etwas Schlimmes passiert ist."

Für einen Moment breitet sich eine zähflüssige Stille im Zimmer aus. Die Zeit scheint für ein paar Sekunden stillzustehen. Dann ergreift Brixmeier wieder das Wort.

„Sagen Se, Frau Wehmeier, is Ihnen in der Tischlerei wat Unjewöhnliches aufjefallen – außer der Toten, meine ich?"

„Nein."

„Oder außerhalb des Jebäudes ...?"

„Nein."

„Is Ihnen chestern irjendwat aufjefallen? Fahrzeuje, die Se hier noch nie jesehen haben, unbekannte Leute?"

„Mir ist nichts aufgefallen."

„Und letzte Nacht?"

„Da habe ich tief und fest geschlafen."

„Tja, dat wär es dann erst mal." Hauptkommissar Brixmeier steht auf und geht zur Tür. Katja folgt ihm. „Wenn Ihnen noch wat einfällt, rufen Se uns an."

Die beiden Beamten verabschieden sich und verlassen das Haus. Als sie bei der alten Tischlerei ankommen, sehen sie, wie die Tote abtransportiert wird. Nun haben die Leute von der Presse wirklich was zu fotografieren.

„Was jetzt, Chef?", will Katja wissen.

„Wir treffen uns in zehn Minuten im Büro."

Während der Hauptkommissar in seinen alten Ford Granada steigt, lässt Katja ihre Hayabusa schon über den Asphalt fliegen. Sie braucht jedenfalls keine zehn Minuten bis zur Dienststelle.

Mit den Worten „Lasst euch nicht stören" poltert Katja ins Büro. Toni Allwisser und Svenja Delmenhorst sitzen in trauter Zweisamkeit an Tonis Schreibtisch und gucken auf den Bildschirm. Beide sind so vertieft in was auch immer, dass sie erschreckt zusammenzucken.

„Ich hatte noch gar nicht mit dir gerechnet", sagt Toni, und er wirkt ein wenig verlegen.

„Das sehe ich", gibt Katja süffisant zurück.

„Nein, nein, so war das nicht gemeint", protestiert Toni. „Ich bin einfach nur überrascht, dass du schon hier bist. Also, nicht, dass du jetzt etwa denkst ... dass ..."

„Was sollte ich denn denken?"

„Na ja ... ich meine ... weil wir hier so zusammen ... ich habe ihr nur ein paar Sachen auf meinem PC gezeigt ... und sie ... also Frau Delmenhorst ... ähm, ich meine Svenja ...

Mein lieber Mann, der ist ja ganz schön durcheinander, denkt Katja amüsiert, *und mir erzählt er ständig, dass er gegen weibliche Reize vollkommen immun ist, seitdem er mit seiner Nadja zusammen ist.*

„Wenn ich Erwin richtig verstanden habe, haben wir einen Mordfall", wechselt Toni etwas unbeholfen das Thema.

„Das ist noch gar nicht sicher", sagt Katja.

„Aber wir haben doch eine Tote?"

„Ja, aber noch keine Todesursache." Die Oberkommissarin nutzt die Gelegenheit, ihren Kollegen umfassend über den Leichenfund zu informieren. In knappen, präzisen Sätzen berichtet sie, was sie in der alten Tischlerei in Godelheim vorgefunden haben. Toni ist wieder voll und ganz bei der Sache. Er hört, wie gewohnt, aufmerksam zu und macht sich einige Notizen. Svenja Delmenhorst hingegen klebt mit ihrem Blick geradezu wie hypnotisiert an Katjas Lippen. Dass sie dabei ihren Mund sperrangelweit offen hat, scheint sie nicht zu bemerken – jedenfalls sieht die Praktikantin jetzt nicht halb so intelligent aus, wie sie sich vor ein paar Stunden noch angestellt hatte.

„Ich wäre ja so gern mitgekommen", haucht sie enttäuscht, „aber der Herr Hauptkommissar wollte mich partout nicht dabei haben."

„Glaub mir, Svenja", sagt Katja, „das war auch besser so."

Svenja will noch einen Einwand vorbringen, doch da öffnet sich die Tür ein weiteres Mal und Hauptkommissar Brixmeier kommt herein. Er wirft Toni und Svenja einen vielsagenden Blick zu und das Gesicht, das er dann zieht, spricht Bände. Dann wendet er sich an Katja.

„Hasse unsern Kollejen schon aufjeklärt?", will er wissen.

„Wenn du die schlafende Prinzessin meinst: Ja, das habe ich – und zwar bis ins kleinste Detail."

„Sehr schön, dann brauch ich dat ja nich mehr tun", grunzt Brixmeier zufrieden. „Und, Toni, was sachste dazu?"

„Ich würde auf eine Art Ritualmord tippen – wenn es

denn überhaupt ein Mord war", antwortet der Angesprochene.

„Chlaub ich nich", widerspricht der Hauptkommissar. Er setzt sich auf seinen Schreibtisch und fährt nachdenklich fort: „Mein oller Kriminalistenriechkolben sacht mir, dat die Prinzessin ermordet wurde; abba ein Ritualmord war dat nich. Ritualmorde sind meist ziemlich blutich – richtige Blutorgien, manchmal auch mit rausjerissene Herzen und so'n Zeuch. Nein, nein, ich sach euch, hier steckt wat chanz anderes dahinter."

„Sag mal, Erwin, wann willst du eigentlich ihrer Familie die Nachricht überbringen?", fragt Toni, der sich die ganze Zeit schon darüber wundert, dass das bislang noch nicht passiert ist.

„Wenn ich sicher bin, dat es sich wirklich um diese ... wie heißt se doch chleich ...?"

„Constanze Maier", hilft Katja ihrem Chef.

„Tja, Toni, du bist zwar bekannt dafür, dat du dich so jut wie nie irrst, wennet um junge Mädchen cheht – besonders dann, wenn se hübsch sind und lange blonde Haare haben", Brixmeiers Blick bleibt für einen Wimpernschlag auf Svenja Delmenhorst haften, „abba bevor ich den besorgten Eltern erzähle, dat wir ihre Tochter tot aufjefunden haben, will ich et chanz jenau wissen."

Toni steht auf und heftet zwei Fotos nebeneinander auf eine große Magnettafel.

„Dieses Foto haben wir bekommen, als Constanze Maier als vermisst gemeldet wurde", erklärt der Oberkommissar. „Und das ist das Handyfoto, das du mir zugeschickt hast. Schau sie dir selbst an."

Brixmeier steht auf, geht zur Magnettafel und schaut sich die Fotos an. Katja tut das Gleiche und beiden ist sofort klar, dass sie die traurige Pflicht haben, einer Familie die Nachricht vom Tod ihrer geliebten Tochter zu überbringen – und das heute noch. Während die beiden in die Bilder von Constanze Maier vertieft sind, heftet Toni zwei weitere Fotos an die Magnettafel.

„Wat soll dat denn?", knurrt der Hauptkommissar.

„Elke Bremer aus Lütmarsen, 20 Jahre, Auszubildende, am 16.09. als vermisst gemeldet, Monika Seebrügge aus Brakel, 18 Jahre, Schülerin, am 09.10. als vermisst gemeldet", erklärt Toni mit ernster Miene. „Drei junge Frauen im Alter zwischen 17 und 20, alle drei wurden innerhalb der letzten zwei Monate als vermisst gemeldet – allein das ist schon merkwürdig. Und jetzt schaut euch mal an, wie ähnlich sie sich sehen – Zufall?"

Brixmeiers Miene verfinstert sich. „Nun mal ma nicht den Teufel anne Wand", grunzt er seinen Kollegen an.

„Also wenn ihr mich fragt", meldet sich nun auch Katja zu Wort, „mir fällt es schwer, da an einen Zufall zu glauben."

„Dat würde ja heißen, dat wir es möchlicherweise mit einem Serienmörder zu tun haben", bringt es der Hauptkommissar auf den Punkt. Katja und Toni nicken nachdenklich.

„Bevor wir jetz die Pferde scheu machen, warten wir ers ma die Berichte vonne Rechtsmedizin und vonne KTU ab, danach seh'n wir weiter." Hauptkommissar Brixmeier wendet sich ab und geht zur Tür. „Worauf warten Se, Frau Kollejin, wir ham noch wat zu tun", sagt er im Weggehen.

Die Oberkommissarin folgt ihrem Chef. Sie weiß genau, was jetzt kommt und sie hasst diesen Teil ihrer Arbeit.

„Frau Maier?", fragt der Hauptkommissar, nachdem er sich und seine Kollegin vorgestellt hat.

„Ja", antwortet sie mit unsicherer Stimme. Sie scheint bereits zu ahnen, dass es keine guten Nachrichten sind, die die Beamten der Kriminalpolizei Höxter mitbringen.

„Dürfen wir reinkommen?"

Frau Maier führt die Beamten ins Esszimmer. Dort treffen sie auf Herrn Maier und auf eine junge Frau, die sich als Constanze Maiers ältere Schwester Veronika vorstellt. Die Stimmung ist gedrückt und das Erscheinen der Polizeibeamten lässt sie noch weiter in den Keller rutschen. Katja sieht, dass sich bereits Tränen in den Augen von Constanzes Mutter sammeln. Nachdem sich alle gesetzt haben, ergreift – bevor es Brixmeier tut – die Oberkommissarin das Wort.

„Es tut uns sehr Leid, aber wir haben eine traurige Nachricht für Sie ..."

„Constanze – nein, nicht Constanze! Das kann nicht sein! Das darf nicht sein!", schreit Frau Maier. „Sie müssen sich irren. Sagen Sie, dass das nicht wahr ist." Dann bricht sie endgültig in Tränen aus, vergräbt ihr Gesicht hinter ihren Händen und sinkt in die Arme ihres Mannes. Der schaut die Beamten mit leerem, ausdruckslosem Blick an. Auch Veronika Maiers Gesicht wirkt leblos. Sie sitzt da wie in Stein gemeißelt. Ihre Haut ist leichenblass und ihre Augen sind starr auf den Boden gerichtet, während die rechte Hand mit einem Kugelschreiber spielt, was offenbar völlig unbewusst geschieht. Eine grausame Stille breitet sich im Zimmer aus, unterbrochen nur vom verzweifelten Schluchzen einer Mutter, die ihr Kind verloren hat, sowie dem Ticken einer Wanduhr, das plötzlich unnatürlich laut zu sein scheint.

„Es tut uns sehr Leid", unternimmt Katja einen erneuten Anlauf „Ihre Tochter Constanze ist heute tot aufgefunden worden." So, nun ist es raus, und die Oberkommissarin hasst sich dafür, wie sie es jedes Mal tut, wenn sie eine solche Nachricht überbringen muss.

„Und Sie sind sich sicher, dass es sich um Constanze handelt?", fragt Herr Maier mit bebender Stimme.

„Leider ja", betätigt Katja. „Jemand von Ihnen wird sie zwar identifizieren müssen, aber ein Irrtum ist so gut wie ausgeschlossen."

„Wie ist sie denn ...?" Constanzes Vater bleibt die Frage im Halse stecken.

„Wir wissen es noch nicht", antwortet die Oberkommissarin. Nach einer kurzen Pause fragt sie dann: „Fühlen Sie sich im Stande, uns einige Fragen zu beantworten?"

In dem Augenblick bricht Constanzes Mutter ein weiteres Mal lautstark in Tränen aus.

„Sie sehen doch, wie es meiner Frau geht", sagt Herr Maier vorwurfsvoll.

„Verstehe", sagt Katja mitfühlend. „Wir kommen dann später noch mal wieder. Sollen wir jemanden für Sie verständigen?"

„Nein, das wird nicht nötig sein", antwortet Herr Maier.

Katja steht auf und will sich verabschieden, da erwacht Veronika Maier aus ihrer Starre. „Frau Kommissarin", sagt sie leise, „vielleicht kann ich versuchen, Ihre Fragen zu beantworten."

Die Oberkommissarin nickt zustimmend und Veronika führt die beiden Beamten aus Rücksicht auf ihre Mutter in ein anderes Zimmer.

„Was wollen Sie wissen?", fragt sie dann.

„Chab es jemanden, der wat chegen Ihre Schwester hatte?", platzt Brixmeier mit der ersten Frage raus.

„Sie wollen wissen, ob Constanze Feinde hatte?" Veronika schaut den Hauptkommissar verständnislos an.

„Chenau!"

„Soll das etwa heißen, dass Constanze ... *ermordet* ...?"

„Wie gesagt: Wir wissen es nicht genau", antwortet Katja, „aber es gibt Hinweise, die diesen Schluss nahelegen."

„Unmöglich", Veronika Maier schüttelt den Kopf. „Constanze war bei allen beliebt – in der Schule, im Tennisverein, in der Nachbarschaft, einfach überall. Sie steckte voller Energie, sie war Lebensfreude pur. Sie war freundlich zu jedem, sie hatte Humor und überall, wo sie hinkam, ging die Sonne auf. Nein, es gab ganz bestimmt keinen Menschen, der einen Grund gehabt hätte, ihr etwas anzutun."

„Hatte sie einen Freund?", fragt Katja weiter.

„Ja, Philipp Starck. Ein echt netter Typ. Die beiden haben sich gesucht und gefunden, sie waren ein perfektes Paar, auch wenn unsere Eltern das etwas anders gesehen haben."

„Wieso?"

„Na ja, sie waren der Meinung, dass Philipp zu alt für sie war – er ist nämlich neunundzwanzig", erklärt Veronika.

„Dat is schon ein jehöriger Altersunterschied", wirft der Hauptkommissar ein. „Da hätte ich als Vadder auch 'n paar Bedenken."

„Unsere Eltern sollten eigentlich die Letzten sein, die Probleme damit haben. Sie sind immerhin auch zehn Jahre auseinander und sie haben sich kennengelert, als Mama erst sechzehn war."

„Und wo wohnt der Herr Starck?", will Katja nun wissen.

„In Vörden. Aber wo genau, weiß ich nicht. Ich habe aber seine Telefonnummer – wenn Ihnen das hilft?"

„Ja, das würde uns sehr helfen."

Constanzes Schwester sucht die Telefonnummer heraus und gibt sie der Oberkommissarin.

Die setzt sofort ihre Befragung fort: „Hatte sie auch eine beste Freundin – ich meine, außer Ihnen?"

„Hedwig Voss. Sie geht mit ihr in eine Klasse, mehr weiß ich nicht." Veronikas Gesicht verfinstert sich ein wenig.

„Sie scheinen diese Hedwig Voss nicht besonders zu mögen", vermutet Katja daraufhin.

„Nein, ich mag sie nicht. Und ich habe Constanze immer wieder gesagt, sie solle sich vor ihr in Acht nehmen. Sie ist eine falsche Schlange, aber meine liebe Schwester ...", Veronika zuckt hilflos mit den Schultern.

„Ich denke, das reicht für heute." Katja wendet sich ab und will gehen, da ergreift Brixmeier noch mal das Wort:

„Sang Se, hatte Ihre Schwester Kontakt zu einer Sekte oder zu einer sektenähnlichen Chruppe?"

„Nein, wie kommen Sie denn darauf?", weist Veronika diese Annahme scharf zurück. „Auf solche Leute hätte sie sich nie im Leben eingelassen – nicht Constanze."

Der Hauptkommissar nickt bedächtig.

„Sagen Ihnen die Namen Elke Bremer oder Monika Seebrügge etwas?", erkundigt sich Katja.

Die Angesprochene überlegt einen Moment. „Nein, nicht, dass ich wüsste", antwortet sie dann. „Mag sein, dass ich den einen oder anderen Namen schon mal gehört habe, aber wenn, dann nur beiläufig. Nein, die Namen sagen mir absolut nichts."

Die Beamten bedanken sich und lassen die Familie in ihrer Trauer zurück – und Katja fühlt sich wieder einmal richtig beschissen.

Für Toni war es eine leichte Übung, anhand des Namens und der Telefonnummer die genaue Anschrift von Philipp Starck herauszufinden. Als Katja und Brixmeier ihr Ziel erreichen, verlässt gerade ein junger, hochgewachsener Mann das Haus und geht mit schnellen Schritten zu seinem Auto.

„Herr Philipp Starck?", bremst ihn der Hauptkommissar aus.

„Ja." Der Angesprochene hält erwartungsvoll inne.

„Hauptkommissar Brixmeier, Kriminalpolizei Höxter. Dat is meine Kollejin Oberkommissarin von Sternberch. Ham Se mal ein paar Minuten?"

„Eigentlich nicht, ich muss zur Arbeit."

„Spätschicht?", fragt Katja beiläufig.

„Ja, so könnte man es auch nennen."

„Wir machen et kurz. Können wir reinchehen?" Brixmeier hat keine Lust, unverrichteter Dinge von hier zu verschwinden.

„Worum geht es denn?", will der junge Mann wissen.

„Sie sind doch der Freund von Constanze Maier?", rückt der Hauptkommissar mit der Sprache heraus.

Philipp Starck schaut die beiden Beamten plötzlich an, als wäre ihm ein Gespenst über den Weg gelaufen. Sein Gesicht scheint in Sekundenbruchteilen um Jahre gealtert zu sein. Leichenblass und mit zitternder Stimme fragte er: „Ist sie tot ...? Wurde sie umgebracht ...?"

„Lassen Sie uns erst mal reingehen." Die Tonart, mit der die Oberkommissarin das sagt, lässt keinen Widerspruch zu.

Roboterhaft geht der junge Mann zum Haus zurück, schließt die Tür auf und begibt sich wie in Trance in seine Wohnung. Die beiden Beamten folgen ihm. Katja sieht sich um und ihr fallen sofort die zahlreichen Fotos an den Wänden auf. Die allermeisten zeigen Constanze Maier und es ist den Bildern anzusehen, dass sie von einem Künstler aufgenommen worden sind – von einem verliebten Künstler.

Der sitzt nun auf einem alten Sofa und stiert apathisch zu Boden. Eine unerträgliche Stille lässt die kleine Wohnung derart schrumpfen, dass sie die drei anwesenden Personen zu erdrücken droht. Es dauert eine gefühlte Ewigkeit. Endlich sucht Philipp Starck den Blickkontakt zu Katja. Er schaut sie mit leeren Augen fragend an.

„Sie ist heute tot aufgefunden worden", sagt die Beamtin leise. „Es tut mir leid."

„Ich habe sie geliebt! Verstehen sie? Wirklich geliebt."

Es folgen wieder ein paar Minuten zermürbenden Schweigens. Dann wird es dem Hauptkommissar zu bunt.

„Wie kommen Se eijentlich darauf, dat se ermordet wurde?", will er wissen.

„Conni wird seit acht Tagen vermisst, und heute stehen Sie bei mir vor der Tür – zwei Beamte der Kripo Höxter." Herr Starck schaut die Polizisten mit traurigen Augen an. „Ich kann sehr wohl eins und eins zusammenzählen."

„Et is nich sicher, dat es Mord war", grunzt Brixmeier.

„Aber Sie gehen davon aus, dass sie ermordet wurde, sonst wären Sie doch nicht hier", entgegnet Philipp Starck.

„Tja, wenn Se unbedingt drauf bestehen." Die Stimme des Hauptkommissars wird dienstlich. „Dann verraten Se uns doch mal, wo Se letze Nacht zwischen elf und drei Uhr waren."

Der Angesprochene scheint seinen Ohren nicht zu trauen. Es dauert eine Weile, bis er realisiert hat, was Brixmeier ihn gerade gefragt hat.

„Sie glauben doch nicht wirklich, dass ich ... Das ist völlig absurd. Ich würde Conni niemals ... Ich liebe sie!" Dann verbirgt der junge Mann sein Gesicht mit den Händen und schüttelt verzweifelt den Kopf.

„Dat sagen SIE", hakt der Hauptkommissar gnadenlos

nach. „Constanzes Eltern halten jedenfalls nich so chroße Stücke auf Sie."

„Ja, ich weiß. Sie sind der Meinung, dass ich zu alt für Conni bin", Philipp scheint sich wieder etwas gefangen zu haben. „Als ob der Altersunterschied etwas ausmacht. Wenn man sich wirklich liebt, spielt so was nicht die geringste Rolle. Außerdem sollten die mal ganz ruhig sein."

„Wie meinen Se dat?"

„Solange es darum geht, ihre Tochter vor Typen wie mir zu schützen, spielen sie die besorgten Eltern, aber ansonsten geht ihnen Constanzes Wohlergehen glatt am Arsch vorbei."

„Dat müssen Se uns jetzt abba näher erklären", fordert der Hauptkommissar sein Gegenüber auf.

„Wieso ich, Sie sind doch bei der Polizei", kontert der. Brixmeier wirft seiner Kollegin einen fragenden Blick zu. *Chibt es da etwas, wat ich wissen sollte,* steht in seinem Gesicht geschrieben.

„Was glauben Sie, wer Conni als vermisst gemeldet hat?", fragt Philipp Starck den ahnungslosen Beamten. „Ihre Eltern waren es jedenfalls nicht."

„Sie haben Ihre Freundin als vermisst gemeldet?", schaltet sich Katja in das Gespräch ein.

„Ja, ihren Eltern war es anscheinend scheißegal, dass sie zwei Tage nichts von ihr gehört haben."

„Das sollten Sie uns etwas genauer erzählen", hakt Katja interessiert nach, „am besten der Reihe nach."

Philipp Starck überlegt einen Moment, dann fängt er an zu berichten: „Es war am 10.11., einem Montag. Wir haben den Abend hier verbracht und um etwa halb elf habe ich sie nach Hause gefahren. Am nächsten Tag waren wir verabredet, wir wollten uns gegen sechs Uhr treffen. Ich habe fast eine Stunde gewartet, aber sie kam nicht. Ich habe wer weiß wie oft versucht, sie anzurufen, aber es war immer nur die Mailbox dran. Schließlich habe ich ihre Eltern angerufen. Ihre Mutter hat mich eiskalt abgefertigt. Conni sei nicht da, meinte sie. Aber das wäre nicht ungewöhnlich, sie würde öfter ohne Vorankündigung bei Freundinnen übernachten. Und ich solle sie in Ruhe lassen und mir eine Freundin suchen, die altersmäßig zu mir passt. Dann hat sie aufgelegt."

„Und die war nicht beunruhigt?", will Katja wissen.

„Nein, es machte jedenfalls nicht den Eindruck."

„Und was haben Sie dann gemacht?"

„Ich habe unsere gemeinsamen Bekannten angerufen, aber keiner wusste etwas. Niemand hat sie gesehen und niemand hat mit ihr gesprochen." Während Constanzes Freund redet, haftet Katjas Blick auf dem Foto, das sie bereits aus der Vermisstenakte kennt und das jetzt die Magnettafel in ihrem Büro ziert – nur, dass dieses um einiges größer ist. „Ich habe mich dann dazu durchgerungen, bis zum nächsten Tag abzuwarten. Am Mittwochmorgen habe ich mich gleich ans Telefon gehängt. Ich habe es zuerst wieder zigmal bei Conni versucht – ohne Erfolg. Danach bei ihren Eltern, aber die haben gleich aufgelegt, als sie merkten, wer dran war. Dann habe ich wieder alle Bekannten abtelefoniert. Das einzige, was ich dabei rausgekriegt habe, war, dass sie am Dienstag und Mittwoch nicht in der Schule war. Kurz nach Mittag habe ich es noch mal bei ihren Eltern probiert. Zum Glück war Tom dran."

„Wer ist Tom?", fragt die Oberkommissarin.

„Torsten Maier, Connis jüngerer Bruder. Und der ist nicht so doof wie seine Alten. Er hat mit erzählt, dass er Conni am Montag gegen Mittag zum letzten Mal gesehen hat – und dass er sich inzwischen große Sorgen macht. Das hat mir gereicht. Dann bin ich auf dem schnellsten Weg zur Polizei – und den Rest wissen Sie ja."

Katja hat Constanzes Eltern kennengelernt. Sie hat erlebt, wie sie die Nachricht vom Tod ihrer Tochter aufgenommen haben – den Schmerz, die Trauer, die Verzweiflung ... Das, was sie hier hört, will ganz und gar nicht ins Bild passen.

„Gibt es jemanden, mit dem Constanze in letzter Zeit Ärger hatte?", will die Beamtin nun wissen.

„Sie meinen, ob Conni Feinde hatte? Vergessen Sie es!" Egal, wo sie hinkam, jeder mochte sie. Sie war bei allen beliebt." Philipp Starck schüttelt den Kopf. „Na ja", wendet er ein, „Eine ganze Reihe Jungs waren scharf auf sie. Vielleicht hat ihr einer übelgenommen, dass sie mit mir zusammen war."

„Und wie lange waren Sie mit ihr zusammen?"

„Etwas mehr als ein halbes Jahr", sagt der junge Mann, den wieder eine Welle der Trauer zu überwältigen droht. Katja will ihn nicht länger mit ihren Fragen quälen, aber zwei Dinge muss sie noch wissen.

„Herr Starck, sagen Ihnen die Namen Elke Bremer und Monika Seebrügge etwas?"

Der Angesprochene denkt einen Moment nach. „Nein", sagt er dann, „nie gehört."

„Eine letzte Frage noch: Hatte Constanze Kontakt zu einer Sekte oder zu einer sektenähnlichen Gruppe?"

Der junge Mann schaut die Beamtin entgeistert an. „Das ist der größte Schwachsinn, den ich je gehört habe. Conni in einer Sekte, nee, Leute – niemals. Wer hat euch denn den Floh ins Ohr gesetzt?"

„Nun ja, die Auffindesituation war etwas ... ungewöhnlich."

„Sagen Sie, Frau Kommissarin, wurde sie ...? Ich meine, hat man sie ...?" Philipp Starck bringt dieses monströse Wort nicht über seine Lippen, aber sein verzweifelter Blick sagt umso deutlicher, was er meint.

„Nichts deutet darauf hin, dass sie vergewaltigt wurde", sagt Katja leise.

Ihr Gegenüber senkt den Blick und nickt schweigend. Er wirkt irgendwie beruhigt.

„Ich denke, das reicht fürs Erste." Die Oberkommissarin steht auf und will gehen.

„Nicht janz", knurrt Brixmeier. „Sie haben uns noch nicht jesacht, wo Se letzte Nacht zwischen elf und drei waren."

Die Trauer in Philipp Starcks Gesicht verwandelt sich auf der Stelle in ohnmächtige Wut. „Ich war hier und ich habe geschlafen – zumindest habe ich es versucht", giftet er den Hauptkommissar an. „Und nein, das kann niemand bestätigen. Kann ich jetzt endlich zur Arbeit fahren."

„Sie wollen jetzt arbeiten?" Katja ist sich nicht sicher, ob sie den jungen Mann richtig verstanden hat.

„Was soll ich denn sonst tun?", entgegnet der ungehalten. „Soll ich etwa hierbleiben und die Wände anstarren?"

Zur Arbeit zu fahren ist wahrscheinlich das Beste, was er jetzt tun kann, denkt Katja. Die Beamten verabschieden sich und fahren zurück nach Höxter.

„Wat mich betrifft, will ich von diesem Scheißfall heute nix mehr hören. Ich will jetz chanz fix nach Hause. Morjen früh seh'n wir weiter", grunzt Erwin Brixmeier, als sie die Brenkhäuser Straße in Richtung Innenstadt fahren. „Toni hat, wenn er vernünftig ist, auch schon Feierabend jemacht und is bei seiner Nadja."

„Dann lass mich doch einfach am Berliner Platz raus. Ich brauche jetzt erst mal eine ordentliche Dosis frische

Luft", bittet ihn Katja, die nun auch etwas mitgenommen aussieht.

„Kannste haben."

Eine Minute später hält Brixmeiers 76er Ford am Berliner Platz und Katja steigt aus. Während der Hauptkommissar auf dem schnellsten Weg nach Hause fährt, legt seine Kollegin den Weg zur Kreispolizeibehörde Höxter zu Fuß zurück. Doch die Hoffnung, dass die frische Luft ihre finsteren Gedanken vertreibt, erweist sich in der fortschreitenden Dämmerung dieses trüben Novembertags als ziemlich trügerisch. Die schmerzerfüllten Blicke all der Menschen, denen sie heute die grausamste aller Nachrichten überbringen musste, lassen sich so leicht nicht verscheuchen – nicht einmal von der unbändigen Kraft ihrer Suzuki Hayabusa.

Fakten und Vermutungen

Als Katja am nächsten Morgen das Büro betritt, stellt sie erstaunt fest, dass außer Erwin Brixmeier niemand da ist.

„Guten Morgen, Erwin, wo steckt denn Toni?", fragt sie.

„Morjen, Katja, ich habe nich die leiseste Ahnung, abba mein oller Kriminalistenriechkolben sagt mir, dat er chenau da steckt, wo unser Fräulein Praktikantin auch steckt."

„Wenn dein unvergleichlicher Kriminalistenriechkolben das sagt, werde ich nicht widersprechen", meint Katja grinsend.

Zu weiteren Lästereien kommen die beiden nicht, denn die Tür geht auf und Toni kommt rein – in Begleitung von Svenja Delmenhorst. Er schaut Katja und Erwin verwundert an.

„Oh, ihr seid schon hier", gibt er verdattert von sich.

„Schon is chut. Hasse mal auffe Uhr jekuckt? Wir wollten dich schon zur Fahndung ausschreiben", stichelt Brixmeier. „Wo hasse jesteckt?"

„Ich war nur mit Svenja in der KTU. Wollte mal sehen, wie weit die mit der Auswertung der Spuren im Fall unserer schlafenden Prinzessin sind", antwortet Toni. „Außerdem interessiert sich Svenja auch für die Arbeit der Kollegen in der Kriminaltechnik."

„Und? Ham se schon wat für uns?"

„Die Fußspuren, Schuhgröße 47, stammen von Laufschuhen der Marke Adidas, Typ: Performance Nova Cushion M", weiß Toni zu berichten. „Die anderen Spuren stammen von Schuhen der Größe 43, die in Überschuhen steckten."

„Sonst noch wat?"

„Sie haben an der Eingangstür noch ein paar Fingerabdrücke gefunden, die sie nicht zuordnen können, aber die müssen nicht unbedingt mit unserem Fall zu tun haben. Den Bericht kriegen wir jedenfalls noch vor Mittag."

Der Hauptkommissar quittiert Tonis Ausführungen mit einem undefinierbaren Grunzen. „Möchte wissen, wo unsere beiden Clowns bleiben?", brummt er dann leise vor sich hin.

„Wir könnten die Zeit nutzen und uns in Constanzes Schule umhören", schlägt Katja vor.

„Und in ihrem Tennisverein", ergänzt Brixmeier. „Abmarsch, Frau Kollegin! Zuerst die Schule und dann der Tennisverein – wie ich Schulen hasse." Der Hauptkommissar zieht ein Gesicht, als hätte er in eine Zitrone gebissen.

„Vielleicht könnte ich ja ...", meldet sich Svenja zaghaft zu Wort.

„Eine gute Idee", stimmt Toni begeistert zu. „Ihr beide könnt ja zum Tennisverein fahren und ich nehme mir zusammen mit Svenja Constanzes Klassenkameraden vor."

„Keine gute Idee", widerspricht Katja vehement. „Hedwig Voss, Constanzes beste Freundin, geht in dieselbe Klasse. Die würde ich gern persönlich befragen."

„Das kann ich doch ..."

„Vergiss es!", fällt Katja ihrem Kollegen ins Wort. „Da geht es um Mädchenkram. Das kann ich besser."

„Da is wat dran", knurrt der Hauptkommissar. „Katja, du fährst zur Schule – und nimm Frau Delmenhorst mit. Du, Toni, bechleitest mich zum Tennisverein. Da kannste mir zeijen, wie dein erster Aufschlach ist."

Tonis Begeisterung hält sich in Grenzen. Aber was soll er machen, der Häuptling hat gesprochen. Die vier wollen gerade das Büro verlassen, da laufen ihnen Polizeimeister Bender und Polizeiobermeister Großknecht in die Arme.

„Dat wird abba auch höchste Zeit", bellt Brixmeier sie an.

„Entschuldigung, aber wir hatten noch ...“, stammelt Hardy Großknecht.

„Halt keine Vorträge, habt ihr wat für uns?“, schneidet ihm der Hauptkommissar das Wort ab.

„Den meisten Leuten ist nichts aufgefallen. Nur ein Herr Wilhelm Kuhnert, Rentner, zweiundsiebzig Jahre, will etwas Interessantes beobachtet haben. Er ist vorletzte Nacht mit seinem Hund draußen gewesen, da hat er gesehen, wie es in der alten Tischlerei geblitzt hat.“

„Jeblitzt?“ Brixmeier schaut Hardy Großknecht an, als hätte der nicht mehr alle Tassen im Schrank.

„Ja, so, als ob einer fotografieren würde“, erklärt der Polizeiobermeister. „Der Alte fand das etwas merkwürdig. Im Sommer würden sich nachts öfter Jugendliche in der alten Tischlerei rumtreiben und Saufgelage veranstalten, meinte er, aber im Winter ...“

„Um welche Zeit war dat?“

„Zwischen halb eins und eins.“

„Habt ihr die Personalien von diesem Rentner?“

Hardy Großknecht reicht dem Hauptkommissar einen Zettel, auf dem alle wichtigen Angaben notiert sind. Der wirft einen kurzen Blick darauf und steckt ihn ein.

„Habt ihr sonst noch wat?“, will er dann wissen.

„Wie gesagt, die anderen haben nichts gesehen.“

Mit einem für Brixmeiers Verhältnisse freundlichen Gesicht und einem anerkennenden „Chute Arbeit“ verabschiedet der Hauptkommissar die beiden uniformierten Beamten.

„Kann mir mal einer sagen, wat so ein Rentner mitten inne Nacht mit seinem Köter draußen zu suchen hat?“, fragt er kopfschüttelnd in die Runde.

Endlich ihr erster Außeneinsatz, und dann auch noch mit Katja von Sternberg, Svenja könnte jubeln vor Glück, als sie zum Parkplatz gehen. Diese Euphorie weicht jedoch einer grausamen Ernüchterung, als sie vor Katjas Motorrad stehen und die Oberkommissarin erklärt: „Tut mir leid, aber mit einem Dienstwagen kann ich nicht aufwarten."

„Du meinst, ich soll mich da drauf ...?" Blankes Entsetzen steht der Praktikantin ins Gesicht geschrieben.

„Bist du noch nie auf einem Motorrad gefahren?"

„Ich hatte früher mal 'ne Mofa", sagt Svenja mit bebender Stimme, „aber das da ist ja ein Monster."

„Svenja, ich verrate dir mal ein Geheimnis." Katja macht eine kleine Pause. „Hauptkommissar Brixmeier hat auch schon da drauf gesessen – und der lebt noch."

„Aber ..."

„Nichts aber ..." Katja drückt Svenja ihren Zweithelm in die Hand und redet ihr aufmunternd zu. „Vertrau mir, ich kann wirklich mit der Maschine umgehen – ich fahre sogar Rennen damit."

Wenn es in Katjas Absicht lag, Svenja zu beruhigen, ist dieser Schuss gründlich nach hinten losgegangen.

Irgendwie hat es das Duo aus Kriminaloberkommissarin und Praktikantin dann doch geschafft, den Parkplatz des König-Wilhelm-Gymnasiums wohlbehalten zu erreichen – und das auf zwei Rädern. Katja hat eine ganze Menge Überzeugungsarbeit leisten müssen, bis Svenja gut behelmt auf dem Sozius ihrer 200-PS-Rakete Platz genommen hat. Und wenn man die Zahl der Stoßgebete zugrunde legt, die Svenja während der Fahrt zum Himmel geschickt hat, ist im Laufe der letzten zweitausend Jahre noch niemand schneller vom Atheismus zum Christentum konvertiert –

und das, obwohl Katja einen Fahrstil an den Tag gelegt hat, der jedem Vollblutmotorradfahrer die Tränen in die Augen getrieben hätte. Opa Herbert wäre jedenfalls tödlich beleidigt gewesen. Aber ein Gutes hat die Sache: Auf dem Weg zum Schulgebäude gibt die Praktikantin keinen Ton von sich. Damit das so bleibt, gibt ihr Katja noch eine wichtige Verhaltensregel mit auf den Weg: „Auch wenn es vom Alter nicht ganz passt, werde ich dich als meine Kollegin vorstellen. Aber ICH werde die Befragungen durchführen. DU wirst aufmerksam zuhören und nur reden, wenn du gefragt wirst. Solltest du dich ungefragt einmischen, wird es für dich keinen weiteren Außeneinsatz mehr geben. Haben wir uns verstanden?"

„Ja", antwortet Svenja knapp und Katja glaubt, immer noch ein leichtes Beben in der Stimme zu hören.

Im Sekretariat erklärt die Oberkommissarin, dass sie den Schulleiter zu sprechen wünscht, und erfährt zunächst, dass der Schulleiter eine Schulleiterin ist und nicht gestört werden will, da sie mitten in den Vorbereitungen zu einem wichtigen schulischen Ereignis steckt. Katja denkt nicht daran, sich abweisen zu lassen – immerhin ist sie von der Kriminalpolizei und das macht sie der Sekretärin freundlich, aber bestimmt klar. Nun bekommen Katja und Svenja doch eine Audienz bei Frau Dr. Philliges.

Die Schulleiterin ist eine schlanke, nicht unattraktive Mittfünfzigerin, die offenbar schon als Pädagogin geboren wurde, denn alles an ihr wirkt streng und diszipliniert. Strenge Frisur, strenge Gesichtszüge, strenge Brille, strenge Kleidung, strenge Augen, die die beiden Besucher missbilligend von oben bis unten mustern, und eine strenge Stimme.

„Ich würde Sie bitten, sich kurz zu fassen. Ich habe noch eine Menge Arbeit zu erledigen." Frau Dr. Philliges scheint ein wenig gestresst zu sein und sie macht kein Hehl daraus, dass sie diesen Besuch als höchst störend empfindet.

„Es geht um Ihre Schülerin Constanze Maier", sagt Katja.

Frau Dr. Philliges wird hellhörig.

„Was ist mit Constanze?" Sie schaut Katja fragend an.

„Sie ist tot!"

Das hat gesessen. Die disziplinierte Schulleiterin sackt in ihrem Bürostuhl zusammen wie ein Ballon, aus dem man die Luft rausgelassen hat, und all ihre Strenge fällt von ihr ab wie welkes Herbstlaub nach einer heftigen Sturmböe. Vor der Oberkommissarin und ihrer vermeintlichen Kollegin sitzt nun eine Frau, die sichtlich um ihre Fassung ringt.

„Was sagen Sie da? Constanze ... tot?"

„Es tut mir leid. Sie wurde gestern tot aufgefunden."

„Ausgerechnet Constanze. Warum ausgerechnet sie?" Frau Dr. Philliges schüttelt ungläubig den Kopf.

„Warum sagen Sie: Ausgerechnet Constanze? Wäre es weniger schlimm, wenn es jemanden anderes getroffen hätte?" Katja nutzt die Gelegenheit, um in ihre Befragung einzusteigen.

„Um Gottes Willen, so war das natürlich nicht gemeint, aber Constanze war eine außergewöhnliche Schülerin." Die Schulleiterin gibt nun bereitwillig Auskunft über alles, was die Oberkommissarin wissen will. Doch leider fördert Katja nichts wirklich Neues zu Tage. Sie erfährt lediglich, dass Constanze eine Musterschülerin und sowohl bei Lehrern als auch Schülern äußerst beliebt war.

„Wir müssten aber noch mit Constanzes Klassenkameraden sprechen", sagt Katja, nachdem sie erkennt, dass sie hier nichts Sachdienliches mehr erfahren wird.

„Selbstverständlich, ich werde Sie begleiten", Frau Dr.

Philliges springt auf, und nachdem sie von ihrer Sekretärin erfahren hat, in welchem Raum sich Constanzes Klasse zurzeit aufhält, führt sie die Beamtin und ihre Praktikantin durch die Flure des Schulgebäudes. Auf dem Weg erklärt die pflichtbewusste Pädagogin, dass es ihre Aufgabe sei, der Klasse die traurige Nachricht zu überbringen. Katja ist es recht. Sie beobachtet die Frau, deren Selbstbeherrschung zwar zurückgekehrt, aber nun nicht mehr als eine dünne und brüchige Fassade ist. Es ist wirklich erstaunlich, welch weicher Kern sich hinter einer so harten Schale verbirgt.

Da es nicht jeden Tag vorkommt, dass die Schulleiterin unangemeldet und in Begleitung zweier unbekannter Personen in den Deutschunterricht platzt, ist es von einer Sekunde zur anderen mucksmäuschenstill im Klassenzimmer. Erst als Frau Dr. Philliges die beiden jungen Frauen als Beamtinnen der Kriminalpolizei Höxter vorstellt, geht ein neugieriges Raunen durch die Reihen der Schülerinnen und Schüler. Das ebbt sofort wieder ab, als sie sich mit ernster Miene vor die Klasse stellt und mit gedämpfter Stimme zu sprechen beginnt.

„Ich habe Ihnen eine sehr traurige Mitteilung zu machen."

Nun sind alle Blicke auf die Schulleiterin gerichtet. Eine bleischwere Stille breitet sich im Klassenzimmer aus.

„Ihre Mitschülerin Constanze Maier ist tot."

Auch hier schlägt die Nachricht ein wie eine Bombe. Die Zeit scheint plötzlich wie eingefroren. Keiner sagt einen Ton. Während die Jungen mit versteinerten Gesichtern zu Boden starren, sammeln sich Tränen in den Augen der meisten Mädchen. Hier und da ist ein leises Schluchzen zu hören und einige suchen Trost an den Schultern ihrer Tischnachbarn. Die Klassenlehrerin sitzt hinter ihrem

Schreibtisch, das Gesicht in Trauer hinter ihren Händen vergraben. Katja und Svenja bekommen hier eindrucksvoll bestätigt, was alle über Constanze gesagt haben: Sie ist überall beliebt. Jeder mag sie. Ja, die Bestürzung, die ihnen hier entgegenschlägt, ist nicht gespielt.

Frau Dr. Philliges versucht, ein wenig Trost zu spenden, doch ihre Worte zeigen in diesen grausamen Minuten kaum Wirkung. Bevor sie schließlich das Klassenzimmer verlässt, sagt sie: „Sie sind für den Rest des Tages vom Unterricht freigestellt. Sie können gern hierbleiben und gemeinsam die nächsten Stunden verbringen, Sie dürfen aber auch nach Hause gehen – ganz, wie Sie wollen. Nur eine Bitte habe ich noch: Die Damen von der Polizei haben noch ein paar Fragen. Bitte helfen Sie ihnen, so gut Sie können."

„Ist sie etwa ermordet worden?", fragt einer der Jungen.

„Wie kommen Sie darauf?", fragt Katja zurück.

„Wenn die Kripo hier aufschlägt und Fragen stellt, ist das ja wohl naheliegend ... oder?"

„Die rechtsmedizinischen Untersuchungen sind noch nicht abgeschlossen. Es steht also nicht fest, dass sie ermordet wurde, und das hier ist daher keine Mordermittlung."

„Und was wollen Sie dann hier?", will der Junge wissen.

„Die Umstände ihres Todes werfen ein paar Fragen auf, und die gilt es zu klären." Dies ist die letzte Auskunft, die Katja zu geben bereit ist. Danach schlüpft sie in ihre gewohnte Rolle und stellt Fragen. Doch leider bringen die Antworten keine neuen Erkenntnisse – Constanze war überall beliebt und sie pflegte keinerlei Kontakt zu irgendwelchen fragwürdigen Personen oder Gruppen.

„Wer von Ihnen ist Hedwig Voss?", fragt sie schließlich.

Ein Mädchen von einem der hinteren Plätze meldet sich.

„Man hat uns gesagt, dass Sie Constanzes beste Freundin waren?", erkundigt sich die Kriminalbeamtin.

„Ja, das stimmt", antwortet sie leise. Dabei schaut sie mit verweinten Augen auf den verwaisten Stuhl neben sich.

„Wir würden uns gern einen Augenblick mit Ihnen allein unterhalten, wäre das möglich?"

Hedwig nickt, steht auf und verlässt zusammen mit Katja und Svenja das Klassenzimmer. Da sie sich hier offenkundig gut auskennt, ist bald ein ruhiges Plätzchen gefunden. Auf dem Weg dahin schaut sich Katja das Mädchen unauffällig an. Sie ist mittelgroß und schlank, hat lockige, schulterlange, dunkelblonde Haare und ein süßes, unschuldiges Gesicht. Die Unschuld vom Lande, schießt es der Oberkommissarin durch den Kopf, wäre da nicht diese etwas zu extravagante Brille.

„Wie lange kennen Sie Constanze?", will Katja wissen.

„Fast ein ganzes Leben lang. Wir sind zusammen eingeschult worden, davor waren wir zusammen im Kindergarten."

„Dann kennen Sie Constanze doch sehr gut?"

„Ich denke schon."

„Hat sie sich in der letzten Zeit irgendwie verändert?"

„Nein, mir ist jedenfalls nichts aufgefallen."

„Hat sie sich von irgendjemandem bedroht gefühlt."

„Nein!" Hedwig schüttelt den Kopf.

„Hatte sie irgendwann mal Kontakte zu einer Sekte oder so etwas Ähnlichem?"

„Das ist völlig absurd. Auf solche Typen hätte sie sich nie im Leben eingelassen – nicht Constanze."

„Und wie war die Beziehung zwischen ihr und ihrem Freund?"

„Nun ja, Philipp war ihr erster Freund – ich meine, ihr

erster richtiger Freund. Und das ist natürlich immer etwas ganz Besonderes."

„Sie sollen ein Traumpaar gewesen sein", wirft Katja ein.

„Ja, das waren sie – zumindest am Anfang."

„Später nicht mehr?"

„Zum Schluss war es wohl nicht mehr so doll."

„Was ist passiert? Lag es an dem Altersunterschied?"

„Vielleicht spielte das auch eine Rolle", meint Hedwig zögernd. „Aber ich glaube, er hat sie zu sehr bedrängt."

„Wie darf ich das verstehen?"

„Nun ja, Philipp hat Constanze nicht nur geliebt, er hat sie vergöttert, ja, er hat sie geradezu angebetet."

„Das ist doch eigentlich nichts Schlimmes."

„Eigentlich nicht, aber er ist da sehr deutlich übers Ziel hinausgeschossen. Das war nicht mehr normal. Er hat ihr die Luft zum Atmen genommen. So was kann auf lange Sicht nicht gutgehen. Ich denke, sie wollte sich von ihm trennen."

„Sie denken? Hat sie nicht mit Ihnen darüber gesprochen?"

„Das war ja auch so seltsam. Früher haben wir über alles gesprochen, aber in der letzten Zeit war sie mir gegenüber so merkwürdig distanziert. Ich hatte den Eindruck, dass sie mir nicht mehr vertraut."

„Wenn sie sich wirklich von ihrem Freund getrennt hat, was glauben Sie, wie er darauf reagiert hat?"

„Sie meinen, ob er ausgerastet ist?"

„Ja, das meine ich", bekräftigt die Oberkommissarin.

„Früher hätte ich ohne zu zögern gesagt: Niemals. Er ist eigentlich nicht der impulsive Typ, und schon gar nicht der gewalttätige." Hedwig macht eine kleine Pause. „Aber heute bin ich mir da nicht mehr so sicher. Nachdem ich erlebt habe, wie krankhaft vernarrt er in Constanze war. Ich weiß nicht – solche Typen sind doch unberechenbar."

„Bedroht hat sich Constanze aber nicht gefühlt, oder?"

„Wie ich schon gesagt habe, sie hat mir nicht mehr alles erzählt."

„Verstehe. Mal was anderes: Es gab doch sicher ein paar Jungs, die ein bisschen enttäuscht waren, als Constanze und Philipp ... Sie wissen schon."

„Ingo und Peter!"

„Geht es etwas genauer?", hakt Katja nach.

„Ingo Kaiser und Peter Zorn. Die waren beide scharf auf Constanze."

„Und die gehen beide in Ihre Klasse?"

„Ingo ja, Peter nein. Peter ist zwei Jahre älter. Er macht eine Ausbildung im Betrieb seines Vaters – soll den Laden später mal übernehmen."

„Und sind die beiden immer noch sauer auf Constanze?"

„Peter auf gar keinen Fall", antwortet Hedwig. „Der hat inzwischen 'ne andere und wenn Sie mich fragen: Die passen ganz gut zusammen."

„Und Ingo?"

„Ingo ist ein spezieller Fall. Er ist zwar lieb und nett, aber er ist kein Frauentyp. Und etwas unbeholfen ist er obendrein auch noch. Bei Constanze hätte er sowieso keine Chance gehabt – selbst wenn Philipp nicht gewesen wäre."

„Und bei Constanze zu Hause? Hat es da in letzter Zeit Probleme gegeben?"

„Nicht mehr als bei allen anderen auch. Ihre Eltern haben ein wenig Stress gemacht, weil sie der Meinung waren, dass Philipp zu alt für sie ist. Das war es aber auch schon."

„Ich danke Ihnen, Sie haben uns sehr geholfen." Katja

hat für heute genug erfahren. Nun wird es Zeit, zum Präsidium zurückzukehren.

„Verhaften Sie Philipp jetzt?", will Hedwig plötzlich wissen.

„Wie ich schon sagte, das ist keine Mordermittlung", gibt die Oberkommissarin zurück.

„Ach ja, das hatte ich ganz vergessen." Hedwig dreht sich um und geht zurück zu ihrer Klasse.

Als Katja und Svenja ins Büro zurückkommen, sind Brixmeier und Toni schon da, und sie sind nicht allein. Kriminalrat Lange ist ebenfalls anwesend und er macht ein sehr ernstes Gesicht.

„Haben wir etwas verpasst?", fragt Katja.

„Wir ham einen Mordfall", grunzt der Hauptkommissar. „Der Bericht der Rechtsmedizin is eben einjetroffen. Dat Mädchen is an einem Atemstillstand jestorben. Da die Kleene abba kernjesund war, cheht Silke ... ähm ... ich meine Dr. Pauli von einer Überdosis K.-o.-Tropfen aus."

„Und die bauen sich im Körper schnell ab und lassen sich nicht mehr nachweisen", gibt Katja ihr Wissen zum Besten.

„Chanz jenau", stimmt Brixmeier zu.

„Hat man irgendwelche Spuren an der Toten gefunden?"

„Nix, der Typ hat Handschuhe jetragen. Die Schminke und dat chanze andere Zeuch, womit er se bemalt hat, kannste in jedem Drogeriemarkt kaufen. Dat Diadem kriegst du in einem Versand für Karnevalsartikel und auch dat Kruzifix is nix Besonderes – billije Massenware aus Fernost. Dat Chleiche chilt für den Stoff, die Blumen und die Kerzen. Unser Täter hat peinlich jenau darauf jeachtet, nur Zeuch zu verwendet, dat man in jedem x-beliebigen Supermarkt kaufen oder im Internet bestellen kann."

„Ich gehe mal davon aus, dass der Fundort nicht der Tatort ist", vermutet die Oberkommissarin.

„Da chehste richtich aus. Sie is transportiert worden, und dat wird der Täter kaum zu Fuß jemacht haben."

„Kann der Täter auch eine Täterin sein?", fragt Toni. „Ich meine, welcher Mann kennt sich schon mit Make-up aus?"

„Du meinst also, eine Frau hat die Tote geschminkt. Und während sie penibel darauf jeachtet hat, dat se bloß keine Spuren hinterlässt, hat ein Mann mit seinen 47ern Adidas-Waldbrandaustretern direkt daneben jestanden und sich einen runterjeholt – 'n bisschen bizarr, findste nich?"

„Die ganzen Umstände sind äußerst bizarr", meint Katja. „Gibt es einen Hinweis auf ein Sexualdelikt?"

„Außer dat unser Opfer nackt war und unten rum rasiert wurde, nicht. Sie war sogar noch Jungfrau – steht hier."

„Oh, mit siebzehn? Das ist ja schon etwas ungewöhnlich", bemerkt Toni.

„Verdammte Scheiße", dröhnt der Hauptkommissar ungehalten los. „An diesem Fall passt abba char nix zusammen. Habt ihr wenichstens inne Schule wat rausjekricht?" Die Frage ist an Katja gerichtet.

Die Oberkommissarin berichtet nun von den Recherchen am König-Wilhelm-Gymnasium. Auf die Befragung von Hedwig Voss geht sie besonders ausführlich ein.

„Da ham wir also einen Freund, der womöchlich verlassen wurde und damit nich klarkam", grunzt Brixmeier. „Dat is ja schon mal besser, als nix."

„Und was habt ihr herausgefunden?", will Katja wissen.

„Nix, wat wir noch nich wussten. Sie war der Sonnenschein vom Tennisverein Rot-Weiß Höxter und alle mochten sie."

„Hat die Untersuchung der Spuren sonst noch was ergeben?", fragt die Oberkommissarin weiter.

„Nix Neues. Ich fass mal kurz zusammen: Wir haben die Spuren von zwei beteilichten Personen. Eine mit Schuhchröße 43, die Überschuhe jetragen hat und auch sonst keine Spuren hinterlassen hat. Eine weitere, die Schuhe der Marke Adidas mit Schuhchröße 47 jetragen hat – wahrscheinlich ein Mann. Wir ham Sperma-Spuren, die mit chroßer Sicherheit von eben dieser zweiten Person stammen, und ein paar Fingerabdrücke an der Eingangstür, die vielleicht wat mit dem Fall zu tun haben. Und es wurden Spuren jefunden, die möchlicherweise von dreibeinigen Lampenstativen stammen. Außerdem haben wir einen Hundebesitzer, der mitten inne Nacht Blitzlichter beobachtet haben will."

Der Hauptkommissar macht eine Pause und schaut seine Mitarbeiter hilfesuchend an. „Also, wenn ihr mich fragt, so einen bekloppten Fall hatten wir schon lange nich mehr."

Der Kriminalrat, der das Gespräch bis hier hin schweigend verfolgt hat, räuspert sich und ergreift dann das Wort.

„Da wir es mit einem sehr undurchsichtigen Fall zu tun haben, habe ich heute Morgen mit Dr. Yilmaz gesprochen und ihn gebeten, Sie nach Kräften zu unterstützen."

„So weit sind wir noch lange nich, dat wir einen Psycho brauchen", protestiert Brixmeier lautstark. „Der soll seine Arbeit machen und seine Bekloppten verarzten und uns unsere Arbeit machen lassen."

„Ich weiß, dass Sie von unserem Polizeipsychologen nicht viel halten, und ich weiß auch, dass er kein Profiler ist, aber ich bestehe darauf, dass Sie mit ihm zusammenarbeiten. Er wird sich noch heute mit Ihnen in Verbindung setzen. Die Unterlagen zu diesem Fall habe ich ihm zukommen lassen."

„Abba ..."

„Nichts aber, Brixmeier", würgt ihm Lange das Wort ab.

„Ich finde die Idee gar nicht so schlecht", meint Katja. „Wir wüssten dann zumindest, wie einer tickt, der so was macht." Die Oberkommissarin deutet auf das Bild von der aufgebahrten Toten.

„Schaden kann es auf jeden Fall nicht", meldet sich Toni. Hauptkommissar Brixmeier sagt kein Ton, aber sein Gesicht sagt alles.

„Ja dann, meine Damen, meine Herren, was wir nun brauchen, sind Ergebnisse. Je schneller, desto besser. Ich muss Ihnen wohl nicht erklären, dass mir der Landrat im Nacken sitzt – ganz zu schweigen von der Presse." Damit verabschiedet sich der Kriminalrat und im nächsten Augenblick sind die drei Beamten und die Praktikantin wieder allein im Büro.

„Prost Mahlzeit, jetz ham wir auch noch unsern Psycho am Hals", knurrt Brixmeier griesgrämig. „Erst 'ne Praktikantin und jetzt einen Seelenklempner. So wie ich dat sehe, wird aus unsere Abteilung nach und nach 'ne Klappsmühle."

„Nun komm mal runter, Erwin. Vielleicht kann der uns ja wirklich helfen", versucht Toni, die Wogen zu glätten.

„Weiße wat, Toni, leckt mich doch alle mal am Arsch. Ich muss ers mal chanz schnell anne frische Luft." Wie von der Tarantel gestochen, springt der Hauptkommissar auf. Nachdem die Tür hinter ihm unüberhörbar ins Schloss gefallen ist, breitet sich eine wohltuende Ruhe im Büro aus.

Svenja schaut Katja verschreckt an. Die zuckt nur mit den Schultern und meint beruhigend: „So ist er eben, da kann man nichts machen – aber man gewöhnt sich dran."

„Will Erwin heute gar nicht mehr wiederkommen? Solange, wie der jetzt schon weg ist, hat der sämtliche frische Luft inklusive Klimawandel weggeatmet", bemerkt Toni irgendwann. Tatsächlich hat sich Erwin Brixmeier seit über einer Stunde nicht mehr im Büro sehen lassen. Tonis Lästerei ist kaum verklungen, da geht die Tür auf. Herein kommt aber nicht der Hauptkommissar, sondern der Polizeipsychologe Dr. Arcan Yilmaz, ein hochgewachsener, schlanker Mann mit perfekt durchtrainiertem Körper, dem seine orientalischen Wurzeln deutlich anzusehen sind. Ein markantes Gesicht, die braunen Augen und das schwarze Haar runden das Bild ab. Ein Bild, bei dem Frau schon mal ins Schwärmen kommt, Praktikantinnen eingeschlossen. Ihrem Blick nach zu urteilen, denkt Svenja gerade an alles andere, nur nicht an Polizeiarbeit.

„Guten Tag, Kriminalrat Lange hatte mich gebeten, mir die Unterlagen zu Ihrem Fall mal anzusehen", sagt Dr. Yilmaz in einem Deutsch, das nicht den geringsten Hinweis auf seine Abstammung gibt.

„Wir wissen Bescheid und wir können wirklich jede Hilfe gebrauchen." Toni zeigt auf einen Stuhl. „Nehmen Sie doch bitte Platz."

„Wo ist eigentlich Ihr Chef?", will Dr. Yilmaz wissen.

„Der rettet gerade die Welt vor der Klimakatastrophe."

Dr. Yilmaz wirkt ein wenig irritiert.

„Er wollte nur einen Moment an die frische Luft", erklärt Toni schnell, „aber das ist schon eine halbe Ewigkeit her. Ich versuche es mal über Handy."

„Hallo Erwin, Dr. Yilmaz ist hier", sagt Toni. „Alles klar! Bis gleich." An die Anwesenden gerichtet fügt er hinzu: „Er ist in zwei Minuten da."

„Haben Ihre Ermittlungen schon was ergeben?", erkundigt sich Dr. Yilmaz derweil.

„Nicht wirklich," antwortet Katja. „Der Fall ist einfach

zu undurchsichtig. Deshalb finde ich es vollkommen richtig, dass Sie uns unterstützen – leider sieht das nicht jeder von uns so."

„Ich bin zwar noch nicht lange hier, aber Hauptkommissar Brixmeier hat ja einen Ruf wie Donnerhall. Machen Sie sich trotzdem keine Sorgen", meint Dr. Yilmaz lachend, „ich werd schon mit ihm klarkommen."

Wenn man vom Teufel spricht ... Die Tür fliegt auf und Hauptkommissar Brixmeier kommt reingepoltert. „Tach, Herr Doktor! Ich hoffe, Sie haben Name und Adresse vom Täter chleich mitjebracht."

„Ich will Ihnen doch nicht Ihre Arbeit wegnehmen."

„Da bin ich abba beruhicht. Und? Wat ham Se für uns?"

Dr. Yilmaz sucht einen Moment in seinen Unterlagen. Dann steht er auf, geht an die Magnettafel und klemmt einige Fotos von der aufgebahrten Toten darauf.

„Das Opfer, Constanze Maier, wurde sehr aufwendig in Szene gesetzt. Sie wurde liebevoll zurechtgemacht und geschmückt. Das deutet darauf hin, dass wir es hier ganz sicher nicht mit einem klassischen Mordmotiv zu tun haben. Der Täter hat in seinem Opfer eine Prinzessin, eine Königin, eine Göttin oder etwas Ähnliches gesehen, und das wollte er mit dieser Inszenierung deutlich machen."

„Also hat er se jeliebt?", grunzt Brixmeier.

„Das wäre eine Möglichkeit, und wenn es so ist, hat er sie weit über das normale Maß hinaus geliebt."

„Und warum bringt man den Menschen um, den man so sehr liebt?", will Katja wissen.

„Die einfachste Erklärung wäre, dass sie ihren Partner verlassen wollte und er es nicht akzeptiert hat."

„Ich chlaube, wir können den chanzen Circus hier beenden. Nach alldem, wat Se jesacht haben, steht ein Kandidat chanz oben auffe Liste der Tatverdächtigen." Brixmeier hat nicht die geringste Lust, sich den Vortrag des Polizeipsychologen weiter anzuhören.

„Ich bin noch nicht fertig, Herr Hauptkommissar!", hält Dr. Yilmaz entschieden dagegen.

„Wat denn noch?", knurrt Brixmeier.

„Vielleicht musste das Mädchen auch sterben, weil es sich aus Sicht des Täters oder der Täterin – ja, auch das ist möglich – ungebührlich verhalten hat. Vielleicht sollte sie auch gar nicht sterben. Womöglich war die Überdosierung der K.-o.-Tropfen nur ein Versehen. Sicher scheint mir lediglich, dass wir es mit jemandem zu tun haben, der äußerst massive psychische Probleme hat."

„Und ich bin sicher, dat wir einen Hauptverdächtigen haben und dat wir dem mal ordentlich auffen Zahn fühlen müssen", bricht der Hauptkommissar die Unterredung nun endgültig ab. „Toni, du überprüfst, ob Philipp Starck schon mal bei so 'nem Seelenklempner in Behandlung war. Und wenne schon mal dabei bist, überprüf alle anderen aus dem Umfeld des Opfers chleich mit – Familie, Freunde und so ... Und wir beide", Brixmeier schaut Katja an, „nehmen uns den sauberen Freund von Constanze Maier noch mal persönlich vor."

Hauptkommissar Brixmeier hat die Türklinke schon in der Hand, als Katja sich noch mal an Dr. Yilmaz wendet: „Sagen Sie, haben Sie eine Erklärung für die unterschiedlichen Spuren am Fundort? Ich meine: Der eine versucht, keinerlei Spuren zu hinterlassen, und der andere hinterlässt sogar seine DNA. Das ist doch völlig unlogisch."

„Tut mir leid, Frau Oberkommissarin, aber das werden Sie selbst herausfinden müssen", antwortet der Angesprochene freundlich lächelnd.

„Es könnte doch sein, dass ...", deutet Toni zaghaft an.

„Dass was ...?", fragt Katja.

„Mach hinne, wir müssen los", drängt Brixmeier.

„Na ja, vielleicht hat unsere Schuhgröße 47 gar nichts mit der Sache zu tun?", vermutet Toni.

„Wie meinst du dat?" Der Hauptkommissar ist nun neugierig geworden.

„Wir sind immer davon ausgegangen, dass beide gleichzeitig in der Tischlerei waren. Es könnte aber durchaus so gewesen sein, dass der Täter als Erster da war – und zwar allein mit seinem Opfer. Er hat das Mädchen dort aufgebahrt und alles so hergerichtet, wie wir es vorgefunden haben. Dabei hat er genau darauf geachtet, keine Spuren zu hinterlassen. Als er fertig war, ist er schließlich wieder abgehauen. Es könnte doch sein, dass in derselben Nacht ein anderer Mann zufällig dort aufgetaucht ist – vielleicht ein Obdachloser, der ein geschütztes Plätzchen zum Schlafen gesucht hat. Der hat die Tote gefunden, sich an ihrem Anblick aufgegeilt und sich eine kleine Freude gegönnt. Danach ist er wieder auf und davon. Gemeldet hat er seinen Fund nicht, weil solche Zeitgenossen der Polizei eher aus dem Weg gehen. Außerdem hätte er, was seine Spuren betrifft, uns etwas erklären müssen – und das wäre ihm bestimmt nicht leicht gefallen." Toni lehnt sich zufrieden zurück.

„Da könnte tatsächlich wat dran sein", grunzt Brixmeier.

„Mann, was waren wir bescheuert!" Katja schlägt sich mit der flachen Hand an die Stirn. „Genau das ist es. Es ist so einfach, und wir Idioten sind nicht drauf gekommen. Toni, du bist ein Genie."

„Toni is auch noch ein Genie, wenn wir zurückkommen. Los Katja, schwing die Hufen, wir ham's eilich!", treibt Erwin Brixmeier seine Kollegin an. Und schon ist er aus dem Büro verschwunden.

Die Oberkommissarin wirft Dr. Yilmaz noch einen hilflosen Blick zu. „Tut mit leid", sagt sie zum Abschied, dann folgt sie ihrem davoneilenden Chef.

Bis zur Ortsausfahrt Ovenhausen hat keiner der Beamten ein Wort gesagt. Katja ist es, die zuerst den Mund aufmacht.

„Sag mal, Erwin, fandest du das eigentlich in Ordnung, wie du Dr. Yilmaz abgefertigt hast? Der Mann opfert seine Zeit, um uns zu unterstützen, und du lässt ihn da stehen wie einen dummen Schuljungen."

„Ich weiß nich, wat du hast. Er hat alles jesacht, wat wir wissen müssen, und jetzt sind wir am Zug", grunzt Brixmeier ohne jede Gefühlsregung. „Wir ham eine heiße Spur und der müssen wir nachchehen, bevor se kalt wird. Da ham wir keine Zeit, uns hochjestochene wissenschaftliche Vorträge von so 'nem Doktor anzuhören. Und ich sage dir, diese Psychologen sind die Schlimmsten von allen. Die ticken selber nich janz richtich. Die müssen jeden, mit dem sie reden, analysieren. So einer chibt nich eher Ruhe, bisser weiß, wie oft du auf'm Scheißhaus dat Klopapier faltest, bevor du dir den Arsch damit abwischt. Und da drauf hab ich keinen Bock."

„Ich finde, dass du jetzt ein bisschen übertreibst?"

„Und ich finde, dass du dich auf die Befragung von Philipp Starck konzentrieren solltest, der hat uns nämlich einijes zu erklären", versucht Brixmeier, das Thema zu beenden.

„Versprich dir nicht zu viel davon", kontert Katja. „Ich hätte mir sehr gern angehört, was Dr. Yilmaz noch zu sagen hatte."

„Dann lass dich doch von ihm nach Dienstschluss auf 'n türkisches Käffken einladen", faucht der Hauptkommissar genervt. „Dann könnt ihr meinetwejen die chanze Nacht quatschen. Und wenne noch wat Sachdienliches erfährst, kannste uns immer noch daran teilhaben lassen. Hauptsache, du erscheinst am nächsten Tach ausjeschlafen zum Dienst."

Katja sagt nichts mehr. An diesem alten ostwestfälischen Bollerkopp ist einfach Hopfen und Malz verloren. Außerdem haben sie inzwischen ihr Ziel erreicht.

Unter Verdacht

Hauptkommissar Brixmeier biegt in die Straße ein, in der Philipp Starck wohnt.

„Er scheint zu Hause zu sein. Sein Auto steht jedenfalls da", bemerkt Katja einsilbig. Brixmeier nuschelt irgendwas Unverständliches in seinen Bart.

„Sie schon wieder!" Philipp Starcks Begrüßung fällt nicht gerade euphorisch aus, aber das sind die Beamten gewohnt.

„Tach, Herr Starck. Wir hätten da noch ein paar Fragen. Können wir kurz reinkommen?" Ohne eine Antwort abzuwarten, schiebt sich der hünenhafte Hauptkommissar an dem jungen Mann vorbei.

„Immer hereinspaziert, tun Sie sich keinen Zwang an." Herr Starck wirkt zum einen etwas genervt und zum anderen immer noch sehr niedergeschlagen. Das hindert Erwin Brixmeier in keiner Weise daran, sofort mit dem Verhör zu beginnen.

„Tja, Herr Starck, leider ham Se uns beim letzten Mal nich so chanz die Wahrheit gesacht."

Der Angesprochene schaut den Beamten verständnislos an.

„Sie haben mit keinem Wort erwähnt, dat sich dat Fräulein Maier von Ihnen trennen wollte", fährt der Hauptkommissar ungerührt fort.

„Wer hat Ihnen denn den Blödsinn erzählt?"

„Da is also nix dran?", hakt Brixmeier nach.

„Nein, natürlich nicht. Wir haben uns geliebt."

„Und an der Behauptung, dat es in letzter Zeit ein paar Probleme in Ihrer Beziehung chab, is auch nix dran?"

„Die gibt es ja wohl in jeder Beziehung von Zeit zu Zeit.

Das will gar nichts heißen." Philipp Starck hat Mühe, seine zunehmende Unsicherheit vor den Beamten zu verbergen.

„Wir reden nich von einer x-beliebigen Beziehung, sondern von Ihrer, und da soll es chanz massiv jekriselt haben."

„Das haben Sie doch sicherlich von Hedwig Voss?" Philipp Starck schaut den Hauptkommissar fragend an.

„Spielt keine Rolle, von wem wir dat haben."

„Oh doch, das spielt sehr wohl eine Rolle. Es gibt nämlich etwas, das Hedwig Ihnen ganz bestimmt nicht erzählt hat."

„Und dat wäre …?", fragt der Hauptkommissar neugierig.

„Dass sie der Grund für unsere Probleme war."

„Jetz bin ich abba gespannt …!"

„Herr Starck", mischt sich Katja nun ein, „mittlerweile steht fest, dass Constanze Maier keines natürlichen Todes gestorben ist. Sie sollten also unbedingt bei der Wahrheit bleiben und nichts verschweigen. Also, was hat Hedwig Voss mit all dem zu tun?"

Philipp Starck sagt zunächst gar nichts. Sein Blick geht zwischen den beiden Beamten hindurch ins Nichts. Erst nach einer gefühlten Ewigkeit findet er seine Stimme wieder.

„Ich habe Hedwig und Conni ungefähr zur gleichen Zeit kennengelernt – Kunststück, die beiden waren schließlich befreundet, und Hedwig war von Anfang an scharf auf mich. Sie hätten mal seh'n sollen, wie sie reagiert hat, als Conni und ich ein Paar wurden. Sie hat seitdem immer wieder versucht, mich anzubaggern, und sie war in der Wahl ihrer Mittel nicht gerade zimperlich."

„Aber Constanze war doch ihre beste Freundin?", wirft Katja ein.

„Eins kann ich Ihnen sagen, Frau Kommissarin: Wer Hedwig Voss als beste Freundin hat, braucht keine Feinde mehr. Das habe ich Conni auch immer wieder gesagt, aber auf dem Auge war sie blind", erklärt Philipp Starck. Katja erinnert sich an ihr Gespräch mit Veronika Maier. Constanzes Schwester hatte Hedwig als falsche Schlange bezeichnet.

„Und was ist passiert?", fragt sie weiter.

„Vor knapp drei Wochen waren wir, also Conni und ich, auf einer Halloween-Party bei einem Freund. Hedwig war auch da, zusammen mit einer Freundin, Tabea Sowieso – ich kenne sie nur vom Sehen. Conni hatte sich schon den ganzen Tag nicht wohlgefühlt. Es mag zehn, halb elf gewesen sein, da ging gar nichts mehr – sie hatte tierische Kopfschmerzen. Ich habe sie dann nach Hause gebracht und bin noch mal zur Party gegangen ... war echt 'ne spitzenmäßige Stimmung da. Außerdem hatte ich schon ein bisschen was getrunken und mein Freund hatte mir angeboten, bei ihm zu übernachten. Es wurde immer später, die Stimmung wurde immer ausgelassener, wir haben viel getrunken und viel gelacht und irgendwann saß Hedwig bei mir. Das heißt, sie saß mir gegenüber."

„Ob se bei Ihnen jesessen hat oder Ihnen chegenüber, dat macht doch keinen Unterschied", meint Brixmeier.

„Das glauben SIE!", entgegnet Herr Starck. „Hedwig hatte den kürzesten Rock an, den ihr Kleiderschrank hergegeben hat. Und als sie ihre Beine übereinandergeschlagen hat, konnte ich genau sehen, dass sie nichts drunter hatte."

„Da kann man nur hoffen, dat se sich nich erkältet hat."

Ohne auf Brixmeiers Spruch einzugehen, fährt der junge Mann fort: „Ja, wenn man Hedwig im täglichen Leben sieht, könnte man sie für eine Heilige halten – für eine graue Maus, die kein Wässerchen trüben kann. Aber glauben Sie mir, sie ist ein durchtriebenes, hinterhältiges Luder, sie ist mit allen Wassern gewaschen und ihr ist jedes Mittel recht, wenn es darum geht, ihr Ziel zu erreichen."

„Jedes Mittel?", fragt Katja.

„Jedenfalls hatte sie nicht die geringsten Hemmungen, mir zu präsentieren, was sie zwischen den Beinen hat. Und dass mindestens die Hälfte der anderen Partygäste es auch sehen konnte, schien sie nicht weiter zu stören."

„Und, wat ist dann passiert?"

„Tja, ich bin ja auch nur ein Mann ... und ich hatte schon einiges getrunken." Philipp Starck zögert. „Und dann waren wir plötzlich in einem Nebenzimmer – allein ..."

„Verstehe, dann hatten Sie mit ihr ...", sagt Brixmeier.

„Ja." Philipp Starck nickt gedankenverloren. „Das heißt: Nein! Eigentlich nicht ... jedenfalls nicht so richtig."

„Nich so richtich ...?" Der Hauptkommissar schaut sein Gegenüber fragend an.

„Es war wie in einem billigen Pornofilm." Dem jungen Mann bereitete es sichtlich Mühe, weiterzuerzählen. „Hedwig war schneller aus ihren Klamotten raus, als ich gucken konnte, und sie sieht verdammt scharf aus. Aber ich hatte wohl schon zu viel getrunken – letztendlich lief es nicht so, wie sie es sich vorgestellt hatte. Hedwig hat natürlich gemerkt, was los war. Sie hat noch versucht, nachzuhelfen – erst mit der Hand ... dann mit dem Mund ..."

„Ach, sie hat Ihnen ein jeblasen."

Philipp Starck nickt zaghaft, während er wie abwesend zu Boden stiert. „Dann stand plötzlich Tabea im Zimmer. Wir waren total geschockt – Tabea am meisten. Sie hat geguckt, als hätte sie eine unheimliche Begegnung der dritten Art. Im nächsten Moment war sie wieder verschwunden. Und ich war von einer Sekunde zur nächsten vollkommen nüchtern. Dann habe ich mich gefragt: *Was machst du hier ei-*

gentlich? Wie konntest du es so weit kommen lassen? Wie kannst du Conni so etwas nur antun? Schließlich habe ich mich angezogen und bin raus an die frische Luft. Ich bin die halbe Nacht kreuz und quer durch Höxter gerannt. Letztendlich bin ich wieder zurück, irgendwo musste ich ja schlafen."

„Und Constanze hat von Ihrem Fehltritt erfahren", vermutet Katja.

„Das hat sie. Hedwig hat schon dafür gesorgt, dass sich die Geschichte herumgesprochen hat – und zwar ihre Version der Geschichte", bestätigt Philipp Starck.

„Wat meinen Sie mit: *Ihrer Version der Jeschichte?*", will Brixmeier wissen.

„In Hedwigs Version haben wir miteinander geschlafen, was definitiv nicht stimmt."

„Und als Ihr Fräulein Maier dat mitjekricht hat, wollte se sich von Ihnen trennen?", folgert der Hauptkommissar.

„Nein", widerspricht Herr Starck, „als sie es mitgekriegt hat, hat sie mir Gelegenheit gegeben, meine Sicht der Dinge zu schildern. Ich habe die Chance, die sie mir gegeben hat, genutzt und ihr alles gebeichtet. Genauso, wie ich es Ihnen jetzt gebeichtet habe. Ich habe nichts ausgelassen, und ich habe ihr versichert, dass es mir aufrichtig Leid tut. Es hat zwar ein paar Tage gedauert, aber letztendlich hat sie mir verziehen. An dem Montag, bevor sie verschwunden ist, haben wir uns versöhnt."

„Wat? Einfach so?", hakt Brixmeier nach.

„Nein, nicht einfach so, sondern weil wir uns geliebt haben – wirklich geliebt."

„Ich nehme mal an, dat es dafür keine Zeujen chibt." Der Hauptkommissar wirft Herrn Starck einen fragenden Blick zu.

„Da nehmen Sie richtig an."

Es ist mit einem Mal sehr still im Raum. Den ermittelnden Beamten scheinen die Fragen ausgegangen zu sein. Philipp Stark ist es schließlich, der dem zähen Schweigen ein Ende bereitet.

„Übrigens, Herr Hauptkommissar", sagt er leise, „seit dem Vorfall war Hedwig nicht mehr Connis beste Freundin."

Brixmeier nickt, er schält sich aus dem Sessel und sagt: „Ich denke, dat reicht für heute. Sie sollten sich abba bis auf Weiteres zu unserer Verfügung halten."

Katja steht ebenfalls auf. Bevor sie das Zimmer verlässt, wendet sie sich noch einmal an Philipp Starck: „Ist Ihnen inzwischen der Nachname von dieser Tabea eingefallen?"

Herr Starck schüttelt den Kopf. „Tut mir Leid", sagt er achselzuckend, „sie geht aber in dieselbe Klasse wie Hedwig und Conni. Wenn Ihnen das hilft?"

„Das hilft uns … danke!" Die Beamten verabschieden sich von Philipp Starck und machen sich auf den Weg zurück nach Höxter. Die Uhr am Armaturenbrett des alten Granada verrät Katja, dass längst Feierabend ist.

„Auf mich machte der Herr Starck einen sehr glaubwürdigen Eindruck", sagt Katja, während sie das verschlafene Vörden hinter sich lassen. Brixmeier schweigt. Die Oberkommissarin kennt ihren Chef inzwischen ziemlich gut. Sie wertet sein Schweigen als Zustimmung.

„Na, Toni, chibts wat Neues?", dröhnt Brixmeier, als er am nächsten Morgen ins Büro gepoltert kommt. Über die gestrige Befragung von Philipp Starck verliert er kein Wort. Da der Hauptkommissar heute ziemlich spät dran ist, geht er davon aus, dass Katja ihren Kollegen bereits umfassend informiert hat, womit er goldrichtig liegt.

„Leopold Maier, Constanze Maiers Vater, war vor sechs Jahren in psychotherapeutischer Behandlung", sagt Toni.

„Weswegen chenau?"

„Flugangst."

„Dat zählt nich." Brixmeier winkt verächtlich ab. „Die hab ich auch."

„Nee, das glaube ich jetzt nicht. Du hast Flugangst?" Toni schaut seinen Chef ungläubig an. „Seit wann das denn?"

„Seit ich weiß, dat Motorräder fliegen können", antwortet der Hauptkommissar mit einem vielsagenden Seitenblick auf seine Kollegin. „Wie sieht es mit Philipp Starck aus?"

„Den nehme ich mir als Nächstes vor", antwortet Toni.

„Mach dat. Ach, da fällt mir chrade noch wat ein: Toni, check doch mal, wer Constanze Maier als vermisst jemeldet hat."

„Ihre Eltern natürlich, wer sonst", meint Toni verwundert.

„Überprüf dat!"

Toni hämmert auf die Tastatur ein und schon nach wenigen Sekunden macht er ein ziemlich dummes Gesicht. „Das ist ja merkwürdig. Philipp Stark hat sie als vermisst gemeldet."

„Chenau deshalb werden wir uns noch mal mit ihren Eltern unterhalten. Irjendwat stimmt doch da nich." Brixmeier steht auf und geht zur Tür. „Wat is, Katja, willste nich mitkommen?"

„Ich würde lieber noch mal mit Hedwig Voss sprechen, sie hat uns einiges zu erklären."

Der Hauptkommissar überlegt einen Moment. „Von mir aus. Nimm Frau Delmenhorst mit, ihr beide seid ja schon ein einjespieltes Team. Ich fahre zu den Maiers."

„Da könnte ich doch ...", meldet sich Toni.

„Du bleibst hier und überprüfst diesen Starck", fällt ihm Brixmeier ins Wort. „Ich schaff dat chanz allein, ich bin ja schon chroß."

Katja, Svenja und Brixmeier machen sich auf den Weg und Toni muss, ob er will, oder nicht, allein zurückbleiben. Während der Hauptkommissar mit seinem Granada den Parkplatz verlässt, muss Katja ihrer Beifahrerin wieder einmal hoch und heilig versprechen, ganz, ganz vorsichtig zu fahren.

Katja und Svenja stehen im Sekretariat des König-Wilhelm-Gymnasiums und erkundigen sich, wo sie Hedwig Voss finden. Die Sekretärin gibt bereitwillig Auskunft und beschreibt den Weg zum gesuchten Klassenzimmer. Bevor sich Katja auf den Weg durch die Flure macht, hat sie noch eine Frage „Hedwig Voss hat doch eine Klassenkameradin mit dem Namen Tabea?"

„Das kann ich Ihnen so gar nicht sagen", antwortet die Sekretärin. „Da müsste ich schon im PC nachsehen."

„Wenn Sie so freundlich wären ..."

Schon nach wenigen Mausklicks wird die hilfsbereite Dame fündig. „Da haben wir sie – Tabea Funke."

„Und eine andere Tabea gibt es in der Klasse nicht?", hakt Katja nach.

„Nein – so häufig kommt der Name bei uns nicht vor."

„Danke, Sie haben uns sehr geholfen."

Katja kennt sich inzwischen ganz gut hier aus. Daher ist das gesuchte Klassenzimmer recht bald gefunden. Der Lehrer, ein älterer, ziemlich streng aussehender Zeitgenosse, zeigt sich wenig begeistert, als die Kriminalbeamtin ihn bittet, Tabea Funke herauszuschicken. Katja und Svenja müssen nicht lange warten, bis das Mädchen vor ihnen steht. Sie ist eher klein und – obwohl man wirklich nicht sagen kann, dass sie hässlich ist – nicht unbedingt der Typ, auf den die Jungs abfahren. Zudem wirkt sie ziemlich verschüchtert.

„Frau Funke, wie Sie wissen, ermitteln wir im Todesfall ihrer Mitschülerin Constanze Maier. Da hätten wir ein paar Fragen an Sie", beginnt die Oberkommissarin.

„An mich? Aber ich kannte sie eigentlich gar nicht so gut." Tabea schaut Katja mit weit aufgerissenen Augen an.

„Sie waren nicht miteinander befreundet?"

„Nein, wir gingen in dieselbe Klasse, mehr nicht."

„Aber Sie sind mit Hedwig Voss befreundet."

„Ja, das kann man so sagen."

„Sie waren jedenfalls mit Hedwig Voss am 31. Oktober auf einer Halloweenparty? Constanze und ihr Freund waren auch da."

„Ja."

„Ist Ihnen da irgendetwas Besonderes aufgefallen?", will die Kriminalbeamtin nun wissen.

„Nee, eigentlich nicht", antwortet Tabea zögernd. „Es war richtig was los. Die Stimmung war gut und die Musik auch." Das Mädchen ist eine lausige Lügnerin. Sie weiß ganz genau, worauf Katja hinaus will.

„Frau Funke, ich helfe Ihnen mal ein bisschen auf die Sprünge: Da war Hedwig Voss, da war Philipp Starck und da gab es ein Nebenzimmer. Fällt Ihnen dazu etwas ein?" Die Stimme der Oberkommissarin kommt nun sehr dienstlich rüber und sie schaut Tabea unerbittlich in die Augen.

Die wird sofort puterrot und wendet ihren Blick ab. „Ach, das meinen Sie", versucht sie sich rauszureden.

„Genau das meine ich ... Also?"

„Na ja, als Constanze weg war, hat sich Hedwig an Philipp rangemacht. Es war einfach widerlich. Sie hatte plötzlich keine Unterwäsche mehr an und saß direkt vor ihm. Ihr Rock rutschte immer höher und irgendwann konnte man alles sehen – ich meine, wirklich alles, und jeder konnte es sehen. Die Jungs kriegten Stielaugen, aber Hedwig schien es überhaupt nicht zu stören." Tabea macht eine Pause.

„Und dann?", hakt Katja nach.

„Dann waren sie auf einmal verschwunden."

„Und Sie sind losgegangen und haben sie gesucht."

„NEIN! Ich konnte mir doch denken, was Hedwig vorhatte."

„Und wieso sind Sie plötzlich im Nebenzimmer aufgetaucht?"

„Es war keine Cola mehr da und jemand hat mir gesagt, dass im Nebenzimmer noch eine volle Kiste steht", erklärt Tabea. „Ich hatte wirklich keine Ahnung, dass Philipp und Hedwig in dem Zimmer waren, das müssen Sie mir glauben."

„Und was haben Sie gesehen?"

Tabea überlegt einen Moment. Sie versucht, die richtigen Worte zu finden, was ihr allerdings sehr schwer zu fallen scheint. „Hedwig war nackt. Sie kniete vor Philipp und sie hatte ... sie hatte ihm die Hose geöffnet. Dann hat sie ... also, sie hat ihm ...."

„Die Details können wir uns sparen", sagt Katja leise.

„Ich bin dann sofort aus dem Zimmer raus." Tabea ist der Beamtin zutiefst dankbar für diesen Notausgang.

„Und was ist dann passiert?"

„Eine Minute später kam Philipp aus dem Zimmer. Er ist gleich abgehauen. Ich habe ihn den ganzen Abend nicht mehr gesehen."

„Und was war mit Hedwig?"

„Die kam etwas später aus dem Zimmer – sie musste sich ja noch komplett anziehen. Und ich kann Ihnen sagen: Die war sauer – richtig sauer. Ich habe sie jedenfalls noch nie so sauer gesehen." Tabea hat sich wieder halbwegs gefangen.

„War sie sauer auf Sie?", fragt Katja weiter.

„Auf mich und auf Philipp. Hauptsächlich auf Philipp – glaube ich."

„Danke! Sie können jetzt wieder in Ihre Klasse gehen."

„Frau Kommissarin." Tabea hat noch was auf dem Herzen.

„Ja?"

„Constanze war zwar nicht meine Freundin, aber sie und Philipp waren ein schönes Paar – sie passten richtig gut zusammen. Was Hedwig gemacht hat, fand ich total scheiße. Vor allem, weil sie ihre beste Freundin war."

Katja nickt verständnisvoll und Tabea geht zurück in ihr Klassenzimmer.

Nachdem Tabea die Tür hinter sich geschlossen hat, wendet sich die Oberkommissarin an ihre Begleiterin: „Svenja, du gehst jetzt hinterher und holst Hedwig Voss raus."

„Du meinst, ich soll da …" Der Praktikantin steht das Entsetzen im Gesicht geschrieben.

„Ja, genau das meine ich. Du willst doch etwas über die Polizeiarbeit lernen – da kann eine praktische Übung nicht schaden."

„Aber hast du diesen alten, vertrockneten Pauker …"

„Svenja, DU bist jetzt die Kriminalpolizei", sagt Katja unmissverständlich. „Du gehst jetzt da rein und erklärst dem alten, vertrockneten Pauker freundlich, aber bestimmt, dass wir noch ein paar Fragen an Hedwig Voss haben."

„Und wenn er sie nicht rauslässt …?"

„Dann verklickerst du ihm, dass wir in einem Tötungs-delikt ermitteln, und du fragst ihn ganz freundlich, ob er unsere Ermittlungen behindern will – dabei schaust du ihm direkt in die Augen. Sollst mal seh'n, wie der dann spurt." Katja hat ein breites Grinsen aufgesetzt.

„Und du meinst, ich kann das?"

„Klar doch. Also, Körperspannung, Brust raus und Ab-marsch. Ich warte hier." Katja klopft der Praktikantin auf-munternd auf die Schulter und schiebt sie dann mit sanfter Gewalt in Richtung Klassenzimmer.

Nicht mal eine Minute vergeht, bis die Hilfspolizistin wieder in der Tür erscheint, in Begleitung von Hedwig Voss. Katja sieht auf den ersten Blick, dass Svenja innerlich um fast zehn Zentimeter gewachsen ist – und sie freut sich mit ihr. Nun wendet sie sich an Hedwig Voss und ihr Ge-sicht ist plötzlich nicht mehr so freundlich.

„Frau Voss." Schon die Anrede klingt wie eine unver-blümte Drohung. „Sie haben uns erzählt, dass sich Constan-ze Maier von Philipp Starck trennen wollte."

„Ja, das stimmt ja auch."

„Aber dass Sie der Grund dafür waren, haben Sie mit keinem Wort erwähnt", sagt die Oberkommissarin gereizt.

„War ich nicht", keift Hedwig zurück.

„Und was war das für eine Nummer, die Sie vor etwa drei Wochen bei dieser Halloweenparty abgezogen haben – nachdem Constanze weg war?"

„Ach das … das war doch nichts. Ich wollte Philipp nur eine kleine Freude machen."

„Und dazu ziehen Sie eine fast pornofilmreife Show ab?"

„Das ist doch maßlos übertrieben", wehrt sich Hedwig. „Ich habe ihn nur ein bisschen unter meinen Rock gucken lassen."

„Machen Sie das immer so?"

„Nein. Das ist vom jeweiligen Einzelfall abhängig. Philipp zum Beispiel ... fährt tierisch auf rasierte Pussy ab."

„Ach, und woher wissen Sie das?" Katja kann kaum glauben, was sie hier zu hören bekommt.

„Das hat Constanze mir erzählt", antwortet Hedwig breit grinsend. „Außerdem stehen die meisten Männer drauf – sieht so schön unschuldig aus. Ich habe Constanze geraten, sich auch die Möse zu rasieren, aber Fräulein Unschuld-vom-Lande war noch nicht so weit."

„Und das gab Ihnen das Recht, sich einfach zu nehmen, was Sie wollten?"

„Wer mit siebzehn noch nicht weiß, dass ein zwölf Jahre älterer Mann mehr braucht als nur Kuschelsex, ist selber schuld – das habe ich Constanze immer wieder gesagt, aber sie schwebte auf ihrer Wolke Nummer sieben."

„Und Sie hätten Philipp dieses MEHR bieten können."

„Darauf können Sie sich verlassen, Frau Kommissarin. Die beiden hatten sowieso keine Zukunft, und das hätte Philipp auch erkannt, wenn Tabea, die dumme Kuh, mir nicht die Tour vermasselt hätte."

Katja muss sich arg zusammenreißen, um keinen Wutanfall zu bekommen. „Wissen Sie, was ich nicht verstehe?", fragt sie, nachdem sie sich wieder etwas beruhigt hat.

„Was denn?"

„Sie war doch Ihre beste Freundin."

Hedwig Voss zuckt mit den Schultern. „In der Liebe und im Krieg ist jedes Mittel recht", sagt sie schließlich, und der Blick, den sie Katja dabei zuwirft, hätte unschuldiger kaum sein können.

„Komm Svenja, lass uns ganz schnell verschwinden, bevor ich mich vergesse", sagt die Oberkommissarin, dann dreht sie sich um und lässt Hedwig Voss stehen. Die Praktikantin hat Mühe, Schritt zu halten.

Bevor Katja den Motor ihrer Hayabusa startet, tippt ihr Svenja auf die Schulter. Katja dreht sich um und schaut ihre Copilotin fragend an.

„Ich glaube, du kannst jetzt ruhig ein bisschen schneller fahren", sagt Svenja.

„Kommt da etwa jemand auf den Geschmack?"

„Vielleicht."

„Ist Erwin noch nicht zurück?", fragt Katja verwundert, als sie mit der Praktikantin das Büro betritt.

„Der ist schon wieder weg", antwortet Toni. „Er ist nach Vörden ... und er hat einen Durchsuchungsbeschluss und die gesamte Kavallerie mitgenommen."

„Hab ich irgendwas verpasst?" Die Oberkommissarin schaut ihren Kollegen verblüfft an.

„Ihr habt diesen Philipp Starck schon zweimal befragt, aber keiner von euch Superermittlern ist auch nur einmal auf die Idee gekommen, ihn nach seinem Beruf zu fragen." Toni spricht in Rätseln.

„Was hat sein Beruf mit unserem Fall zu tun?"

„Er arbeitet beim Lippischen Landestheater in Detmold", Toni macht eine kreative Pause.

„Ja, und?", bohrt seine Kollegin nach.

„Als Maskenbildner."

„Ach, du Scheiße ...!" Katja drohen die Gesichtszüge zu entgleiten.

„Ja", sagt Toni, „das war auch Erwins Wortwahl. Dann hat er sich den Durchsuchungsbeschluss besorgt und ist los."

Katja dreht sich abrupt um und greift zur Türklinke.

„Wenn du nach Vörden willst – den Sprit kannst du dir sparen", bremst Toni sie aus. „Erwin ist schon wieder auf dem Rückweg, und er bringt diesen Philipp Starck mit."

Katja lässt sich gefrustet in ihren Schreibtischstuhl fallen. Wie konnte sie das nur übersehen. Dabei gehört es zur Routine, auch das berufliche Umfeld eines Verdächtigen zu überprüfen.

„Und wie seid ihr darauf gekommen?", will sie nun wissen.

„Du weißt doch, ich überprüfe alle unsere Kandidaten, ob sie schon mal in psychotherapeutischer Behandlung waren. Bei dem Herrn Starck bin ich rein zufällig auf die Verbindung zum Lippischen Landestheater gestoßen. Da bin ich neugierig geworden. Bei so einem Seelenklempner in Behandlung war er übrigens noch nie", erklärt Toni.

„Sag mal, wo hast du eigentlich die Informationen her? Ich meine die über die psychotherapeutischen Behandlungen."

„Glaub mir, Katja, das willst du gar nicht wissen."

„Verstehe. Hat die Befragung von Constanzes Eltern noch was ergeben?"

„Nein", antwortet Toni. „Die sind wohl etwas schräg drauf. Leicht alternativ angehaucht, meint Erwin. Lassen ihren Kindern viele Freiheiten und sind deshalb nicht gleich zur Polizei gerannt."

Da Katja keine weiteren Fragen hat, breitet sich schnell eine beklemmende Stille im Büro aus. Die wird jedoch recht bald abrupt beendet. Hauptkommissar Brixmeier kommt mit schweren Schritten reingepoltert und wuchtet einen großen Koffer auf Tonis Schreibtisch.

„Dat is dat Schminktäschchen von dem Starck", dröhnt er. „Dat muss sofort ins Labor. Wir müssen wissen, ob dat dieselbe Schminke is, die bei Constanze Maier verwendet wurde. Und wir beide", Brixmeier wendet sich an Katja, „nehmen uns diesen Herrn Starck noch mal vor. Der wartet bereits sehnsüchtig im Verhörzimmer."

Bevor es letztendlich an die Vernehmung von Philipp Starck geht, informiert Katja ihre Kollegen in knappen Sätzen über die Ergebnisse der Befragungen von Hedwig Voss und Tabea Funke. Erwin Brixmeier nimmt Katjas Bericht zufrieden zur Kenntnis und sagt: „Chute Arbeit, Frau Kollejin. Und jetz seh'n wir zu, dat wir zum krönenden Abschluss des heutigen Tages noch ein Jeständnis kriegen."

Philipp Starck empfängt die beiden Kriminalbeamten mit einem ziemlich finsteren Blick. Hauptkommissar Brixmeier klärt ihn zunächst über seine Rechte auf, da er von nun an als Tatverdächtiger vernommen wird.

„Ich brauche keinen Anwalt", keift Herr Starck trotzig zurück. „Ich habe nichts zu verbergen."

„Wie Sie meinen", knurrt Brixmeier.

Bevor der Hauptkommissar mit der eigentlichen Befragung beginnt, schaut er seinem Gegenüber lange und eindringlich in die Augen. Dann legt er eine ganze Reihe Fotos auf den Tisch – eins nach dem anderen, und dabei beobachtet er jede noch so kleine Reaktion des jungen Mannes. Und der reagiert sofort und heftig. Entsetzen und unendliche Trauer spiegeln sich in seinem Gesicht wider. Philipp Starck kämpft mit den Tränen. Er starrt, ohne ein Wort zu sagen, auf die Fotos. Sie zeigen Constanze Maier in der stillgelegten Tischlerei, so, wie die Polizei sie gefunden hat: So schön, so nackt und so tot.

„Ja, Herr Starck, schauen Se sich die Bilder chanz jenau

an", sagt der Hauptkommissar leise. „Und jetz verraten Sie mir: Is dat Ihr Werk?"

„Sie sind ja verrückt." Philipp Starck schüttelt den Kopf, immer noch um seine Fassung ringend. „Ich habe sie geliebt. Wie könnte ich ihr da so etwas antun?"

„Wat wurde Ihr denn anjetan? Mal abjesehen davon, dat sie jetötet wurde. Sie wurde auf einer Art Schrein aufjebahrt, jebettet auf schwarzem Samt, mit Blumen jeschmückt. Jemand hat Kerzen aufjestellt und anjezündet, ihr ein Kruzifix in die Hand jecheben. Ihr makelloser Körper war völlig nackt. Constanze Maier sollte schön aussehen, selbst im Tode. Sie sollte aussehen wie eine Prinzessin oder eine Chöttin. Und jetz frage ich Sie, Herr Starck: Wer macht so wat?" Wieder schaut Brixmeier sein Gegenüber forschend an.

„Das weiß ich doch nicht. Ich war es jedenfalls nicht", beteuert Philipp Starck mit Nachdruck.

„Wer sich so viel Mühe jecheben hat, dat Mädchen wie eine schlafende Prinzessin aussehen zu lassen, der hat se nicht gehasst. Der hat se jemocht, der hat se verjöttert – der hat se jeliebt."

„Ja, ich habe sie geliebt", gesteht Philipp Starck ein weiteres Mal, „aber ich habe sie nicht umgebracht!"

„Schau'n Se noch mal chanz jenau hin." Der Hauptkommissar legt den Herrn Starck einige Detailaufnahmen hin, die das Gesicht und die Hände von Constanze zeigen. „Fällt Ihnen noch wat auf?"

„Ich will das nicht sehen! Warum quälen Sie mich so?", schreit der junge Mann und vergräbt erneut sein Gesicht in den Händen.

„Sie ist jeschminkt worden ... und zwar von jemandem, der dat nicht zum ersten Mal jemacht hat – einem, der Erfahrung mit so wat hat – einem PROFI!"

„Und deshalb denken Sie, dass ich das war?"

„Immerhin ham Se uns ihren Beruf verschwiegen", dröhnt der Hauptkommissar.

„Sie haben mich ja nicht danach gefragt!"

Wo er recht hat …, geht es Katja, die schweigend danebensitzt, durch den Kopf. Wieder ärgert sie sich über dieses unverzeihliche Versäumnis.

„Wir haben am Fundort Fußabdrücke jefunden – Schuhchröße 43", fährt Brixmeier fort. „Verraten Sie meiner Kollejin doch mal, wat Sie für eine Schuhchröße haben."

„Das wissen Sie doch."

„Sie soll'n es auch nich mir verraten, sondern ihr."

„Ja, ja, ich habe Schuhgröße 43, wie Millionen anderer auch", gibt Constanzes Freund aufgebracht zu.

„So, wie ich dat sehe, Herr Starck, wird et allmählich verdammt eng für Sie", sagt Brixmeier in einem schon fast bedrohlich ruhigen Ton. „Sie haben sich auf dieser Party, nachdem Ihre Freundin wech war, mit Hedwig Voss verjnügt. Constanze Maier hat davon erfahren und wollte Sie deshalb verlassen. Dat konnten Sie nich zulassen und deshalb haben Sie se umjebracht. Und weil Sie dat Mädchen nach wie vor jeliebt haben, haben Sie se aufjebahrt wie eine Königin – mit allem Drum und Dran."

„Das ist doch Blödsinn! Sie wollte mich nicht verlassen. Sie hat mir verziehen und wir haben uns versöhnt."

„Tja, und die einzige Person, die dat bestätigen könnte, können wir nicht mehr fragen", kontert der Hauptkommissar. „Sie hatten ein Motiv, Sie haben kein Alibi, Sie wissen, wie man mit Schminke umcheht, und Fußabdrücke ham Se auch hinterlassen … Woll'n Se wirklich keinen Anwalt?"

„Ich brauche keinen Anwalt, ich habe nichts getan!"

„Vielleicht wollten Sie sie ja nicht umbringen. Vielleicht war es ... ein Versehen", mischt sich nun Katja ein.

Sowohl Philipp Starck als auch der Hauptkommissar schauen sie verdutzt an. Der alte Kriminalist lässt seine Kollegin dennoch gewähren – er ist gespannt, worauf sie hinaus will.

„Wie lange waren Sie mit Constanze zusammen?", erkundigt sich Katja.

„Seit dem 12. April, wenn Sie es genau wissen wollen."

„Sie sind neunundzwanzig Jahre alt, Herr Starck", fährt die Oberkommissarin fort. „Ich gehe davon aus, dass Sie vor Constanze schon Beziehungen zu anderen Frauen hatten."

„Ich weiß zwar nicht, was das mit Connis Tod zu tun hat, aber natürlich war sie nicht die Erste."

„Und wie waren Ihre vorherigen Beziehungen?"

„Ich verstehe Ihre Frage nicht."

„Na ja, waren Ihre Beziehungen normal? Oder gab es da irgendwelche ungewöhnlichen Dinge?"

„Ich weiß immer noch nicht, was Sie von mir wollen", gibt Philipp Strack zurück – und auch dem Hauptkommissar stehen die Fragezeichen in den Augen. „Ich habe über sieben Jahre mit einer Frau zusammengelebt. Wir hatten eine ganz normale Beziehung. Wir haben uns geliebt – am Anfang zumindest. Hin und wieder gab es auch mal Streit, wie in jeder Beziehung. Dann hat sie einen anderen Typen kennengelernt und ist mit dem abgehauen. Das war lange bevor ich Conni kennengelernt habe. Auch alle anderen Beziehungen waren völlig normal."

„Dann hatten Sie auch Sex?"

„Das geht Sie gar nichts an."

„Uns cheht alles an, was zur Aufklärung von Constanzes Tod beiträcht", wirft Brixmeier ein. „Also beantworten Sie die Frage meiner Kollegin."

„Ja natürlich hatte ich Sex."

„Laut Rechtsmedizin war Constanze noch Jungfrau", sagt die Oberkommissarin.

„Sie war noch nicht so weit", entgegnet Philipp Starck.

„Und Sie, fiel es Ihnen nicht schwer, zu warten."

„Wenn man jemanden wirklich liebt, ist man bereit, seine Wünsche zu respektieren."

„Das war nicht die Antwort auf meine Frage", hakt Katja erbarmungslos nach.

„Herrgott noch mal, natürlich ist es mir schwer gefallen – manchmal."

„Und dann kommt jemand wie Hedwig Voss, setzt sich vor Sie und lässt Sie bereitwillig unter ihren Rock gucken. Sie verschwindet mit Ihnen im Nebenzimmer und macht Sie richtig scharf. Und dann sind Sie wieder mit Constanze zusammen und müssen sich beherrschen. Aber nachdem Hedwig Sie so richtig auf den Geschmack gebracht hat, reicht Ihnen Kuschelsex nicht mehr. Sie wollen mehr, doch Constanze will nicht. Da können schon mal die Hormone verrückt spielen. Da kann man schon mal auf die Idee kommen, ein wenig nachzuhelfen." Die Oberkommissarin macht mächtig Druck. „Herr Starck, kennen Sie sich eigentlich mit K.-o.-Tropfen aus?"

„Sie sind ja wohl nicht bei Trost. Ich würde nie ..."

„Wenn man sich damit nicht auskennt, kann das mit der Dosierung schon mal schiefgehen", fällt ihm Katja harsch ins Wort. „Dann ist die Freundin auf einmal tot. Dann erinnert man sich wieder daran, dass man sie geliebt hat. Dann kommt die Trauer. Man möchte alles ungeschehen machen. Das geht dann aber nicht mehr. Also kann man nur noch dafür sorgen, dass sie selbst im Tode wunderschön aussieht – wie eine schlafende Prinzessin. Und das sollte für Sie ja wohl kein Problem sein – als Masken-bildner."

„NEIN … NEIN … NEIN!", brüllt Philipp Starck und er springt von Wut und Verzweiflung getrieben auf. „Sie sind ja völlig durchgeknallt. Zuerst behaupten Sie, ich hätte Conni umgebracht, weil sie mich verlassen wollte, und jetzt unterstellen Sie mir, ich wollte sie vergewaltigen. Was Sie sich da aus den Fingern saugen, ist vollkommener …

Plötzlich geht die Tür auf. Toni schaut rein.

„Erwin, Katja, könnt ihr mal rauskommen?", sagt er.

„Jetzt nicht!", faucht der Hauptkommissar ihn an.

„Es ist wirklich wichtig!" Tonis Gesicht ist anzusehen, dass es sich um eine ernste Angelegenheit handeln muss. Die beiden Beamten verlassen widerstrebend das Verhör-zimmer.

„Ich hoffe für dich, dat es wirklich wichtich ist", grunzt der Hauptkommissar seinen Kollegen aufgebracht an, als die Tür hinter ihm ins Schloss fällt. „Der da drin war kurz davor, ein Jeständnis abzulejen. Also, Toni, wat is los?"

„Wir haben eine weitere Leiche."

Zurück auf LOS

„Ist es eine von den beiden vermissten Frauen?", erkundigt sich Katja.

„Das wissen wir noch nicht. Aber die Auffindesituation ist der von Constanze Maier äußerst ähnlich", erklärt Toni. „Am besten kommt ihr mal eben mit ins Büro. Oliver Bender will uns ein Foto schicken."

„Oliver Bender? Sach bloß, Oliver und Hardy sind wieder die Ersten am Fundort?", fragt Brixmeier.

„Sieht so aus", meint Toni.

„Wo wurde se jefunden?"

„In einem alten leerstehenden Haus etwas außerhalb von Lütmarsen."

„Und wer hat se jefunden?"

„Bauarbeiter. Das Haus soll abgerissen werden."

Die Beamten haben das Büro noch nicht ganz betreten, da steht schon die Praktikantin vor ihnen und schaut sie mit großen Augen bettelnd an.

„Darf ich diesmal mitkommen?", fragt sie flehend.

Ohne sie zu beachten, folgen Katja und Brixmeier Toni zu dessen Schreibtisch. Ein paar flinke Fingerspiele auf der Tastatur, ein paar Mausklicks ...

„Da ist es", sagt Toni und alle starren gebannt auf den Bildschirm.

Einen Sekundenbruchteil später erscheint das Foto auf dem hochauflösenden 24-Zoll-Monitor. Gleich darauf vernimmt Katja ein würgendes Geräusch direkt hinter ihrem Rücken. Sie dreht sich blitzschnell um und sieht noch, wie Svenja, sich den Mund zuhaltend, fluchtartig aus dem Büro stürzt.

„Ich chlaube nich, dat die noch mit will", grunzt Erwin Brixmeier schäbig grinsend.

„Ist ja auch kein schöner Anblick", bemerkt Katja.

„Sie liegt wohl schon 'ne ganze Weile da", erklärt Toni. „Und die Ratten haben sich inzwischen ihren Teil geholt."

„Lange blonde Haare – dat könnte eine von den vermissten Frauen sein", vermutet der Hauptkommissar.

„Fragt sich nur, welche", meint Toni schulterzuckend.

„Dat werden wir nich rauskriegen, wenn wir noch länger dumm hier rumstehen und Löcher inne Luft kucken", bellt der Hauptkommissar. „Komm, Frau Kollejin, die Arbeit ruft."

„Was machen wir mit Philipp Starck?", fragt Katja.

„Toni, du kümmerst dich um ihn. Chib ihm eine von unseren Luxus-Suiten und überprüf mal, ob es irjendeine Verbindung zwischen ihm und den beiden vermissten Blondinen chibt." Brixmeier wendet sich zum Gehen. „Und stell mal fest, wat bei der Hausdurchsuchung rausjekommen ist."

Als die beiden Kriminalbeamten durch den Flur gehen, kommt Svenja gerade aus der Damentoilette. Ihre Gesichtsfarbe als vornehme Blässe zu bezeichnen, wäre maßlos untertrieben.

„Na, Frau Delmenhorst, chehts wieder?", fragt Brixmeier. Die Angesprochene nickt zaghaft.

„Schön, dann können Se ja mitkommen. Wenn Se Chlück haben, bekommen Se 'ne ordentliche Nase voll Verwesungsjestank zu schnuppern."

Svenja verdreht die Augen, hält sich erneut den Mund zu, macht auf dem Absatz kehrt und verschwindet, würgende Laute von sich gebend, unverzüglich dahin, wo sie Sekunden zuvor erst hergekommen ist.

„Das war jetzt aber ziemlich gemein", wirft Katja ihrem Chef entrüstet vor.

„Lektion eins", grunzt Brixmeier ungerührt. „Wenne zur Kripo willst, solltest du keinen schwachen Magen haben."

„Ich wusste char nich, dat du auf Rollentausch stehst", sagt Erwin Brixmeier, während er auf die Lütmarser Straße abbiegt.

„Rollentausch? Hab ich irgendwas verpasst?", Katja schaut ihren Chef skeptisch an.

„Normalerweise bin ich der böse Bulle."

„Das darfst du auch gern weiterhin sein. Du weißt doch: Mir liegt die Rolle des Arschlochs nicht", erklärt Katja.

„Dafür, dat dir die Rolle nich liegt, haste dem Starck abba chanz schön einjeheitzt." Katja glaubt, so etwas wie Bewunderung aus Brixmeiers Stimme herausgehört zu haben.

„Ich wollte einfach nur wissen, wo ich dran bin", erklärt sie nachdenklich.

„Und, weißt du et jetz?"

„Ja, ich denke schon."

„Würdest du einen alten ostwestfälischen Kanisterkopp an deiner Weisheit teilhaben lassen?", hakt Erwin weiter nach.

„Ja ... ich halte ihn für unschuldig."

„Und warum?"

„Ich weiß nicht, es ist die Art, wie er auf meine Attacken reagiert hat. Der ist überhaupt nicht fähig, einen Menschen umzubringen – schon gar nicht die Frau, die er liebt. Glaub mir, der war es nicht. Einer wie der kann keiner Fliege was zuleide tun. Darauf verwette ich meinen Arsch."

Der Hauptkommissar wirft einen taxierenden Blick auf seine Kollegin. „Ein nicht zu verachtender Wetteinsatz", gibt er schelmisch grinsend zurück. „Abba für solche Wetten bin ich bedauerlicherweise schon ein bissken zu alt."

„Du solltest besser auf die Straße gucken", weist Katja ihren Chef zurecht. „Ein Auffahrunfall ist das Letzte, was wir jetzt gebrauchen können."

Das alte abbruchreife Haus ist inzwischen von der Polizei abgesperrt worden. Ein paar Schaulustige haben sich bereits eingefunden und die Freunde von der Presse sind auch schon da. Der Bagger, der heute zum Einsatz kommen sollte, steht abwartend auf dem Grundstück neben dem Haus. Innerhalb der Polizeiabsperrung sind mehrere Leute in weißen Overalls damit beschäftigt, sowohl das Haus als auch die Umgebung nach Spuren abzusuchen. Hauptkommissar Brixmeier und seine Kollegin erreichen die verwitterte Eingangstür, wo ihnen bereits ein übler Verwesungsgestank in die Nase kriecht. Eine Mitarbeiterin der Spusi zeigt den Ermittlern den Weg in den Keller. Mit jeder Stufe, die sie hinabsteigen, wird der Gestank, der ihnen entgegenschlägt, ekelhafter. Bald finden sie sich in einem Kellerraum wieder, der etwa vier mal fünf Meter misst und kaum höher als zwei Meter ist.

In der Mitte des Raumes steht eine alte Liege, die mit einem Tuch aus schwerem, schwarzem Samt abgedeckt wurde. Darauf ruht der stark verweste, unbekleidete Leichnam einer jungen Frau. Ein silbernes Diadem im Haar, ein Kruzifix in den Händen, angebrannte Kerzen und klägliche Überreste von Blumenschmuck – das alles kommt den Kriminalbeamten sehr bekannt vor.

„Wie du siehst, Erwin, haben wir hier exakt die gleiche Auffindesituation wie bei Constanze Maier, nur, dass sie schon etwas länger hier liegt", erklärt Frau Dr. Pauli, die das Eintreffen der Ermittler sofort bemerkt hat.

„Und wie lange?", will Brixmeier wissen.

„Acht Wochen – mindestens", schätzt die Rechtsmedizinerin.

„Wie alt war sie?"

„Um die zwanzig."

„Dat spricht für Elke Bremer", meint der Hauptkommissar nachdenklich, „Die wird seit Mitte September vermisst und dat Alter würde auch passen."

„Einen konkreten Hinweis auf ihre Identität habt ihr nicht gefunden, nehme ich an?", fragt Katja.

„So ist es. Aber vielleicht hilft euch das hier weiter." Die Rechtsmedizinerin zeigt auf ein etwa zwei Zentimeter langes, nierenförmiges Muttermal oberhalb des Bauchnabels.

„Mir hilft's ers mal weiter, wenn ich hier so schnell wie möchlich rauskomme", knurrt Brixmeier. „Ich kapier sowieso nich, wie du in diesem Jestank arbeiten kannst. Wann hab ich deinen Bericht?"

„Morgen im Laufe des Tages."

Dann wendet sich Brixmeier an den Kollegen Escher von der Spurensicherung: „Wie sieht's aus, habt ihr schon wat für uns?"

„Immer langsam mit den jungen Pferden, Herr Kollege. Die Spuren sind hier nicht mehr ganz so jungfräulich wie beim letzten Mal. Hier müssen wir etwas genauer hinschauen und das kostet erst mal Zeit – wir wollen schließlich nicht, dass uns etwas Wichtiges entgeht." Helmut Escher wendet sich wieder seiner Arbeit zu.

Brixmeier winkt ab und verlässt diesen ungastlichen Ort auf dem schnellsten Weg. An der frischen Luft angekommen, läuft ihm Polizeiobermeister Großknecht in die Arme.

„Sang Se mal, Herr Kolleje, wer hat die Leiche jefunden?"

„Die da drüben", Hardy Großknecht zeigt auf eine Gruppe Bauarbeiter, die beim Bagger stehen.

„Danke! Wo ist Kolleje Bender?"

„An der Absperrung. Er hält die Schaulustigen und vor allem die Presse in Schach."

„Chut", grunzt Brixmeier. „Wenn ihr hier abkömmlich seid, befragt ihr die Leute, die in der Zufahrtsstraße wohnen, ob se im Zeitraum Mitte bis Ende September wat Unjewöhnliches beobachtet haben. Ihr kennt dat ja."

„Wird gemacht, Chef."

Dann wendet sich der Hauptkommissar ab und nimmt Kurs auf die Bauarbeiter. Katja hat inzwischen mit Toni telefoniert.

„Es ist tatsächlich Elke Bremer", weiß sie zu berichten. „Das Muttermal – Toni hat es gerade überprüft. Es wird als besonderes Kennzeichen in der Vermisstenakte erwähnt."

„Dann weißte ja, wat heute noch auf uns zukommt", grunzt Brixmeier und die Oberkommissarin nickt schweigend.

„Sie ham also die Tote jefunden." Der Hauptkommissar spricht ganz gezielt die beiden Bauarbeiter an, die sich durch ihre ungewöhnlich blasse Gesichtsfarbe deutlich von ihren Kollegen unterscheiden.

„Ja", würgt der eine mit angeekelter Miene hervor.

„Kein schöner Anblick."

„Das können Sie laut sagen, Herr Kommissar. Ich für meinen Teil kriege heute jedenfalls keinen Bissen mehr runter."

„Und was haben Sie hier gemacht?", fragt Brixmeier dann.

„Wir sollten die Hütte hier abreißen."

„Und vorher cheh'n Se noch mal rein und kucken nach, ob da zufällich 'ne Leiche drinliecht."

„Bevor wir ein Haus abreißen, müssen wir hundertprozentig sicher sein, dass da keiner mehr drin ist", erklärt einer der anderen Bauarbeiter.

„Kommt so wat denn schon mal vor?"

„Öfter als Sie denken – manchmal treiben sich spielende Kinder in Abbruchhäusern rum ... oder Penner ..."

„Sie meinen sicherlich Obdachlose?", wirft Katja ein.

„Nennen Sie sie, wie Sie wollen", entgegnet der Mann vom Bau. „Einmal haben wir sogar ein Pärchen überrascht. Die waren so in ihr Liebesspiel vertieft. Ich sage Ihnen, die hätten erst was gemerkt, wenn wir mit der Baggerschaufel angeklopft hätten."

„Verstehe", grunzt Brixmeier. „Ihre Personalien haben die Kollegen. Wenn wir noch Fragen ham, melden wir uns. Einen schönen Tach wünsch ich Ihnen noch."

„Einen Moment noch." Ein recht korpulenter Mittfünfziger, der sich bislang im Hintergrund gehalten hat, tritt vor. „Wann können wir hier weitermachen?"

„Sie sind ...?", fragt Katja den Mann, der nicht unbedingt wie ein Bauarbeiter aussieht.

„Gerald Fenske, Bauunternehmer, das sind meine Leute."

„Tja, Herr Fenske, die Leiche muss geborgen werden. Die Spusi hat auch noch zu tun. Heute wird das ganz bestimmt nichts mehr", verkündet die Oberkommissarin.

„Und wie lange ..."

„Keine Ahnung. Wir geben Ihnen Bescheid." Damit ist für Katja die Angelegenheit erledigt. Sie folgt ihrem Chef zum Dienstwagen, wohl wissend, dass ihr jetzt der unangenehmste Teil ihrer Arbeit bevorsteht.

Es ist kurz vor Dienstschluss, als die beiden Beamten ins Präsidium zurückkehren. Katja will die Begegnung mit der

Familie Bremer einfach nicht aus dem Kopf gehen. Die Eltern von Elke Bremer wirkten ungewöhnlich gefasst, als sie vom Tod ihrer Tochter erfuhren. Alles in allem machte die ganze Familie einen ziemlich desolaten Eindruck.

„Das musste ja mal so kommen", hatte Elke Bremers Mutter ohne jede sichtbare Gefühlsregung gesagt, als die Beamten ihr die erschütternde Nachricht überbracht haben. Erst auf Nachfrage rückten die Bremers damit raus, dass ihre Tochter eine höchst unangenehme Zeitgenossin war. Sie war arrogant, rücksichtslos und hinterhältig. Obwohl sie blendend aussah, hatte sie nicht viele Freunde. Dass sie sowohl die Schule als auch eine Friseurlehre geschmissen hatte, passte gut in das Bild, das ihre Eltern von ihr gezeichnet haben. Wie es aussieht, war Elke Bremer, mal abgesehen von ihrer äußeren Erscheinung, das krasse Gegenteil von Constanze Maier.

Zudem gibt es noch einen älteren Bruder, der in Koblenz lebt. Der hat sich allerdings, nachdem er vor acht Jahren von zuhause ausgezogen ist, nicht ein einziges Mal gemeldet – weder bei seinen Eltern noch bei seiner Schwester.

Katja ist immer noch in ihre Gedanken vertieft. Sie nimmt nur am Rande wahr, dass Erwin Brixmeier Toni umfassend über den heutigen Leichenfund informiert. Auch als sie über den Besuch bei der Familie Bremer sprechen, hört Katja nur mit halbem Ohr hin. Erst als der Hauptkommissar fragt, ob die Hausdurchsuchung bei Philipp Starck was gebracht hat, ist sie wieder voll bei der Sache.

„Tja, Erwin", beginnt Toni, „das war ein perfekter Schuss in den Ofen. Die haben nichts bei ihm gefunden – keine K.-o.-Tropfen, keine Überschuhe, keine batteriebetriebenen Lampen auf dreibeinigen Stativen. Nichts, was ihn mit dem Tod von Constanze Maier in Verbindung bringt."

„Habt ihr seinen Computer gecheckt?", fragt Brixmeier.

„Was denkst du denn?", entgegnet Toni vorwurfsvoll. „Von seinem Rechner aus wurden weder Diademe noch Kruzifixe im Internet bestellt. Wir haben dafür jede Menge Fotos von Constanze Maier darauf gefunden; Fotos, die man vielleicht nicht jedem zeigen würde." Toni hat einige ausgedruckt und breitet sie jetzt vor Erwin auf dem Schreibtisch aus.

„Ach, sieh mal an – Schmuddelbildchen", grunzt er. „War die Kleene nich noch minderjährich?"

„Sag mal, in welchem Jahrhundert lebst du eigentlich?", quatscht Katja ihren Chef von der Seite an. „Das sind doch keine Schmuddelbilder, das ist Kunst."

„Ach, nennt man dat neuerdings Kunst, wenn man kleine Mädchen vollkommen nackich fotojrafiert? Da kann man ja fast alles sehen", entrüstet sich der Hauptkommissar.

„Ich weiß überhaupt nicht, was du hast. Erstens war sie fast erwachsen und zweitens finde ich die Bilder wirklich sehr schön", hält die Oberkommissarin dagegen.

„Wenne die so schön findest, dann lass dich doch selber nackich von dem fotojrafieren."

„Das ist gar keine schlechte Idee", meint Katja.

„Dat möcht ich sehen", gibt Brixmeier zurück.

„Ich auch!", schließt sich Toni an.

„Das glaube ich euch nur zu gern", sagt Katja schelmisch grinsend. „Um auf das Thema zurückzukommen: Was hat die Untersuchung von Philipp Starcks Schminkkoffer ergeben?"

„Negativ", antwortet Toni. „Bei dem ganzen Kram handelte es sich hauptsächlich um spezielle Theaterschminke. Nichts von dem, was da drin war, ist bei Constanze Maier verwendet worden."

„Chibt es wenichstens irjendwelche Verbindungen zwischen Philipp Starck und Elke Bremer?", will Brixmeier wissen.

„Nein! Und bevor du fragst: Es gibt auch keine zwischen ihm und Monika Seebrügge", gibt Toni Auskunft.

„Tja, dann müssen wir ihn wohl laufen lassen."

„Das sehe ich genauso", pflichtet Katja ihrem Chef bei.

„Toni, kümmerst du dich darum?", kommandiert Brixmeier. „Ich habe die Schnauze voll für heute. Morjen ist auch noch ein Tach. Ich wünsche euch einen schönen Feierabend."

„Serienmorde in Höxter, Der Weser-Psychopath, Unheimliche Ritualmorde! Brixmeier, haben Sie sich heute Morgen mal die Schlagzeilen in der Presse angesehen?", poltert Kriminalrat Lange, als Katja am nächsten Morgen im Büro ankommt. „Mein Telefon glüht. Jeder Hans und Franz will wissen, was wir zu tun gedenken, und Sie erzählen mir: Wir haben NICHTS!"

„Wat soll ich Ihnen sagen, Herr Kriminalrat", poltert der Hauptkommissar zurück. „Die Spurenlage is mehr als dürftich und konkrete Hinweise chibt es char nich und 'ne Tante, die außem Kaffeesatz lesen kann, hab ich auch nich."

„Aber Sie hatten doch schon einen Verdächtigen?", hakt der Kriminalrat nach. „Was ist mit dem?"

„Philipp Starck, der Freund von Constanze Maier. Den ham wir chestern laufen jelassen. Es chab keinen belastbaren Hinweis, dat er irjendwat mit dem Tod des Mädchens zu tun hatte, von Beweisen chanz zu schweigen – und Elke Bremer kannte er nicht mal."

„Und was ist mit Dr. Yilmaz. Konnte der Ihnen ..."

„Hör'n Se mir bloß auf mit diesem Psycho-Heini",

schimpft der Hauptkommissar. „Der hat uns haarklein verklickert, dat es nur einer jewesen sein kann, der die Kleene jeliebt hat, also ihr Freund. Und wat is …? Außer Spesen nix jewesen. Auf so eine Hilfe kann ich chut und chern verzichten."

„Jetzt mal ganz sachlich, Brixmeier", fährt Kriminalrat Lange fort. „Was werden Sie als Nächstes tun? Brauchen Sie Unterstützung? Sie bekommen von mir, was Sie wollen, nur bringen Sie mir um Gottes Willen Ergebnisse."

„Wenn dat so ist, Herr Kriminalrat, dann lassen Sie alle leerstehenden Jebäude in Höxter und Umchebung durchsuchen – private und jewerbliche."

„Was glauben Sie zu finden? Noch eine Leiche?"

„Ich fürchte, ja", antwortet Brixmeier. „Et chibt da noch einen dritte vermisste Frau, die exakt in dat Muster passt. Monika Seebrügge."

„Und Sie glauben nicht, dass Sie noch lebt", fragt Lange.

Brixmeier schüttelt bedächtig den Kopf. „Ehrlich jesacht, es würde mich schon sehr wundern, wenn es so wäre."

„In Ordnung, ich kümmere mich darum. Was noch?"

„Bevor wir in wilden Aktionismus verfallen, sollten wir die Obduktionserchebnisse abwarten, und die Kollejen vonne Spurensicherung lassen sich diesmal auch unjewöhnlich viel Zeit … Toni!"

„Alles klar Chef, ich frag sofort nach." Oberkommissar Allwisser hat den Hörer schon in der Hand.

„Da haben Sie auch wieder recht", sagt Kriminalrat Lange nun etwas ruhiger zum Hauptkommissar. „So, auf mich wartet jetzt noch ein sehr unangenehmer Termin: Pressekonferenz – der Landrat ist auch dabei und ich habe keinen Schimmer, was ich denen erzählen soll."

„Sie machen dat schon", meint Brixmeier aufmunternd.

„Ihr Wort in Gottes Gehörgang. So, jetzt muss ich aber. Also, meine Damen, meine Herren, ich verlass mich auf Sie. Und, Brixmeier ... halten Sie mich auf dem Laufenden."

Dann fällt die Tür hinter dem Kriminalrat zu und eine zähe Stille macht sich im Büro breit. Alle schauen sich ratlos an, nur Toni lauscht aufmerksam der Stimme am anderen Ende der Leitung. Schließlich legt er den Hörer auf.

„Wat is, Toni, ham die wat für uns oder ham se sich schon ins Wochenende verabschiedet?", fragt der Hauptkommissar.

„Ich fürchte, es wird dir nicht gefallen", antwortet Toni.

„Ich höre."

„In dem Keller ist 'ne Menge Viehzeug rumgelaufen und die meisten Spuren sind vernichtet worden. Aber auf der Treppe konnten einige Fußspuren gesichert werden, Schuhgröße 47."

„Etwa von diesen Adidas-Tretern?"

„Das konnte die Spusi nicht sagen. Dazu waren sie zu sehr verwischt", erklärt Toni. „Aber sie haben ebenfalls Sperma-Spuren gefunden. Der DNA-Vergleich liegt zwar noch nicht vor, doch wir sollten davon ausgehen, dass es sich um den selben Mann handelt, der am Fundort von Constanze Maiers Leiche seine Spuren hinterlassen hat."

„Dat heißt also: Unser Chroßfuß ist kein Obdachloser, der zufällig am Fundort war", stellt Brixmeier fest. „Er hat also doch mit der Sache zu tun."

„Und das wiederum heißt: Zurück auf LOS!", ergänzt Katja resigniert. „Wir fangen wieder bei null an."

„Chanz so schnell schießen die Preußen nich", widerspricht der Hauptkommissar. „Wir warten erst mal ab, wat Silke für uns hat."

Da Brixmeier im Warten nicht so gut ist, telefoniert er sofort mit der Rechtsmedizin. Es dauert einen Moment, bis er endlich Frau Dr. Silke Pauli an der Strippe hat. Seinem Mienenspiel ist überdeutlich anzusehen, dass alles, was die Rechtsmedizinerin sagt, kaum Licht ins Dunkel bringt. Mit einem gequälten „Danke" beendet er schließlich das Gespräch und mit einem lautstarken „Scheiße" knallt er missmutig den Hörer auf den Apparat.

„Willst du uns den Grund für deine gute Laune verraten?", fragt Toni vorsichtig an.

„Wenne 'n Obduktionsbericht von Elke Bremer haben willst, nimm einfach den von Constanze Maier und lech 'ne auf'n Kopierer", dröhnt der Hauptkommissar ärgerlich.

„Also exakt das gleiche Tatmuster", sagt Katja mehr zu sich selbst.

„Fast dat chleiche", korrigiert sie ihr Chef.

„Wieso, was ist den anders?"

„Sie wurde untenrum nich rasiert. Chab nix zu rasieren. Hat se wohl vorher schon selbst erledicht", gibt Brixmeier Auskunft. „Is wohl so 'ne Mode bei den jungen Mädchen ... sacht Silke jedenfalls." Dabei schaut er seine Kollegin mit einem sehr durchdringenden Blick an.

„Erwin", Katjas Stimme hat plötzlich so etwas Drohendes. „Wag es bloß nicht! Vergiss die Frage, die du gerade auf der Zunge hast, ganz schnell."

„Wieso, mich würde es auch interessieren", meint Toni.

„Toni, weißt du eigentlich, dass Arbeitsunfälle bei der Polizei viel häufiger vorkommen als man denkt? Manchmal passieren sie sogar im Büro."

„Jetz beruhicht euch mal wieder", grunzt Brixmeier. „Ich meine ja nur ... Früher, als ich noch jung war, da hatten die Mädchen da unten 'n ordentlichen ..."

„Erwin", fällt Toni ihm ins Wort, „als du noch jung warst, war das Rad noch nicht erfunden."

„Halt deinen vorlauten Mund und sach lieber, wat wir jetz machen soll'n", bellt der Hauptkommissar Toni an.

„Also, ich hätte da schon eine Idee", meldet sich Katja.

„Ich bin chanz Ohr."

„Wir sollten noch mal ausführlich mit Dr. Yilmaz reden", schlägt die Oberkommissarin vor.

„Wat habt ihr nur alle mit diesem Psychodoktor. Ihr habt doch chesehen, wat bei seiner tollen Theorie rausjekommen ist", erwidert Brixmeier ungehalten.

„Wir haben uns nicht einmal zu Ende angehört, was er zu sagen hat, und ich bin der Ansicht, dass wir das dringend nachholen sollten." Katja wird nun auch etwas ärgerlich.

„Erwin, ich fürchte, Katja hat Recht", mischt sich Toni ein. „Außerdem weiß ich nicht, wo wir sonst ansetzen sollen – wir haben nichts."

„Dann ruf in Gottes Namen den Psycho an." Auch wenn der Hauptkommissar es nicht zugeben will; er weiß, dass seine Kollegen recht haben.

„Hallo Svenja! Bist du schon lange hier?" Jetzt erst bemerkt Katja die junge Praktikantin, die verschüchtert auf ihrem Platz sitzt und noch keinen Ton von sich gegeben hat.

Das Team um Hauptkommissar Brixmeier muss sich noch bis zum Nachmittag gedulden. Erst dann hat Dr. Yilmaz Zeit für sie. Bis dahin wird der Fall ausgiebig diskutiert und aus unterschiedlichen Richtungen beleuchtet; Theorien werden entwickelt und wieder verworfen. Doch das alles bringt die Ermittler nicht einen Schritt weiter.

Als Dr. Yilmaz endlich im Büro erscheint, übernimmt

Katja sofort die Gesprächsführung. „Sie wollten uns letztens noch einiges über den möglichen Täter erzählen", kommt sie nach der kurzen Begrüßung direkt auf den Punkt.

„Richtig, das wollte ich tatsächlich", beginnt Dr. Yilmaz. „Nach wie vor bin ich der Meinung, dass der Täter nicht aus Hass oder Freude am Töten gehandelt hat. Das Motiv ist eher Bewunderung oder eine überzogene Form von Liebe – oder so etwas Ähnliches."

„Wen hat er denn nun bewundert oder geliebt? Elke Bremer oder Constanze Maier oder beide?", fragt Katja.

„Ich fürchte, keine von beiden", lautet die verblüffende Antwort.

„Das müssen Sie uns näher erklären", hakt Katja nach.

„Stellen Sie sich Folgendes vor: Im Leben unseres Täters gibt oder gab es eine Frau, die er weit über das normale Maß hinaus geliebt, bewundert oder vergöttert hat. Diese Frau ist für ihn jedoch unerreichbar. Vielleicht hat sie ihn verlassen, vielleicht ist sie gestorben, vielleicht will sie nichts von ihm wissen, vielleicht existiert sie aber auch nur in seiner Fantasie.

Nun begegnet er einer Frau, die seiner Traumfrau ähnlich sieht und er beschließt, seiner Angebeteten ein Denkmal zu setzen, indem er ihr Ebenbild tötet und wie eine Prinzessin aufbahrt. Er ist davon überzeugt, seine Traumfrau auf diese Weise unsterblich zu machen."

„Klingt für meine Bejriffe 'n bissken zu verrückt", meldet sich Hauptkommissar Brixmeier, der sich bis jetzt dezent im Hintergrund gehalten hat.

„Wie ich schon sagte, Herr Hauptkommissar, unser Täter hat ein massives psychisches Problem", erklärt Dr. Yilmaz.

„Allein die Vorstellung, dass jemand junge Frauen tötet, um seine Traumfrau unsterblich zu machen, ist doch ziemlich pervers", gibt Toni seinen Senf dazu.

„Ich gehe davon aus, dass es dem Täter nicht vorrangig um das Töten geht", fährt Dr. Yilmaz fort. „Ihm geht es darum, seiner Angebeteten zu huldigen, indem er die jungen Mädchen so kunstvoll wie möglich aufbahrt. Dass er sie dazu töten muss, betrachtet er wahrscheinlich als – entschuldigen Sie den Ausdruck – notwendiges Übel.

Gerade die Tatsache, dass er mit Gift mordet, ist Indiz dafür. Er würde seine Opfer niemals erschlagen, erstechen, erwürgen oder erschießen. Er möchte makellose, unversehrte Körper, die keine Spur von Gewaltanwendung aufweisen."

„Mein lieber Mann, dat wird ja immer chruseliger", grunzt der Hauptkommissar.

„Wenn an Ihrer Theorie was dran ist, heißt das, dass der Täter in keinerlei Beziehung zu seinen Opfern steht", sagt Katja nachdenklich.

Der Polizeipsychologe nickt zustimmend.

„Und das wiederum bedeutet, dass es jeder sein kann."

„Auch das ist richtig", stimmt Dr. Yilmaz zu.

„Zwei seiner Opfer haben wir bereits gefunden, ein drittes werden wir wohl noch finden, fürchte ich. Aber damit wird er es bestimmt nicht bewenden lassen, er wird weitermachen – oder?" Die Oberkommissarin hofft inständig, dass ihr der Polizeipsychologe widersprechen wird – tut er aber nicht.

„Ich fürchte, Sie haben recht", sagt er stattdessen mit ernster Miene. „Er wird so lange weitermachen, bis Sie ihn stoppen."

„Und wir haben nichts – nicht den kleinsten Anhaltspunkt", seufzt die Oberkommissarin frustriert.

„Der erste Mord", sagt Erwin Brixmeier leise. „Wir müssen uns auf den ersten Mord konzentrieren. Der erste Mord ist der Schlüssel zur chanzen Serie."

„Da stimme ich Ihnen zu, Herr Hauptkommissar", sagt Dr. Yilmaz. „Irgendetwas ist passiert. Irgendetwas hat im Kopf des Täters einen Schalter umgelegt und unseren Dr. Jekyll zu Mr. Hyde werden lassen."

„Also sollten wir uns den Mordfall Elke Bremer genauer anschauen", stellt die Oberkommissarin fest.

„Wenn der Mord an Elke Bremer wirklich der erste in der Serie war", gibt Toni zu bedenken. „Es könnte doch sein, dass unser großer Unbekannter vorher schon gemordet hat und erst vor einigen Monaten in diese Gegend gezogen ist."

„Das glaube ich nicht", widerspricht Katja. „Beide Leichen wurden an Orten abgelegt, die nur jemand kennt, der schon sehr lange hier lebt."

„Ejal", röhrt Brixmeier dazwischen. „Toni, du klärst, ob es in den letzten Jahren irjendwo unaufjeklärte Mordfälle nach dem chleichen Muster jecheben hat. Frau Delmenhorst kann dir helfen. Und wir beide", der Hauptkommissar schaut Katja an, „nehmen uns den Mord an Elke Bremer noch mal chanz jenau vor. Ach, Herr Doktor Yilmaz, sollte Ihnen noch wat Sachdienliches einfallen – wir wären Ihnen für jeden Hinweis sehr dankbar."

Katja staunt nicht schlecht. War das so etwas wie ein Lob aus dem Munde des großen Erwin Brixmeier?

Zum Verdruss aller Betroffenen fällt für Brixmeiers Team das ganze Wochenende ins Wasser. Während Toni Telefon und Internet bemüht, um an Informationen zu kommen, gehen Katja und ihr Chef selbst am Sonntag Klinken putzen. Sie befragen zum wiederholten Mal Familienmitglieder, Freunde, Bekannte, Nachbarn, Arbeitskollegen, Klassenkameraden und jeden, der sonst noch in irgendeiner Beziehung zu Constanze Maier, Elke Bremer oder Monika Seebrügge steht oder stand, um den Strohhalm zu finden, der sie der Lösung ihres Falls einen Schritt oder wenigstens ein Schrittchen näher bringt.

Selbst Svenja Delmenhorst verzichtet freiwillig auf ihr Wochenende und unterstützt die Ermittler nach Kräften. Das bringt zwar nicht viel, aber der gute Wille ist da.

Trotz all der Anstrengungen kann das Ermittlerteam dem gestressten Kriminalrat, der am Montag bereits in aller Frühe in ihrem Büro steht, leider keinen Erfolg melden.

„Vielleicht sollten wir uns an die Öffentlichkeit wenden", schlägt Lange vor.

„Wat soll dat bringen?", fragt Brixmeier. „Da melden sich nur die chanzen Wichtichtuer und halten uns auffe Zeit."

„Haben Sie eine bessere Idee?", will Lange wissen.

Der Hauptkommissar zuckt mit den Schultern. „Machen Se, wat Se wollen", knurrt er schlecht gelaunt.

In den nächsten Tagen steht Kriminalrat Lange gefühlt alle fünf Minuten bei Hauptkommissar Brixmeier auf der Matte und fragt nach Ergebnissen, doch die Beamten haben nicht einmal eine lauwarme Spur, die sie verfolgen könnten.

Tonis Ermittlungen haben ergeben, dass es in den letzten zwanzig Jahren in ganz Europa kein einziges Tötungsdelikt gab, das die gleiche, unverwechselbare Handschrift trägt wie die mysteriösen Frauenmorde, die inzwischen das ganze Weserbergland in Angst und Schrecken versetzen.

Die intensive Suche nach der immer noch verschwundenen Monika Seebrügge hat trotz Mithilfe der Bevölkerung bisher auch nichts gebracht.

Das Einzige, woran sich das gebeutelte Ermittlerteam jetzt noch festhalten kann, ist der Adidas-Laufschuh in der etwas ungewöhnlichen Größe 47. Da es aber unzählige Vertriebswege für Schuhe gibt, erweisen sich die Ermittlungen als wenig Erfolg versprechende Sisyphusarbeit.

Dass die Stimmung von Tag zu Tag immer gereizter wird, verwundert wirklich niemanden. Kriminalrat Lange befindet sich zwischen den Presseterminen, die mal mit und mal ohne Politprominenz stattfinden, und den bislang erfolglosen Bemühungen seiner Beamten in einer Art Permanent-Amoklauf, was Brixmeier & Co. mit zunehmender Intensität zu spüren bekommen.

Es ist inzwischen Donnerstag. Es ist kurz nach Mittag und der Kriminalrat hat, nachdem er über dem Hauptkommissar und seinen Kollegen einen ganzen Kübel voll Frust ausgeschüttet hat, gerade das Büro verlassen, da klingelt Tonis Telefon.

„Allwisser", kotzt der Oberkommissar übel gelaunt in den Hörer.

Während er zuhört, verändert sich seine Miene zusehends. Mit den Worten „Ich werde mich sofort drum kümmern" legt er schließlich auf.

Das Bestattungsunternehmen

„In der Notaufnahme im St. Ansgar wurde ein junges Mädchen aufgenommen. Verdacht auf eine Überdosis K.-o.-Tropfen", teilt Oberkommissar Allwisser seinen Kollegen mit.

„Wir sind schon unterwechs", dröhnt Brixmeier, springt auf und hetzt zur Tür. Katja ist jedoch um einiges schneller.

Keine zehn Minuten später sitzen die beiden Polizeibeamten der diensthabenden Ärztin, Frau Dr. Jung, gegenüber.

„Tach, Hauptkommissar Brixmeier, Kriminalpolizei Höxter, meine Kollegin Oberkommissarin von Sternberch. Sie haben uns verständicht?"

„Ja, das habe ich!", bestätigt die Ärztin.

„Na, dann erzählen Se mal."

„Vor etwa einer Stunde wurde Henrike Steinmeyer, achtzehn Jahre alt, hier eingeliefert. Man hat sie ohne Bewusstsein an ihrem Arbeitsplatz gefunden und unverzüglich den Notarzt verständigt. Der hat aufgrund seiner Erfahrung sofort auf K.-o.-Tropfen getippt. Seine Vermutung wurde zwischenzeitlich vom Labor bestätigt. Die Dosis wäre tödlich gewesen, wenn sie nicht rechtzeitig zu uns gebracht worden wäre."

„Und wie geht es ihr jetzt?", fragt Katja.

„Sie ist stabil", sagt Frau Dr. Jung, „aber sie ist noch nicht ansprechbar, falls Sie das meinen."

„Nein, das habe ich nicht gemeint", entgegnet Katja. „Gibt es Hinweise auf sexuellen Missbrauch?"

„Daran habe ich auch gleich gedacht, als ich *K.-o.-Tropfen* gehört habe, aber da war nichts."

„Wann können wir mit ihr reden?", will Brixmeier wissen.

„Vor morgen auf gar keinen Fall. Wahrscheinlich aber erst übermorgen."

„Sie sagten, dass man sie an ihrem Arbeitsplatz gefunden hat. Wo arbeitet sie denn?" Diesmal ist es wieder Katja, die die Frage stellt.

„Tut mir leid, das weiß ich nicht", antwortet die Ärztin. „Da müssten Sie sich an die Notruf-Zentrale wenden."

Da die Kriminalbeamten keine weiteren Fragen mehr haben, verabschieden sie sich von Frau Dr. Jung. Katja hat das Büro schon fast verlassen, da dreht sie sich noch mal um.

„Ach, Frau Doktor, wäre es möglich, Frau Steinmeyer mal zu sehen?"

„Wie ich Ihnen schon sagte, sie wird Ihnen keine Fragen beantworten."

„Nein, nein, ich möchte sie nur sehen."

„Ja, dann kommen Sie mit."

„Ich cheh schon mal zurück zum Wagen und kümmer mich um die Notruf-Zentrale", grunzt der Hauptkommissar. Katja ist es recht. Sie weiß, dass ihr Kollege Krankenhäuser am liebsten von außen sieht.

Auf dem halben Weg zum Auto kramt Brixmeier umständlich sein Handy raus. Er wählt Tonis Nummer und beauftragt ihn, herauszufinden, von wo Henrike Steinmeyer abgeholt wurde. Der Hauptkommissar hat es sich gerade auf dem Fahrersitz seines Granada bequem gemacht, da fliegt die Beifahrertür auf und Katja steigt schwungvoll ein.

„Dat ching abba schnell", meint er verwundert.

„Ich bin immer schnell", kontert Katja. Und weil Brixmeier nicht gleich reagiert, sagt sie. „Du kannst losfahren."

„Abba ich ..."

„Bestattungsunternehmen Lesemann", fällt Katja ihrem

Chef ins Wort. „Weißt du, wo das ist?"

„Jou."

„Worauf wartest du noch? Fahr los!"

„Woher weißt du ...?"

„Ihre Mutter war da", erklärt Katja. „Ich habe sie einfach gefragt, wo ihre Tochter arbeitet."

Brixmeier startet den Motor und der alte Ford setzt sich langsam in Bewegung.

„Warum wolltest du Henrike Steinmeyer eijentlich sehen?", fragt der Hauptkommissar neugierig.

„Ich wollte nur wissen, ob sie in das Beuteschema unseres Psychopathen passt."

„Und, passt se?"

„Überhaupt nicht. Henrike Steinmeyer ist klein, ein wenig übergewichtig und hat schulterlange, dunkle Haare. Sie ist das exakte Gegenteil unserer beiden Opfer." Katja wirkt ein bisschen enttäuscht. „Hätte mich auch gewundert, wenn diese Sache etwas mit unserem Fall zu tun gehabt hätte."

Auf dem Rest des Weges ist Schweigen angesagt. Erst als sie vor dem Bestattungsunternehmen Lesemann halten, meldet sich der Hauptkommissar wieder zu Wort.

„Ich chlaubs ja nich, da arbeitet son junges Mädchen bei so 'nem Totenchräber." Brixmeier schüttelt verständnislos den Kopf.

„Ich weiß gar nicht, was du hast. Das ist doch ein Beruf mit Zukunft. Guck dir doch die deutsche Bevölkerung an, die wird immer älter. Glaub mir, wer in der Branche beschäftigt ist, braucht sich nicht über Arbeitsmangel beklagen."

„Meinste?"

„Ja, meine ich."

„Trotzdem is dat nix für so'n junges Ding."

„Wieso nicht?", hält Katja dagegen. „Sie macht dort eine Ausbildung im Büro."

Der Hauptkommissar will gerade aussteigen, da klingelt sein Handy. Es ist Toni mit der gewünschten Information.

„Dat wissen wir inzwischen auch", grantelt Brixmeier in sein Mobiltelefon. „Wir sind schon längst da. Kannst dich wieder in aller Ruhe mit deiner Praktikantin beschäftigen." Dann beendet er das Gespräch und wendet sich an Katja.

„Lass uns reinchehen. Mal seh'n, ob da noch 'n paar Untote rumlaufen, die uns wat erzählen können."

„Man fühlt sich ja schon fast bechraben, wenn man hier reinkommt", flüstert der Hauptkommissar seiner Kollegin zu, als die beiden das Beerdigungsinstitut Lesemann betreten. Eine feierliche Stille lastet schwer auf dem ganzen Raum, in den sich so gut wie kein Tageslicht verirrt. Gedämpftes Kunstlicht unterstreicht stattdessen würdevoll die sakrale Atmosphäre, die jedem Besucher seine eigene Vergänglichkeit schonungslos vor Augen führt.

„So 'ne aufjebahrte Prinzessin würde sich als Werbung hier chanz chut machen", bemerkt Brixmeier beiläufig.

„Das war jetzt aber reichlich ..."

... *pietätlos*, wollte Katja noch sagen, als eine in dunkle Töne gekleidete Frau auf die beiden Neuankömmlinge zukommt und ihnen einen betont mitfühlenden Blick zuwirft. Die Art, wie sie die Beamten begrüßt, hat ein bisschen was von einer Mitleidsbekundung, und ihr tröstendes Lächeln legt sich wie Balsam auf die Seelen der vermeintlichen Hinterbliebenen. Ja, diese Dame gehört ohne jeden Zweifel hierhin.

„Juten Tach, Hauptkommissar Brixmeier, Kripo Höxter, meine Kollejin Oberkommissarin von Sternberch." Der Spruch hat so gar nichts Tröstendes.

Das kommt auch bei der Spezialistin für die fachgerechte Entsorgung verblichener Zeitgenossen genau so an. Trost und Mitgefühl sind augenblicklich aus ihrer Mimik verschwunden.

„Kriminalpolizei?", fragt sie überrascht. „Aber wieso ..."

„Ist der Chef zu sprechen?", fragt der Hauptkommissar.

„Tut mir leid, mein Mann ist nicht da. Aber wenn ich Ihnen weiterhelfen kann ..."

„Sie sind also Frau Lesemann?"

„Ja, Karin Lesemann."

„Und Sie sind hier für den Verkauf zuständich."

„Kundenberatung, die notwendigen Formalitäten mit Behörden und Kirchen, Organisation von Trauerfeiern und den ganzen Bürokram", erklärt Frau Lesemann.

„Wir kommen wejen Ihrer Anjestellten, Frau Steinmeyer", lässt Brixmeier die Katze aus dem Sack.

„Die ist auch nicht da. Die hat man mit dem Rettungswagen ins Krankenhaus gebracht."

„Dat wissen wir bereits. Jetzt würden wir chern erfahren, wat hier passiert ist."

„Aber wieso ..."

„Beantworten Sie einfach meine Frage", sagt Brixmeier in dienstlichem Ton.

„Es war eigentlich alles wie immer. Ich hatte heute Morgen ein ausführliches Beratungsgespräch. Ansonsten habe ich im Büro gearbeitet, zusammen mit Henrike."

„Und es ist Ihnen nichts Unjewöhnliches aufjefallen?"

„Nein, es war alles ganz normal", sagt Frau Lesemann. „Um zwölf habe ich, wie üblich, den Laden abgeschlossen und bin zur Mittagspause rübergegangen. Wir wohnen nämlich direkt nebenan. Henrike hat ihre Mittagspause im Büro gemacht. Als ich gegen halb eins zurückgekommen bin, lag sie bewusstlos neben ihrem Schreibtisch. Ich habe dann sofort den Notarzt gerufen. Der war Gott sei Dank auch sehr schnell da. Aber was hat die Kriminalpolizei damit zu tun? Es war doch nur ein Kreislaufkollaps."

„Wer sacht dat?"

„Der Notarzt", antwortet Frau Lesemann, „obwohl ..."

„Obwohl wat?", hakt Brixmeier nach.

„Er hat mich so merkwürdig angesehen."

„Tja, Frau Lesemann, es war eben kein Kreislaufkollaps", sagt Katja. „Ihr sind K.-o.-Tropfen verabreicht worden."

„Was ...?", haucht Frau Lesemann zutiefst erschüttert. Sie muss sich setzen und ihr Gesicht nimmt eine Färbung an, die hervorragend zum Ambiente dieses Ladens passt.

„Es war sogar eine heftige Überdosis. Wenn Sie nicht so cheistesjejenwärtig jehandelt hätten, dann hätten Sie se chleich hier behalten können", ergänzt Brixmeier in seiner nicht gerade feinfühligen Art.

„Jetzt ist mir klar, was Sie hier machen." Frau Lesemann ist immer noch geschockt. „Aber Sie glauben doch nicht ..."

„Wir chlauben char nix", fällt der Hauptkommissar ihr ins Wort, „wir ermitteln! Und deshalb möchten wir jetzt ers mal den Arbeitsplatz von Henrike Steinmeyer sehen."

Frau Lesemann führt die beiden Beamten ins Büro und an den verwaisten Schreibtisch der Auszubildenden. Doch der sieht aus wie jeder Schreibtisch. Brixmeier hält plötzlich ein Kinderbuch in der Hand. „Tiere auf dem Bauernhof", grunzt er, „eine etwas unjewöhnliche Lektüre für eine erwachsene Frau."

„Das gehört Dennis", klärt Frau Lesemann den Beamten auf, „der lässt seine Sachen überall rumliegen."

„Wer ist Dennis?", will der Hauptkommissar wissen.

„Unser Sohn", antwortet Frau Lesemann.

„Frau Steinmeyer hat doch sicherlich irgendwelche Getränke dabei gehabt?", meldet sich Katja zu Wort.

„Ja, ich habe alles wieder in ihre Tasche gepackt."

„Und wo ist die Tasche?"

„In der Küche."

Frau Lesemann geht vor und die Beamten folgen ihr. In der kleinen Küche zeigt sie auf eine rote Stofftasche, die auf dem Küchentisch steht. „Das ist Henrikes Tasche."

Katja zieht sich Latex-Handschuhe an und schaut sich den Inhalt der Tasche näher an.

„Eine Butterbrotdose, eine halbvolle Colaflasche, ein leeres Glas, in dem sich noch ein Rest von … was weiß ich befindet", zählt die Oberkommissarin auf.

„Das ist ein Smoothie", erklärt Frau Lesemann. „Henrike bringt sich jeden Tag einen mit."

„Ein wat …?" Brixmeier schaut seine Kollegin fragend an.

„Das ist so 'ne Art Fruchtsaftgetränk. Sehr beliebt bei jungen Leuten", erklärt Katja ihrem Chef. Dann wendet sie sich wieder an Frau Lesemann: „Die Butterbrote hat sie von zuhause mitgebracht, nehme ich an. Und die anderen Sachen?"

„Auch. Den Smoothie hat sie selbst gemacht. Aber wo sie die Cola gekauft hat, kann ich Ihnen beim besten Willen nicht sagen."

„Sie sagten, dass sie die Sachen in die Tasche gepackt haben."

„Ja, das ist richtig."

„Wie haben Sie die Sachen vorgefunden?"

Sie gehen zurück zu Henrikes Schreibtisch und Frau Lesemann zeigt den Beamten zunächst, wo Henrike gelegen hat.

„Das Buch lag direkt neben ihr", sagt sie dann. „Die Cola, das leere Smoothieglas und die Butterbrotdose lagen auf dem Schreibtisch."

„Waren die Sachen zu oder offen?", fragt Brixmeier.

„Die Colaflasche war zu, das Glas und die Butterbrotdose waren offen", gibt die Angesprochene Auskunft.

„Chanz sicher?"

„Ganz sicher! Ich habe die Butterbrotdose und das Glas selber zugemacht, bevor ich alles weggepackt habe."

„Danke, fürs Erste reicht dat. Widdasehn, Frau Lesemann." Der Hauptkommissar wendet sich ab und geht.

Auch Katja verabschiedet sich und wenig später fahren die beiden Beamten zurück zum Präsidium. Sie machen aber einen kleinen Umweg und statten Henrikes Eltern noch einen kurzen Besuch ab. Die zeigen sich außerordentlich überrascht, als die Kriminalbeamten ihren Kühlschrank unter die Lupe nehmen und sämtliche selbst gemachte Smoothies konfiszieren.

„Das wird aber auch allmählich Zeit, Lange ist fast am Durchdrehen", begrüßt Toni seine beiden Kollegen.

„Wat hat denn der Herr Kriminalrat schon wieder?", knurrt Brixmeier verärgert.

„Der hat fast einen Anfall gekriegt, als er erfahren hat, wo ihr euch rumtreibt."

„Wieso dat denn?"

„Weil wir uns ausschließlich um die Morde an den jungen Frauen kümmern sollen. Die Sache mit dem St. Ansgar hätten auch Kollegen erledigen können ... hat er gesagt."

„Hat der jetz schon so viel Stress, dat der nich mehr klar denken kann? Ich sach nur: Überdosis K.-o.-Tropfen. Der soll mal chenau in seine Berichte kucken ... woran unsere Opfer wahrscheinlich jestorben sind. Wenn dat keine Spur is?" Der Hauptkommissar lässt sich genervt auf seinen Stuhl fallen.

„Und? Ist es eine Spur?", fragt Toni.

„Eher nich", meint Brixmeier, „'ne Verjewaltigungsdroge, am hellichten Tach, beie Arbeit! Dat macht doch überhaupt keinen Sinn. Entweder war dat ein total Bekloppter oder da hat sich einer einen chanz üblen Scherz erlaubt."

Katja ist es schließlich, die den ratlos dreinschauenden Toni darüber informiert, was sie im St. Ansgar und beim Bestatter erfahren haben. Sie beendet ihren Bericht mit den Worten: „Die im Labor hatten schon Feierabend. Vor morgen früh werden wir nicht erfahren, wo das Zeug drin war."

„Was soll's", meint Toni achselzuckend, „wenn wir den Fall sowieso abgeben."

„Char nix wird abjecheben", dröhnt Brixmeier los. „Der Fall bleibt so lange bei uns, bis hundertprozentich klar is, dat er mit den beiden Morden nix zu tun hat, und keine Sekunde eher. Und wenn sich der Herr Kriminalrat auf'n Kopp stellt. So, und jetz könnt ihr mich alle mal ... Bis Morjen."

„Sagen Sie, Brixmeier, gibt es eine Verbindung zwischen dieser Frau, die gestern ins Krankenhaus eingeliefert wurde, und unseren beiden Toten?", verlangt Kriminalrat Lange zu wissen. Er hat es sich nicht nehmen lassen, schon früh am Morgen in Brixmeiers Büro aufzukreuzen und seine schlechte Laune zu versprühen.

„Außer der Tatsache, dat se mit einer Überdosis K.-o.-Tropfen fast ins Jenseits befördert worden ist, keine", antwortet der Hauptkommissar betont gelassen.

„Das kann Zufall sein", meint der Kriminalrat.

„Ich bin schon zu lange Bulle, um an solche Zufälle zu chlauben", hält Brixmeier dagegen.

In dem Augenblick klingelt das Telefon. Toni geht ran und schon nach wenigen Worten bedankt er sich beim Anrufer und legt auf. Brixmeier wirft ihm einen fragenden Blick zu.

„Das war das Labor", sagt Toni. „Die K.-o.-Tropfen waren im Smoothie. Und zwar nur in dem, den ihr in der Fa. Lesemann sichergestellt habt. Alle anderen waren sauber."

„Und was haben Sie jetzt vor?", will Lange wissen.

„Wir brauchen 'nen Durchsuchungsbeschluss für die Fa. Lesemann, die Privatwohnung und sämtliche Fahrzeuje."

„Sie sind sich also sicher, dass ihr die K.-o.-Tropfen am Arbeitsplatz untergemischt worden sind?"

„Chanz sicher nich, abba mir is chrad noch 'ne Verbindung zu unseren beiden Toten einjefallen."

„Und die wäre?" Lange ist neugierig.

„Die beiden wurden doch fachmännisch aufjebahrt."

„Ja, und?"

„Macht so wat für jewöhnlich nicht ein Bestatter?"

„Nehmen Sie sich die Leute, die Sie brauchen und tun Sie, was Sie nicht lassen können", stimmt Kriminalrat Lange zu. „Ich kümmere mich um die Formalitäten."

Die Polizei fährt mit einem beachtlichen Aufgebot bei dem Bestattungsunternehmen Lesemann vor. Frau Lesemann schaut den Hauptkommissar nur fassungslos an.

„Was ist passiert?", fragt sie mit zitternder Stimme.

„Die K.-o.-Tropfen waren in dem Smoothie", erklärt Katja.

„Aber das kann doch gar nicht sein."

„Und wieso nich?", grunzt Brixmeier.

„Sie hat gestern zum Frühstück noch was davon getrunken. Das macht sie immer so. Die Hälfte trinkt sie zum Frühstück und den Rest in der Mittagspause. Und nach dem Frühstück war mit ihr alles in Ordnung", berichtet Frau Lesemann.

„Warum ham Se uns dat chestern nicht jesacht?", hakt der Hauptkommissar nach.

„Warum, warum ...? Ich habe nicht daran gedacht, dass es wichtig sein könnte", antwortet die Gefragte verdattert. „Wir haben schließlich nicht jeden Tag die Kriminalpolizei im Hause."

„Die Tatsache, dat es der jungen Frau nach dem Frühstück noch chut ching, ist ein eindeutiger Belech dafür, dat die K.-o.-Tropfen hier unterjemischt worden sind – und zwar in der Zeit zwischen Frühstück und Mittach. Deshalb werden wir uns ein wenich bei Ihnen umsehen." Brixmeier hält Frau Lesemann den Durchsuchungsbeschluss vor die Nase. „Außerdem brauchen wir die Fingerabdrücke von allen, die hier arbeiten, und eine Liste von den Leuten, die chestern zwischen Frühstück und Mittach hier im Betrieb waren. Wenn Sie sich bitte darum kümmern würden."

Frau Lesemann nickt schweigend, tritt zur Seite und gibt den Beamten den Weg frei. Brixmeier teilt seine Leute mit dröhnender Stimme ein: „Katja, du nimmst dir ein paar Kollejen und durchsuchst die Privatwohnung. Toni, du nimmst dir die Fahrzeuje vor und der Rest bleibt bei mir. Wir schauen uns den Bertieb mal näher an."

„Und was mache ich?", meldet sich Svenja Delmenhorst.

Welcher Vollidiot hat die denn mitjeschleppt, schießt es dem Hauptkommissar durch den Kopf.

„Sie könnte doch den Kollegen bei den Fingerabdrücken helfen", schlägt Katja vor.

„Von mir aus", knurrt Brixmeier. Dann begibt er sich mit seinen Leuten daran, das Bestattungsunternehmen fachgerecht auf den Kopf zu stellen.

Es vergehen einige Stunden, bis die Einsatzkräfte mit der Durchsuchung aller Gebäude und Fahrzeuge durch sind. Und obwohl sie, wie gewohnt, sehr gründlich vorgegangen sind, ist das Ergebnis ernüchternd. Sie haben weder im Betrieb noch im Privathaus, noch in den Fahrzeugen etwas gefunden, das im Zusammenhang mit dem Anschlag auf Henrike Steinmeyer stehen könnte.

Die Liste der zur Tatzeit anwesenden Personen macht auch nicht viel her. Außer Frau Lesemann tauchen nur ihr Ehemann und Hubert Ahlrogge, ein Rentner, der sich auf 450-€-Basis was dazuverdient, darauf auf. Und dass ausgerechnet der einer achtzehnjährigen Auszubildenden eine derartige Droge in den Smoothie rührt, erscheint mehr als unwahrscheinlich.

„Kann eigentlich auch jemand von außen unbemerkt ins Büro kommen?", fragt Katja Herrn Lesemann, der sich bislang eher im Hintergrund gehalten hatte.

„Grundsätzlich ja, der Hintereingang steht tagsüber immer offen – ich meine, er ist nicht abgeschlossen. Unsere Leute gehen während der Arbeitszeit da ein und aus. Ich halte es aber für ziemlich unwahrscheinlich, dass jemand über Mittag da reingekommen ist."

„Und wieso?", hakt die Oberkommissarin nach.

„Wer sollte so etwas tun?"

Ja, wer sollte so etwas tun?, denkt sich auch Katja. Dass Henrike keinen Freund hat, der sie während der Mittagspause besuchen würde, weiß sie von ihren Eltern.

„Gibt es denn außenstehende Leute, die sich hier gut genug auskennen?", fragt Katja weiter.

„Ja, natürlich! Postboten, Paketboten, Lieferanten. Dazu kommen verschiedene Handwerker, die von Zeit zu Zeit hier zu tun haben."

„Und die wissen, dass der Hintereingang tagsüber nicht abgeschlossen ist?"

„Einige schon."

„Und Sie haben hier keine Probleme mit Diebstahl?"

„Was wollen Sie denn hier klauen – etwa einen Sarg ... womöglich mit Inhalt?" Der Bestatter kann ein verschmitztes Grinsen nicht unterdrücken und Katja muss sich eingestehen, dass sie schon mal klügere Fragen gestellt hat.

„Wo ist eigentlich Ihr Sohn?", fragt sie, um das Thema zu wechseln.

„Der ist bei meinen Eltern. Ich habe ihn gestern zu ihnen gebracht, nachdem das mit Henrike passiert ist. Der Junge war total durch den Wind, als er sie da liegen gesehen hat. So habe ich ihn noch nie erlebt", erklärt Herr Lesemann.

„Nun ja, es kommt wahrscheinlich nicht so häufig vor, dass er jemanden wie tot am Boden liegen sieht", meint Katja.

„Eigentlich dürfte ihm das nichts ausmachen – bei meinem Beruf. Dennis hat bestimmt schon mehr Tote gesehen, als die meisten anderen in seinem Alter", entgegnet Herr Lesemann. „Aber gestern ist er fast durchgedreht."

Katja kann nichts Normales daran finden, dass ein Junge, der Star-Wars-Figuren sammelt und Poster von Harry Potter an den Wänden seines Zimmers kleben hat, jeden Tag von Toten und Friedhofsatmosphäre umgeben ist.

„Und Sie meinen, dass er sich bei seinen Großeltern wieder fängt?", fragt sie vorsichtig nach.

„Bestimmt", antwortet Dennis' Vater. „Meine Eltern leben in einem kleinen Dorf in der Nähe von Hameln. Sie haben jede Menge Tiere – einen Hund, drei Katzen, außerdem Enten, Hühner und Kaninchen. Dennis liebt Tiere über alles und er fühlt sich sehr wohl bei meinen Eltern."

Die Oberkommissarin nickt. Sie muss an das Buch denken, das auf Henrikes Schreibtisch gelegen hat – *Tiere auf dem Bauernhof.*

„Und jetzt bleibt er übers Wochenende da", vermutet die Oberkommissarin.

„Schön wär's, aber meine Eltern sind an diesem Wochenende zu einer goldenen Hochzeit eingeladen. Ich werde ihn heute Nachmittag wieder abholen."

„Ich stör ja unchern", grunzt Brixmeier seine Kollegin von der Seite an, „abba wir sind mit allem durch. Wenn du auch so weit bist, könnten wir ..."

„Ich bin so weit", sagt Katja. „Also, dann, Herr Lesemann, grüßen Sie Dennis von mir – unbekannterweise – und sagen Sie ihm, dass er sich um Henrike keine Sorgen machen muss."

„Ich weiß", gibt Herr Lesemann sanft lächelnd zurück. „Ich habe heute Morgen bei ihren Eltern angerufen und mich nach ihr erkundigt. Ich werd's ihm ganz bestimmt sagen."

„Und? Haben Sie was gefunden?" Kriminalrat Lange hat schon sehnlichst auf die Rückkehr von Brixmeiers Truppe gewartet.

„Nee, jefunden ham wir nix", gesteht der Hauptkommissar, „und wenn die Auswertung der Fingerabdrücke nix bringt ... Apropos Fingerabdrücke", Brixmeier wendet sich nun an Toni. „Wir brauchen noch die von Henrike Steinmeyer. Wenn du ..."

„Schon längst erledigt", fällt Toni ihm ins Wort.

„Wann hasse dat denn jemacht?"

„Als wir bei Lesemann fertig waren, habe ich zwei Kollegen zum St. Ansgar geschickt."

„Sehr jut", sagt Brixmeier anerkennend. „Hasse den Jungs auch ein bissken Dampf jemacht?"

„Das habe ich auch, aber hexen können die nicht", erwidert Toni. „Trotzdem kriegen wir die Ergebnisse heute noch."

„Brixmeier", meldet sich der Kriminalrat erneut zu Wort und in seiner Stimme schwingt ein bedrohlicher Unterton mit. „Ich hatte eben ein sehr langes und unerfreuliches Gespräch mit dem Landrat, und können Sie sich vorstellen, was der mir alles um die Ohren geschlagen hat?"

„Wenn ich ehrlich sein soll, Herr Kriminalrat, dann will ich mir dat char nich vorstellen."

„Sie wissen wahrscheinlich auch, dass Ihre Aktion nicht ganz lautlos vonstatten gegangen ist. Die Presse hat längst Wind davon bekommen."

„Auch dat weiß ich", knurrt der Hauptkommissar. „Et is mir nämlich nich entchangen, dat ein paar Presseheinis bei der Fa. Lesemann rumscharwenzelt sind und Fotos jemacht haben."

„Dann können Sie sich ja wohl vorstellen, was morgen in der Zeitung stehen wird", beklagt sich Lange lautstark. „Und wenn die spitzkriegen, dass wir außer heißer Luft nichts gefunden haben, Brixmeier, ich sage Ihnen, dann können wir uns warm anziehen."

„So weit sind wir noch nich", hält der Hauptkommissar dagegen. „Wir sollten erst mal abwarten, wat der Verchleich der Fingerabdrücke bringt. In Panik ausbrechen können wir dann immer noch."

„Es ist ein verdammt dünner Strohhalm, an dem Sie sich da festhalten, Brixmeier."

„’n andern hab ich nich, Herr Kriminalrat.“

Lange verlässt das Büro und alle hoffen insgeheim, dass sie ihn heute nicht mehr zu sehen bekommen.

„Wenn nix Besonderes anliegt, würde ich jetz chern meine Mittachspause nachholen“, grunzt Erwin Brixmeier und wirft einen fragenden Blick in die Runde. Da niemand der Kollegen Einspruch erhebt, ist er Sekunden später verschwunden.

Katja, Toni und Svenja sind Brixmeiers Beispiel gefolgt und haben ebenfalls ihre Mittagspause nachgeholt. Während Katja sich eine Nase voll frische Luft gegönnt hat, haben Toni und Svenja die Pause vor dem Bildschirm verbracht, wo der Oberkommissar der Praktikantin einige nützliche Tricks für die Internet-Recherche gezeigt hat.

Zuerst kommt Katja ins Büro zurück; Erwin Brixmeier lässt noch ein bisschen auf sich warten und es vergeht noch eine geschlagene halbe Stunde, bis er schließlich auftaucht. Die Laune, die er mitbringt, lässt nicht Gutes erahnen.

„Was ist denn mit dir los?“, fragt Toni sofort.

„Lange is mir noch mal über’n Wech jelaufen. Hat noch ’n Termin im Rathaus. Hatte abba noch jenuch Zeit, mich nach allen Rejeln der Kunst vollzusülzen. Weiß char nich, wat der von mir will. Chlaubt wohl, ich könnte ’n Täter außem Hut zaubern wie ’n weißes Karnickel?“

Noch während der Hauptkommissar seinem Unmut Luft macht, klingelt Tonis Telefon. Er geht ran. Seiner Mimik ist zu entnehmen, dass es sich um Neuigkeiten handelt, die auch für die Kollegen von Interesse sind. Es ist plötzlich sehr still im Raum und alle schauen den Oberkommissar neugierig an. Toni legt auf und kostet noch ein paar Sekunden seinen Wissensvorsprung aus.

„Auf dem Glas, in dem sich die K.-o.-Tropfen befanden, wurden die Fingerabdrücke von drei Personen gesichert", sagt er. „Erstens: Henrike Steinmeyer, zweitens: Karin Lesemann und drittens: eine unbekannte Person. Obwohl die Fingerabdrücke leicht verwischt sind, steht fest, dass sie weder Herrn Lesemann noch einem seiner Angestellten zuzuordnen sind."

„Also doch jemand von außen?", meint Katja nachdenklich.

„Sieht chanz danach aus", grunzt Brixmeier.

„Da ist noch eine Sache, die mir nicht aus dem Kopf geht", sagt Toni stirnrunzelnd. Dann fragt er: „Hat einer von euch diesen Dennis Lesemann schon mal zu Gesicht bekommen?"

„Nein", antwortet Katja.

„Nee", knurrt Brixmeier. „Warum willste dat wissen?"

„Wir gehen die ganze Zeit davon aus, dass Dennis Lesemann ein Kind ist?", meint Toni nachdenklich.

„Chlaubst du, ein erwachsener Mann liest so wat wie *Tiere auf'm Bauernhof?*", erwidert der Hauptkommissar gereizt.

„Du hättest mal sein Zimmer sehen müssen", wirft Katja ein. „Das war ein Kinderzimmer. Harry-Potter-Poster an den Wänden und Star-Wars-Figuren und andere Superhelden in den Regalen. Wenn ihr mich fragt, ich schätze Dennis auf zehn, höchstens zwölf Jahre."

„Hast du die Lesemanns mal nach seinem Alter gefragt?", hakt Toni unbarmherzig nach.

„Nein!" Katja ist leicht genervt.

„Fakt ist also: Wir wissen nicht, wie alt Dennis Lesemann ist", stellt Toni Allwisser ungerührt fest. „Ich denke, das sollten wir schnellstens ändern, und wenn es nur der Vollständigkeit halber ist."

„Toni, manchmal siehste Jespenster, abba meinetwejen tu, watte nich lassen kannst." Kopfschüttelnd wendet sich Erwin Brixmeier ab und setzt sich an seinen Schreibtisch.

Toni hämmert währenddessen auf seine Tastatur ein. Zwei Minuten vergehen, vielleicht drei.

„Wusst' ich's doch!", platzt er lautstark heraus. „Das solltet ihr euch mal ansehen."

Im Handumdrehen versammeln sich die Kollegen hinter Tonis Schreibtisch und sehen sich an, was er im Internet gefunden hat. Es ist ein Zeitungsbericht über die Fa. Lesemann, die vor zwei Jahren ihr fünfzigjähriges Bestehen gefeiert hat. Auf dem dazugehörigen Bild ist die ganze Familie Lesemann inmitten ihrer Angestellten zu sehen – Henrike Steinmeyer gehörte zu dem Zeitpunkt wohl noch nicht dazu. Besonderes Interesse gilt der vierten Person von links, bei der es sich laut Bildunterschrift um Dennis Lesemann handeln soll. Doch was Brixmeiers Team zu sehen bekommt, ist keinesfalls ein kleiner Junge, sondern ein ausgewachsener Mann.

„Die vonne Zeitung haben sich bestimmt vertan", kombiniert der Hauptkommissar messerscharf. „Dat is wahrscheinlich ein Anjestellter, der heute nicht mehr dabei is, und die haben irrtümlich den Namen von dem Sohn drunterjeschrieben."

„Wir werden seh'n." Und schon bearbeitet Toni erneut seine Tastatur. Es vergeht nicht einmal eine Minute und er hat den gesuchten Eintrag im Melderegister gefunden.

„Geboren am 13.03.1992!", verkündet er grinsend. „Also, wenn ihr mich fragt, ist Dennis Lesemann kein Kind mehr."

In Fassungslosigkeit vereint schauen Katja von Sternberg und Erwin Brixmeier ziemlich blöd aus der Wäsche.

„Aber das Kinderzimmer ... ich hätte wetten können ...",

würgt Katja kleinlaut hervor. Dann breitet sich betroffenes Schweigen im Büro aus.

„Wir brauchen seine Fingerabdrücke – und zwar heute noch." Brixmeier ist es, der als Erster wieder klar denken kann.

„Ich übernehme das", sagt Katja sofort. „Muss ja keiner von den Kollegen mitkriegen, dass wir ..." Den Rest des Satzes spart sie sich, dann greift sie zum Telefon.

„Wen willste jetz anrufen?", fragt der Hauptkommissar.

„Die Lesemanns."

„Willste die Fingerabdrücke telefonisch nehmen?", grunzt Brixmeier verwundert.

„Sehr witzig", gibt Katja zurück. „Dennis ist bei seinen Großeltern und Herr Lesemann will ihn heute noch von dort abholen. Ich wüsste gern, ob er inzwischen wieder zuhause ist."

Nun wählt sie die Nummer der Fa. Lesemann.

„Hallo, Frau Lesemann, hier Oberkommissarin von Sternberg, Kripo Höxter. Sagen Sie, ist Dennis schon wieder zuhause?"

Eine kleine Pause entsteht.

„Alles klar, dann komme ich gegen fünf noch mal zu Ihnen. Ach, und noch was: Wie alt ist Ihr Sohn eigentlich?"

Während die Oberkommissarin der Antwort lauscht, zieht sie erstaunt eine Augenbraue hoch.

„Nein, nein, ich frage nur wegen seines Zimmers. Das kam mir eher wie ein Kinderzimmer ..." Sie bricht den Satz ab. Offenbar ist ihr Frau Lesemann ins Wort gefallen. Diesmal dauert es zudem wesentlich länger, bis Katja wieder etwas sagt.

„ACH SOOOO ...! Ich verstehe. Also, ich bin dann um fünf Uhr bei Ihnen. Bis dann, Frau Lesemann."

Dann legt die Oberkommissarin auf. Sie schaut in die Runde und es ist ihrem Gesicht anzusehen, dass sie die Lösung des Rätsels nun kennt.

„Mach's nich so spannend", dröhnt Brixmeier ungeduldig.

„Dennis ist noch nicht zuhause. Sein Vater ist vor einigen Minuten losgefahren, um ihn abzuholen, und er muss um fünf wieder zurück sein, weil er noch einen wichtigen Termin hat. Dann werde ich bei den Lesemanns auf der Matte stehen und die Fingerabdrücke von Lesemann junior nehmen."

„Und? Isser nun erwachsen oder isser ein Kind?", hakt der Hauptkommissar ärgerlich nach.

„Sowohl als auch", antwortet Katja. Ein geheimnisvolles Lächeln umspielt ihren Mund.

„Willste uns jetz verarschen?"

„Dennis ist zweiundzwanzig Jahre alt – ein erwachsener Mann, aber mit dem Intellekt eines Zwölfjährigen. Er ist geistig behindert und er liebt Star Wars, er liebt Harry Potter und er liebt Tiere auf dem Bauernhof."

Wieder einmal scheint eine schwergewichtige Stille jedes Geräusch im Büro zu erdrücken.

„Sagt mal …", meldet sich Toni schließlich, „könnt ihr euch vorstellen, dass ein geistig Behinderter imstande ist, einem jungen Mädchen K.-o.-Tropfen zu verabreichen?"

„Wenn ich ganz ehrlich sein soll – nein", sagt Katja.

„Und wenn ich chanz ehrlich sein soll, ham wir uns char nix vorzustellen. Wir sammeln ausschließlich Fakten, und dazu jehören auch Fingerabdrücke. Katja, du weißt, watte zu tun hast", lautet Brixmeiers klare Ansage.

„Aye, aye, Sir", quittiert die Oberkommissarin den Befehl. Dann setzt sie sich an ihren Schreibtisch und erledigt noch Papierkram, der in den letzten Tagen liegengeblieben ist.

„Darf ich mitkommen?", fragt Svenja, als sich Katja um viertel vor fünf auf den Weg macht, Dennis Lesemann einen Besuch abzustatten.

„Meinetwegen", antwortet Katja. Sie verlässt das Büro und verabschiedet sich von Toni und Brixmeier mit einem müden: „Bis morgen."

„Morgen ist Samstag", bemerkt Toni.

„Schon verjessen?", knurrt Erwin Brixmeier, „solange der Frauenmörder noch frei rumläuft, is Wochenende jestrichen."

„Ja, ich weiß", erwidert Toni mit einem tiefen Seufzer, „ich hatte es nur kurzzeitig verdrängt."

„Ach, Frau Delmenhorst", fährt der Hauptkommissar fort, „Sie können chern zuhause bleiben. Et reicht, wenn wir uns dat Wochenende umme Ohren schlagen."

„Ich würde aber viel lieber kommen. Natürlich nur, wenn ich darf", entgegnet die junge Praktikantin erwartungsvoll. „Jetzt, wo es so richtig spannend wird."

„Wennet Sie chlücklich macht", grunzt der Hauptkommissar. Ja, es macht sie glücklich. Die Hausdurchsuchung ... jetzt noch einen Einsatz mit Katja ... und morgen ... wer weiß? Polizeiarbeit kann ja so aufregend sein. Aber nun muss sie sich beeilen, sonst fährt Katja womöglich ohne sie los.

Die Oberkommissarin stellt zufrieden fest, dass sich ihre Praktikantin allmählich mit dem Motorradfahren anfreundet. Sportlich wäre sicherlich das falsche Wort, aber wenigstens muss ihr der Fahrstil, den sie jetzt an den Tag legt, nicht mehr peinlich sein.

Katja wird bereits erwartet. Frau Lesemann führt sie und Svenja ins Wohnzimmer, wo sie nun auch Dennis kennenlernen. Er ist wirklich eine eindrucksvolle Erscheinung, groß und kräftig. Nur das Buch – Tiere auf dem Bauernhof –, in dem Dennis aufgeregt blättert, will gar nicht zu diesem jungen Hünen passen. Auch der zwanzig Zentimeter große Lord Darth Vader, den sich Dennis als Bodyguard mitgebracht hat, lässt darauf schließen, das dieser junge Mann anders ist als die meisten in seinem Alter.

„Das sind die Damen von der Polizei", stellt Frau Lesemann die beiden Neuankömmlinge vor.

„Hallo Dennis, ich bin Katja", sagt die Oberkommissarin freundlich lächelnd. Dennis Lesemann wirft ihr nur einen kurzen, schüchternen Blick zu, dann widmet er sich wieder seinem Buch.

„Und ich bin Svenja", stellt sich Katjas Begleiterin vor. Diesmal reagiert der junge Mann gar nicht so zurückhaltend. Er schaut Svenja einen Moment abschätzend an, dann springt er auf, greift ihre Hand, schüttelt sie dermaßen kräftig, als wolle er ihr den Arm ausreißen und sagt laut lachend:

„Ich bin Dennif!"

Damit ist das Eis gebrochen. Bleibt nur zu hoffen, dass dasselbe nicht mit Svenjas Arm passiert.

„Dennis", versucht es Katja wieder, „deine Mutter hat dir doch bestimmt erzählt, dass wir von der Polizei sind."

„Polifei? Feigft du mir deine Piftole?" Die Frage ist an Svenja gerichtet. Die schüttelt den Kopf.

„Ich habe keine Pistole", antwortet sie.

„Dann bift du auch nicht bei der Polifei. Alle Polififten haben eine Piftole", beharrt Dennis. „Haft du eine?", will er nun von Katja wissen.

„Ja, ich habe eine", sagt sie.

„Feigft du wie mir?"

„Ich weiß nicht, ob das so gut ist."

„Dennif will die Piftole wehen."

„Eigentlich sind wir hier hingekommen, weil wir deine Fingerabdrücke brauchen", erklärt Katja. „Ich mache dir einen Vorschlag: Wir machen ein paar schöne Abdrücke von deinen Fingern und dann zeige ich dir meine Pistole."

„Erft die Piftole!", beharrt Dennis.

„Frau Kommissarin", meldet sich Frau Lesemann, „Dennis kann in diesen Dingen sehr stur sein."

Katja zieht die Waffe aus dem Holster, entlädt sie mit ein paar gekonnten Griffen und zeigt sie Dennis – aber so, dass er sie nicht zu fassen bekommt.

„Du darfst sie auch in die Hand nehmen, aber danach machen wir die Fingerabdrücke", sagt Katja streng. Dennis mustert den schweren Revolver mit großen Augen und nickt heftig.

„Versprochen?", vergewissert sich Katja.

„Verfprochen!" Dennis kann es kaum erwarten.

Katja gibt ihm die Waffe. Dennis ist begeistert. Er schaut sie sich ganz genau an und von Zeit zu Zeit rutscht ihm ein entzücktes „Boah" oder „Geil" heraus. Dann springt er auf, nimmt eine ziemlich professionelle Haltung ein – die hat er wohl mal im Fernsehen gesehen – und schießt auf imaginäre Ziele: „Peng ... peng, peng!" Schließlich geht er hinter einem Sessel in Deckung und feuert weiter: „Peng, Peng ... peng, peng, peng!"

Katja lässt ihn eine Weile gewähren. Dann weist sie ihren selbst ernannten Hilfssheriff freundlich darauf hin, dass er die Pistole schon mindestens fünfmal leergeschossen hat ohne sie nachzuladen. Frau Lesemann fordert ihren Sohn mit deutlichen Worten auf, die Waffe an die Polizeibeamtin zurückzugeben, was Dennis auch ohne Widerspruch tut.

„So, jetzt sind die Fingerabdrücke dran. Du hast es ja

versprochen", sagt Katja, die bereits alle dazu notwendigen Utensilien ausgepackt hat.

Dennis setzt sich wieder. „Verfprochen ift verfprochen und wird auch nicht gebrochen", gibt er zurück. Er schaut sich ganz genau an, was die Oberkommissarin da macht, doch immer wieder wirft er Svenja einen scheuen Seitenblick zu.

„So, jetzt können wir", Sagt Katja.

„Wie woll daf machen!" Dennis zeigt auf Svenja.

„Du meinst, Svenja soll deine Fingerabdrücke nehmen?"

„Ja, Fenja woll daf machen."

Katja fragt sich, ob ihre Begleiterin das überhaupt kann.

„Ich krieg das schon hin." Svenja scheint zu ahnen, was die Oberkommissarin denkt. „Ich habe mir heute angesehen, wie das geht."

„Na dann." Katja überlässt der Praktikantin das Feld, aber sie schaut akribisch zu. Zu ihrer Überraschung geht Svenja wie ein Vollprofi ans Werk. Ja, sie hat wirklich sehr gut aufgepasst und erledigt den Job, als hätte sie das schon tausendmal gemacht. Die Oberkommissarin ist begeistert und Dennis macht voller Elan mit. Dabei schaut er Svenja immer wieder an wie ein verliebter kleiner Junge.

Schließlich ist auch das geschafft und die Damen von der Kripo Höxter verabschieden sich. Dennis lässt es sich nicht nehmen, Katja und Svenja nach draußen zu begleiten.

„Boah ... ift die geil", platzt es aus dem jungen Mann heraus, als er Katjas Motorrad sieht. „Ift daf deine?"

„Ja, das ist meine", sagt Katja.

„Darf ich mal mitfahren?"

„Vielleicht später mal. Wir müssen jetzt ganz schnell ins Präsidium."

Katja und Svenja setzen ihre Helme auf und steigen auf die Maschine. Dennis nutzt die Zeit, um sich das Motorrad von allen Seiten anzugucken. Wie oft er dabei noch „Boah" oder „Geil" gesagt hat – die Oberkommissarin hat irgendwann zu zählen aufgehört. Nachdem Svenja signalisiert hat, dass sie sicher auf dem Sozius sitzt, erweckt Katja den Motor zum Leben und gibt ihrer Suzuki die Sporen. Sollte Dennis ein weiteres Mal „Boah" oder „Geil" gesagt haben, hat es ganz sicher niemand gehört.

Katja hält vor dem Haus der Familie Delmenhorst.

„Ich dachte, wir wollten noch ins Präsidium", sagt Svenja verwundert.

„Das war 'ne kleine Notlüge. Ich wollte nur da weg – und das möglichst schnell", erklärte Katja. Dann legt sich ein verschmitztes Grinsen auf ihr Gesicht. „Ich glaube, du hast einen neuen Verehrer – FENJA."

„Hör bloß auf." Svenjas Begeisterung hält sich in Grenzen.

Katja wechselt das Thema: „Svenja, es ist wirklich nicht nötig, dass du morgen kommst. Gönn dir ruhig ein geruhsames Wochenende."

„Ich will aber kommen. Ich will jetzt nichts verpassen. Außerdem will ich wissen, ob das mit meinen Fingerabdrücken geklappt hat", hält sie stur dagegen.

„Das hat geklappt. Dafür, dass du dir das von den Kollegen abgeguckt hast, hast du es perfekt gemacht. Besser hätte ich es auch nicht gekonnt. So, ich fahre jetzt nach Hause. Gregor wartet." Katja setzt ihren Helm wieder auf, startet die Maschine und rauscht von dannen.

Dennis

Wer am Samstag arbeitet, darf ruhig etwas später kommen. So sieht es zumindest Hauptkommissar Brixmeier. Na ja, wenn es eine wirklich heiße Spur zu verfolgen gäbe, würde er es nicht so locker sehen, aber so ... Jedenfalls kreuzt er an diesem Morgen mit zwei Stunden Verspätung auf und trifft auf einen einsamen Oberkommissar Allwisser, der in Gedanken versunken seine Computertastatur foltert.

„Moin, Toni", knurrt er griesgrämig. „Wo hasse denn unsere Kollejin jelassen?"

„Die ist im St. Ansgar", antwortet Toni „Frau Steinmeyer ist vernehmungsfähig. Jetzt ist Katja dahin und redet mit ihr. Sie ist schon 'ne ganze Weile da – müsste eigentlich bald zurückkommen."

„Hätte ja auf mich warten können."

„Hat sie ja – mindestens eine halbe Stunde."

„Auch ejal", Brixmeier winkt ab, „ich kann Krankenhäuser sowieso nich leiden. Chibt et wat Neues von unserem dritten vermissten Engel, dieser Monika See ... irjendwat?"

„Nein, von Monika Seebrügge fehlt nach wie vor jede Spur", antwortet Toni „Die Kollegen aus Niedersachsen haben auch nichts."

„Und wat machen die Hinweise auße Bevölkerung, auf die Lange so chroße Stücke hält?"

„Die beschäftigen uns – bisher leider ohne Erfolg."

„Und wat machen wir dann hier?"

„Überstunden sammeln."

Bevor die beiden weiter lästern können, geht die Tür auf und Katja kommt rein.

„Guten Morgen Erwin, auch schon ausgeschlafen?", begrüßt sie ihren Chef.

„Nur keinen Neid. Hat dein kleiner Ausflug ins Krankenhaus wenichstens wat jebracht?", will Brixmeier wissen.

„Das kann man wohl sagen."

„Wir sind chanz Ohr."

„Bis Mittag war alles ganz normal. Frau Lesemann hat um Punkt zwölf Uhr den Laden abgeschlossen und ist dann auch sofort in ihre Privatwohnung gegangen. Henrike hat ihre Sachen ausgepackt und auf den Schreibtisch gestellt. Bevor sie mit ihrer eigentlichen Mittagspause begonnen hat, ist sie noch mal zur Toilette. Und dann wird es interessant! Als sie ins Büro zurückkam, war Dennis da und er hat sich sehr merkwürdig benommen."

„Benehmen sich solche Burschen, ich meine cheistich Behinderte nich immer etwas seltsam?", wirft Brixmeier ein.

„Wahrscheinlich. Aber Henrike kennt Dennis schon ziemlich lange – ihn und seine Eigenheiten. Vorgestern Mittag war er jedoch anders als sonst. Sie meint, er hätte sich benommen wie ein kleiner Junge, der bei etwas Verbotenem erwischt worden ist. Außerdem glaubt sie, dass er irgendetwas in der Hand hatte, was sie nicht sehen sollte. Er ist auch gleich abgehauen. Henrike hat noch hinter ihm hergerufen, weil er sein Buch auf ihrem Schreibtisch liegengelassen hatte. Aber Dennis ist nicht zurückgekommen. Dann hat sie ihre Tasche kontrolliert, weil sie dachte, er hätte ihr vielleicht was geklaut – es war aber noch alles da. Sie hat sich nichts weiter mehr dabei gedacht und ganz normal ihre Mittagspause gemacht. Sie hat gelesen, etwas gegessen und ihren Smoothie getrunken. Sie glaubt sich aber zu erinnern, dass der etwas komisch geschmeckt hat.

Tja, und dann ist sie plötzlich im Krankenhaus aufgewacht und wusste nicht, wie sie dahingekommen ist. Und sie hatte einen tierischen Brummschädel."

„So wie dat aussieht, sollten wir uns diesen Dennis so bald wie möchlich zur Brust nehmen", grunzt Brixmeier.

„Auch, wenn es so aussehen mag, ich glaube nicht, dass er das war", sagt Katja. „Wir haben ihn gestern kennengelernt. Dennis ist ein kleiner Junge im Körper eines Erwachsenen – ein schüchterner Junge, der keiner Fliege was zuleide tun kann. Nee, Erwin, der kann es unmöglich gewesen sein – frag Svenja ... Wo steckt die eigentlich?"

„Ich dachte, die wäre mit dir unterwechs", sagt Brixmeier.

„Ich habe sie heute auch noch nicht gesehen", bemerkt Toni verwundert. „Sie wollte doch unbedingt kommen."

„Ja, das hat sie mir gestern Abend auch noch mal gesagt, als sie nach Hause gefahren habe." Die Oberkommissarin ist ebenfalls leicht irritiert.

„Wahrscheinlich hat se die chanze Nacht Party jemacht und muss sich jetz ihren Rausch ausschlafen, oder sie hat einen neuen Typ kennenjelernt und is jetz bei dem am Ermitteln. Dat is für so'n junges Mädchen natürlich interessanter als so'n popliger Serienmörder", vermutet der Hauptkommissar.

„Das wird's wohl sein", meint Katja, „aber komisch finde ich es doch ... Um noch mal auf Dennis zurückzukommen: Woher soll er die K.-o.-Tropfen haben? Er ist geistig behindert. Er weiß wahrscheinlich nicht einmal, was K.-o.-Tropfen sind."

Die drei Beamten schauen sich ratlos an, bis Tonis Telefon sie aus ihrer Meditation reißt.

„Das ist bestimmt Svenja, gleich werden wir wissen, warum sie heute nicht gekommen ist", sagt Toni, dann nimmt er den Hörer ab.

Katja und Brixmeier erkennen an der Reaktion ihres

Kollegen, dass es nicht Svenja ist. Das Gespräch klingt dienstlich und ist schon nach wenigen Sekunden beendet.

„Bei der dritten Person, die das Smoothieglas in der Hand gehalten hat", erklärt Toni mit ernster Miene, „handelt es sich eindeutig um Dennis Lesemann."

„Cheistich behindert hin, cheistich behindert her, der Bursche wird uns jetz wat erklären müssen." Brixmeier wirft der Oberkommissarin einen forschenden Blick zu. „Katja, ihr habt doch sein Zimmer durchsucht ...?"

Weder Erwin Brixmeier noch Toni Allwisser hätten sich vorstellen können, die taffe Katja von Sternberg jemals so verlegen zu sehen. Ihre Kollegin steht da wie ein Mädchen im ersten Schuljahr, das seine Hausaufgaben nicht gemacht hat und nun nach den passenden Worten sucht, es dem Lehrer möglichst schonend beizubringen.

„Katja, chibt es da etwas, wat ich wissen sollte?" Die Stimme des Hauptkommissars klingt unerbittlich.

„Es war ein Kinderzimmer", kommt es kleinlaut über Katjas Lippen. „Das Zimmer eines kleinen Jungen. Da lag massenhaft Spielzeug rum. In den Regalen standen Kinderbücher und so'n Zeug. Kein normaler Mensch wäre auf die Idee gekommen, dass da K.-o.-Tropfen versteckt sein könnten."

„Willste uns damit sagen, dat ihr dat Zimmer von Dennis nich durchsucht habt?" Brixmeiers Gesicht wirkt maskenhaft.

„So würde ich es nicht sagen. Wir haben vielleicht nicht so gründlich gesucht wie in den anderen Räumen."

„VERDAMMTE SCHEISSE!", brüllt Brixmeier, dabei lässt er seine Schwerarbeiterpranke so heftig auf den Schreibtisch krachen, dass man Angst um das gute Möbelstück haben muss. „Wisst ihr, was dat heißt? Könnt ihr mir mal verraten, wie ich dem Staatsanwalt verklickern soll, dat wir ein Zimmer durchsuchen müssen, dat wir chestern schon durchsucht haben – und dat auch noch am Wochenende. Chanz zu schweigen von dem Einlauf, den ich mir am Montach von unserm lieben Herrn Kriminalrat abholen darf. Vielen Dank, Frau Kollejin, dat hasse chanz prima hinjekricht."

„Nun werd mal nicht ungerecht, Erwin", mischt sich Toni ein. „Wenn ich mich recht erinnere, warst du gestern auch noch davon überzeugt, dass Dennis ein Kind ist."

„Is ja chut", grunzt der Hauptkommissar. „Ihr beide fahrt schon mal los und nehmt euch diesen Dennis vor. Ich werd mal sehn, ob der Staatsanwalt meinen Kopp noch dran lässt, wenn ich ihm mit 'nem neuen Durchsuchungsbeschluss komme."

„Ich wünsch dir viel Glück." Toni steht auf und geht zur Tür. Katja folgt ihm unauffällig. Sie sagt nichts, denn sie weiß, dass sie sich diesen Anschiss redlich verdient hat.

„Ein Gutes hat die Sache jedenfalls", meint Toni, mit so einem erwartungsvollen Glanz in den Augen.

„Tatsächlich ...?", gibt Katja gereizt zurück.

„Ich darf endlich mal wieder auf deinem heißen Geschoss mitfahren."

„Freu dich nicht zu früh, ich bin ziemlich geladen", warnt ihn Katja und er bekommt schon sehr bald zu spüren, was sie damit meint.

Als Toni Allwisser vor dem Haus der Lesemanns mit weichen Knien von Katjas Maschine steigt, fragt er sich, ob es auch nur eine Verkehrsregel gibt, gegen die seine Kollegin nicht verstoßen hat – ihm fällt keine ein.

Frau Lesemann wirkt sehr beunruhigt, als die Polizei schon wieder vor der Tür steht.

„Wir müssen unbedingt noch mal mit Dennis sprechen", sagt Katja ohne Umschweife.

„Da müssten sie sich noch einen Moment gedulden, ich muss ihn erst wecken. Er schläft nämlich noch", erwidert Frau Lesemann, dann lässt sie die Beamten allein. Es dauert etwa zwanzig Minuten, bis sie, begleitet von ihrem Sohn, wieder erscheint. Sie setzen sich ins Wohnzimmer und bevor Katja mit der Befragung beginnt, hat sie noch eine Information, die, wie sie hofft, die ganze Situation etwas entspannt.

„Ich war heute früh im Krankenhaus und habe mit Henrike gesprochen", sagt sie. „Es geht ihr wieder gut und sie wird in ein paar Tagen entlassen."

Während Dennis' Mutter sehr erfreut über diese Neuigkeit ist, zeigt er sich wenig beeindruckt. Er scheint irgendwie zu ahnen, dass er ins Fadenkreuz der Polizei geraten ist.

„Dennis, Henrike hat mir etwas Interessantes erzählt", Katja macht eine kleine Pause. „Sie hat mir erzählt, dass du bei ihr im Büro warst, und zwar unmittelbar bevor sie zusammengebrochen ist. Willst du uns mal erzählen, was du da gemacht hast?"

Dennis will offensichtlich nicht. Er schweigt beharrlich. Stattdessen blättert er wie wild in seinem mitgebrachten Buch rum und jeder der Anwesenden spürt, dass er etwas zu verbergen hat.

„Dennis, willst du mir denn verraten, was du da gemacht hast?", schaltet sich seine Mutter ein. Doch auch das will er nicht. Jeder weitere Versuch, etwas von dem jungen Mann zu erfahren, prallt an einer Mauer des Schweigens ab. *Wenn doch jetzt Svenja hier wäre,* denkt Katja. *Sie hatte einen sehr guten Draht zu Dennis. Mit ihr würde er ganz bestimmt reden.* Doch sie ist nicht da, also versucht es Katja auf einem anderen Weg.

„Schläfst du eigentlich immer so lange?"

Doch auch die Antwort bleibt der Gefragte ihr schuldig.

„Normalerweise steht er früher auf, aber letzte Nacht war er mal wieder auf Achse", gibt Frau Lesemann Auskunft.

„Wie, auf Achse?", hakt die Oberkommissarin nach.

„Das macht er hin und wieder. Er verschwindet dann spät abends aus dem Haus – das kriegen wir manchmal gar nicht mit, dann geht er stundenlang durch die Stadt und kommt erst spät in der Nacht zurück. Letzte Nacht war es gegen vier. Kein Wunder, dass er heute Morgen nicht aus dem Bett kam."

„Und Sie lassen ihn einfach nachts allein durch die Stadt laufen. Ist das nicht zu gefährlich?", wirft Toni ein.

„Wir können ihn doch nicht einsperren", entgegnet Frau Lesemann. „Außerdem kennt er sich bestens in Höxter aus und er kann sich sicher im Straßenverkehr bewegen."

„Macht er das, wie er gerade Lust und Laune hat?", fragt Toni weiter.

„Nein, meistens dreht er immer dann nachts seine Runden, wenn er am Tag irgendwas besonders Aufregendes erlebt hat."

„Und was gab es gestern Aufregendes?"

„Gestern waren Ihre beiden Kolleginnen hier."

„Was war denn daran so aufregend, dass Dennis die halbe Nacht durch Höxter gelaufen ist?", will Toni nun wissen.

Hoffentlich sagt sie jetzt nichts von der Pistole, schießt es Katja mit Schrecken durch den Kopf, *das kann ich heute gar nicht gebrauchen.*

„In erster Linie war es wohl Ihre junge blonde Kollegin." Ein dezentes Lächeln legt sich auf Frau Lesemanns Gesicht. „Von ihr war Dennis sehr beeindruckt. Und von dem Motorrad natürlich."

Es klingelt an der Tür.

„Das werden die Kollegen sein", sagt Katja schnell, bevor jemand auf die Idee kommt, doch noch die Pistole zu erwähnen.

Frau Lesemann schaut Katja erstaunt an. Sie will gerade fragen, was die denn hier wollen, da klingelt es schon ein zweites Mal. Etwas unentschlossen steht Dennis' Mutter auf und geht zur Tür. Wenig später kehrt sie in Begleitung des genervt dreinschauenden Hauptkommissars zurück.

„Hab keine Leute gekricht. Müssen uns dat Zimmer von dem jungen Mann wohl selber vornehmen", grunzt er. „Toni, wenn ich dich bitten dürfte."

Katja springt auf und will mitkommen.

„Hat er dir schon wat erzählt?", fragt Brixmeier.

„Leider nein."

„Dann versuch et weiter. Wir schauen uns inzwischen sein Zimmer an."

Na prima, denkt Katja, *jetzt traut er mir nicht mal mehr zu, ein Zimmer zu durchsuchen. Was soll's, dann sollen die Herren der Schöpfung das doch selbst erledigen.* Sie startet derweil einen neuen Anlauf, dem schweigsamen Hünen ein paar Worte zu entlocken.

Mit viel Geduld und noch mehr Fingerspitzengefühl gelingt es der Oberkommissarin, ihrem Gegenüber die Zunge zu lösen. Leider redet Dennis nur, solange es um unverfängliche Dinge geht. Sobald Katja den Vorfall mit Henrike anspricht, wird er stumm wie ein Fisch. Selbst seine Mutter kann ihn nicht dazu bewegen, zu erzählen, was in der besagten Mittagspause vorgefallen ist. Das geht eine ganze Weile so. Katja ist tierisch genervt, denn auch Herr Lesemann, der mittlerweile dazugekommen ist, beißt sich an der Halsstarrigkeit seines Sohnes die Zähne aus.

Endlich wird Katja erlöst. Geräusche auf dem Flur lassen darauf schließen, dass die Durchsuchung beendet ist. Die Tür geht auf und die Beamtin kann den ernsten Mienen ihrer beiden Kollegen entnehmen, dass sie offenbar etwas gefunden haben.

Der Hauptkommissar tritt an den Couchtisch und legt drei in Plastiktüten eingepackte Gegenstände darauf – ein Handy, eine Digitalkamera und ein Fläschchen, das zu etwa einem Drittel mit einer unbekannten Flüssigkeit gefüllt ist.

„Kommen Ihnen diese Jejenstände bekannt vor?" Die Frage ist an Herrn und Frau Lesemann gerichtet.

„Daf wind meine!" Dennis explodiert geradezu. Er springt auf und will nach den Sachen greifen. Zum Glück reagieren Toni und Herr Lesemann sofort. Es gelingt ihnen im letzten Moment, den aufgebrachten jungen Mann unter Kontrolle zu bringen. Das ist gar nicht so einfach, denn Dennis verfügt über Bärenkräfte. Toni allein hätte trotz seiner Ausbildung wahrscheinlich seine liebe Not gehabt.

„Daf gehört Dennif. Mama, wag denen, daf die daf nicht dürfen", brüllt der junge Mann immer wieder. Nachdem die beiden Männer Dennis ins Nebenzimmer eskortiert haben, wiederholt der Hauptkommissar seine Frage.

„Frau Lesemann, ham Sie die Sachen schon mal jesehen?"

Die Gefragte schüttelt den Kopf. „Dennis hat kein Handy. Er hat zwar eine Digitalkamera – er fotografiert nämlich für sein Leben gern, müssen Sie wissen –, aber die da", sie deutet auf die Kamera in der Plastiktüte, „habe ich noch nie gesehen. Und das Fläschchen ...?" Das Gesicht von Frau Lesemann wirkt mit einem Mal auffallend grau. „Ist da etwa dieses Zeug drin ...? Sie wissen schon."

„Dat werden die im Labor feststellen", grunzt Brixmeier.

Nach einer kurzen Pause fährt er mit eindringlicher Stimme fort: „Frau Lesemann, ich fürchte, wir werden Ihren Sohn mitnehmen müssen. Werden wir dat so hinkriejen, oder müssen wir Verstärkung anfordern?"

Dennis' Mutter braucht einen Moment, um diesen Schock zu verdauen. „Darf ich mitkommen?", will sie wissen.

„Selbstverständlich."

„Dann wird es wohl so gehen."

Zehn Minuten später steigen Brixmeier, Toni, Frau Lesemann und Dennis in den alten Ford Granada. Herr Lesemann steht fassungslos am Straßenrand und verfolgt die Szene wie in Trance. Katja steht neben ihm. „Ich weiß nicht, was die im Labor finden werden", sagt sie mitfühlend, „es kann aber nicht schaden, wenn Sie ihm einen guten Anwalt besorgen."

Herr Lesemann nickt und Katja steigt auf ihre Maschine und fährt ihren Kollegen nach.

Im Präsidium versucht nun der große Meister sein Glück. Hauptkommissar Brixmeier übernimmt persönlich die Befragung von Dennis Lesemann. Doch auch er muss bereits nach kurzer Zeit erkennen, dass der junge Mann ein Geheimnis für sich behalten kann. Ganz gleich, was Brixmeier anstellt, ob er nun den väterlichen Freund mimt oder aber den bösen Bullen spielt, Dennis bleibt verschwiegen wie ein Grab. Das geht eine ganze Weile so. Eine undefinierbare Spannung liegt im Raum. Frau Lesemann, Katja und besonders der Hauptkommissar reagieren inzwischen ziemlich gereizt. Lediglich Dennis, der sich auch hier der dunklen Seite der Macht, vertreten durch Lord Darth Vader, verschrieben hat, tut so, als wäre nichts geschehen. Plötzlich geht die Tür auf. Tonis Gesicht sieht ungewöhnlich ernst aus.

„Erwin, Katja, habt ihr mal einen Moment? Ich muss euch was zeigen."

Die beiden Angesprochenen folgen Toni ins Büro und an seinen Schreibtisch. Ein paar schnelle Mausklicks und auf dem Bildschirm erscheint ein Foto.

„Das ist ja Elke Bremer", sagt Katja erstaunt.

„Die Fotos sind vom 23. September", erklärt Toni.

„DIE Fotos ...?", fragt Brixmeier.

„Ja", antwortet Toni, dann klickt er weiter. Bei jedem Mausklick erscheint ein neues Bild. Alle zeigen die junge Frau, tot, nackt und kunstvoll aufgebahrt in dem Kellerraum des leerstehenden Hauses in Lütmarsen. Nach etwa zwanzig Fotos ändert sich plötzlich das Gesicht und der Raum.

„Monika Seebrügge", kommentiert Toni. „Die Fotos sind am 14. Oktober gemacht worden, exakt fünf Tage nachdem sie als vermisst gemeldet wurde. Damit dürfte feststehen, dass auch sie tot ist. Das ganze Drumherum sieht genauso aus wie bei den beiden anderen."

Wieder klickt Toni weiter und wieder sind es ungefähr zwanzig Fotos, bis sich das leblose Modell und die Kulisse ein weiteres Mal ändert. Nun ist es Constanze Maier, die zu sehen ist, was niemanden mehr wundert.

„Diese Aufnahmen sind am 18. November entstanden. An dem Tag, als Constanze Maier gefunden wurde", bemerkt Toni.

„Wo hasse die Fotos her?", fragt der Hauptkommissar.

„Von der Kamera, die wir bei Dennis gefunden haben."

Einen Wimpernschlag lang herrscht gespenstische Stille im Büro.

„Dat heißt, dat unser erwachsenes Kind möchlicherweise ein dreifacher Mörder is", stellt Brixmeier dann nüchtern fest.

„Das glaube ich nicht!", hält Katja prompt dagegen. „Schau ihn dir doch an, der ist doch vollkommen harmlos. Der ist gar nicht fähig, jemandem so was anzutun."

„Wenn du dich da mal nich verjaloppierst. Und wie kommt der da dran?" Der Hauptkommissar zeigt auf den Bildschirm.

„Die Fotos beweisen genau genommen nicht einmal, dass er am Fundort der Leichen war. Die kann nämlich auch jemand anders gemacht haben."

„Katja, hast du mal auf seine Füße geguckt?", fragt Toni.

„Was haben seine Füße damit zu tun?", will Katja wissen.

„Er hat ziemlich große Füße. Ich würde sagen: Schuhgröße 47. Und wenn er auch noch Adidas Performance Laufschuhe in seinem Schuhschrank hat ..."

„Dat sollten wir zügich klären", wirft Brixmeier ein.

„Und wir sollten eine DNA-Probe nehmen", schlägt Toni vor. „Vielleicht war er es ja auch, der seine ganz persönliche Note an den Fundorten hinterlassen hat."

„Und selbst wenn, dann beweist es nicht, dass Dennis die Frauen umgebracht hat", beharrt Katja auf ihrer Meinung.

„Dat tut es nich, abba et beweist, dat er bis über beide Ohren in der Sache drinsteckt", gibt der Hauptkommissar zu bedenken. „Und dat, wat wir haben, reicht allemal für einen Haftbefehl. Toni, mach mir doch mal 'n paar Ausdrucke. Ich brauche ein Bild von jedem Opfer."

„Du willst Dennis doch wohl nicht hierbehalten?" fragt die Oberkommissarin.

„Warum denn nicht? Dat würden wir mit jedem anderen auch machen, wenn wir jenuch belastendes Material finden."

„Erwin, der Junge ist geistig behindert. Der ist nicht wie jeder andere. Wir haben gar keine Möglichkeit, ihn halbwegs vernünftig hier unterzubringen", argumentiert Katja.

„Wo sie recht hat, hat sie recht", mischt sich Toni ein. „Was haltet ihr davon, wenn ihr erst mal wieder reingeht und ihn mit den neuen Fakten konfrontiert? Schaut mal, wie er und seine Mutter reagieren. Dann könnt ihr euch immer noch überlegen, ob ihr ihn hierbehalten wollt oder nicht."

Sowohl Katja als auch Brixmeier können sich mit Tonis Vorschlag anfreunden. Sie begeben sich also wieder in den Verhörraum. Der Hauptkommissar kommt noch mal zurück, um sich die Bilder, die Toni für ihn ausgedruckt hat, aus dem Drucker zu nehmen. Die legt er dann, ohne etwas zu sagen, vor Dennis auf den Tisch – eins nach dem anderen.

„Die hat Dennif fön gemacht", sagt der junge Mann spontan. Dabei strahlt er über das ganze Gesicht.

„Dennis, du sagst jetzt kein Wort mehr", fährt ihn seine Mutter harsch an. An die Beamten gerichtet fährt sie fort: „Was sind das überhaupt für Fotos?"

„Das sind Fotos von den ermordeten Frauen – Sie werden in der Zeitung davon gelesen haben – und wir haben sie auf der Kamera gefunden, die Ihr Sohn in seinem Zimmer versteckt hatte", antwortet Katja.

„Wollen Sie damit andeuten, dass unser Sohn etwas mit dem Tod dieser Frauen zu tun hat?"

„Er steckt jedenfalls irgendwie in der Sache drin", sagt die Oberkommissarin. „Und das nicht zu knapp."

„Das glauben Sie doch selbst nicht", gibt Frau Lesemann entrüstet zurück. „Wir sagen von jetzt ab nichts mehr ohne unseren Anwalt. Komm, Dennis, wir gehen."

„Ihr Sohn steckt sogar so tief in der Sache drin, dat es für einen Haftbefehl reicht", grunzt der Hauptkommissar.

„Aber Sie können doch nicht ...", stammelt Dennis' Mutter ungläubig.

„Doch, wir können", hält Brixmeier dagegen. „Sagn Sie, wat für eine Schuhjröße hat Dennis eigentlich?"

„Siebenundvierzig."

„Besitzt er auch Laufschuhe der Marke Adidas?"

„Ja."

„Ach ja, und 'ne DNA-Probe von Dennis brauchen wir auch."

„Brauchen Sie dafür nicht einen richterlichen Beschluss?"

„Ja, den brauchen wir", antwortet Brixmeier. „Ich will ma ehrlich sein, Frau Lesemann: Mit dem, wat wir haben, steckt Ihr Sohn chanz schön tief inne Scheiße. Einen richterlichen Beschluss krieg ich auf der Stelle. Ich weiß auch nich, ob Dennis schuldfähich ist, oder nich. Abba wenn Ihr Sohn nix anjestellt hat, sollten Sie uns helfen, dat zu klären. Dazu brauchen wir seine DNA und seine Schuhe. Und wenn Se mir hoch und heilich versprechen, Montachmorjen um Punkt zehn mit Dennis hier auffe Matte zu stehen, können Se ihn mit nach Hause nehmen – vorerst."

Frau Lesemann überlegt einen Augenblick. Sie schaut Katja unsicher an. Die nickt ihr aufmunternd zu, denn sie findet den Vorschlag ihres Chefs sehr vernünftig. Nicht nur das – sie hätte diesem westfälischen Dickschädel niemals ein so großzügiges Verhalten zugetraut.

„Tun Sie, was Sie für richtig halten", sagt Dennis' Mutter schließlich. Die Oberkommissarin kümmert sich persönlich um die Speichelprobe. Eine Prozedur, die Dennis eher belustigt über sich ergehen lässt. Der Hauptkommissar verzichtet auf jede weitere Befragung und fährt die Lesemanns nach Hause. Katja begleitet ihn. Die Beamten nehmen bei der Gelegenheit Dennis' Schuhwerk näher unter die Lupe. Sie finden ein Paar Laufschuhe der Marke Adidas in der Größe 47 und stellen sie sicher. Das allerdings findet Dennis nicht so lustig.

„Wir seh'n uns Montachmorjen um zehn Uhr auf'm Präsidium. Wenn nicht, steht Ihr Sohn fünf Minuten später chanz oben auffe Fahndungsliste. Und bringen Se Ihren Anwalt mit." Mit dieser Ermahnung verabschiedet sich Brixmeier von Herrn und Frau Lesemann. „Ach, und noch wat: Es wäre chut, wenn Dennis heute und morjen Nacht nich durch Höxter cheistert."

„Könnte sein, dass wir uns auf etwas dünnem Eis bewegen?", meint Toni, als Katja und ihr Chef zurückkommen.

„Weil ich den laufen jelassen habe ...?"

„Ganz genau."

„Komisch, vorhin hasse noch chanz anders jeredet."

„Vorhin wusste ich auch noch nicht, was ich jetzt weiß", erwidert Toni, dessen Stirn sich sorgenvoll in Falten legt.

„Und wat weißte jetz?"

„Ihr wisst doch, dass die Spusi an der Eingangstür zu der alten Tischlerei in Godelheim Fingerabdrücke gefunden hat."

„Und jetz willste uns sagen, dat die von Dennis Lesemann sind", grunzt der Hauptkommissar.

„Genau."

„Und wieso sachste uns dat jetz erst?", keift Brixmeier den armen Toni an.

„Weil ich es selber eben erst herausgefunden habe", giftet der Oberkommissar zurück.

„Dann muss ich doch wohl noch 'n Haftbefehl besorjen."

„Musst du nicht", wirft Katja ein. „Der Junge ist geistig behindert. Wo soll er denn hin? Oder glaubst du vielleicht, er setzt sich übers Wochenende nach Südamerika ab?"

„Dein Wort in Gottes Jehörgang", knurrt Brixmeier. „Toni, du kümmerst dich darum, dat wir bis Montach, zehn Uhr alle Erjebnisse vonne KTU auf'm Tisch ham. Tritt denen ruhich ein bissken auffe Füsse – du kennst dat ja. Hasse dir dat Handy von dem Jungen mal näher anjesehen?"

„Ja", antwortet Toni, „das habe ich. Dennis wurde mehrfach angerufen. Es war immer dieselbe Nummer."

„Prepaid?", fragt Katja beiläufig. Toni nickt.

„Interessant ist aber, wann er angerufen wurde", erklärt er weiter. „Der erste Anruf war am 22. September"

„Dat ist doch der Tach, an dem ...", sinniert Brixmeier.

„... vermutlich Elke Bremer ermordet worden ist", ergänzt Katja.

„Danach gab es einige sporadische Anrufe", fährt Toni fort. „Aber um den 14.10. und den 18.11. – ich nehme an, die Daten sagen euch etwas – nahm die Zahl der Anrufe sprunghaft zu."

„Oh, ja, die Daten sagen uns was", bestätiget Katja leise.

„Dennis selbst hat niemanden angerufen", ergänzt Toni.

„Der chroße Unbekannte", grunzt der Hauptkommissar.

„Wetten, dass er Schuhgröße 43 hat", vermutet Katja.

„Wetten, dat ich jetzt Wochenende habe", kontert Brixmeier. „Also dann ... wir seh'n uns Montach."

Der Hauptkommissar ist schon fast auf dem Flur, da dreht er sich noch mal um. „Ach, Katja, würdest du deinem

Doktor Bescheid sagen. Kann nich schaden, wenn er am Montach bei der Vernehmung von Dennis dabei is."

„Mein Doktor ...?" Katja schaut ihren Chef argwöhnisch an.

„Na, diesen Polizeipsycho ... Am besten rufste 'ne heute noch an", klärt Erwin Brixmeier seine Kollegin auf.

„Das ist nicht MEIN Doktor", entrüstet sich Katja.

„Ejal, ruf 'ne trotzdem an!" Dann fliegt die Tür zu.

Verstörende Erkenntnisse

Als Erwin Brixmeier am Montagmorgen ins Büro kommt, sitzen seine Kollegen bereits an ihren Schreibtischen und starren angestrengt auf die Bildschirme.

Nach der kurzen Begrüßung hat Toni eine verheißungsvolle Botschaft für seinen Chef: „Lange hat Sehnsucht nach dir."

„Hasse der KTU richtich Druck jemacht?", fragt Brixmeier.

„Habe ich!", antwortet der Kollege. „Du solltest ihn nicht warten lassen, er machte einen etwas nervösen Eindruck."

„Dat is nix Neues", grunzt der Hauptkommissar ärgerlich, dann ist er auch schon wieder verschwunden.

„Na, mein lieber Brixmeier, wie mir zu Ohren gekommen ist, gibt es Neuigkeiten", empfängt ihn Lange in seinem Büro.

„Et chibt 'n paar chanz interessante Hinweise", versucht der Hauptkommissar die Sache kleinzureden. „Wir warten abba noch auf die Erchebnisse von der KTU."

„Dann berichten Sie mal", fordert ihn der Kriminalrat auf – und Brixmeier berichtet.

„Sagen Sie, Brixmeier, sind Sie von allen guten Geistern verlassen?", brüllt der Kriminalrat ungehalten. „Sie haben einen Hauptverdächtigen und lassen ihn laufen?"

„Dat is 'n cheistich Behinderter. Sie wissen doch, dat die Öffentlichkeit ziemlich komisch reagiert, wenn wir so einen ohne hieb- und stichfeste Beweise einsperren", verteidigt sich Brixmeier.

„Und Sie wissen, dass die Öffentlichkeit ziemlich komisch reagiert, wenn wir einen Mörder frei rumlaufen lassen – ob nun geistig behindert oder nicht", kontert Lange. „Ganz zu schweigen vom Landrat. Können Sie mir vielleicht sagen, was ich dem erzählen soll?"

„Erzählen Se dem, dat wir 'ne heiße Spur ham und dat er seine Verhaftung kricht, sobald uns die KTU wat Handfestes liefert", antwortet der Hauptkommissar. „So, und jetz muss ich wieder anne Arbeit, sonst muss sich unser Herr Landrat noch etwas länger cheduldn."

Er steht auf und will gehen. Kriminalrat Lange bremst ihn aus: „Brixmeier, ich erwarte konkrete Ergebnisse – und zwar heute noch. Eine Verhaftung wäre wünschenswert. Enttäuschen Sie mich nicht."

Der Hauptkommissar grunzt etwas Unverständliches und geht zurück an seine Arbeit. Da er nach Langes Ansprache wieder einmal etwas genervt ist, machte er einen kleinen Umweg.

„... schon weiter, wenn der uns nich ständich vonne Arbeit abhalten würde", grummelt Erwin Brixmeier ärgerlich, als er, nachdem er reichlich Frischluft getankt hat, ins Büro kommt. „Habt ihr inzwischen wat vonne KTU? Lange will heute noch einen Täter."

„Mit einem Täter kann ich dir leider nicht dienen, aber wir haben vielleicht einen Hinweis auf Monika Seebrügge", erklärt Toni mit einen Hauch von Euphorie in der Stimme.

„Na, dann schieß ma los."

„Wir beide haben uns die Fotos von Monika Seebrügge mal genauer angesehen – besonders den Hintergrund", sagt Toni. „Leider ist der auf den meisten Bildern sehr unscharf, aber trotzdem glaube ich, dass es sich bei dem Raum um eine alte KFZ-Werkstatt handelt. Auf einem Bild ist nämlich etwas zu sehen, das wie eine Hebebühne aussieht."

„Das sehe ich genauso", wirft Katja ein.

„Und schau dir das hier mal an", Toni fordert seinen Chef auf, näherzukommen. Der tritt hinter seinen Kollegen und schaut ihm neugierig über die Schulter. Auf dem Bildschirm ist der leblose Körper von Monika Seebrügge zu sehen.

„Siehst du das?" Toni zeigt auf etwas, das am Bildrand zu sehen ist. „Ich habe die Stelle mal vergrößert."

Nun ist ein Pappkarton zu erkennen, auf dem etwas Weißes klebt, offenbar ein Adressaufkleber – ein beschädigter Adressaufkleber.

„Das habe ich mal ein bisschen mit Photoshop bearbeitet", sagt Toni. „Leider kriege ich es nicht schärfer. Schau dir das mal ganz genau an und sag mir, was du erkennst."

„Willste mich jetzt verarschen?", fragt Brixmeier. Auf dem weißen Aufkleber sind nur diffuse dunkle Schatten zu sehen.

„Versuch's doch einfach mal", fordert Toni ihn auf.

Der Hauptkommissar versucht es und schaut sich das Bild lange und intensiv mit etwas zusammengekniffenen Augen an. Und siehe da, mit ein bisschen Phantasie entpuppen sich die Schatten als Zahlen und Buchstaben. „Drei ... Vier ...", murmelt er. „Br ... Bre ... Brek – vierunddreißig Brek."

„Brek? Könnte es auch *Brak* heißen?", fragt Toni.

Brixmeier schaut noch mal ganz genau hin. „Jetz, wo du's sachst. Könnte auch *Brak* heißen. Und was heißt: 34 Brak?"

„33034 Brakel."

„Verstehe", grunzt Brixmeier. „Die tote Monika Seebrügge liecht in einer ausjedienten KFZ-Werkstatt in Brakel."

„VIELLEICHT", meint Toni. „Der Hinweis ist verdammt dünn."

„Besser 'n dünner Hinweis als jar keiner", gibt Brixmeier zurück. „Dann schick mal die Kollejen nach Brakel."

„Ist schon geschehen."

„Chut." Der Hauptkommissar sieht sich suchend um. „Wo is eijentlich unser Fräulein Praktikantin?"

„Keine Ahnung", sagt Toni. „Sie ist heute nicht gekommen und sie hat sich auch nicht abgemeldet. Ich habe vorhin ein paarmal versucht, sie zu erreichen, aber ich hatte nur ihre Mailbox dran."

„Wahrscheinlich hat se so'n tollen Typen kennenjelernt, dat se uns schon längst verjessen hat", grunzt Brixmeier.

„Kann ich mir nicht vorstellen", meint Katja.

„Die schwebt irjendwo im siebten Himmel, chlaub es", gibt ihr Chef zurück. „Die hat keine Lust mehr an Bullenarbeit."

„Dann hätte sie sich abgemeldet", erwidert Katja. „Da ist was oberfaul. Toni, such mir doch mal die Festnetznummer der Familie Delmenhorst raus."

Toni gibt ihr die Nummer und Katja greift zum Hörer. Sie muss es eine ganze Weile klingeln lassen, bevor sich jemand meldet.

„Guten Tag, Frau Delmenhorst, von Sternberg, Kripo Höxter. Könnte ich bitte Ihre Tochter sprechen?"

Gespannte Stille.

„WAS ...?!" Ungläubiges Entsetzen zeichnet sich auf Katjas Gesichtszügen ab. „Nein, das hat man uns nicht mitgeteilt. Wir werden uns auf jeden Fall darum kümmern, das verspreche ich Ihnen. Wiederhör'n." Katja legt auf.

„Svenja ist Freitagnacht nicht nach Hause gekommen. Sie ist seitdem verschwunden. Ihre Eltern haben sie gestern als vermisst gemeldet."

„WAT ...?!", brüllt der Hauptkommissar. „Und wieso wissen wir dat nicht?" Katja zuckt mit den Schultern.

„Denen werd' ich wat erzählen!" Dann greift Brixmeier zum Hörer. Was folgt, ist ein Donnerwetter, wie es Katja und Toni bisher nur selten erlebt haben. Es grenzt schon fast an ein Wunder, dass bei den angerufenen Kollegen nicht die Fensterscheiben klirrend aus den Rahmen fliegen.

Nachdem sich das ostwestfälische Unwetter ausgetobt hat, meldet sich Toni mit nachdenklicher Miene zu Wort: „Groß, schlank, lange blonde Haare."

„Wat willste damit sagen?", fragt Brixmeier.

„Svenja passt genau ins Beuteschema unseres Killers."

„Nu mal ma den Teufel nich anne Wand."

„Toni hat recht, schau dir die drei Opfer an und schau dir Svenja an", wirft die Oberkommissarin ein.

„Katja, du warst doch vorher mit ihr bei den Lesemanns und ihr habt mit Dennis gesprochen", wendet sich Toni an seine Kollegin.

„Ja."

„Und Dennis war von Svenja sehr angetan."

„Das war er."

„Und er war in der fraglichen Nacht in Höxter unterwegs."

„Willst du damit sagen, dass er Svenja entführt hat?" Die Oberkommissarin schaut ihren Kollegen ungläubig an.

„Wäre das so unwahrscheinlich?", fragt der zurück.

„Toni. Er ist geistig behindert. Außerdem weiß er doch gar nicht, wo Svenja wohnt oder wo sie freitagabends hingeht."

„Und wenn se ihm zufällig über'n Wech jelaufen is?", gibt Brixmeier zu bedenken. „Und wat wäre, wenn unser cheistich Behinderter char nich so behindert ist, wie er immer tut? Wenn er nur den Bekloppten spielt, um in aller Seelenruhe chroße, blonde Frauen abzumurksen?"

„Das glaubst du doch selber nicht", erwidert Katja empört.

„Wat ich chlaube, tut nix zur Sache", entgegnet Brixmeier scharf. „Ich will den Burschen hier haben."

„Aber der kommt doch sowieso gleich."

„Ich will ihn abba jetz hier haben. Toni, schick uns 'nen Streifenwagen als Verstärkung zu den Lesemanns, du weißt ja, wie kräftich der Kerl is. Und besorch mir ein aktuelles Foto von unserer Praktikantin. Frau Oberkommissarin, wir ham zu tun." Der Hauptkommissar steht auf und verlässt das Büro. Katja folgt ihm mit einem dicken Kloß im Hals.

„Es ist doch erst Viertel nach neun", sagt Frau Lesemann verwundert, als die Kriminalbeamten vor ihrer Tür stehen, und sie erstarrt geradezu, als sie die zwei Uniformierten erblickt.

„Tut mir leid", grunzt Brixmeier, „abba die Sachlage hat sich chrundlegend jeändert. Wir müssen Ihren Sohn mitnehmen und es wäre chut für ihn, wenn er keine Schwierichkeiten macht. Sie dürfen selbstverständlich mitkommen."

Dennis hat zunächst keine Lust mitzukommen und die Lage droht zu eskalieren. Doch als Katja ihm verspricht, dass er heute in einem richtigen Polizeiauto mit Blaulicht und Sirene mitfahren darf, ist er hellauf begeistert und steigt bereitwillig ein. Im Präsidium angekommen, wird Dennis ins Verhörzimmer gebracht, was ihm nicht so gut gefällt. Er und seine Mutter nehmen auf der einen Seite des Tisches Platz und Katja auf der anderen. Der Hauptkommissar lässt noch einen Moment auf sich warten – aber nicht lange. Er setzt sich ziemlich geräuschvoll auf den Stuhl neben Katja und mustert Dennis mit einem forschenden Blick. Bevor er jedoch seine erste Frage stellen kann, protestiert Frau Lesemann „Dennis wird nicht eine Frage beantworten, solange unsere Anwältin nicht da ist."

„Die Frage sollte er abba beantworten – und zwar je eher, desto besser", grunzt Brixmeier. Dabei schiebt er ein Bild über den Tisch. Schließlich liegt es direkt vor Dennis. Als der die Person darauf erkennt, strahlt er über das ganze Gesicht.

„Fenja", sagt er mit leuchtenden Augen.

„Herr Lesemann ...", beginnt der Hauptkommissar, wird aber sofort unterbrochen.

„Nennen Sie ihn Dennis", sagt seine Mutter, „mit *Herr Lesemann* kann er nichts anfangen."

„Also chut, Dennis", holt Brixmeier erneut aus, „ich hab nur eine einzige Frage: WO IST SIE?"

Dennis antwortet nicht. Er schaut den Hauptkommissar an, als hätte er die Frage nicht verstanden.

„Wo ist Frau Delmenhorst?", fragt Brixmeier erneut.

Wieder keine Reaktion.

„Dennis, du weißt doch, wer das ist", meldet sich Katja zu Wort. Dennis nickt.

„Und du magst Svenja doch?", fragt sie weiter.

„Jaha, Dennif mag Fenja", antwortet der junge Mann. „Fenja ist lieb ... und fön."

„Weiß du, wo Svenja ist?"

„Dennif weif nich", antwortet er heftig kopfschüttelnd.

„Was soll diese Frage überhaupt? Woher soll Dennis wissen, wo Ihre Kollegin ist", mischt sich nun Frau Lesemann ein.

„Drei Frauen sind in den letzten Monaten verschwunden", erklärt der Hauptkommissar. „Zwei davon ham wir inzwischen jefunden – tot. Auf der Kamera Ihres Sohnes ham wir Fotos aller drei Frauen jefunden. Sie sahen sich sehr ähnlich. Sie alle waren chroß und schlank und hatten lange, blonde Haare – chenau wie Svenja Delmenhorst, von der Ihr Sohn ziemlich anjetan ist. Und sie verschwindet, nur ein paar Stunden nachdem er sie kennenjelernt hat, spurlos. Und Ihr Sohn treibt sich ausjerechnet in der fraglichen Nacht bis vier Uhr inne Stadt rum."

„Sie wollen doch wohl nicht behaupten, dass Dennis Ihre Kollegin entführt hat?", fragt Frau Lesemann aufgebracht.

„Ich behaupte char nix, ich frage mich nur, ob dat alles Zufälle sein können", gibt Brixmeier zurück.

„Dennis ist geistig behindert – falls das bei Ihnen noch nicht angekommen sein sollte. Er ist überhaupt nicht fähig, so etwas zu tun."

„Wat is, wenn er char nich so behindert is, wie er immer tut?", fragt der Hauptkommissar provokativ.

„Das ist doch absurd", keift ihn Dennis' Mutter an. „Wir sagen ab jetzt kein Wort mehr. Wenn Sie noch Fragen haben, müssen Sie sich gedulden, bis unsere Anwältin da ist."

Von nun an herrscht absolute Funkstille bei den Lesemanns. Da Brixmeier nicht tatenlos im Verhörraum sitzen will, bis die Anwältin eintrifft, begibt er sich in sein Büro. Katja folgt seinem Beispiel.

„Ihr kommt genau richtig", empfängt Toni seine Kollegen. „Der Bericht der Kriminaltechnik ist gerade angekommen."

„Dann erzähl doch mal, wat drinsteht", fordert Brixmeier ihn auf. „Abba fass dich kurz."

„Also ... in dem Fläschchen waren tatsächlich K.-o.-Tropfen. Es ist exakt dasselbe Zeug, das sie in Henrike Steinmeyers Smoothie gefunden haben – meinen die vom Labor."

„Dat ist keine wirkliche Überraschung", grunzt Brixmeier.

„Die Fingerabdrücke auf dem Fläschchen sind ausnahmslos von Dennis Lesemann", fährt Toni fort. „Das Gleiche gilt auch für die Fingerspuren auf dem Handy und der Kamera. An der Speicherkarte, der SIM-Karte, den Akkus und im Inneren des Handys konnten keinerlei Spuren gesichert werden, was eher ungewöhnlich ist."

„Und wat schließte daraus ...?", will der Hauptkommissar wissen.

„Als du dir ein neues Handy gekauft hast, musstest du die SIM-Karte einsetzen. Dazu musstest du das Handy aufmachen und vielleicht sogar den Akku rausnehmen. Hast du dir dazu Handschuhe angezogen?"

„Leideste schon unter Alzheimer?", kontert Brixmeier. „Als ich mir 'n neues Handy jekauft habe, hast du mir dat Ding zusammenjebaut. Du weißt doch: Meine dicken Wurstfinger und dieser Fenterkram – dat wird nix."

„Und wenn die KTU dein Handy untersuchen würde, würden sie meine Fingerspuren finden", setzt Toni nach. „Aber in dem Handy haben sie nichts gefunden – absolut nichts. Da stimmt was nicht, das hab ich im Gefühl."

„Spar dir deine Jefühle für deine Nadja auf. Hier zählen nur die Fakten. Wat is mit den Sperma-Spuren?"

„Du weißt doch: Die DNA dauert länger – morgen wissen wir mehr. Ach ja, die Fußabdrücke, die in der alten Tischlerei in Godelheim gefunden wurden, stammen eindeutig von Dennis' Schuhen. Unter der linken Sohle gibt es eine Beschädigung, die auch auf dem Abdruck zu sehen ist."

„Dat reicht für 'n Haftbefehl." Erwin Brixmeier lehnt sich zufrieden in seinem Bürostuhl zurück. „Bin mal jespannt, ob unser cheistich behinderter Freund etwas jesprächiger wird, wenn wir ihm die Fakten umme Ohren schlagen."

Es klopft an der Tür. Eine sehr elegant gekleidete junge Frau tritt ein. In Tonis Augen zeigt sich mal wieder so ein schmachtendes Funkeln.

„Guten Morgen", grüßt sie freundlich, „wo finde ich Dennis Lesemann und seine Mutter?"

„Und mit wem haben wir dat Verchnügen?", wünscht Brixmeier zu wissen.

„Berg. Dr. Susanne Berg, die Anwältin von Herrn Lesemann", antwortet die junge Frau. „Und Sie sind die ermittelnden Beamten in dem Fall, nehme ich an?"

„Da nehmen Se richtich an", antwortet der Hauptkommissar.

„Würden Sie so freundlich sein und mich auf den aktuellen Stand der Ermittlungen bringen?"

„Da wenden Se sich am besten an meine junge Kollejin, Frau Oberkommissarin von Sternberch", Brixmeier deutet dezent auf Katja. „Die kann dat viel besser erzählen als ich."

Katja nimmt sich der Anwältin an und schon nach kurzer Zeit ist Frau Dr. Berg bestens im Bilde.

„Was den Vorfall mit Henrike Steinmeyer betrifft, dürfte die Sache ziemlich klar sein", schließt die Oberkommissarin ihren Bericht.

„Fragt sich nur, wie es mit der Schuldfähigkeit meines Mandanten aussieht", gibt die Anwältin zu bedenken.

„Diese Frage zu beantworten, übersteigt wohl unser beider Kompetenz, fürchte ich."

„Da haben Sie recht", pflichtet ihr Frau Dr. Berg lächelnd bei. „Und jetzt würde ich mich gern mit meinem Mandanten und seiner Mutter beraten."

„Selbstverständlich. Ich bringe Sie hin." Katja steht auf und führt die Anwältin in das Verhörzimmer.

„Ich hätte Frau Dr. Berg auch gern auf den aktuellen Stand der Ermittlungen gebracht", beklagt sich Toni, nachdem die beiden Frauen das Büro verlassen haben.

„Dat chlaub ich chern", erwidert Brixmeier breit grinsend. „Dir steh'n ja immer noch die Paragraphen inne Augen."

Ohne Vorwarnung erscheint Kriminalrat Lange im Büro. „Ich nehme an, Ihnen ist bereits zu Ohren gekommen, dass Frau Delmenhorst vermisst wird", sagt er, wobei er sehr besorgt wirkt. „Mir ist natürlich bewusst, dass der Serienmörder nach wie vor absolute Priorität hat, ich wäre Ihnen jedoch sehr dankbar, wenn Sie sich im Rahmen Ihrer Möglichkeiten an der Suche nach Frau Delmenhorst beteiligen würden. Wir – also, meine Frau und ich – sind schon seit Jahrzehnten sehr eng mit der Familie befreundet, müssen Sie wissen."

„Könnte chut sein, dat ihr Verschwinden mit unserm Fall zu tun hat", sagt der Hauptkommissar. „Wenn Sie sich die Fotos der Opfer anschauen, werden Se sehen, dat Frau Delmenhorst hundertprozentich in dat Beuteschema unseres Täters passt."

„Brixmeier, wissen Sie, was Sie da sagen?" Dem Kriminalrat steht plötzlich die Panik in den Augen.

„Dat weiß ich."

„Gibt es – außer den Fotos – weitere Hinweise, die Ihre Annahme stützen?"

„Tja, also ...", Brixmeier zögert, „nein, nich wirklich."

„Was ist mit dem Verdächtigen? Haben Sie den schon dazu befragt?", will Lange wissen.

„Dat habe ich chleich als Erstes jemacht, aber er weiß ancheblich nich, wo se steckt."

„Sind Sie denn sicher, dass Sie den Richtigen haben?"

„Der Bursche hat auf jeden Fall wat damit zu tun, aber wat ...?", Erwin Brixmeier zuckt mit den Schultern. „Wir werden ihn uns chleich noch mal chründlich vornehmen."

„Tun Sie das, Brixmeier, tun Sie das, und halten Sie mich unbedingt auf dem Laufenden – besonders, wenn Sie etwas Neues über Frau Delmenhorst haben." Einen Augenblick später ist Kriminalrat Lange wieder verschwunden.

Alle anderen Beteiligten warten schon mit ernsten Mienen, als Katja den Verhörraum betritt. Lediglich Dennis blättert gelangweilt in seinem Buch. Nachdem die Oberkommissarin an der Seite ihres Chefs Platz genommen hat, herrscht für ein paar Sekunden eine beklemmende Stille im Raum. Brixmeier fixiert seinen Hauptverdächtigen mit einem durchdringenden Blick, was den aber nicht weiter zu stören scheint. Mit den Worten „Kommt dir dat irjendwie bekannt vor?" stellt der Hauptkommissar ein kleines Fläschchen auf den Tisch.

„Daf gehört Dennif", meldet der junge Mann mit Nachdruck seinen Besitzanspruch an. „Gib daf wofort wieder her!" Er versucht, danach zu greifen, doch der Hauptkommissar hat mit einer solchen Reaktion gerechnet und das Fläschchen wieder in Sicherheit gebracht.

„Mama, wag dem, daf der mir daf wofort wiedergeben woll", empört sich Dennis lautstark.

„Sach mal, Dennis", fährt Brixmeier ungerührt fort, „wenn dat deins is, dann weißt du doch bestimmt, wat da drin is."

„Klar, da wind Liebeftropfen drin."

„Liebestropfen?", fragt Katja ungläubig nach. *Eine etwas verharmlosende Bezeichnung für eine Vergewaltigungsdroge,* geht es ihr noch durch den Kopf. „Und was macht man damit?"

„Katja ift dumm", antwortet Dennis lachend. „Die gibt man einem Mädchen, dann verliebt die wich in einen. Daf weif doch jeder."

„Stimmt, jetzt, wo du es sagst", meint Katja. „Du wolltest also, dass Henrike sich in dich verliebt."

„Jaha ... ähm ... NEIN!"

„Was denn jetzt?", hakt die Beamtin nach. „Sollte sie sich in dich verlieben oder nicht."

„NEIN! Nicht verlieben." Dennis schüttelt den Kopf.

„Und wieso nicht? Magst du Henrike nicht?"

„Doch ... fon ... abba Henrike ift viel fu fett."

„Aber wenn sie sich nicht in dich verlieben soll, wieso hast du dann die Liebestropfen in ihr Getränk getan?", will Katja nun wissen.

„Wollte nur aufprobieren", gibt Dennis kleinlaut zu.

Die Oberkommissarin ist sich nicht sicher, ob sie Dennis richtig verstanden hat.

„Du wolltest also nur wissen", fragt sie daher nach, „ob die Liebestropfen überhaupt wirken?"

„Jaha!" Dennis nickt.

„Und was hättest du gemacht, wenn sich Henrike tatsächlich in dich verliebt hätte?"

Der junge Mann zuckt mit den Schultern und blättert ratlos in seinem Buch.

„Du weißt schon, dass Henrike fast daran gestorben wäre?", hakt Katja mit todernster Miene nach.

„Daf wollte Dennif nich ... ganf, ganf beftimmt nich!"

„Ja, das weiß ich doch. Aber sag mal, woher hast du die Liebestropfen eigentlich?"

„Daf darf Dennif nicht wagen."

„Warum nicht?"

„Dann kommt Dennif in die Hölle."

„Hasse früher schon mal diese ... ähm ... Liebestropfen ausprobiert?", fragt nun der Hauptkommissar.

Dennis schaut ihn verschüchtert an, antwortet aber nicht.

„Verrätst du es mir denn?", versucht es Katja. „Hast du die Liebestropfen vorher schon mal jemandem gegeben?"

„NEIN!", antwortet Dennis spontan.

„Und was war mit denen?" Die Oberkommissarin legt Dennis die Bilder von Elke Bremer, Monika Seebrügge und Constanze Maier vor. „Die sind nämlich an *Liebestropfen* gestorben."

„Daf war Dennif nich!", beteuert er. „Die waren fon tot."

„Und was hast du da gemacht?"

„Wag ich nich!"

„Und warum nicht?"

„Dann kommt Dennif in die Hölle."

„Wer sagt das?"

„Daf darf Dennif auch nicht wagen."

„Und wenn du es doch tust, kommst du in die Hölle?"

Dennis nickt.

„Dennis, als mein Kollege dir die Fotos letzten Samstag gezeigt hat, hast du gesagt: *Die hat Dennis schön gemacht.* Was hast du damit gemeint?" Katja schaut ihrem Gegenüber in die Augen, doch der kann ihrem Blick nicht standhalten. Er schaut in sein Buch und antwortet nicht.

„Dennis, was hast du damit gemeint?", bohrt die Beamtin beharrlich nach.

„Daf darf Dennif nich wagen."

Frau Lesemann ist bei den letzten Fragen immer unruhiger geworden. Da sie sich voll und ganz auf die Befragung von Dennis konzentriert hat, ist es Katja offenbar entgangen – ihrem Kollegen Brixmeier aber nicht.

„Sie seh'n so aus, als wenn Se uns wat sagen woll'n, Frau Lesemann", grunzt er plötzlich.

„Nun ja, ich denke, ich muss Ihnen was erklären", beginnt Frau Lesemann unschlüssig. Sie scheint einen Moment lang nach den richtigen Worten zu suchen, schließlich fährt sie fort: „Sie wissen ja, was für ein Geschäft wir haben." Die gute Frau kommt ein weiteres Mal ins Stocken. „Natürlich hat auch Dennis irgendwann mitbekommen, was wir da tun. Und ich kann Ihnen sagen, es ist bei Gott nicht einfach, einem Kind klarzumachen, warum wir jeden Tag mit Verstorbenen zu tun haben – vor allen dann, wenn dieses Kind nicht so ist wie andere Kinder. Wir haben Dennis also erklärt, dass wir dafür sorgen, dass die Menschen in den Himmel kommen. Wir bestatten ihre toten Körper, damit ihre Seelen zum lieben Gott in den Himmel fliegen können. Unser Sohn ist nämlich sehr gläubig, müssen Sie wissen. Er glaubt an Gott und an Jesus und an den heiligen Geist ...“

„Und an die Hölle", wirft Brixmeier ein.

„Ja, an den Himmel und auch an die Hölle", betätigt Frau Lesemann nickend. „Dennis geht auch regelmäßig zur Kirche."

„Kannet sein, dat wir 'n bisskon vom Thema abkommen?"

„Entschuldigung, ich wollte nur, dass Sie die Hintergründe verstehen", sagt Frau Lesemann. „Wir kümmern uns nicht nur um die eigentliche Bestattung. Manchmal wünscht der Kunde, dass die verstorbene Person, bevor sie aufgebahrt wird, ein wenig ... verschönert wird – Schminke, Puder, Lippenstift, Nagellack, eine angesagte Frisur – Sie glauben gar nicht, was den Hinterbliebenen zu diesem Thema alles einfällt."

„Und dat machen Sie alles?" Der Hauptkommissar guckt Frau Lesemann plötzlich ganz komisch an.

„Wie in jedem anderen Geschäft ist auch bei uns der Kunde König. Wenn die Wünsche allerdings zu extravagant sind und die Grenzen von Anstand und Pietät überschritten werden, machen wir dem Kunden freundlich, aber unmissverständlich klar, dass so etwas mit uns nicht machbar ist."

„Da bin ich abba wirklich beruhicht", grunzt Brixmeier. „Die Vorstellung, dat ich zur Belustijung meiner buckligen Verwandtschaft mit chlitzerchrün jemalten Fingernäjeln, karnickelarschrosa jefärbten Haaren und einer knallroten Clownsnase inne Kiste liege, würde mir ehrlich jesacht nich unbedingt jefallen. Abba jetz wieder zur Sache."

„Es gehört jedenfalls zu meinen Aufgaben, die Verstorbenen zum Aufbahren vorzubereiten. Das kostete mich anfangs eine ganze Portion Überwindung, aber wenn man das über längere Zeit macht, ist es irgendwann ein Job wie jeder andere", erklärt Frau Lesemann. „Als Dennis noch klein war, lief das Geschäft gerade nicht so prickelnd und wir konnten uns kein Kindermädchen leisten. Außerdem war es nicht einfach, eine geeignete Betreuung für ihn zu finden. Interessenten gab es mehr als genug, aber sobald die erfahren haben, dass Dennis geistig behindert ist ... Letztendlich blieb die Aufgabe an mir hängen. Was ich damit sagen will, ist, dass Dennis hin und wieder dabei war, wenn ich meine andere Arbeit gemacht habe."

„Wie bitte?", fragt Brixmeier ungläubig, „woll'n Se damit sagen, dat Sie Leichen jeschminkt haben und Ihr cheistich behinderter Junge hat direkt daneben mit Bauklötzen jespielt?"

Frau Lesemann zuckt ratlos mit den Schultern. „Was sollte ich denn machen?"

„Also ich finde das, gelinde gesagt, ganz schön makaber", meint Katja sichtlich geschockt. „Hat Ihr Sohn nie gefragt, was Sie da machen?"

„Als er noch klein war, nicht. Da war er einfach nur dabei und hat gespielt. Als er ungefähr dreizehn war, fing er an zu fragen. Ich habe ihm dann erklärt, dass ich die Menschen schön mache, damit der liebe Gott sich freut, wenn sie bei ihm vor der Himmelstür stehen."

„Eine schöne, kindgerechte Erklärung, das muss ich schon sagen. Aber wenn ich mich recht erinnere, haben Sie Ihrem Sohn doch erzählt, dass der Körper bestattet wird und nur die Seele in den Himmel kommt", gibt die Oberkommissarin zu bedenken. „Wie kann sich der liebe Gott über eine schöne Seele freuen, wenn das, was Sie verschönert haben, ungefähr zwei Meter tief in der Erde verschwindet?"

„Der Widerspruch ist ihm zunächst gar nicht aufgefallen." Über Frau Lesemanns Gesicht huscht ein zaghaftes Lächeln. „Später habe ich ihm gesagt, dass die Seele ein Spiegelbild des Körpers ist und auch schöner wird, wenn ich den Körper verschönere. Da war er aber schon sechzehn und er hat sich sehr für meine Arbeit interessiert."

„Wat heißt: Er hat sich für Ihre Arbeit interessiert?", fragt der Hauptkommissar.

„Na ja, er hat sich ganz genau angeschaut, was ich mache", sagt Dennis' Mutter. „Und irgendwann wollte er es selber ausprobieren."

„Sie meinen, Dennis wollte selber einen Toten schminken?", hakt Katja nach.

„Ja, das wollte er." Die Antwort kommt etwas zögernd. „Ich habe versucht, es ihm auszureden, aber Dennis kann wirklich sehr hartnäckig sein, wenn er sich einmal etwas in den Kopf gesetzt hat. Also habe ich ihn schließlich machen lassen."

Wieder eine Pause.

„Ich habe nicht für möglich gehalten, was ich dann gesehen habe", fährt Frau Lesemann fort. „Dennis hat ein goldenes Händchen für diese Dinge. Er war mit so viel Hingabe und mit so unendlich viel Liebe und Geduld bei der Sache – es war wie ein Wunder. Und wie viel Freude ihm das gemacht hat und wie mächtig stolz er hinterher auf seine Arbeit war. Wenn Sie das selbst erlebt hätten, Frau Kommissarin, könnten Sie mich vielleicht ein ganz kleines bisschen verstehen. Dennis ist auf dem Gebiet ein ganz großer Künstler."

Katja ist sprachlos. Eine so bizarre Geschichte ist ihr bisher noch nicht untergekommen. Sie schaut zu Dennis. Der große Künstler blättert immer noch hektisch in seinem Buch und er scheint von dem ganzen Gespräch nichts mitbekommen zu haben – obwohl es dabei ausschließlich um ihn ging. Dann wandert ihr Blick zu Frau Dr. Berg, die bisher noch nicht viel gesagt hat – eigentlich gar nichts. Sie sieht so aus, als müsse sie das Gehörte auch erst mal verkraften.

Katja schiebt die drei Fotos, die vor Dennis auf dem Tisch liegen zu Frau Lesemann rüber. „Was sehen Sie da, hat Ihr Sohn diese drei jungen Frauen ... verschönert?"

Frau Lesemann schaut sich die Bilder ganz genau an. „Sie sind alle perfekt geschminkt. Lippen, Augenbrauen, Wimpern – hier war ein Meister seines Faches am Werk", sagt sie.

„War Dennis dieser Meister?"

„Mit absoluter Sicherheit kann ich Ihnen das nicht sagen, aber es ist durchaus möglich – Dennis ist ein Meister. Aber umgebracht hat er sie ganz bestimmt nicht – nicht Dennis!"

„Dennis", wendet sich Katja an den jungen Mann. Der

hört auf zu blättern und schaut die Beamtin an. „Wir wissen nun, dass du die jungen Frauen schön gemacht hast." Katja zeigt auf die Fotos. „Würdest du uns denn verraten, warum du das gemacht hast?"

„NEIN! Dennif will nich in die Hölle."

„Würdest du uns verraten, woher du von den toten Frauen wusstest?", versucht es die Oberkommissarin.

„NEIN!"

„Aber du könntest uns zumindest sagen, wo wir sie finden." Katja zeigt auf das Bild von Monika Seebrügge. „Die beiden anderen haben wir gefunden, sie aber noch nicht."

„Darf Dennif nich wagen."

„Aber sie muss doch anständig beerdigt werden, damit ihre Seele in den Himmel kommt", argumentiert Katja.

„Die kommt auch wo in den Himmel."

„Wer sagt das?"

„Daf darf Dennif auch nich wagen."

„So kommen wir nicht weiter." Die Oberkommissarin blättert missmutig in ihren Unterlagen und sucht ein weiteres Foto raus. Dann wendet sie sich wieder an Dennis' Mutter.

„Ist das auch Dennis' Werk?", fragt sie, während sie das Foto vor Frau Lesemann auf den Tisch legt. Die wirft nur einen kurzen Blick darauf und wird sofort kreidebleich.

„Was meinen sie?", fragt sie, obwohl sie genau zu wissen scheint, worauf die Oberkommissarin hinaus will.

„Ich will nur wissen, ob es auch zu Ihrem Service gehört, den Intimbereich der Verstorbenen zu rasieren", legt Katja provokativ nach.

„Um Gottes Willen, NEIN ...! Wenn ein Kunde mit so einem Wunsch käme ... dann ... dann", der Rest des Satzes bleibt der Frau des Bestatters im Hals stecken.

„Und warum hat Dennis das dann gemacht?"

„Viele junge Frauen lassen sich heutzutage die Haare dort entfernen oder machen es selber."

„Sie hat es aber nicht selber gemacht." Katjas Ton wird nun deutlich schärfer. „Die Spurensicherung hat am Fundort der Leiche jede Menge Schamhaare sichergestellt, die dem Opfer eindeutig zugeordnet werden konnten."

„Dennis würde so etwas nicht tun", beteuert Frau Lesemann.

„Und warum nicht?"

„Ich habe es ihm verboten. Ich haben ihm gesagt, dass so etwas unanständig ist."

„Sie haben was?"

Dennis' Mutter hüllt sich in Schweigen. Sie erkennt, dass sie gerade etwas sehr Unüberlegtes gesagt hat.

„Frau Lesemann, ein solches Verbot spricht man nur dann aus, wenn es einen konkreten Anlass gegeben hat", fährt die Beamtin fort. „Also, was ist passiert?"

„Nichts. Ich hab's ihm halt verboten, damit er erst gar nicht auf dumme Gedanken kommt."

„Frau Lesemann, wenn ich jetzt durch die Tür rauschehe, komme ich mit 'nem neuen Durchsuchungsbeschluss zurück. Und wenn die Jungs vonne Spusi wissen, wonach se suchen solln, dann findet sie es – wenn wat da ist. Wollen Sie es drauf ankommen lassen, oder können wir uns die Arbeit sparen?", meldet sich Hauptkommissar Brixmeier zu Wort.

Frau Lesemann wirft ihrer Anwältin einen verunsicherten Blick zu. Die sieht aus, als wäre sie von der Entwicklung der Vernehmung auf dem linken Fuß erwischt worden.

„Wenn es etwas zu sagen gibt, sollten Sie es sagen. Die Polizei wird es ansonsten sowieso herausfinden", rät sie.

Eine kleine Pause. Frau Lesemann holt tief Luft.

„Es ist ungefähr drei Monate her, da hatten wir ein junges Mädchen, nicht älter als siebzehn – Verkehrsunfall. Sie sah wirklich übel aus, Schnittwunden, Hautabschürfungen und noch einiges mehr. Als Dennis mit ihr fertig war, war von all den Verletzungen so gut wie nichts mehr zu sehen – sie war wunderschön. Ihr hat er den Intimbereich rasiert. Ich habe es nur durch Zufall entdeckt."

„Ham Se ihn jefracht, warum er dat jemacht hat?", hakt Brixmeier nach.

„Ich habe ihn natürlich sofort zur Rede gestellt, aber es war nichts aus ihm rauszukriegen. Dennis kann da sehr stur sein", antwortet Frau Lesemann. „Dann habe ich ihm klipp und klar gesagt, dass ich so etwas nie wieder sehen will. Seitdem ist nichts mehr passiert. Ich habe ihm von da an aber auch viel genauer auf die Finger geschaut und alles kontrolliert, was er gemacht hat."

„Gab es noch weitere ungewöhnliche Zwischenfälle?", will Katja wissen.

„Was meinen Sie?"

„Na ja, hat Dennis sonst noch Dinge getan, die er früher nicht gemacht hat?"

„N...ein, nicht, dass ich wüsste." Die Antwort klingt nun wirklich alles andere als überzeugend.

„Frau Lesemann, an beiden Fundorten", Katja tippt auf die Bilder von Elke Bremer und Constanze Maier, „wurden Sperma-Spuren gesichert. Es ist nur eine Frage von Stunden, dann liegt das Ergebnis der DNA-Analyse vor."

„Wollen Sie damit etwa sagen, dass unser Sohn ...", keift Frau Lesemann, wobei sie die Beamtin wütend anfunkelt.

„Und warum nicht?"

„Dennis ist doch im Grunde ein Kind."

„Im Körper eines erwachsenen Mannes", ergänzt Katja.

„Frau Lesemann, Sperma-Spuren lassen sich ebenso lange nachweisen wie Blutspuren, sogar wenn Sie den Raum gründlich gereinigt haben. Und wie der Herr Hauptkommissar bereits sagte, einen neuen Durchsuchungsbeschluss bekommen wir sofort."

Wieder eine quälende Pause.

„Es war am selben Tag, als das andere passiert ist. Wir hatten schon längst Feierabend. Dennis erschien nicht zum Abendessen. Stefan, also mein Mann, hat gesehen, dass im Betrieb noch Licht brannte. Er ist dann rüber und kam mit Dennis zurück. Ich habe gleich gemerkt, dass irgendetwas nicht stimmt. Mein Mann hat zunächst nichts gesagt. Erst als Dennis in seinem Zimmer war, hat er mir erzählt, was vorgefallen ist."

Frau Lesemann schweigt einen Moment. Es fällt ihr offenbar nicht leicht, weiterzuerzählen.

„Stefan hat Dennis bei dem toten Mädchen erwischt. Er hat sie sich angesehen ... mit heruntergelassener Hose ... und er hat sich ... na ja, Sie wissen schon."

Der Blick der Oberkommissarin fällt wieder auf Dennis. Der blättert nicht mehr in seinem Buch. Stattdessen zeichnet er mit dem Finger etwas in den aufgeschlagenen Seiten nach und er lächelt dabei wie ein kleiner Junge, der keiner Fliege etwas zuleide tun kann. Die Anwältin sitzt mit erstarrtem Gesicht daneben. Sie sieht aus, als wolle sie am liebsten aufspringen und wild schreiend aus dem Verhörzimmer laufen. Vielleicht ist dieser Fall eine Nummer zu groß für sie.

„Eine Frage noch, Frau Lesemann", durchbricht Katja die lähmende Stille. „Wie sah die Verstorbene aus?"

„Ein sehr hübsches Mädchen. Groß, schlank, eine sportliche Figur, lange, hellblonde Haare und ein schönes Gesicht. Als Dennis mit ihr fertig war, sah sie aus wie eine schlafende Prinzessin."

„Ich denke, das reicht für heute." Katja schaut ihren Chef fragend an. Der nickt zustimmend.

„Ihnen is schon klar, dat Se Ihren Sohn nich mit nach Hause nehmen können", grunzt der Hauptkommissar. „Unter den jechebenen Umständen bleibt uns char nix anderes übrich, als ihn in Jewahrsam zu nehmen."

„Aber Sie können doch nicht ... Er braucht mich doch, und im Gefängnis ... wie soll er das verstehen."

„Wahrscheinlich kommt er nicht ins Gefängnis, sondern in die Psychiatrie", sagt Katja mit sanfter Stimme. „Aber das entscheidet der Ermittlungsrichter. Sie fahren jetzt besser nach Hause und packen ihm ein paar Sachen zusammen."

Katja und Brixmeier verlassen das Verhörzimmer und gehen in den Nebenraum. Dr. Arcan Yilmaz, der die Vernehmung von hier aus verfolgt hat, erwartet sie bereits.

„Der war es nicht", empfängt er die beiden Beamten.

„Wat macht Sie da so sicher?", will Brixmeier wissen.

„Er hat es gesagt."

„Wat chlauben Se, Herr Polizeipsychologe, wie viele Typen da schon jesessen haben und ihre Unschuld beteuert haben." Der Hauptkommissar lacht. „Und hinterher ham wa's denen doch nachjewiesen."

„Der junge Mann sagt aber die Wahrheit."

„Dat sagn se auch alle."

„So, wie ich das sehe, kann Dennis nicht lügen", erklärt Dr. Yilmaz. „Wenn er nichts sagen will, dann sagt er nichts, egal, was Sie mit ihm anstellen. Aber wenn er etwas sagt, dann ist es die Wahrheit."

„Sind Se sich da sicher?", fragt Brixmeier skeptisch.

„Ganz sicher kann man sich in unserer Branche nie sein", gibt der Psychologe mit ernster Miene zurück. „Ich bin mir aber ziemlich sicher."

„Wie sicher?"

„Neunzig Prozent."

„Bleiben zehn Prozent Restrisiko."

„Damit müssen wir leben."

„Wie schätzen Sie Dennis Lesemann ansonsten ein?", fragt Katja den Polizeipsychologen.

Dr. Yilmaz will gerade antworten, da fliegt die Tür auf und Toni schaut rein.

„Ach, hier seid ihr." Er wirkt ein wenig gehetzt.

„Wat chibts, hamma schon widda 'ne Leiche?"

„Wie man's nimmt", antwortet Toni. „Wir haben Monika Seebrügge gefunden – oder besser gesagt, das, was von ihr übrig geblieben ist."

„Wo?"

„Etwas außerhalb von Brakel. Die genaue Adresse habe ich nebenan." Toni kann sich ein triumphierendes Grinsen nicht verkneifen.

„Da hasse mal wieda den richtigen Riecher jehabt – chute Arbeit." Dann wendet sich der Hauptkommissar an Dr. Yilmaz: „Sie ham's jehört, die Arbeit ruft. Da müssen wir unser Jespräch auf später verschieben."

Brixmeier verlässt den Raum. Katja folgt ihm und sie hat das Gefühl, dass dieser plötzliche Einsatz für ihren Chef gar nicht so ungelegen kommt.

Die Dritte im Bunde

Sägende Gitarrenriffs, ein hämmerndes Schlagzeug und ein wummernder Bass – eigentlich mag Svenja Delmenhorst Heavy Metal, aber nicht, wenn er sich im Innern ihres Schädels austobt. Ihr Kopf fühlt sich an, als wolle er jeden Moment explodieren. Svenja öffnet ihre Augen, zumindest versucht sie es. Die Lider sind schwer wie Panzerketten. Dabei hat sie doch gar nicht so viel getrunken. Endlich bekommt sie die Augen auf, schaut sich neugierig um, versucht, sich zu orientieren. Wo ist sie? Wie ist sie hierhergekommen? Sie weiß es nicht. Der dröhnende Maschinenraum in ihrem Kopf verhindert jeden klaren Gedanken. Es riecht hier ziemlich eigenartig – muffig, unappetitlich. Der Raum ist spärlich beleuchtet, ein kahler, schmuckloser, ungastlicher Raum, wie eine Gefängniszelle.

Jeder Versuch, sich irgendwelche Details ins Gedächtnis zu rufen, scheitert an dem nicht nachlassenden Trommelfeuer unter ihrer Schädeldecke. Svenja fallen die Augen zu, sie schläft wieder ein.

„Hältste diesen Burschen auch für unschuldich?", fragt der Hauptkommissar Katja auf der Fahrt nach Brakel. Seine Laune ist nicht die beste, da er die für ihn heilige Mittagspause den sich überschlagenden Ereignissen opfern musste.

„Kannst du mir mal verraten, wie Dennis es fertiggebracht haben soll, den Frauen K.-o.-Tropfen zu verabreichen?"

„Bei Henrike Steinmeier hat er et auch feddichjebracht."

„Die ist Azubi im Betrieb seines Vaters", entgegnet Katja. „Aber glaubst du allen Ernstes, dass sich eine attraktive, junge Frau wie Constanze Maier oder Elke Bremer mit einem Typen wie Dennis abgibt?"

„Die Fakten sprechen jedenfalls chegen ihn", beharrt Brixmeier. „Außerdem ist einem Typen, der sich beim Anblick einer Toten einen runterholt, alles zuzutrauen."

Katja sagt nichts mehr. Sie hat keine Lust, mit ihrem Chef weiter über dieses Thema zu diskutieren – nicht jetzt. Sie benötigt etwas Zeit, um all das, was sie heute über Dennis erfahren hat, sacken zu lassen. Außerdem stellt sie sich schon mal auf das ein, was sie in Brakel erwartet, denn eins ist sicher – es wird nicht schön werden.

Als die beiden Kriminalbeamten vor Ort ankommen, ist schon mächtig was los um die heruntergekommene Gewerbeimmobilie, bei der es sich tatsächlich um eine ehemalige Kfz-Werkstatt handelt. Außerhalb der Polizeiabsperrung treiben sich jede Menge Schaulustige rum und die hiesige Presse ist mit einem Großaufgebot, das sich zudem äußerst schwer im Zaum halten lässt, zugegen. Als sie Hauptkommissar Brixmeier entdecken, stürmen alle in der Hoffnung auf ein Statement aus erster Hand auf ihn zu – vergebens. Die Worte „Kein Kommentar" mehrfach wiederholend, kämpft er sich erfolgreich bis zur Absperrung durch. Katja hatte weniger Stress. Sie ist dem ostwestfälischen Rammbock in dessen Windschatten gefolgt. Gerade als sie das Gebäude betreten wollen, kommen ihnen Hardy Großknecht und Oliver Bender naserümpfend entgegen.

„Kein schöner Anblick", sagt Polizeimeister Bender zum Hauptkommissar.

„Dat sind Leichen nie", entgegnet der. „Abba ihr beide kommt mir cherade recht."

„Anwohner befragen ...?", tippt Hardy Großknecht.

„Schlaues Kerlchen ..." Brixmeier grinst. „Morjen früh hab ich euern Bericht."

Gleich beim Betreten des Gebäudes schlägt den Beamten wie erwartet ein widerwärtiger süßlicher Geruch entgegen. Schon bald stehen sie vor der Ursache für diesen Gestank. Katja muss beim Anblick der Toten an das Bild denken, das an der Magnettafel im Büro hängt. *Sie war ein so hübsches Mädchen,* denkt die Oberkommissarin. Wenigstens ist ihr Gesicht nicht von Ratten angefressen worden.

„Na, Silke, wie sieht's aus? Kannste schon wat sagen?", fragt Brixmeier die Rechtsmedizinerin.

„Oh ja, Erwin, lass es mich mal so formulieren", antwortet Frau Dr. Pauli: „The same procedure as every ... na ja, du weißt schon, was ich meine."

„Also alles chenau wie bei den beiden anderen."

„Exakt! Fußspuren Schuhgröße 47, Wichsflecken, Spuren von Dreibeinstativen, alles da", mischt sich Helmut Escher, der unsympathische Kollege von der Spusi ein. „Sollten wir doch noch etwas Außergewöhnliches finden, sind Sie natürlich der Erste, der es erfährt – versprochen."

„Ich hab nix anderes erwartet", grunzt Brixmeier zurück, dann wendet er sich an Katja: „Frau Kollejin, ich chlaube, hier können wir nix mehr ausrichten. Lass uns mal widda nach draußen chehen, hier is so 'ne schlechte Luft drin."

„Jetzt, wo du es sagst, rieche ich es auch." Katjas Blick bleibt für einen Moment an Helmut Escher hängen.

Bevor der Hauptkommissar jedoch die Werkstatt verlässt, hat er noch eine Frage an Frau Dr. Pauli. Er tritt sehr nah an sie ran und redet ziemlich leise: „Sag mal, Silke, wurde sie rasiert, oder war sie vorher schon ...?"

„Sie wurde rasiert,"

Erwin Brixmeier nickt, dann zieht es ihn an die frische Luft. Katja folgt ihm.

„Dann können wir ja eigentlich wieder zurückfahren", meint sie, als sie wieder ins Freie treten.

„Und chenau dat machen wir auch", stimmt Brixmeier zu.

Auf dem Weg zurück zum Auto lauert allerdings die Meute von der Presse. Inzwischen ist sogar ein Kamera-Team vom WDR eingetroffen. Weiß der Teufel, wie die so schnell Wind von der Sache bekommen haben. Mit westfälischer Sturheit und dem gebetsmühlenhaften „Kein Kommentar" bahnt sich der Hauptkommissar rigoros seinen Weg. Da er diesmal auch von hinten mit neugierigen Fragen angegangen wird, klappt es nicht mit Katjas Windschatten-Taktik. Sie wird abgedrängt und folgt der Menschentraube mit etwas Abstand. Plötzlich wird sie von der Seite angesprochen.

„Hallo, sind Sie von der Polizei?" Es ist ein älterer Herr, der Katja die Frage stellt.

„Ja, aber Sie sind doch sicher nicht von der Presse?" Die Oberkommissarin lächelt den sympathisch aussehenden alten Mann freundlich an.

„Nein, da machen Sie sich mal keine Sorgen." Er lächelt ebenso freundlich zurück. „Aber ich habe etwas beobachtet, was Sie vielleicht interessieren könnte."

„Da bin ich aber gespannt." Katja bleibt stehen.

„Also, Frau ... ähm ..."

„Von Sternberg, Oberkommissarin von Sternberg."

„Borchert, Karl Borchert", stellt sich der alte Mann vor. „Also, Frau Oberkommissarin, ich gehe fast jeden Abend mit meiner Paula spazieren. Ach, was sage ich, eigentlich ist es eher mitten in der Nacht – so zwölf, halb eins. Ich kann so schlecht einschlafen, müssen Sie wissen. Und was meine Paula betrifft, der tut die zusätzliche Bewegung auch ganz gut – sie ist nämlich ein bisschen zu fett."

Katja schaut ihren Gesprächspartner etwas komisch an.

„Sie brauchen gar nicht so vorwurfsvoll zu gucken. Ich gebe ihr schon weniger zu fressen", verteidigt sich Herr Borchert. „Und zusätzliche Leckereien gibt es schon lange nicht mehr."

Die Beamtin fragt sich, ob sie von diesem Mann wirklich eine ernstzunehmende Aussage erwarten kann.

„Das ist genetisch bedingt", erzählt er unbeirrt weiter. „Das sagt auch Dr. Brandt – ihr Tierarzt."

„Ach, Paula ist ...", tastet sich Katja vorsichtig ran.

„Ein Golden Retriever", ergänzt Herr Borchert.

„Ich dachte schon, sie reden von ..."

„Nein", unterbricht der alte Mann kopfschüttelnd. Sein Lächeln wirkt nun etwas traurig. „Meine Lisbeth, Gott hab sie selig, ist schon vor fünf Jahren gestorben."

„Das tut mir leid", sagt Katja mitfühlend.

„Danach habe ich Paula angeschafft. Sie leistet mir auf meine alten Tage Gesellschaft. Ihr kann ich alles erzählen. Paula ist nämlich sehr gut im Zuhören. Sie schaut mich dann immer so treu mit ihren schönen, braunen Augen an – und sie widerspricht mir nicht", erklärt Herr Borchert. „Aber das ist es nicht, was ich Ihnen eigentlich sagen wollte."

Herr Borchert überlegt einen Moment.

„Es ist ungefähr sechs Wochen her. Na ja, plus minus eine Woche – so genau weiß ich das auch nicht mehr. Da bin ich mit meiner Paula hier die Straße langgegangen. Und da hat ein Leichenwagen vor der alten Werkstatt gestanden."

„Mitten in der Nacht?", fragt Katja nach.

„Es war schon fast eins", bekräftigt der alte Herr.

Katja sieht sich um. „Es muss doch sehr dunkel gewesen sein", sagt sie zweifelnd. „Die nächste Straßenlampe ist ziemlich weit weg."

„Da haben Sie recht", stimmt Herr Borchert ihr zu. „Es war sogar so dunkel, dass ich den Weg kaum gefunden habe. Aber als wir hier vorbeigekommen sind, bog da hinten gerade ein Auto in die Straße ein. Es blieb einen Moment stehen und die Scheinwerfer waren genau auf die Werkstatt gerichtet. Das Licht war so hell, dass ich alles ganz gut erkennen konnte."

„Und es war wirklich ein Leichenwagen?"

„Ja klar, ich hab mich ja noch so gewundert, was der mitten in der Nacht da macht."

„Das Kennzeichen haben Sie nicht zufällig erkannt."

„Leider nicht." Herr Borchert zuckt mit den Schultern. „Ich habe ihn nämlich nur von der Seite gesehen und da war so ein Schriftzug drauf."

„Und was stand da?"

„Tut mir leid, aber so gut sind meine Augen nicht mehr. Außerdem hat der Fahrer des anderen Autos nach ein paar Sekunden das Licht ausgeschaltet – und da war es wieder stockfinster. Das ist alles."

„Vielen Dank, Herr Borchert, es war vollkommen richtig, mir von Ihrer Beobachtung zu erzählen", sagt Katja. Bevor sie sich verabschiedet, nimmt sie noch seine Personalien auf und weist ihn darauf hin, dass sich in den nächsten Tagen ein Kollege wegen des Protokolls bei ihm melden wird.

„Dat wird abba allmählich Zeit", empfängt Brixmeier seine Kollegin. „Dachte schon, du willst zu Fuß zurückchehen."

„Oh nein, ich bin dir wirklich dankbar, dass du auf mich gewartet und so selbstlos den blutrünstigen Zombies von der Presse die Stirn geboten hast", entgegnet Katja. „Ich hatte unterdessen nur ein entspanntes Gespräch mit einem netten älteren Herren."

„Ach", knurrt der Hauptkommissar gereizt, dann startet er den Motor und fährt los.

Auf dem Rückweg nach Höxter berichtet Katja ihrem Chef von Karl Borchert und seiner seltsamen Beobachtung.

„Interessant", grunzt Brixmeier, nachdem Katja fertig ist, „abba auch ein bisschen beunruhijend."

„Wieso beunruhigend?", fragt Katja irritiert nach.

„Na ja, dat war in unserm Fall schon der zweite Rentner mit Hund, der mitten inne Nacht wat beobachtet haben will", meint der Hauptkommissar. „Wenn dat so weiter-cheht, müssen wir bald jeden Rentner mit Hund zum Hilfs-sheriff machen."

Toni wundert sich darüber, dass seine Kollegen so schnell zurück sind. Der Hauptkommissar klärt ihn darüber auf, dass aufgrund der Spurenlage am Fundort mit neuen Erkenntnissen eher nicht zu rechnen ist. Wäre die Zeugenaussage von Herrn Borchert nicht gewesen, hätten sich die Beamten die Fahrt nach Brakel sparen können.

„Wir fahren Morjen früh chleich zur Firma Lesemann und nehmen uns die Anjestellten einen nach dem anderen vor", grunzt Brixmeier. „Dat hätten wir schon längst tun soll'n."

„Du meinst also, dass unser großer Unbekannter einer von Lesemanns Leuten ist?", meint Katja nachdenklich.

„Na, überlech doch mal: Lesemanns Mitarbeiter wissen doch bestimmt, dat es Dennis is, der die Leichen schminkt. Es wäre für einen Mitarbeiter auch kein Problem, dem Jungen die K.-o.-Tropfen, die Kamera und dat Handy unterzuschieben. Außerdem, wer soll sonst den Leichenwagen jefahren haben? Dennis wird dat wohl kaum jewesen sein."

„Das klingt alles einleuchtend", sagt Katja, „aber ich weiß nicht ..."

„Toni, du findest mal raus, ob einer von denen schon mal in psychiatrische Behandlung war", kommandiert Brixmeier. „Und wir werden da Morjen mal ordentlich auf'm Busch kloppen."

„Bevor du irgendeinen unschuldigen Busch folterst", gibt Toni zurück, „ich hab auch noch was für euch."

„So? Dann lass ma hören."

„Ich habe mich mal etwas näher mit den Fotos beschäftigt", beginnt Toni. „Zunächst ist mir Folgendes aufgefallen: Von Elke Bremer gibt es 19 Fotos, von Monika Seebrügge 22, aber von Constanze Maier sage und schreibe 147."

„Dat kann Zufall sein", meint der Hauptkommissar.

„Um das zu überprüfen, habe ich mir alle Fotos angesehen." Toni legt nun sechs ausgedruckte Fotos vor seinen Kollegen auf den Tisch – zwei von jedem Opfer.

„Fällt euch was auf?", fragt er dann.

„Hätteste nich zwei bessere Fotos von Constanze Maier raussuchen können?", beschwert sich Brixmeier.

„Das sind die beiden besten", antwortet Toni. „Die Fotos von Elke Bremer und Monika Seebrügge sind ohne Ausnahme gestochen scharf und der Bildausschnitt wurde mit Bedacht gewählt. Bei denen von Constanze Maier ist das ganz anders. Viele Bilder sind unscharf und der Bildausschnitt scheint in den meisten Fällen ein Zufallsprodukt zu sein."

„Die Fotos wurden von verschiedenen Personen gemacht. Das ist es doch, was du uns damit sagen willst", bringt Katja es auf den Punkt. „Die von Elke Bremer und Monika Seebrügge hat ein geübter Fotograf aufgenommen und die von Constanze Maier ein unbegabter Freizeitknipser."

„Oder ein cheistich Behinderter", ergänzt Brixmeier.

„Ganz genau", bestätigt Toni zufrieden.

„Du meinst also, unser geheimnisvoller Unbekannter is ein Profifotojraf?"

„Oder ein versierter Amateur", meint Toni. „Und wir können davon ausgehen, dass sich die Kamera noch nicht in Dennis' Besitz befand, als die ersten beiden Opfer getötet wurden."

„Dat is ja alles chut und schön", sagt der Hauptkommissar, „abba dat bringt uns nich wirklich weiter. Es chibt uns nur noch mehr Rätsel auf."

„Da ist was dran", meint auch Katja. „Wir sollten ..."

Die Tür geht auf und Kriminalrat Lange kommt rein. Auf die Frage, ob es etwas Neues gibt, berichtet ihm Hauptkommissar Brixmeier von den letzten Ermittlungsergebnissen.

„Sehr gut. Aber noch besser ist, dass ich der Presse heute einen Tatverdächtigen präsentieren konnte. Das nimmt etwas Druck aus unserer Arbeit." Kriminalrat Lange macht keinen wirklich entspannten Eindruck. „Vielleicht können Sie sich jetzt verstärkt um Frau Delmenhorst kümmern?" Jeder merkt, dass ihn das Verschwinden der Praktikantin sehr mitnimmt.

„Wat ham die Kollejen denn bis jetzt rausjefunden?", will der Hauptkommissar wissen.

„Wir wissen, dass sie am Freitagabend mit einer Freundin unterwegs war. Sie sind durch einige Kneipen getingelt. Um etwa zwölf Uhr haben sie sich auf der Marktstraße getrennt und Svenja ist nach Hause gegangen – allein. Dort ist sie jedoch nie angekommen. Wir haben jeden Weg, den sie hätte nehmen können, gründlich nach Hinweisen abgesucht und auch alle Anwohner befragt – nichts. Sie ist wie vom Erdboden verschluckt."

„Wat is mit 'ner Handyortung?"

„Ergebnislos."

„Wenn Svenja tatsächlich entführt wurde und der Entführer nicht vollkommen verblödet ist, hat er ihr das Handy nicht nur abgenommen, dann hat er es auch ausgeschaltet", folgert Katja messerscharf.

„Sie glauben also nach wie vor, dass ihr Verschwinden mit unserem Fall zu tun hat?", fragt Lange mit ernster Miene.

„Konkrete Hinweise chibts nich, abba ich halte et durchaus für möchlich", antwortet Brixmeier. „Besorjen Se uns einen Durchsuchungsbeschluss für die Privatwohnungen von allen Mitarbeitern der Firma Lesemann – und für die Fahrzeuge."

„Ich fürchte, dafür gibt die Faktenlage nicht genug her", wendet Lange zweifelnd ein. „Wir wissen nicht einmal, ob der Leichenwagen, der in Brakel gesehen wurde, zur Firma Lesemann gehört."

„Wo soller denn sonst hinjehören?", fragt Brixmeier.

„Okay, dann werde ich dem Staatsanwalt mal etwas Zucker in den Arsch blasen – aber heute wird das nichts mehr."

„Sagn Se uns einfach Bescheid, wenn Se den Wisch ham."

„Werd ich tun." Dann verlässt Lange das Büro und gibt Dr. Yilmaz die Klinke geradezu in die Hand.

„Ach, Herr Doktor Psychologe, mit Ihnen hätte ich so kurz vor Feierabend char nich mehr jerechnet", Brixmeier scheint nicht gerade glücklich über den späten Besuch zu sein.

„Ich denke, es kann den Ermittlungen nicht schaden,

wenn wir noch ein wenig über Ihren Hauptverdächtigen reden."

„Und ich denke, dat wir jenuch chegen ihn inne Hand haben, um ihn dranzukriejen, auch wenn Sie ihn für unschuldich halten", erwidert der Hauptkommissar. „Außerdem bin ich der Meinung, dat Perverse wie der einjesperrt jehören."

„Wenn Sie jeden einsperren wollen, der sich Bilder in Schmuddelheftchen oder im Internet anschaut und sich dabei selbst befriedigt, hätten Sie viel zu tun."

„Der hat sich abba nich an Bilder in Schmuddelheften oder außem Internet aufjegeilt, sondern an toten Frauen, denen er vorher die Schamhaare abrasiert hat", entrüstet sich der Hauptkommissar lautstark. „Abartijer chehts ja wohl nich mehr. Und da kommt so ein Psychodoktor wie Sie und tut so, als wenn dat chanz normal ist."

„Für jemanden, der seit der frühesten Kindheit neben Toten gespielt hat, ist das zumindest nicht ungewöhnlich. Dennis hat nie die Chance bekommen, sich auch nur halbwegs normal zu entwickeln – unter Berücksichtigung seiner Behinderung, versteht sich", kontert Dr. Yilmaz verärgert.

„Wenn man Ihnen so zuhört, könnte man meinen, dat Se den für dat Opfer halten", poltert der Hauptkommissar weiter.

„Da haben Sie richtig zugehört. Ich halte Dennis Lesemann tatsächlich für ein Opfer", erklärt der Polizeipsychologe. „Und es war seine eigene Familie, die ihn zum Opfer gemacht hat. Das, was sie über Jahre mit ihm gemacht hat, grenzt an Missbrauch – selbst wenn ihm das Schminken der Verstorbenen so viel Spaß gemacht hat, wie seine Mutter behauptet."

„Soll ich jetzt vielleicht hinchehen und die chanze Familie verhaften?", fragt Brixmeier wütend.

„Ich glaube, meine Herren, wir sollten die Angelegenheit wieder auf den Boden der Sachlichkeit zurückholen", mischt sich Katja genervt ein. „So kommen wir nicht weiter."

„Sie haben recht, Frau Oberkommissarin", sagt Dr. Yilmaz und er lächelt Katja freundlich an. „Aber um dieses leidige Thema zu einem versöhnlichen Abschluss zu bringen, lassen Sie mich bitte noch Folgendes sagen: Ich muss Ihnen voll und ganz recht geben, Herr Hauptkommissar. Wenn Dennis ein ganz normaler junger Mann wäre, ohne seine Behinderung und ohne diese unsägliche Vergangenheit, würde ich das, was er getan hat, auch als abartig und pietätlos bezeichnen.

Was seine Familie, insbesondere seine Mutter betrifft, so glaube ich nicht, dass sie ihrem Sohn schaden wollte. Ich denke, sie war einfach mit der Situation überfordert. Hinzu kam Unwissenheit, Gedankenlosigkeit, Bequemlichkeit und der Glaube, für Dennis etwas gefunden zu haben, was sein Leben ausfüllt und ihn glücklich macht.

Und noch eine Kleinigkeit: Wenn Dennis wirklich imstande gewesen wäre, einschlägige Internetseiten zu besuchen oder sich einen Playboy zu kaufen, glauben Sie nicht, dass seine Mutter das unterbunden hätte? Für sie ist er nämlich immer noch der kleine Junge, der vor dem ganzen Dreck dieser Welt beschützt werden muss."

Plötzlich zeichnet sich ein verschmitztes Grinsen auf Brixmeiers Gesicht ab. „Aber, aber, Herr Psychologe, bis heute haben Jenerationen von kleinen Jungs eine chanze Menge Kreativität bewiesen, chrade solche Dinge vor ihren Eltern erfolchreich zu verheimlichen."

„Das ist allerdings wahr", gibt Dr. Yilmaz bereitwillig zu. „Aber schauen Sie sich mal Dennis an und dann schauen Sie sich mal seine Mutter an. Glauben Sie wirklich, dass Dennis so etwas vor ihr verheimlichen könnte?"

„Die K.-o.-Tropfen, dat Handy und die Digitalkamera hat er vor ihr verheimlicht", gibt sich Brixmeier siegesgewiss.

„Eins zu null für Sie, Herr Hauptkommissar", lacht Dr. Yilmaz. „Und was sagt uns das?"

„Keine Ahnung." Brixmeier zuckt mit den Schultern.

„Es gibt einen Menschen, der, warum auch immer, einen noch größeren Einfluss auf Dennis hat als seine Mutter."

„Könnte das ein Mitarbeiter der Firma sein?", hakt Katja sofort zielgerichtet nach.

„Nun ja, so, wie ich Dennis kennengelernt habe, halte ich ihn für äußerst gutgläubig und es sollte kein allzu großes Problem sein, ihn zu manipulieren, wenn man es einigermaßen geschickt anstellt. Zu den Angestellten hat er tagtäglich Kontakt. Dadurch baut sich natürlich ein gewisses Vertrauen auf. Und wenn es da jemanden gibt, der Böses im Schilde führt ...", sagt Dr. Yilmaz nachdenklich. „An Ihrer Stelle würde ich genau da ansetzen."

„Da sind wa auch schon drauf jekommen", grunzt Brixmeier.

„Prima, dann kann ich ja wieder gehen. Sollten Sie wider Erwarten doch noch Fragen an mich haben – Sie wissen ja, wo Sie mich finden." Dr. Yilmaz wünscht den drei Beamten noch einen schönen Feierabend und verlässt das Büro. Eine eisige Stille bleibt zurück. Die Spannung steigt, bis Katja nicht mehr an sich halten kann.

„Herzlichen Glückwunsch, das war ja eine Meisterleistung", giftet sie den Hauptkommissar an. „Das Ganze hätte man auf Video aufnehmen sollen – als Lehrfilm für Polizei-schüler."

„Haste irjendein Problem?", bellt Brixmeier zurück.

„Ich habe keine Probleme, aber ganz offensichtlich hast du ein Problem damit, in Gegenwart von Dr. Yilmaz sach-lich zu bleiben – sehr professionell, kann ich da nur sagen."

„Man wird ja wohl noch seine Meinung sagen dürfen, wenn so ein Psychofuzzi daherkommt und uns weismachen will, dat die Opfer die Täter sind und die Täter die Opfer. Und weil er chrad so schön in Fahrt is, zweifelt der auch noch unsere Ermittlungserchebnisse an", wettert Erwin Brixmeier weiter.

„Nun lass mal die Kirche im Dorf", bremst Katja ihren Chef aus. „Er hat weder Ermittlungsergebnisse angezwei-felt, noch hat er die Opfer zu Tätern gemacht. Und was Dennis Lesemann betrifft, da gebe ich ihm voll und ganz recht. Dem Jungen ist wirklich ziemlich übel mitgespielt worden."

„Ja, ja, der arme behinderte Junge ... hatte eine so fürch-terliche Kindheit ...", lamentiert der Hauptkommissar. „Du sachst ja char nix, Toni, hasse keine Meinung dazu?"

„Doch! Aber ich hör' euch auch gern zu."

„Und ich würd chern wissen, watte denkst."

„Willst du das wirklich?", fragt Toni vorsichtig.

„Klar doch!", dröhnt Brixmeier. „Sonst würd ich dich doch char nich fragen, du Hornochse."

Eine kleine Pause.

„Ich sehe das genauso wie Katja", erklärt Toni im ruhi-gen Tonfall.

Das ist zu viel für den guten Hauptkommissar. Er sagt keinen Ton, aber seine finstere Miene sagt alles. Er lässt sei-nen nicht gerade freundlichen Blick ein paarmal zwischen

Katja und Toni hin und her wandern. Mit den Worten „Leckt mich doch alle mal am Arsch!" springt er wie von der Tarantel gestochen auf und hetzt aus dem Büro. Wie so oft hat es die Tür auch diesmal unbeschadet überstanden.

Wieder ist es ganz still im Raum. Katja und Toni sehen sich zunächst wortlos an.

„Was hat er doch gleich gesagt?" fragt Toni.

„Leckt mich doch alle mal am Arsch!", zitiert Katja.

„Tatsächlich?"

„Ja! Warum?"

„Klang irgendwie nach ... Feierabend."

„Jetzt wo du es sagst. Ich glaube, ich habe auch so was rausgehört."

„Ja, dann ..." Toni schaltet seinen Computer aus und räumt seinen Schreibtisch ein wenig auf.

„Ist es nicht noch ein bisschen früh?", fragt Katja.

„Ich will ja noch nicht nach Hause", sagt Toni.

„Sondern ...?"

„Ich will mal bei den Kollegen reinschauen. Mal hör'n, was die in Sachen Svenja genau herausgefunden haben. Vielleicht kann ich mich da auch noch ein bisschen nützlich machen."

„Gute Idee. Da komm' ich doch glatt mit."

„Was ist denn hier los?", fragt Katja, als sie am nächsten Morgen im Büro erscheint. Toni sitzt wie gewohnt an seinem Platz, während es sich Hardy Großknecht und Oliver Bender auf den Besucherstühlen bequem gemacht haben. Alle sehen aus wie bestellt und nicht abgeholt.

„Wo ist Brixmeier?", fragt die Oberkommissarin weiter.

„Keine Ahnung", antwortet Toni. „Hier hat er sich noch nicht sehen lassen."

„Wir warten auch schon eine Viertelstunde", meldet sich Oliver Bender zu Wort.

„Tja, meine Herren, dann müssen Sie sich wohl oder übel mit uns zufrieden geben", sagt Katja. „Also, hat irgendein Anwohner was gesehen?"

Hardy Großknecht schüttelt langsam den Kopf. „Nichts – weder gesehen, noch gehört. Die meisten haben geschlafen."

„Was auch sonst." Katja hat nichts anderes erwartet. „Und was ist mit denen, die nicht geschlafen haben? Hat einer von denen zufällig einen Leichenwagen erwähnt?"

„Einen Leichenwagen ...?" Die beiden Uniformierten schauen sich verdutzt an.

„Nein ...", antwortet Oliver Bender zögernd.

„Wir haben aber auch nicht danach gefragt", rechtfertigt sich Hardy Großknecht.

„Das konnten Sie ja auch nicht wissen", beruhigt Katja die beiden. „Wir sollten das aber schleunigst nachholen. Fahren Sie noch mal nach Brakel und fragen Sie die Anwohner diesmal ganz gezielt danach, ob ihnen in der Nacht vom 13. auf den 14. Oktober ein Leichenwagen aufgefallen ist."

„Aber was wird der Hauptkommissar ...", will Oliver Bender einwenden.

„Den überlassen Sie mir", sagt die Oberkommissarin. „Ich nehme das auf meine Kappe. Ach, und noch was: Herrn Karl Borchert brauchen Sie nicht befragen. Mit dem habe ich bereits gesprochen."

„Alles klar!" Damit verabschieden sich Hardy Großknecht und Oliver Bender von den Kollegen der Kripo und machen sich an die Arbeit.

Mühsam ernährt sich das Eichhörnchen

„Sollten wir Erwin vielleicht als vermisst melden?", fragt Katja halb besorgt, halb spöttisch.

„Ich denke, das ist nicht nötig. Er passt doch überhaupt nicht in das Beuteschema unseres Serienkillers", antwortet Toni breit grinsend.

„Da hast du auch wieder recht", meint die Oberkommissarin. „Nur eins kapier' ich nicht: Gestern war er noch ganz wild darauf, sich Lesemanns Mitarbeiter vorzunehmen – und jetzt? Soll ich das etwa allein machen?"

Wie aufs Stichwort öffnet sich die Tür und der Vermisste kommt hereingestiefelt, gefolgt von Kriminalrat Lange. Aus ihren entspannten Gesichtszügen glaubt Katja so etwas wie Triumph ablesen zu können.

„Tut mir leid, wenn ihr heute mal etwas länger auf mich warten musstet", grunzt Brixmeier, „abba wir beide mussten beim Staatsanwalt 'n bissken Überzeujungsarbeit leisten."

Er präsentiert seine Beute: drei Durchsuchungsbeschlüsse.

„Toni, du übernimmst die Durchsuchungen. Wir suchen nach allem, was auf eine Verbindung zu den drei Opfern hinweist. Jakob Trost und Hubert Ahlrogge sind verheiratet. Frach mal die Frauen, ob ihre Männer jelegentlich nachts unterwechs sind. Abba anfangen tuste bei Sebastian Kurz.

Katja, du ..."

Tonis Telefon klingelt. Er geht ran und legt schon nach wenigen Sekunden mit einem knappen „Danke" wieder auf.

„Das war das Labor", sagt er zu den Kollegen. „Die Sperma-Spuren an den beiden Fundorten stammen eindeutig von Dennis Lesemann."

„Dat überrascht uns jetz nich wirklich", grunzt Brixmeier, dann setzt er die Einsatzbesprechung fort: „Katja, du nimmst dir noch mal den Lesemann und seine Anjetraute vor. Versuch mal zu erchründen, wat ihr Leichenwagen mitten inne Nacht vor einer stilljelechten Kfz-Werkstatt in Brakel zu suchen hatte und wer die Karre jefahren haben könnte."

„Aber wir wissen nicht sicher, ob es der Leichenwagen von der Firma Lesemann war", gibt Katja zu bedenken.

„Und die wissen nich, dat wir es nich wissen", hält der Hauptkommissar schelmisch grinsend dagegen. „Sei doch mal 'n bisschen kreativ, Frau Kollejin."

„Verstehe! Und du befragst die Mitarbeiter, nehme ich an."

„Da nimmste richtich an", bestätigt Brixmeier. „Und wenne mit den Lesemanns feddich bist, darfste chern dazukommen und mich unterstützen."

„Das mache ich doch glatt. Aber wenn die Aktion vorbei ist, würde ich gern noch mal mit Dennis reden – wenn's geht, heute noch."

„Und wat soll dat bringen?"

„Einen Hinweis auf den großen Unbekannten", erklärt Katja und schiebt ein zaghaftes „Vielleicht" hinterher.

„Sie glauben also nicht, dass es einer der Angestellten ist?", hakt der Kriminalrat leicht irritiert nach.

„Ich glaube, dass es ratsam wäre, einen Plan B zu haben", gibt die Oberkommissarin zurück. „Schließlich geht es auch darum, Frau Delmenhorst zu finden."

„Sie werden Gelegenheit bekommen, mit Dennis zu reden", verspricht Lange. „Ich werde mich selbst darum kümmern."

„Wo haben Sie ihn eigentlich untergebracht?", fragt Katja.

„In der Psychiatrie in Bad Driburg."

„Komm inne Strümpfe", drängt Brixmeier. „Die Kavallerie steht schon bereit und scharrt mitte Hufe."

„Bist du überhaupt sicher, dass jetzt alle Angestellten im Betrieb sind?", fragt Toni misstrauisch.

„Ich habe vorhin da anjerufen. Da waren noch alle da, und wenn chleich doch einer fehlen sollte, dann ham wir unseren chroßen Unbekannten", antwortet der Hauptkommissar.

Fünf Minuten später verlassen vier Einsatzwagen, angeführt von einem sechsundsiebziger Ford Granada, den Parkplatz der Kreispolizeibehörde Höxter. Während der Fahrt informiert Katja ihren Chef über das Gespräch mit den Beamten Bender und Großknecht und darüber, dass sie ihnen einen neuen Auftrag gegeben hat. Brixmeier quittiert den Bericht nur mit einem unverständlichen Grunzen.

Nur wenige Minuten nach dem Eintreffen der Polizei hat sich die komplette Belegschaft der Firma Lesemann im Büro versammelt. Lediglich Henrike Steinmeyer fehlt. Sie hat das Krankenhaus zwar verlassen, ist aber noch für einige Tage krankgeschrieben. Die Atmosphäre ist spannungsgeladen und jeder Einzelne ist sichtlich nervös.

„Herr Kurz", dröhnt der Hauptkommissar, „Sie bechleiten meinen Kollejen." Er deutet auf Toni.

„Bin ich etwa verhaftet?", fragt er blass vor Entsetzen.

„Nein, das sind Se nich! Chehn Se einfach mit ihm mit. Er wird Se schon nich beißen, dat verspreche ich Ihnen."

Toni verlässt zusammen mit einem zutiefst verunsicherten Sebastian Kurz das Büro.

„Herr Trost, wir beide unterhalten uns mal ein bisschen. Am besten bleiben wir chleich hier." Brixmeier setzt sich auf einen Bürostuhl und wirft Katja einen auffordernden Blick zu. Die wendet sich an Herrn und Frau Lesemann: „Wo können wir in Ruhe reden?"

„Wir können nach vorn in den Verkaufsraum gehen", sagt Frau Lesemann. „Ich schließe den Laden ab, dann sind wir ungestört."

„Und was ist mit mir?", will Herr Ahlrogge wissen.

„Sie dürfen uns erst mal allein lassen", grunzt Brixmeier. „Abba halten Se sich zur Verfüjung, mit Ihnen will ich auch noch reden."

„Alles klar", entgegnet der Alte stoisch. „Wenn Sie mich brauchen, ich bin in der Werkstatt." Dann trottet er in aller Seelenruhe davon.

Während Frau Lesemann zur Eingangstür eilt, geleitet Herr Lesemann die Beamtin in einen vom Laden etwas abgetrennten Bereich, der sie unwillkürlich an ein Séparée erinnert, wie sie es in manch einem Etablissement im Rotlicht-Milieu von Bielefeld bewundern durfte – nur dass dieses Refugium einen leicht morbiden Charme ausstrahlt. Hier werden also den trauernden Hinterbliebenen die verschiedenen Möglichkeiten unterbreitet, dem Verblichenen einen würdigen Abschied vom irdischen Dasein zu bereiten. Katja setzt sich auf einen der bequemen Sessel. Ihr Blick fällt auf einen Aufsteller mit Prospekten, die für Sterbegeldversicherungen werben. Dann entdeckt sie einen Katalog, der wohl noch vom letzten Beratungsgespräch liegengeblieben ist. *Die Urne für jeden Geschmack*, liest sie, *von klassisch bis postmodern.* Ihre Gedanken kreisen noch um die Frage, was so ein postmoderner Aschenbecher wohl kosten mag, da gesellt sich Frau Lesemann dazu und der Vernehmung steht nichts mehr im Weg.

„Vielleicht haben Sie es heute früh schon in der Zeitung

gelesen", beginnt Katja. „Gestern ist die dritte vermisste Frau tot aufgefunden worden. Bei den Untersuchungen am Fundort haben sich neue Hinweise ergeben."

„Und deshalb sind Sie wieder hier?" sagt Frau Lesemann.

„Genau! Aber bevor wir darauf zu sprechen kommen, habe ich noch eine ganz andere Frage", Katja macht eine Pause. „Ist allgemein bekannt, dass Ihr Sohn bei den Verstorbenen Hand anlegt, um sie zu verschönern? Ich meine, wissen es auch Ihre Kunden?"

„Nein", gesteht Herr Lesemann, „wir haben es für besser gehalten, dass unsere Kunden das nicht erfahren. Wir haben oft genug erlebt, wie Menschen auf Dennis reagieren. Wenn die wüssten, dass er ihren Opa oder ihre Oma mit ein wenig Schminke oder Puder zurechtmachen würde, dann würden die womöglich zur Konkurrenz gehen. Deshalb ist nach außen hin meine Frau für diese Dinge zuständig."

„Aber Ihre Mitarbeiter wissen schon Bescheid?"

„Selbstverständlich wissen sie es. Das lässt sich gar nicht vermeiden. Sie wissen aber auch ganz genau, dass sie es in der Öffentlichkeit nicht breittreten dürfen. Ich habe ihnen deutlich zu verstehen gegeben, dass ihr Arbeitsplatz davon abhängt."

„Sie haben sie also zum Schweigen verdonnert", fasst Katja das Gehörte zusammen.

„So könnte man es sagen", bestätigt Herr Lesemann.

„Wie kommen Ihre Mitarbeiter eigentlich mit Dennis klar?", fragt die Oberkommissarin weiter.

„Gut", antwortet Frau Lesemann knapp.

„Wie darf ich das verstehen?", hakt Katja nach.

„Sebastian, also Herr Kurz, hat sich von Anfang an glänzend mit Dennis verstanden. Die beiden sind wie zwei Brüder und sie hecken auch gern mal einen Streich aus. Davon war ich am Anfang nicht so begeistert. Doch dann habe ich gemerkt, wie gut es Dennis tut. Seitdem lasse ich sie gewähren – solange sie es nicht übertreiben."

„Was sind das für Streiche?"

„Typische Lausbubenstreiche. Kinderkram eigentlich, aber Dennis hat einen irren Spaß daran." Über Frau Lesemanns Gesicht huscht der Hauch eines Lächelns.

„Haben sie auch schon mal Scherze mit Toten getrieben? Ich meine: Haben sie jemandem zum Beispiel eine rote Clownsnase verpasst oder eine Irokesenfrisur oder ..."

„Einer Frau die Schamhaare abrasiert. Darauf wollen Sie doch hinaus, oder?", fällt Dennis' Mutter der Beamtin harsch ins Wort. „NEIN! Das haben sie ganz sicher nicht. Für derartige Scherze haben wir absolut kein Verständnis, und das wissen beide genau. Für Herrn Kurz hätte das sogar die sofortige Kündigung zur Folge gehabt."

„Verstehe. Und wie ist das mit den beiden anderen?"

„Hubert Ahlrogge gehört hier quasi zum Inventar. Er hat schon für meinen Schwiegervater gearbeitet und kennt Dennis seit seiner Geburt. Er kommt auch prima mit dem Jungen klar und ist für ihn so etwas wie ein zusätzlicher Großvater."

„Hecken die beiden auch Streiche aus?" will Katja wissen.

„Wo denken Sie hin, Frau Kommissarin." Frau Lesemann winkt ab. „Hubert doch nicht. Er erzählt Dennis Geschichten oder liest ihm vor, und manchmal spielt er mit ihm Mau-Mau und lässt ihn gewinnen. Das liebt der Junge."

„Und Jakob Trost?"

„Ja, die beiden hatten echte Probleme miteinander. Jakob wusste anfangs gar nicht, wie er mit Dennis umgehen sollte und Dennis hatte sogar Angst vor Jakob, obwohl der ihm nie was getan hat. Die beiden sind sich regelrecht aus dem Weg gegangen", weiß Dennis' Mutter zu berichten. „Im Laufe der Jahre hat sich das Gott sei Dank gelegt. Sie sind zwar nie dicke Freunde geworden, aber sie kommen mittlerweile recht gut miteinander klar."

„Bleibt nur noch Henrike Steinmeyer", sagt Katja.

„Mit ihr hat sich Dennis vom ersten Tag an hervorragend verstanden. Na ja, er war ein bisschen schüchtern, aber das hat sich ziemlich schnell gelegt. Wenn die beiden in einem Raum waren, gab es fast immer was zu lachen – das werde ich vermissen."

„Wieso vermissen?"

„Wir haben Henrike am Sonntag im Krankenhaus besucht. Ich war so froh, sie wieder wohlauf zu sehen." Frau Lesemann wirkt trotz ihrer Erleichterung ein wenig traurig. „Sie hat uns zu verstehen gegeben, dass sie kündigen wird – und ich kann es ihr nicht verdenken."

Für einen Moment herrscht absolute Stille. Katja versucht, die Mimik von Herrn und Frau Lesemann zu entschlüsseln.

„Warum fragen Sie eigentlich nach unseren Angestellten?", will Herr Lesemann nun wissen. „Glauben Sie etwa, dass einer von ihnen etwas mit den Morden zu tun hat?"

„Ihre Angestellten wissen, dass Dennis ein Meister darin ist, Tote gut aussehen zu lassen. Für jeden von ihnen wäre es kein Problem gewesen, ihm gewisse Gegenstände zukommen zu lassen: eine Digitalkamera, ein Handy und ein Fläschchen mit K.-o.-Tropfen. Ihre Mitarbeiter sehen Dennis jeden Tag und er vertraut ihnen mehr oder weniger. Halten Sie es für so ausgeschlossen, dass einer von ihnen dieses Vertrauen aufs Schamloseste missbraucht hat und Ihren gutgläubigen Sohn dazu verleitet hat, ihm bei der Verwirklichung seiner abartigen Phantasien zu helfen?"

„Das halte ich tatsächlich für ausgeschlossen", beteuert Herr Lesemann mit Nachdruck. „Von denen würde keiner so etwas tun. Das sind alles rechtschaffene Menschen. Von denen ist keiner ein solches Monster. Und keiner von ihnen würde Dennis in so etwas hineinziehen. Und wenn doch, dann hätten wir es bestimmt gemerkt. Oder was meinst du, Karin?"

„Ich bin ganz deiner Meinung", bekräftigt Frau Lesemann und an die Oberkommissarin gerichtet ergänzt sie: „Was Sie unseren Mitarbeitern unterstellen, ist völlig absurd."

„Wenn das so absurd ist", Katjas Stimme ist plötzlich sehr leise, „dann können Sie mir doch sicherlich erklären, wieso Ihr Leichenwagen in der Nacht vom 13. auf den 14. Oktober in Brakel gesehen wurde – und zwar exakt vor dem Gebäude, in dem wir gestern die Leiche von Monika Seebrügge gefunden haben."

Herr und Frau Lesemann sehen sich sprachlos an. Katja ist davon überzeugt, dass ihre Überraschung nicht gespielt ist.

„Sind Sie denn sicher, dass es unser Leichenwagen war?", fragt Herr Lesemann, nachdem er den Schock verdaut hat.

„Ich bitte Sie, Herr Lesemann", entgegnet Katja, „auf der Kamera, die wir bei Ihrem Sohn gefunden haben, befinden sich Fotos der toten Monika Seebrügge, die am 14. Oktober aufgenommen wurden. Dass ausgerechnet zur selben Zeit der Leichenwagen eines anderen Bestattungsunternehmens vor dem Gebäude gestanden hat, ist doch eher unwahrscheinlich."

„Aber wer soll den denn gefahren haben? Dennis kann doch kein Auto fahren", wirft Frau Lesemann ein.

„Dann muss ihn wohl jemand anderes gefahren haben." Die Oberkommissarin schaut die Lesemanns herausfordernd an.

„Ich war es nicht", platzt Frau Lesemann heraus.

„Ich auch nicht", schließt sich ihr Mann an.

„Wer fährt ihn denn normalerweise?", will Katja wissen.

„Meistens fahre ich ihn", antwortet Herr Lesemann. „Jakob und Sebastian fahren ihn auch des Öfteren, und meine Frau – sie aber eher selten."

„Ich mag den Wagen nicht", ergänzt Frau Lesemann.

„Was ist mit Herrn Ahlrogge?", bohrt Katja weiter.

„Der darf ihn nicht fahren. Er hat nur einen Führerschein für ein Moped", erklärt Herr Lesemann.

„Und Frau Steinmeyer?"

„Sie hat zwar seit ein paar Monaten einen Führerschein, aber unseren Leichenwagen hat sie nie gefahren. Es bestand auch keine Notwendigkeit dazu."

„Wo werden die Schlüssel aufbewahrt?"

„In einem Schlüsselkasten im Büro."

„Wer kommt da dran?"

„Im Grunde jeder."

„Wird der Schlüsselkasten abends kontrolliert?"

„Nein. Ich vertraue meinen Leuten."

„Also hätte jeder den Schlüssel mitnehmen können. Er hätte sich den Leichenwagen für eine Spritztour ausborgen können. Danach hätte er ihn wieder auf ihrem Hof abgestellt und am nächsten Morgen hätte er den Schlüssel unauffällig in den Schlüsselkasten zurückgehängt – und kein Mensch hätte etwas bemerkt", folgert die Oberkommissarin.

„So was würde keiner von meinen Leuten machen", hält Herr Lesemann energisch dagegen.

„Aber möglich wäre es grundsätzlich schon – theoretisch?"

„Theoretisch, ja", muss Herr Lesemann zugeben.

„Da fällt mir was ein", meldet sich Frau Lesemann. „Ich weiß aber nicht, ob es was zu bedeuten hat."

„Erzählen Sie es einfach", fordert Katja sie auf.

„Der Wagen hat seinen festen Stellplatz ziemlich nah an der Hauswand. Da stört er am wenigsten. Aber vor ein paar Wochen – ich war an dem Tag die Erste im Betrieb – stand er mitten auf dem Hof. Ich habe mich noch gewundert. So stellt ihn von unseren Mitarbeitern niemand ab. Außerdem war ich mir ziemlich sicher, dass er am Abend zuvor ganz normal auf seinem Platz gestanden hat."

„Stimmt. Jetzt, wo du es sagst, fällt's mir auch wieder ein", erinnert sich Herr Lesemann. „Ich hab den Wagen ja noch selber zur Seite gefahren, weil er da so blöd stand."

„Und Sie haben Ihre Leute nicht gefragt, wer ihn da so abgestellt hat?", erkundigt sich Katja.

„Ich wollte es tun", gibt Frau Lesemann zurück, „aber an dem Tag stand das Telefon nicht still. Da bin ich dann wohl darüber hinweggekommen."

„Mir ging es ähnlich, ich hatte auch viel zu tun", ergänzt Herr Lesemann. „Und weil das nicht noch einmal vorgekommen ist, haben wir die Sache auf sich beruhen lassen. Es war ja auch nichts weiter passiert."

„Können Sie sich denn noch erinnern, wann das genau war?", fragt die Oberkommissarin.

„Vor ungefähr sechs Wochen", meint Herr Lesemann.

„Also Mitte Oktober ...?", vergewissert sich Katja.

„Ja, das kommt in etwa hin", stimmt Frau Lesemann zu.

„Anderes Thema. Wenn keiner von Ihnen in der Nacht vom 13. auf den 14. Oktober mit dem Leichenwagen in Brakel war, wo waren Sie denn dann?", fragt Katja im dienstlichen Tonfall.

„Sie wollen uns doch wohl nicht unterstellen ...“

„Ich will gar nichts, Frau Lesemann. Ich stelle Ihnen nur eine Routinefrage, die ich Ihnen schon längst hätte stellen müssen. Also, wo waren Sie in der Nacht?“

„Wahrscheinlich haben wir geschlafen", antwortet Frau Lesemann gereizt. „Wir müssen nämlich arbeiten – da fehlt uns die Energie für ein ausschweifendes Nachtleben.“

„Wie sieht es mit der Nacht vom 22. auf den 23. September aus?“

„Das ist ja schon eine ganze Weile her, aber ich denke, da haben wir auch geschlafen.“ Herr Lesemann wirkt ebenfalls leicht erregt.

„Die Nacht vom 17. auf den 18. November ist noch nicht so lange her", forscht die Oberkommissarin penetrant weiter.

„In den letzten zwei Wochen gab es auch kein nächtliches Abenteuer außer Haus", bellt Frau Lesemann die Beamtin an.

„Ich gehe davon aus, dass das niemand bestätigen kann.“

„So ist es, Frau Kommissarin. Wir liegen für gewöhnlich nicht zu dritt in unserem Ehebett, wenn es das ist, was Sie meinen.“ Frau Lesemann gerät mehr und mehr in Rage. Ihr Mann nickt nur zustimmend, sagt aber nichts mehr.

„Ich denke, das reicht für heute.“ Katja ist mit ihrer Befragung durch und die beiden Lesemanns mit ihren Nerven. Außerdem kann die Oberkommissarin es kaum erwarten, dieses Séparée mit seinen Sterbegeldversicherungen, postmodernen Urnen und dieser besitzergreifenden Friedhofskälte endlich zu verlassen.

„Das war ja wohl ein Schuss in den Ofen", beschwert sich Toni, der nach dieser spektakulären Aktion als letzter ins Büro zurückkehrt. „Da war nichts – absolut nichts. Weder bei Kurz noch bei Trost noch bei Ahlrogge. Nicht mal die Spur eines Hinweises. Na ja, wenn man mal davon absieht, dass Jakob Trost eine rechte eindrucksvolle Fotoausrüstung sein Eingen nennt – aber das muss nichts heißen."

„So wat kann immer passieren, dat weißte doch", grunzt der Hauptkommissar. Dann berichtet er von seinen Befragungen, deren Ergebnisse sich sehr treffend zusammenfassen lassen – es gibt keine.

Verglichen mit dem, was ihre beiden Kollegen in Erfahrung gebracht haben, kann sich Katjas kriminalistische Ausbeute geradezu sehen lassen. Es ist zwar auch nur etwas mehr als nichts, aber immerhin ...

„Lasst uns mal die einzelnen Personen chenau unter die Lupe nehmen", schlägt Brixmeier vor. „Sebastian Kurz hat nen sehr chuten Draht zu Dennis und damit die Möchlichkeit, ihn zu manipulieren und ihm die Sachen unterzuschieben. Er fährt den Leichenwagen und er hat für alle drei Tatzeiten kein Alibi – hat jepennt ... sacht er."

„Er lebt also allein?", vermutet Katja.

„Jou", gibt Brixmeier zurück. „Er hat wohl 'ne Freundin, abba die studiert in Münster und is die chanze Woche nich da."

„Wochenendbeziehung", Katja verzieht das Gesicht. „Kommt mir irgendwie bekannt vor. Also kein Alibi."

„Dafür aber Schuhgröße 45", sagt Toni.

„Damit fällt der aus", meint der Hauptkommissar. „Chenau wie Jakob Trost. Der hat für den Mord an Elke Bremer ein ziemlich chutet Alibi. Der war im September mit Frau und Kinder drei Wochen lang auf Fuerteventura im Urlaub. Sind von Düsseldorf aus jeflogen. Hab mal die Daten notiert. Kannste inner ruhijen Minute mal überprüfen."

Brixmeier reicht Toni einen Zettel. Der wirft einen kurzen Blick darauf und fragt: „Was ist das für ein Name?"

„Dat is ein Ehepaar aus Minden, die se da kennenjelernt und mit denen se viel Zeit verbracht ham. Falls wir noch Zeujen brauchen."

„Ich checke das." Toni legt den Zettel zur Seite. „Schade eigentlich, er hat genau die richtige Schuhgröße – 43. Aber die hat Hubert Ahlrogge auch."

„Toni, das ist ein alter Mann", wirft Katja ein. „Außerdem hat er keinen PKW-Führerschein."

„Ein Auto kann man auch ohne Führerschein fahren", knurrt Brixmeier. „Hinzu kommt, dat er mit Dennis chanz dicke is und dat sein Alibi auch nich dat beste is."

„Nicht das beste ...?", hakt Katja nach.

„Er war jede Nacht zuhause und hat jeschlafen – behauptet er", sagt der Hauptkommissar.

„Und seine Frau bestätigt das", ergänzt Toni.

„Also hat er ein Alibi", stellt Katja fest.

„Ich muss euch doch wohl nich verklickern, wat ein Alibi unter Eheleuten wert is?", hält Brixmeier genervt dagegen.

„Warum sollte ein neunundsechzigjähriger, verheirateter Mann junge blonde Frauen umbringen und sie dann von Dennis verschönern lassen? Das ist doch verrückt." Katja kann sich mit diesem Gedanken einfach nicht anfreunden.

„Verehrte Kollejin, rund um dieses Bestattungsunternehmen ham wa schon so viele verrückte Sachen erlebt, dat ich mich mittlerweile über char nix mehr wundere", antwortet der Hauptkommissar mit väterlicher Stimme. „Und nach Abwäjung aller Fakten steht dieser Hubert Ahlrogge für mich chanz oben auf der Liste der Verdächtigen. Aber da wären ja auch noch die Lesemanns und dat Fräulein Steinmeyer."

„Auch wenn ihr Alibi hinkt – die würden doch niemals ihren eigenen Sohn in so eine Sache reinziehen", entgegnet Katja.

„Außerdem hat sie die Schuhgröße 39 und er 46", gibt Toni seinen Senf dazu. „Na ja, irgendwoher muss Lesemann junior seine großen Füße schließlich haben. Aber eins steht für mich fest: Und wenn in diesem Fall noch so viele verrückte Sachen passiert sind – Henrike Steinmeyer können wir ja wohl ausschließen."

Die Tür öffnet sich und Kriminalrat Lange kommt rein.

„Meine Dame, meine Herren, was haben Sie herausgefunden?", will er sofort wissen. Hauptkommissar Brixmeier fasst die Ergebnisse in einem viel zu kurzen Bericht zusammen. Als er fertig ist, breitet sich eisiges Schweigen im Büro aus. Ein zufriedener Kriminalrat sieht weiß Gott anders aus.

„Tja, es hilft nichts. Dann müssen wir doch auf ihren Plan B zurückgreifen", wendet sich Lange an die Oberkommissarin. „Sie können Dennis Lesemann ab fünfzehn Uhr befragen."

„Das ist gut", meint die Angesprochene zufrieden.

„Sie müssen allerdings zur Dienststelle nach Bad Driburg fahren", ergänzt der Kriminalrat.

„Das sollte nicht das größte Problem sein." Katja schaut Brixmeier fragend an, und der winkt sofort ab.

„Mach du dat mal allein", grunzt er. „Mit mir redet der sowieso nich, abba ich wünsch dir viel Erfolch."

„Das wünschen wir Ihnen alle, Frau Oberkommissarin", schließt sich Kriminalrat Lange an, dann ist er auch schon wieder verschwunden.

„Wenn keiner wat dachegen hat, cheh ich ers ma 'n Häppchen essen", grummelt der Hauptkommissar.

Es hat keiner was dagegen.

Svenja öffnet vorsichtig die Augen. Diesen ekligen Geruch hat sie schon seit ein paar Minuten in der Nase. Ihr ist sofort klar, dass sie sich nicht in ihrem Zimmer befindet. Aber wo ist sie? Sie schaut sich um. Der Raum ist nichts weiter als ein heruntergekommenes, fensterloses Kellerloch, eine muffige Abstellkammer. Die Wände und die Decke waren irgendwann einmal weiß, aber das muss schon ein Jahrhundert her sein. Als Beleuchtung dient eine funzelige Glühbirne, die in einer einfachen Fassung an zwei Drähten von der Decke herabhängt. Svenja erinnert sich, diesen Raum schon einmal gesehen zu haben. Dann erinnert sie sich an einen Maschinenpark, der in ihrem Kopf Akkordarbeit verrichtet hatte. Oder war das womöglich nur ein Traum? Sie ist sich nicht sicher.

Das spärliche Licht reicht aus, um die *Einrichtung* näher zu inspizieren. Da wäre zunächst einmal die Matratze, auf der sie liegt. Der widerliche Gestank, den sie verbreitet, trägt maßgeblich zum Aroma in diesem abweisenden Raum bei. Direkt daneben steht eine umgedrehte Holzkiste. Darauf eine Flasche Orangensaft und ein Teller mit Butterkeksen. An der gegenüberliegenden Wand steht ein Eimer, daneben eine Rolle Klopapier – Svenja kann sich ausmalen, wofür, und ihr dreht sich bei der Vorstellung, ihn zu benutzen, jetzt schon der Magen um. Schließlich bleibt ihr Blick an der Tür haften – einige Sekunden nur, dann springt sie auf, hechtet durch den Raum, drückt die Klinke runter und rüttelt mit aller Gewalt an der stabilen Eisentür. Abgeschlossen – das hätte sie sich denken können.

„Hilfe, hört mich jemand?" Svenja schreit, so laut sie kann, und sie trommelt mit ihren Fäusten gegen das kalte Metall. Minutenlang bearbeitet sie die Tür mit Händen und Füßen und sie schreit, was ihre Lungen hergeben, doch die Tür gibt keinen Millimeter nach. Svenja sackt entkräftet und verzweifelt zu Boden – sie vergräbt ihr Gesicht in den Händen und kann ihre Tränen nicht mehr zurückhalten.

„Hallo Alina, wie schön, dass du endlich wach bist. Streng dich nicht unnötig an, die Tür ist sehr stabil und hören kann dich hier auch niemand. Spar dir deine Kraft, du wirst sie noch für wichtigere Dinge brauchen."

Svenja schaut sich erschrocken um. Die blechern klingende Stimme kommt aus einem Lautsprecher, der in einer dunklen Ecke knapp unterhalb der Decke an der Wand angebracht ist. Bei näherem Hinsehen bemerkt sie nun auch die Kamera und allmählich wird ihr klar, was hier vor sich geht. Das warme Blut in ihren Adern vermischt sich in Sekundenschnelle mit eiskalter Angst. Ihr Herz rast und pumpt dieses bösartige Gemisch bis in die letzte Faser ihres Körpers. Nein, das ist kein Albtraum – das ist grausame Wirklichkeit. Svenja beginnt zu zittern.

„Du brauchst keine Angst zu haben, Alina", krächzt die Stimme aus dem Lautsprecher. „Ich habe ganz bestimmt nicht vor, dir irgendetwas zuleide zu tun. Iss und trink erst mal was und ruh dich noch ein bisschen aus. Vor uns liegt noch eine ganze Menge Arbeit und wenn du brav mitmachst, hast du nicht das Geringste zu befürchten."

„Ich heiße nicht Alina", hält Svenja der Stimme entgegen.

„Schon gut, Alina, wir sehen uns später."

„Ich heiße nicht Alina, ich heiße Svenja!", schreit Svenja den Lautsprecher an, aber der lässt nur ein leises Knacken hören, dann schweigt er.

Die Stimme hat Svenja leider an einen Umstand erinnert, den sie vor lauter Furcht und Verzweiflung völlig verdrängt hatte – sie verspürt Hunger und ihr Mund fühlt sich trocken an, wie die Wüste Gobi. Sie schielt zu den Keksen rüber und zu der Plastikflasche. Ein Anblick, der ihr Verlangen nach etwas Ess- und Trinkbarem in ungeahnte Höhen katapultiert. Selbst den Gestank nimmt sie plötzlich nicht mehr wahr.

Was ist, wenn er die Sachen vergiftet hat? Svenja verwirft den Gedanken. Er hat von einer Menge Arbeit gesprochen, die noch zu erledigen ist. Was immer das ist, was immer er mit ihr vorhat, solange er sie braucht, wird er sie wohl nicht vergiften – hoffentlich.

Der Unbekannte beobachtet, wie Svenja vorsichtig von den Keksen und dem O-Saft kostet. Ein zaghaftes Grinsen zeigt sich auf seinem Gesicht. Bis hierher hat alles geklappt, aber wenn ihm keine Lösung für dieses unerwartete Problem einfällt, waren all seine Anstrengungen umsonst. Sein Blick fällt auf die Neue Westfälische, die neben dem Bildschirm liegt. Wieder einmal liest er die Schlagzeile „Frauenmorde in Höxter: Tatverdächtiger in U-Haft" und einmal mehr fragt er sich: Wie sind sie nur so schnell auf ihn gekommen?

Dennis und das Phantom

Die Oberkommissarin wird auf der Fahrt nach Bad Driburg daran erinnert, dass die Anschaffung eines Autos längst überfällig ist. Sich bei einem solchen Sauwetter mit dem Motorrad auf die Straße zu wagen, ist nur etwas für ganz harte Jungs und Mädchen – oder für Vollidioten. Katja ist drauf und dran, sich in die letzte Gruppe einzuordnen. Und dass sie nicht die Einzige ist, die so denkt, kann sie an den verständnislosen Blicken ablesen, mit denen sie von den Bad Driburger Kollegen empfangen wird.

Katja ist heute ziemlich langsam gefahren, dennoch kommt sie fast eine halbe Stunde zu früh im Präsidium im Konrad-Adenauer-Ring an. Obwohl Dennis auch schon da ist, muss sich Katja mit der Befragung noch etwas gedulden. Er, das heißt, seine Mutter berät sich noch mit der Anwältin. Auch gut, dann bleibt der Oberkommissarin noch etwas Zeit, sich einen geeignete Strategie zurechtzulegen.

Dennis ist ziemlich gut gelaunt, als die Oberkommissarin den Verhörraum betritt. Er begrüßt sie mit einem vergnügten „Hallo, Katja". Frau Lesemann und Frau Dr. Berg scheinen diese Freude nicht zu teilen. Sie sehen der bevorstehenden Befragung eher skeptisch entgegen.

„Na, Dennis, wie geht's dir?", fragt die Oberkommissarin in lockerem Plauderton.

„Guuuut", antwortet der langgezogen. Nebenbei blättert er in seinem Bauernhof-Buch.

„Und wie gefällt es dir da, wo du jetzt bist?"

„Hier ift doof. Abba jetft bift du ja da." Dennis grinst Katja freundlich an.

„Das meine ich nicht. Ich meine, wie gefällt es dir da, wo du jetzt ... ähm ... wohnst?"

„Da ift ef fön. Klauf wohnt auch da. Daf ift mein Freund."

„Du hast dich da mit jemandem angefreundet?"

„Jaha." Dennis nickt. „Kennft du den Klauf?"

„Nein", antwortet Katja, „aber du kannst ihn mir ja mal vorstellen."

„Klaro, daf mach' ich doch glatt."

„Sag mal", die Oberkommissarin hält plötzlich das Handy, das die Kollegen in seinem Zimmer gefunden haben, in der Hand, „was hast du eigentlich hiermit gemacht?"

„Katja ift dumm!" Dennis lacht geradezu herzerfrischend. „Telefoniert, waf denn wonft."

„Und mit wem telefonierst du so?"

„Wag ich nich!"

Es wäre auch zu schön gewesen. Die Beamtin überlegt einen Moment, wie sie weiter vorgehen soll.

„Ich glaube ja, es war Sebastian", wagt Katja einen Schuss ins Blaue. „Der hat dir die Sachen doch geschenkt – oder?"

Dennis schüttelt vehement den Kopf und singt gut gelaunt: „Katja ift duhumm, Katja ift duhumm ..."

„Er war es nicht?", die Oberkommissarin lässt sich auf das Spiel des jungen Mannes ein. „Ich hätte darauf gewettet."

„Verloren, verloren ...", frohlockt Dennis lachend.

„Wenn es Sebastian nicht war, dann hast du mit Hubert telefoniert, stimmt's?", vermutet Katja diesmal.

„Katja ift duhumm, Katja ift duhumm ..."

„Du willst mich jetzt veräppeln. Es kann doch nur Hubert gewesen sein."

„Opa Hubert war ef abba nich", behauptet Dennis stur.

„Dann bleibt ja nur noch Jakob. Das kann ich mir aber gar nicht vorstellen", Katja schaut Dennis an, als könnte sie nicht bis drei zählen.

„Katja ift duhumm, Katja ift duhumm ..." Dennis ist völlig aus dem Häuschen. Er trommelt auf dem Tisch, wippt fröhlich hin und her und singt ausgelassen: „Katja ift duhumm, Katja ift duhumm ..."

Die Oberkommissarin lässt ihn gewähren. Sie wartet ab, bis er sich wieder einigermaßen beruhigt hat, dann versucht sie es mit der Mitleidsnummer.

„Dennis, jetzt habe ich dreimal falsch geraten und du hast dich dreimal über mich lustig gemacht", sagt Katja, und sie gibt sich alle Mühe, dabei so belämmert wie möglich aus der Wäsche zu gucken. „Meinst du nicht, dass es fair wäre, mir endlich zu verraten, mit wem du telefoniert hast?"

„Daf darf Dennif nich", lautet die Antwort.

„Und warum nicht?"

„Dann kommt Dennif in die Hölle."

„Wer sagt das?"

„Daf darf Dennif nicht wagen."

„Sagt das der Teufel?"

„Nein, nich der Teufel."

„Wer dann?"

„Daf darf Dennif nicht wagen."

Dennis blättert wieder wie wild in seinem Buch. Von seiner guten Laune ist nichts mehr übrig geblieben. Katja kommt es vor, als würde sie ständig gegen eine Betonwand laufen. Mit dem Versuch, den geistig behinderten Dennis auszutricksen, ist sie jedenfalls jämmerlich gescheitert. Ihr bleibt keine andere Wahl: Sie muss die Brechstange herausholen. Katja legt drei Fotos vor Dennis auf den Tisch.

„Elke Bremer, zwanzig Jahre alt ... Monika Seebrügge, achtzehn Jahre alt ... und Constanze Maier, siebzehn Jahre alt." Die Oberkommissarin macht eine kurze Pause und schaut Dennis mit einem durchdringenden Blick geradewegs in die Augen. „Die hast du doch schön gemacht, oder ...?"

„Ja, die hat Dennif fön gemacht", antwortet der junge Mann sichtlich stolz.

„Und warum hat Dennis sie schön gemacht?"

„Damit wie in den Himmel kommen."

„Und sie waren schon tot?"

„Jaha." Dennis nickt, um seine Aussage zu bekräftigen.

„Und warum waren sie tot?"

„Daf weif Dennif nich."

„Sie waren tot, weil ER sie tot gemacht hat", sagt Katja mit eiskalter, berechnender Stimme. „Der, von dem du die Liebestropfen hast ... der, von dem du die Kamera und das Handy hast ... der, mit dem du telefoniert hast ... DER HAT SIE TOT GEMACHT!"

„NEIN", protestiert Dennis. „Daf ift nich wahr."

„Und warum nicht?", bleibt Katja dran.

„Der tut wowaf nich!", keift Dennis wütend.

„Er tut es doch!", beharrt die Oberkommissarin. Und noch bevor Dennis etwas sagen kann, knallt sie ihm ein weiteres Foto auf den Tisch. Dennis' Blick bleibt sofort fasziniert daran haften.

„Fenja", sagt er leise und seine Miene hellt sich auf.

„Du magst Svenja, nicht wahr?", sagt Katja mit sanfter Stimme.

„Fenja ift lieb."

„Möchtest du Svenja wiedersehen – und mit ihr reden?"

Dennis nickt. Er starrt immer noch das Bild an.

„Dann musst du mir verraten, mit wem du telefoniert hast, denn ER hat sie in seiner Gewalt." Katjas Stimme ist jetzt sehr eindringlich. „Und wenn wir sie nicht schnell finden, wird er sie totmachen, wie die drei anderen auch. Und dann wirst du sie nie wieder sehen ... und du wirst nie wieder mit ihr reden können. Willst du das?"

„Er tut ihr nich weh! Ganf beftimmt nich", widerspricht Dennis energisch. „Er tut keinem weh."

„Woher willst du das wissen?"

„Dennif weif ef! Er ift lieb fu allen Menfen."

„Das ist er ganz sicher nicht!", hält Katja dagegen.

„Daf ftimmt nich!", fährt Dennis die Oberkommissarin an. „Katja lügt! Katja ift böwe! Dennif will Katja nicht mehr wehen, nie mehr. Geh weg ...! Weg ... geh weg ...! Mama, wag ihr, daf wie weggehen woll – wofort."

„Schluss jetzt, das reicht", giftet nun auch Frau Lesemann die Beamtin an. „Ich will nicht, dass Sie meinen Sohn noch länger quälen."

Katja muss erkennen, dass auch die Vorschlaghammermethode sie nicht ein Stück weitergebracht hat. Sie steht auf und verlässt frustriert das Verhörzimmer, während Frau Lesemann versucht, ihren Sohn zu beruhigen.

Die Oberkommissarin geht ratlos den Flur auf und ab. Sie muss sich etwas einfallen lassen. Dennis ist der Schlüssel. Sie muss ihn zum Reden bringen – aber wie? Ihr kommt eine Idee, doch sie verwirft sie gleich wieder. Aussichtslos! Oder vielleicht doch nicht. Es ist nur ein Strohhalm, ein sehr dünner Strohhalm. Katja weiß nicht, was sie tun soll. Aber auch ein dünner Strohhalm ist besser als gar nichts. Die Oberkommissarin reißt die Tür zum Verhörzimmer wieder auf. Dennis hat sich inzwischen wieder ein wenig beruhigt. Seine Mutter und Frau Dr. Berg waren gerade in ein Gespräch vertieft. Nun schauen sie Katja verdutzt an.

„Frau Lesemann, Frau Dr. Berg, kann ich Sie beide mal kurz sprechen?"

Die beiden angesprochenen Damen erheben sich und

verlassen das Verhörzimmer. Dennis blättert derweil wieder in seinem Buch. Auf dem Flur fragt Frau Lesemann genervt: „Was wollen Sie denn noch?"

„Frau Lesemann, ich glaube nicht, dass Ihr Sohn jemanden getötet hat. Ebenso wenig glaube ich, dass er ein Mittäter ist – auch wenn die Faktenlage etwas anderes sagt. Ich bin mir sicher, dass er unverschuldet da hineingezogen worden ist und ich bin überzeugt davon, dass er den Täter kennt. Frau Lesemann, Ihr Sohn deckt einen dreifachen Mörder. Und, was noch viel schlimmer ist, dieser Unbekannte ist auf dem besten Weg, seinen vierten Mord zu begehen. Er hat seit ein paar Tagen eine junge Frau in seiner Gewalt und er wird sie töten, wenn wir ihn nicht rechtzeitig finden. Hat Dennis in der letzten Zeit jemanden erwähnt, den er kennengelernt hat – vielleicht auf seinen nächtlichen Touren?"

„Nein", antwortet Dennis' Mutter sichtlich beeindruckt von Katjas Ansprache.

„Denken Sie bitte genau nach, Frau Lesemann."

„Frau Kommissarin, ich zermarter mit seit Tagen das Hirn, wie der Junge da hineingeraten ist. Glauben Sie mir, wenn ich etwas wüsste, würde ich es Ihnen sagen."

„Wie sieht es mit Ihnen aus, Frau Dr. Berg", wendet sich Katja an die Anwältin. „Sie haben doch auch schon einige Male mit Dennis gesprochen."

„Das habe ich allerdings", antwortet die Gefragte, „aber Sie wissen auch, dass ich Ihnen keinerlei Auskünfte geben werde, die meinem Mandanten schaden könnten."

„Sie sollen ihm auch nicht schaden. Sie sollen uns nur helfen, ein Menschenleben zu retten und einen Mörder aus dem Verkehr zu ziehen", erwidert die Oberkommissarin.

Die Anwältin schaut Frau Lesemann hilfesuchend an.

„Ich war bei jedem Gespräch dabei", sagt Dennis' Mutter anstelle der Juristin. „Dennis hat ihr auch nichts gesagt. Und jedes Mal, wenn Frau Dr. Berg nach diesem Unbekannten gefragt hat, hat mein Sohn ähnlich reagiert wie eben da drin. Da kam nur noch Hölle, Hölle und noch mal Hölle. So habe ich Dennis noch nie erlebt."

„Wer hat einen so großen Einfluss auf Dennis, dass er mit niemandem darüber spricht? Oder vor wem fürchtet er sich so sehr ...?" Katja sagt es mehr zu sich selbst.

„Die Fragen habe ich mir in den letzten Tagen auch immer wieder gestellt", wirft Frau Lesemann seufzend ein.

„Sie sagten mal, dass Dennis sehr gläubig ist und dass er regelmäßig in die Kirche geht?" Die Oberkommissarin scheint einen neuen Gedanken zu verfolgen.

„Ja, das ist richtig", antwortet Frau Lesemann.

„Gibt es vielleicht einen Geistlichen, zu dem er einen besonders guten Draht hat?"

„Ja, zu Pastor Engelhardt, unserem Gemeindepfarrer."

„Würde Dennis sich ihm womöglich anvertrauen?"

„Früher hätte ich gesagt: Ja", antwortet Frau Lesemann, „aber nach alldem, was ich hier erlebt habe, bin ich mir nicht mehr so sicher."

„Sie vergessen offensichtlich, dass Pastor Engelhardt an das Beichtgeheimnis gebunden ist", gibt Frau Dr. Berg zu bedenken.

„Nein, das habe ich nicht vergessen", gibt Katja zurück, „aber ich hoffe, dass Pastor Engelhardt Dennis dazu bringt, mit uns zu reden."

Ein paar Sekunden lang herrscht nachdenkliches Schweigen.

„Einen Versuch ist es wert", meint die Anwältin. Dennis' Mutter nickt.

„Tja, dann sehen wir uns morgen um neun Uhr im Präsidium in Höxter. Ich werde alles Notwendige in die Wege leiten." Damit ist für Katja das Thema für heute erledigt.

„Soll ich vielleicht mit Pastor Engelhardt reden?", fragt Frau Lesemann. „Wir verstehen uns nämlich sehr gut und ich habe oft mit ihm zu tun – schon aus beruflichen Gründen."

„Das ist nicht nötig", antwortet Katja. „Andererseits – es schadet auch nicht. Machen Sie, was Sie wollen."

Knapp zehn Minuten später sitzt die Oberkommissarin auf ihrer Maschine und verlässt Bad Driburg in Richtung Höxter. *Wenn das mit dem Pfarrer nicht klappt,* denkt sie, *bin ich mit meinem Latein am Ende und für Svenja wird es verdammt eng.* Dann gibt sie ihrer Hayabusa die Sporen.

„Na, Frau Kollejin, hat dein Plan B funktioniert?", fragt der Hauptkommissar grunzend, als Katja das Büro betritt.

„Frag besser nicht. Der Junge ist stur wie ein Maulesel", antwortet die Oberkommissarin gereizt. „Das Einzige, was ich aus ihm herauskitzeln konnte, war, dass unser großer Unbekannte keiner der Angestellten ist."

„Dat hat er jesacht?"

„Ja, das hat er."

„Und dat chlaubste ihm?"

„Warum nicht, schließlich deckt es sich mit unseren Ermittlungen." Doch dann wird Katja stutzig. „Oder gibt es da etwas, was ich nicht weiß?"

„Das kann man wohl sagen", meldet sich Toni. „Oliver und Hardy waren während deiner Abwesenheit hier und sie hatten etwas Interessantes zu berichten."

„Ich bin ganz Ohr."

„Die beiden Kollegen haben mit jemandem gesprochen, der nachts Zeitungen zustellt. Und zwar auch in der Gegend, in der sich die stillgelegte Kfz-Werkstatt befindet. Mitte Oktober hatte er eine unheimliche Begegnung." Toni macht eine kleine Pause. „Er wäre nämlich fast über den Haufen gefahren worden – von einem Leichenwagen."

„Das allein will noch nicht viel heißen", meint Katja.

„Es kommt noch besser", legt Toni unbeeindruckt nach. „Der Beinahe-Unfall ereignete sich an einer gut beleuchteten Stelle und unser Zeitungszusteller hat den Fahrer ziemlich deutlich gesehen – es war ein junger Mann."

„Sebastian Kurz?"

„Kennst du einen anderen jungen Mann, der den Leichenwagen der Firma Lesemann fährt?", fragt der Kollege grinsend.

„Wir wissen nicht, ob es überhaupt Lesemanns Leichenwagen war", kontert die Oberkommissarin.

„Und um chenau dat ein für allemal zu klären, habe ich unsere Helden wieder nach Brakel jeschickt. Müssten jeden Augenblick mit dem Zeitungsboten zurückkommen", grunzt der Hauptkommissar.

„Und Sebastian Kurz?", fragt Katja.

„Sitzt schon seit 'ner Viertelstunde im Vernehmungszimmer und harrt der Dinge, die da kommen", antwortet Brixmeier.

Es dauert nicht lange, da tauchen Oliver Bender und Hardy Großknecht mit einem Mann auf, der sich den Kriminalbeamten als Fritz Lemke vorstellt.

„Tach, Herr Lemke, ich nehme an, Sie wissen, warum Se hier sind?", brummt der Hauptkommissar.

„Ihre beiden Kollegen haben was von einer Gegenüberstellung gesagt", antwortet der Zeitungsbote.

„Da ham Se richtich jehört. Wenn Se mir jetzt bitte folgen wollen." Brixmeier verlässt das Büro. Herr Lemke und Katja schließen sich ihm an.

„Kann der mich eigentlich sehen?", fragt Herr Lemke die Beamtin besorgt.

„Da machen Sie sich mal keine Gedanken, er kann Sie nicht sehen", beruhigt ihn die Oberkommissarin.

„Ich habe so etwas noch nie gemacht, müssen Sie wissen." Herr Lemke wirkt ein wenig nervös. „Guckt man da durch so einen komischen Spiegel?"

„Das tut man tatsächlich", bestätigt Katja.

„Ich habe so was mal im Fernsehen gesehen – im Tatort", erzählt der Zeitungsbote, „aber in Wirklichkeit ist das alles viel spannender."

Auf dem Gesicht der Oberkommissarin zeichnet sich ein belustigtes Lächeln ab und Brixmeier gibt ein abfälliges Grunzen von sich. Sie haben nun den Verhörraum erreicht, betreten aber das Nebenzimmer.

Brixmeier tritt zusammen mit Herrn Lemke an den „komischen Spiegel". Im Verhörraum sitzt Sebastian Kurz und es ist ihm deutlich anzusehen, wie unwohl er sich fühlt.

„Ist dat der Mann, der Sie mit dem Leichenwagen fast über den Haufen jefahren hat?", will der Hauptkommissar wissen.

„Nein", lautet die spontane Antwort.

„Schauen Se noch mal chanz jenau hin", fordert Brixmeier den Zeugen auf.

„Und wenn ich zehnmal hinschaue, er ist es nicht."

„Da sind Se sich chanz sicher?"

„Ja!"

„Abba der Fahrer war doch ein junger Mann?"

„Ja, aber nicht der", bekräftigt Herr Lemke. „Der Fahrer sah ganz anders aus, ein bisschen kräftiger, ein breiteres

Gesicht, längere und dunklere Haare. Und er hatte so einen irren Blick."

„Irren Blick?", hakt Katja nach.

„Ja. Als der mich gesehen hat, da hat der mich doch glatt so blöde angegrinst – wie einer, der nicht alle Tassen im Schrank hat." Herr Lemke verdreht die Augen und zieht eine ziemlich skurrile Grimasse, um zu unterstreichen, was er gesehen hat. „Ich hätte ihn am liebsten aus dem Auto geholt und ihm eins in die dämliche Fresse gehauen. Tschuldigung, aber ich war echt sauer. Und gefahren ist der, das können sie sich gar nicht vorstellen. Mal rechts, mal links, mal mitten auf der Straße, mal auf dem Bürgersteig. Da kann man nur froh sein, dass es mitten in der Nacht war und auf den Straßen nichts los war. Am Tag, im normalen Verkehr wäre der nicht weit gekommen, dann hätt's gekracht. Na ja, hat es auch so fast – hat mich ja nur knapp verfehlt."

„Der junge Mann war also kein geübter Autofahrer", fasst Katja das Gehörte zusammen.

„Tja, so könnte man es auch nennen." Herr Lemke lässt ein gackerndes Lachen hören, dann wird seine Stimme sehr leise: „Wenn Sie mich fragen, Frau Kommissarin – der Typ hatte was genommen. Der stand unter Drogen, ganz bestimmt."

„Warten Sie mal einen Augenblick, ich bin gleich wieder da." Die Oberkommissarin huscht zur Tür raus und Brixmeier schaut ihr skeptisch hinterher.

Es vergeht keine Minute, bis sie wieder da ist. Sie geht zu Herrn Lemke und hält ihm ein Foto vor die Nase. Noch ehe sie ihre Frage stellen kann, platzt er los: „Das ist er!"

„Sind Sie sicher?", fragt Katja.

„Und ob! Die Visage werde ich so schnell nicht vergessen. Die würde ich unter tausenden wiedererkennen."

Katja zeigt nun auch dem Hauptkommissar das Foto. Dem fallen fast die Augen raus. „Dat chlaub ich jetz nich", kommt es gepresst über seine Lippen.

„Das können Sie ruhig glauben. Der war es, der hat mich um ein Haar überfahren. Dafür würde ich vor jedem Richter die Finger heben", bekräftigt der Zeitungszusteller. „Wenn Sie ihm noch nicht den Führerschein abgenommen haben, sollten Sie das schleunigst tun. Der ist nämlich 'ne Gefahr für die Allgemeinheit."

„Sang Se, Herr Lemke, war der Bursche allein unterwechs?", will Brixmeier nun wissen.

„Na ja, auf dem Beifahrersitz saß niemand", antwortet der Gefragte. „Ob aber noch einer hinten drin war ... womöglich inner Kiste ..." Herr Lemke zuckt mit den Schultern.

„So jenau wollt' ich's char nich wissen." Hauptkommissar Brixmeier geht zur Tür. „Komm' Se, Herr Lemke, wir nehmen dat jetz noch zu Protokoll. Und wenn Se dat unterschrieben ham, bringen die Kollejen Sie zurück nach Hause."

„Das ist gut, meine Frau ist bestimmt schon von der Arbeit zurück und sie wird sich fragen, wo ich stecke", meint Herr Lemke grinsend. „Na, die wird vielleicht Augen machen, wenn ich von der Polizei nach Hause gebracht werde."

Katja folgt ihrem Chef nicht ins Büro. Es gibt noch einige Fragen, die ihr keine Ruhe lassen, und derjenige, der sie wahrscheinlich beantworten kann, sitzt im Verhörraum.

„Guten Tag, Herr Kurz", grüßt Katja freundlich, als sie den ungemütlichen Raum betritt.

„Tag." Sebastian Kurz wirkt ziemlich gereizt. „Sagen Sie,

was soll das eigentlich? Jetzt sitze ich schon seit über einer halben Stunde hier und nichts passiert. Was wollen Sie von mir?"

„Es tut mir leid, dass Sie so lange warten mussten, aber mir ist leider etwas dazwischen gekommen", Katja setzt eine schuldbewusste Miene auf. „Ich habe noch ein paar Fragen an Sie und ich verspreche Ihnen, dass ich mich beeilen werde."

„Na ja, so schlimm ist es nun auch wieder nicht." Katjas zuckersüßer Tonfall zeigt Wirkung bei dem jungen Mann. „Wie kann ich Ihnen denn helfen?"

„Sie verstehen sich doch sehr gut mit Dennis," beginnt die Oberkommissarin die eigentliche Befragung, „Frau Lesemann sagte, Sie wären fast wie Brüder."

„So weit würde ich nicht gehen, aber ja, wir verstehen uns sehr gut", bestätigt Herr Kurz. „Außerdem, schauen Sie sich den armen Kerl doch an; einen großen Bruder kann so einer wie der doch wirklich gut gebrauchen."

„Sie beide stellen hin und wieder auch mal ein bisschen Blödsinn an? Das zumindest behauptet seine Mutter."

„Lausbubenstreiche, Kinderkram, nichts weiter, aber Dennis hat einen diebischen Spaß daran und es ist einfach schön zu sehen, wie er sich freut." Sebastian Kurz muss schmunzeln.

„Und ich finde es schön, wie Sie sich um ihn kümmern. Das macht nicht jeder", sagt Katja bewundernd. „Unter richtigen Lausbuben gibt es doch sicherlich manch ein Geheimnis, das nicht für Dritte bestimmt ist."

„Na klar, so was gehört einfach dazu." Aus dem zaghaften Schmunzeln ist nun ein strahlendes Lächeln geworden. „Aber das ist natürlich auch nur Kinderkram."

„Und wahrscheinlich ist es auch nur Kinderkram, dass

Sie ihm das Autofahren beigebracht haben?" Die Oberkommissarin schaut ihrem Gegenüber nun direkt in die Augen und er kann ihrem Blick nicht standhalten. Auch das freundliche Lächeln ist verschwunden. Er schweigt.

„Herr Kurz ...!?", bohrt Katja hartnäckig nach.

„Er wollte unbedingt wissen, wie man ein Auto fährt und er kann in diesen Dingen sehr penetrant sein", rückt Sebastian Kurz mit der Sprache raus. „Da habe ich es ihm gezeigt. Er hat es dann auch selbst versucht und ich muss schon sagen: Er hat sich erstaunlich geschickt angestellt."

„Dass Sie damit andere Verkehrsteilnehmer gefährdet haben, hat Sie nicht weiter gestört?"

„Wir haben die Fahrübungen immer nur auf einem abgelegenen Parkplatz gemacht. Natürlich nur dann, wenn niemand da war, den wir hätten gefährden können", erklärt Herr Kurz.

„Haben Sie mit dem Leichenwagen geübt?"

„Ja, das ist ein Automatik. Damit kommt jedes Kind klar."

„Und seit wann kann Dennis Autofahren?"

„Seit ungefähr einem halben Jahr."

„Wissen seine Eltern davon?"

„Wo denken Sie hin. Wenn die es wüssten, dann würde ich richtig Ärger kriegen – vor allem mit der Chefin. Aber ... woher wissen Sie eigentlich, dass Dennis Autofahren kann?", will Herr Kurz von der Beamtin wissen.

„Und eigentlich bin ich es, die hier die Fragen stellt", kontert Katja. „Aber für Sie mache ich mal eine Ausnahme: Jemand hat Dennis mit dem Leichenwagen beobachtet.

„Es hätte mich auch sehr gewundert, wenn er unser kleines Geheimnis verraten hätte."

„Wieso?"

„Weil er mir versprochen hat, es nicht zu tun."

„Und wieso sind Sie sich so sicher, dass er sich an sein Versprechen hält? Bei Kindern weiß man doch nie ..."

„Weil ich ihm gesagt habe, dass er in die Hölle kommt, wenn er sein Versprechen bricht."

Die Oberkommissarin wird stutzig. „Wieso in die Hölle?", fragt sie sofort nach.

„Na ja, Dennis hat doch diesen Religions-Tick. Er glaubt an Gott und an Jesus und an Engel und so'n Zeug. Da dachte ich, ich drohe ihm einfach mal mit der Hölle", erklärt Herr Kurz. „Das hat eingeschlagen wie eine Bombe, kann ich Ihnen sagen. Dennis hat voll die Panik gekriegt. Dabei wollte ich ihn wirklich nicht erschrecken. Ich wollte ihn auch gleich wieder beruhigen, aber dann habe ich mir gedacht: Wenn er so eine Angst vor der Hölle hat, wird er wenigstens nichts verraten. Klar, ich weiß, unter Freunden ist das nicht die feine englische Art, aber Sie können sich nicht vorstellen, wie es ist, mit der Chefin Ärger zu bekommen?"

„Das kann ich allerdings nicht", antwortet Katja, „und ich kann Ihnen auch nicht zusichern, dass Ihre Chefin es nicht erfahren wird."

„Das habe ich schon fast befürchtet."

„Das war es dann auch. Sie haben uns sehr weitergeholfen."

„Dann kann ich ja jetzt gehen?"

„Das können Sie, aber halten Sie sich weiter zu unserer Verfügung." Katja verabschiedet sich und geht in ihr Büro, während Sebastian Kurz es sehr eilig hat, dieses Gebäude zu verlassen.

Katja kommt genau zur rechten Zeit. Herr Lemke ist nicht mehr da, dafür aber Kriminalrat Lange – und der sieht sehr besorgt aus.

„Ach, Frau von Sternberg, bringen Sie Neuigkeiten mit?"

Katja berichtet, was sie von Sebastian Kurz erfahren hat.

„Ich chlaube, die beiden verarschen uns nach Strich und Faden", dröhnt Brixmeier wütend, nachdem Katja fertig ist. „Dieser Dennis Lesemann is bei weitem nich so dumm, wie er tut. Womöchlich lacht er sich chnau in diesem Augenblick über die blöden Bullen aus Höxter kaputt. Und dieser Kurz hängt auch mit da drin – Schuhchrößе hin, Schuhchrößе her."

„Übertreiben Sie mal nicht, Brixmeier", zügelt Lange ihn. „Wilde Spekulationen bringen uns nicht weiter."

Katja sagt nichts. Sie muss daran denken, dass Brixmeiers Hauptverdächtiger vor wenigen Stunden noch Hubert Ahlrogge hieß.

„Ich werd mir diesen Dennis morjen persönlich zur Brust nehmen. Und wenn der nich auspackt, dann wird der mal 'n richtich bösen Bullen kennenlernen", kündigt Brixmeier an. „So böse, dat der Junge sich wünscht, inne Hölle zu sein."

„Vergiss es, der macht sofort dicht", widerspricht Katja.

„Dat werden wir ja sehen."

„Ich sehe das genauso wie Frau von Sternberg", wirft der Kriminalrat ein. „Wir versuchen es erst mal mit dem Pfarrer. Dr. Yilmaz sollte auch dabei sein. Wenn das nicht hinhaut, dann ..." Lange schüttelt ratlos den Kopf.

Der Hauptkommissar sitzt schweigend auf seinem Platz und starrt Löcher in die Luft. Ihm ist deutlich anzusehen, dass ihm Langes Entscheidung gegen den Strich geht. Die Luft im Raum kommt Katja plötzlich sehr stickig vor.

„Gibt es eigentlich was Neues von Frau Delmenhorst?", will sie vom Kriminalrat wissen.

„Leider nicht, obwohl ich alle verfügbaren Kräfte darauf angesetzt habe", lautet die niederschmetternde Antwort.

„Vielleicht sollten wir …", setzt Katja an.

„Ihre Einsatzbereitschaft ehrt Sie, Frau von Sternberg, aber Beamte, die vor Erschöpfung nicht mehr klar denken können, bringen uns ganz sicher nicht weiter", fällt ihr Lange ins Wort. „Sie werden jetzt nach Hause fahren und morgen früh ausgeschlafen zum Dienst erscheinen und dafür sorgen, dass dieser Dennis endlich den Mund aufmacht – das ist ein Befehl! Und nun wünsche ich Ihnen einen erholsamen Feierabend."

Auf der Heimfahrt fragt sich Katja, wie sich Lange unter diesen Umständen einen erholsamen Feierabend vorstellt.

Die letzte Nacht war echt beschissen. So beschissen, wie eine Nacht in Geiselhaft überhaupt nur sein kann. Obwohl – eigentlich kann Svenja das überhaupt nicht beurteilen. Sie war vorher noch nie in Geiselhaft. Schließlich kommt sie zu dem Schluss, dass jede Nacht in Geiselhaft beschissen ist. Aber wieso Nacht? Sie weiß im Grund nicht mal, ob es draußen Tag oder Nacht ist. Aber eins weiß sie: Sie hat Durst, doch die Flasche ist leer. Auch von den Keksen ist kein einziger mehr übrig. Aus dem Augenwinkel nimmt Svenja mit einem Mal wahr, dass jemand in der Tür steht und sie anschaut. Ein heftiger Adrenalinschub versetzt sie auf der Stelle in höchste Alarmbereitschaft, doch die Entwarnung erfolgt auf dem Fuß. Da ist niemand. An der Tür hängt lediglich ein Kleid. Das muss jemand dorthin gehängt haben, während sie schlief. Es ist so ein albernes, hellblaues Kleid. Keine Frau würde so etwas heutzutage anziehen – höchstens so ein beschränktes Bauerntrampel, das die Wahl zur Kreismisthaufenprinzessin gewinnen will.

Das ist ein Perverser, schießt es Svenja durch den Kopf, *so ein Typ, der nur dann einen hochkriegt, wenn eine Frau die Un-*

schuld im blauen Kleid spielt und ihm schüchtern gesteht, dass sie kein Höschen drunter hat.

Prinzessin – dieses Wort treibt eine weitere Schockwelle durch ihren Körper. Sie muss an die schlafende Prinzessin in Godelheim denken und an die halb verweste Leiche, deren Gesicht von Ratten angefressen worden war, und an die junge Frau, die noch vermisst wurde. Ob die Polizei sie derweil gefunden hat? Sie alle waren groß und schlank und sie alle hatten lange, blonde Haare. Eine neue Welle der Furcht jagt Svenjas Herzschlag in die Höhe. Sie möchte schreien ... vor Verzweiflung ... vor Angst. Jetzt cool bleiben, bloß nicht den Kopf verlieren. Sie zwingt sich, Ruhe zu bewahren, klar zu denken. Sie will auf gar keinen Fall das nächstes Opfer dieses Perversen sein – sie will nicht sterben. Aber tief in ihrem Inneren gibt es ein kleines Mädchen, das wild mit den Füßen trampelt, mit den Fäusten ziellos um sich schlägt und in höchster Todesangst nach Mama ruft.

Auf dem Flur vor Brixmeiers Büro herrscht eine gespannte Atmosphäre. Frau Lesemann ist da, Frau Dr. Berg, Dr. Yilmaz sowie das Ermittlerteam um Hauptkommissar Brixmeier. Nur noch Dennis und Pfarrer Engelhardt fehlen. Der Letztere kommt aber gerade, begleitet von Kriminalrat Lange, auf die wartende Gruppe zu. So vertraut, wie die beiden miteinander reden, kennen sie sich wohl näher.

„Guten Morgen, allerseits", grüßt der Kriminalrat. „Vorab muss ich Ihnen mitteilen, dass es in Bad Driburg zu einigen Verzögerungen gekommen ist. Nichts Besonderes, aber wir werden uns noch etwa zwanzig Minuten gedulden müssen. Herr Hauptkommissar, vielleicht könnten Sie dem Herrn Pfarrer derweil alle nötigen Informationen zukommen lassen."

„Dat überlasse ich liebend chern meiner jungen Kollejin", grunzt der Angesprochene. „Schließlich ist dat Chanze auf ihrem Mist jewachsen." Er wirft Katja einen auffordernden Blick zu.

Die Oberkommissarin geht mit Pastor Engelhardt ins Büro, da es ihr auf dem Flur etwas zu unruhig ist.

„Ich hoffe doch sehr, Frau Kommissarin", sagt der Pfarrer lächelnd, „Sie wollen aus mir keinen Hilfspolizist machen? Es gehört nicht zu meinen Aufgaben, irgendwelche Spitzbuben der irdischen Gerechtigkeit zuzuführen."

„Nein", antwortet Katja, „ich denke, bei meinem Vorhaben sind eher Ihre Fähigkeiten als Geistlicher gefragt."

„Da bin ich aber beruhigt."

Dann schildert die Kriminalbeamtin das Problem und Pastor Engelhardt hört aufmerksam zu.

„Und ich soll den armen Dennis davon überzeugen, dass er nicht in die Hölle kommt, wenn er mit Ihnen redet", bringt es der Geistliche auf den Punkt, nachdem Katja geendet hat.

„So ungefähr habe ich es mir vorgestellt."

„Und wenn sich der Junge mit dem, was er mir anvertraut, selbst belastet?"

„Das halte ich für recht unwahrscheinlich. Ich für meinen Teil denke, dass jemand seine Naivität schamlos ausgenutzt hat und ihn für seine Zwecke missbraucht hat", erklärt die Oberkommissarin.

„Und ich denke, es wird am besten sein, wenn ich mir erst mal anhöre, was er zu sagen hat."

„Wenn er mit Ihnen redet …", wirft die Beamtin ein.

„Wenn er mit mir redet …", wiederholt Pastor Engelhardt nachdenklich. „Und dann werde ich entscheiden, wozu ich ihm rate."

„Bedenken Sie bitte, dass der Mörder höchstwahrscheinlich wieder eine junge Frau in seiner Gewalt hat. Und wenn wir sie nicht rechtzeitig finden, dann ...“ Die Oberkommissarin hat eine sehr ernste Miene aufgesetzt.

„Dann gibt es ein weiteres Opfer zu beklagen – das wollten Sie doch andeuten?“ Auch der Pfarrer wirkt nun sehr ernst.

Katja nickt.

„Haben Sie einen Raum, in dem ich mich in Ruhe mit Dennis unterhalten kann?“, erkundigt sich der Geistliche.

„Den sollen Sie bekommen.“

„Ein Raum, in dem keiner mithört?“

„Darauf haben Sie mein Wort.“

Die Tür öffnet sich und Tonis Gesicht erscheint.

„Sie sind da“, sagt er, dann ist er wieder verschwunden.

Die Oberkommissarin und der Pfarrer verlassen das Büro. Von Kriminalrat Lange ist nichts mehr zu sehen und Dennis wird gerade von den Bad Driburger Kollegen den Flur entlanggeführt. Als er Pastor Engelhardt erblickt, kommt es zu einer überaus herzlichen Begrüßung. Ja, die beiden kennen sich gut und Dennis scheint dem Pfarrer zu vertrauen. Katja ist sehr optimistisch.

Ein Raum, in dem die beiden unter vier Augen reden können, ist schnell gefunden. Von nun an heißt es: Abwarten und Tee trinken. Die Geduld der ermittelnden Beamten wird auf eine harte Probe gestellt und die Oberkommissarin fragt sich zum wiederholten Mal, ob es schwarzer oder weißer Rauch sein wird, der am Ende dieser ungewöhnlichen Aktion aufsteigt. Es dauert über eine Stunde, bis sich schließlich etwas tut. Dann ist das Konklave beendet, die Tür öffnet sich langsam und Pastor Engelhardt tritt gemeinsam mit Dennis auf den Flur. Sie werden von den Wartenden mit fragenden Gesichter empfangen. Dennis' unbeschwert-fröhliche Gesichtszüge lassen keine Rückschlüsse auf das Ergebnis der Unterredung zu und auch Pastor Engelhardt versteht es ausgezeichnet, jede Gefühlsregung aus seiner Mimik zu verbannen. Er schaut sich kurz suchend um und dann steuert er schnurstracks auf die Oberkommissarin zu. Die Spannung steigt.

„Dennis ist bereit, mit Ihnen zu reden", sagt der Pfarrer mit einen sanftmütigen Lächeln – Katja fällt ein gewaltiger Stein vom Herzen.

Toni und Dr. Yilmaz haben im Nebenzimmer des Verhörraums Platz genommen, um von dort aus die Befragung in aller Ruhe zu verfolgen. Im Verhörraum selbst geht es etwas chaotisch zu. Sechs Leute versuchen, einen Platz zu ergattern – doch leider gibt es hier nur vier Stühle.

„Der nich!", meldet sich Dennis unvermittelt und er zeigt auf Hauptkommissar Brixmeier. „Wenn der hierbleibt, wagt Dennif nix."

„Dat woll'n wa doch mal seh'n", dröhnt Brixmeier unwirsch. „Immerhin leite ich die Ermittlungen."

„Der woll gehen!" Dennis ist stur und sein finsterer Blick zeigt, dass er es todernst meint. „Nur du, du und du." Er deutet nacheinander auf Pastor Engelhardt, Katja und seine Mutter.

„Nur wir drei dürfen bleiben?", fragt die Beamtin nach.

„Ja."

„Ich bin seine Anwältin", protestiert Frau Dr. Berg, die von Dennis ebenfalls des Raumes verwiesen wurde.

„Herr Hauptkommissar, Frau Anwältin, ich bitte Sie. Es war nicht gerade einfach, Dennis zu einer Aussage zu bewegen", sagt Pastor Engelhardt in aller Deutlichkeit.

„Kommen Se, Frau Anwältin, wir kucken mal, ob wa nebenan noch 'n jemütliches Plätzchen finden", grummelt Brixmeier angesäuert und verlässt den Verhörraum. Frau Dr. Berg folgt ihm widerstrebend. Nun stimmt auch die Anzahl der Stühle und nachdem sich alle gesetzt haben, beginnt Katja mit der Befragung. Zunächst legt sie Fotos der drei Opfer direkt vor Dennis auf den Tisch.

„Dennis, du hast uns doch erzählt, dass du diese drei jungen Frauen schön gemacht hast?"

„Jaha, die hat Dennif fön gemacht", bestätigt der junge Mann voller Stolz.

„Willst du uns denn jetzt verraten, warum du das gemacht hast?", fragt die Beamtin weiter.

Dennis schaut Pastor Engelhardt unsicher an. Der nickt ihm aufmunternd zu und sagt: „Erzähl es ihnen genauso, wie du es mir erzählt hast."

Es sieht so aus, als müsse der junge Mann noch eine kleine Hürde überwinden, doch dann erklärt er: „Dennif hat daf für den lieben Gott gemacht."

„Für den lieben Gott?", Katja traut ihren Ohren nicht.

„Jaha", bekräftigt Dennis.

„Hat er irgendwie zu dir gesprochen?"

„Jaha, am Telefon."

„Du hast mit ihm telefoniert?" Die Oberkommissarin ist sich nicht sicher, ob sie das noch ernst nehmen kann.

„Jaha, telefoniert", antwortet Dennis lachend.

„Frau Oberkommissarin", mischt sich nun Pastor Engelhardt ein, „ich habe Dennis erklärt, dass es nicht Gott war, der mit ihm gesprochen hat, sondern ein Mann, der sich als Gott ausgegeben hat."

„Jaha, ein böwer Mann", ergänzt Dennis.

Mit dieser Version kann die Kriminalbeamtin leben. „Du

kennst nicht zufällig den Namen von dem bösen Mann?",
hakt Katja nach.

Dennis schüttelt heftig den Kopf. „Der hat gewagt, daſ
er der liebe Gott iſt, aber der hat gelogen, daſ hat Paſtor
Engelhardt gewagt."

„Dennis, das war doch die erste von den Dreien, die du
schön gemacht hast?", Katja zeigt auf das Bild von Elke Bremer.

„Jaha!"

„Und woher hast du erfahren, wo die junge Frau ist?"

„Der liebe Gott hat Denniſ angerufen."

„Du meinst, der böse Mann?"

„Jaha, der böwe Mann."

„Und wo hat er dich angerufen?", fragt die Beamtin
dann.

„Denniſ hat ein Handy", antwortet der junge Mann.

„Wo hat Dennis das Handy denn her?"

„Daſ hat bei der Frau auf dem Bauch gelegen." Dennis
zeigt auf das Bild von Elke Bremer. „In einer roten Fachtel.
Daſ war ein Gefenk vom lieben Gott."

„Dennis, als der dich das erste Mal angerufen hat, da hattest du das Handy doch noch gar nicht. Das hast du doch
erst bekommen, als du bei ihr warst?", bemerkt Katja.

„Jaha."

„Wo hat er dich denn angerufen, als du das Handy noch
nicht hattest?"

Dennis wirkt ein wenig verwirrt. Er schaut hilfesuchend
zu seiner Mutter, dann zu Pastor Engelhardt und Katja
hofft, dass sie den behinderten Jungen nicht allzu sehr aus
dem Konzept gebracht hat.

„Fu Hauwe", sagt er plötzlich.

„Er hat dich also zu Hause angerufen?"

„Jaha."

„Aber wie konnte er wissen, dass er ausgerechnet dich an den Apparat bekommt?", fragt die Oberkommissarin skeptisch.

„Da fällt mir was ein", meldet sich Frau Lesemann. „Es gab mal einen Tag, da hat ständig das Telefon geklingelt, und wenn einer rangegangen ist, hat sich niemand gemeldet. Das ging schon früh am Morgen los und zog sich bis zum späten Nachmittag. Ich hab das damals für einen ganz üblen Scherz gehalten."

„Können sie sich noch daran erinnern, wann das war?", hakt Katja nach.

„Das muss im September gewesen sein."

„Könnte es der 22. September gewesen sein? Das war ein Montag."

„Beschwören kann ich das nicht", antwortet Frau Lesemann, „aber möglich wäre es."

„Und der böse Mann hat dir dann gesagt, wo du hinkommen sollst?" Die Oberkommissarin wendet sich wieder an Dennis.

„Jaha."

„Und das hast du dir alles merken können? Das Haus, wo die Frau lag, war doch ziemlich versteckt."

„Erft hat der gewagt, dann muffte Dennif wagen, dann der, dann wieder Dennif. Immer und immer und immer wieder. Ganf, ganf, ganf, ganf oft", erklärt Dennis.

„Er hat es dir vorgesagt und du musstest es wiederholen", fasst es Katja im Klartext zusammen. „Solange, bis du es auswendig konntest."

„Jaha." Und zum Beweis leiert der junge Mann die komplette Anfahrtbeschreibung fehlerlos herunter. Der geheimnisvolle Unbekannte hat ganze Arbeit geleistet.

„Und dann bist du nach Lütmarsen gegangen?"

„Nein, Dennif hat doch ein Fahrrad."

„In dem Haus muss es doch ganz dunkel gewesen sein", setzt die Oberkommissarin die Befragung fort.

„Jaha, aber Dennif hatte eine Tafenlampe dabei und im Keller war es ganf, ganf hell."

„Und du hast dann auch gleich angefangen, die junge Frau schön zu machen?"

„Nein, Dennif hat erft die rote Fachtel genommen und wein Gefenk aufgepackt."

„Das Handy?"

„Jaha, und daf hat auch wofort geklingelt."

„Aha, und wer war dran?", will Katja wissen.

„Der liebe Gott. Der hat wich gefreut, daf Dennis da war", erklärt der Junge. „Und dann hat er gewagt, waf Dennif tun woll. Und dann hat Dennif die Frau fön gemacht. Und wenn Dennif waf nich richtig gemacht hat, dann hat daf Handy wieder geklingelt."

„Und er hat dir gesagt, wie du es richtig machen sollst?", fragt Katja, die nun sehr hellhörig geworden ist.

„Jaha."

„Dann konnte er dich also sehen?"

„Jaha. Der liebe Gott wieht nämlich allef."

„Aber du hast ihn nicht gesehen?"

„Katja ift dumm. Den lieben Gott kann man nicht wehen."

„Da hast du wohl recht", stimmt die Oberkommissarin zu. „Und der böse Mann hatte wahrscheinlich eine Kamera in dem Raum versteckt." Den letzten Satz sagte Katja eher zu sich selbst. „Was hast du gemacht, nachdem du fertig warst?", fährt sie dann in der Befragung fort.

„Dennif ift wieder nach Hauwe gefahren."

Was Dennis sonst noch gemacht hat, bevor er nach Hause gefahren ist, spricht die Beamtin ganz bewusst nicht an – schon aus Rücksicht auf den anwesenden Geistlichen.

„Zu Hause hast du dann das Handy versteckt, weil niemand davon wissen durfte?", fragt Katja weiter.

„Jaha."

„Wann hat sich der liebe Gott wieder bei dir gemeldet?"

„Am nächften Tag."

„Und was wollte er von dir?"

„Er hat gewagt, daſ die Frau im Himmel ift und daſ alle Engel wich gefreut haben, weil wie wo fön ift. Und er hat wich bei Dennif dafür bedankt, weil er wie wo fön gemacht hat." Der Stolz, der sich unverkennbar in Dennis' Gesicht zeigt, hinterlässt bei der Oberkommissarin einen ziemlich bitteren Nachschmack. Sie zeigt auf das nächste Bild.

„Und wie war das bei ihr? Genau so, wie bei der ersten?"

„Jaha."

„Aber du bist doch bestimmt nicht mit den Fahrrad bis nach Brakel gefahren?", fragt Katja.

„Nein ..." Die Antwort kommt eher zögerlich.

„Du bist mit dem Auto gefahren, stimmt's?"

„Ja", sagt der junge Mann kurz angebunden. Frau Lesemann wirft ihrem Sohn einen ungläubig-entsetzten Blick zu.

„Und woher wusstest du, wo du hinfahren musst?" Katja kann sich nicht vorstellen, dass Dennis den Weg zum Fundort von Monika Seebrügge vorher auswendig gelernt hat.

„Dennif ift hinter dem lieben Gott hergefahren."

„Was, der liebe Gott ist vor dir hergefahren?"

„Jaha, in einem roten Auto."

Der Oberkommissarin fällt es nicht leicht, zu glauben, was Dennis sagt, aber es passt alles nahtlos zu dem, was bisher ermittelt worden war.

„Was hast du dort denn geschenkt bekommen?", will sie als nächstes wissen.

„Die Liebeftropfen", antwortet Dennis.

„Aber sonst war alles so, wie beim ersten Mal?"

„Jaha."

„Und gesehen hast du den lieben Gott ... ähm ... ich meine den bösen Mann dort auch nicht."

„Nein."

„Ist er auf dem Rückweg auch wieder vor dir hergefahren?"

„Nein, Dennif hat den Weg ganf allein gefunden." Es ist kaum zu übersehen, wie stolz Dennis auch auf diese Leistung ist. Katja zeigt nun auf das Foto von Constanze Maier.

„Zu ihr bist du aber nicht mit dem Auto gefahren?", fragt sie.

„Nein, mit dem Fahrrad."

„Da hast du dann den Fotoapparat geschenkt bekommen?"

„Jaha, und Dennif hat ganf, ganf viele Bilder gemacht."

„Hast du denn da den bösen Mann gesehen?"

„Nein." Die Antwort überrascht Katja nicht wirklich.

„Bist du denn ganz sicher, dass es ein Mann war und keine Frau?"

„Ein Mann – ganf beftimmt", beteuert Dennis.

„Dennis", Katjas Stimme ist nun sehr leise, „willst du uns jetzt vielleicht sagen, wo Svenja ist?"

„Dennif weif nich", antwortet der junge Mann.

„Dennis", fährt die Oberkommissarin deutlich strengerer Stimme fort, „du weißt, dass du Pastor Engelhardt nicht anlügen darfst, und du weißt, dass der liebe Gott alles hört. Also, wo ist Svenja?"

„Dennif lügt nich! Dennif weif wirklich nich." Er schaut

seine Mutter hilfesuchend an. „Mama, wag denen, daf Dennif nicht lügt. Dennif weif nich ... Dennif weif nicht ...“

„Schon gut Dennis, ich glaube dir“, versucht Katja ihn zu beruhigen. Da sie keine weiteren Fragen hat, beendet sie die Veranstaltung. Sie bedankt sich noch einmal bei Pastor Engelhardt für seine Hilfe und verabschiedet sich von Frau Lesemann. Dann verschwindet sie frustriert in ihrem Büro.

Einen Moment ist Katja allein mit sich und ihren Gedanken, doch schon nach einer knappen Minute ist es vorbei mit der Ruhe. Die Tür öffnet sich und Toni kommt rein. Dr. Yilmaz folgt in seinem Kielwasser.

„Schöne Scheiße“, sagt ihr Kollege, „oder was meinst du, Katja?“

„Das kann man wohl sagen“, antwortet sie. „Was halten Sie denn von der Geschichte, die uns Dennis da aufgetischt hat, Herr Doktor?“

„Ich werde gleich ein paar Worte dazu sagen – aber lassen sie uns warten, bis Ihr Chef da ist“, antwortet Dr. Yilmaz.

„Apropos Brixmeier. Wo steckt der eigentlich?“

„Der redet noch mit Frau Lesemann und der Anwältin“, sagt Toni. „Ich habe aber keine Ahnung, worum es geht.“

Da Dr. Yilmaz noch nicht über die Befragung reden will und Katja eigentlich auch keine Lust dazu hat, redet man übers Wetter. Und über das Wetter kommt Toni bald auf ein anderes Thema zu sprechen.

„Sag mal, Katja, hast du inzwischen ein Auto?“

„Nein.“

„Muss es denn unbedingt ein Nissan Micra sein?“

„Nein, wieso?“

„Eine Kollegin von Nadja will ihren Peugeot 106 verkaufen. Baujahr 99, top in Schuss und spottbillig.“

„Wo ist der Haken?", fragt Katja misstrauisch.

„Gibt keinen."

„Und warum will sie ihn dann verkaufen?"

„Sie will sich jetzt einen SUV anschaffen."

„Vom Kleinwagen zum SUV? Verdächtig, verdächtig."

Toni zuckt mit den Schultern. „Ich hab dir jedenfalls mal den Namen und die Telefonnummer aufgeschrieben. Kannst ja mal anfragen." Er reicht Katja einen Zettel.

„Werde ich tun. Danke!" Katja steckt den Zettel ein.

„Aber ...", druckst Toni herum.

„Was aber?"

„Die Farbe soll etwas gewöhnungsbedürftig sein – meint Nadja jedenfalls."

„Ach, weißt du, Toni, die Karre sollte fahren, es sollte nicht reinregnen und die Heizung sollte funktionieren. Der Rest ist mir ziemlich egal", entgegnet Katja.

Damit ist auch das Thema gegessen und wie aufs Stichwort kommt Hauptkommissar Brixmeier reingepoltert.

„Tja, Frau Kollejin, so wat nennt man wohl ein Chriff in die Kacke", grunzt er höhnisch und lässt sich ächzend auf seinen Schreibtischstuhl fallen, „oder willste vielleicht jetzt den lieben Jott verhaften?"

„Ich würde am liebsten den verhaften, der in den letzten Tagen einen konstruktiven Beitrag zu unseren Ermittlungen geleistet hat", keift Katja wütend zurück. „Aber da hast du ja nichts zu befürchten, Erwin."

„Dann werd' ich mal 'n konstruktiven Beitrach leisten", dröhnt Brixmeier. „Der Typ is nich so bescheuert, wie er tut. Der verarscht uns nach allen Rejeln der Kunst."

„Das sehe ich ganz anders", wirft Dr. Yilmaz ein. „Der Junge sagt die Wahrheit – da bin ich mir ziemlich sicher."

„Ach, der Herr Polizeipsycho is ja auch noch da", stänkert der Hauptkommissar. „Wenn es nach Ihnen cheht, is ja jeder unschuldich ... weil er 'ne schlechte Kindheit hatte ... oder weil er vom Wickeltisch jefallen ist ... oder weil er Pikkel hatte. Mein Kriminalistenriechkolben sacht mir ..."

„Dein Kriminalistenriechkolben hat ganz offensichtlich die Vogelgrippe", fällt ihm Katja harsch ins Wort. „Zumindest, wenn es um den armen Jungen geht. Der verarscht uns nicht, der ist auf eine ganz perfide Weise verarscht worden."

„Würdet ihr bitte mal wieder runterkommen?", versucht Toni die beiden Streithähne zu beschwichtigen. „Das bringt uns doch nicht weiter. Wir müssen einen Mörder finden – und was viel wichtiger ist, wir müssen Svenja finden – LEBEND."

„Has ja recht", kommt es dem Hauptkommissar gepresst über die Lippen. „Hat jemand einen Vorschlach?"

„Was wissen wir über die unbekannte Person, wenn wir davon ausgehen, dass Dennis die Wahrheit gesagt hat?" Katja macht eine kurze Pause, dann fährt sie fort: „Sie ist männlich, hat Schuhgröße 43, ist ein versierter Fotograf, hatte schon vor dem ersten Mord Kenntnis über Dennis' Fähigkeiten, ist keiner von Lesemanns Mitarbeitern und fährt wahrscheinlich ein rotes Auto."

„Und wie willste dem Burschen auffe Schliche kommen?"

„Wir müssen die Namen aller Personen in Erfahrung bringen, die mitbekommen haben könnten, dass Dennis die Verstorbenen geschminkt hat und nicht Frau Lesemann", sagt Katja. „Dazu müssen wir wohl oder übel noch mal zu den Lesemanns fahren und jeden Einzelnen befragen."

„Klingt nach Sisyphusarbeit", grunzt Brixmeier.

„Weißt du was Besseres?", fragt Katja.

Allein die Tatsache, dass keine Antwort kommt, ist Antwort genug für die Oberkommissarin.

„Wollen wir?", fragt sie auffordernd und geht zur Tür.

Bevor der Hauptkommissar das Büro verlässt, drückt er Toni noch ein wenig Arbeit aufs Auge: „Du besorchst dir mal die Verbindungsdaten vom Telefonanschluss der Lesemanns für den September. Und ruf dat Fräulein Steinmeyer an und frach se, ob sie jemanden kennt, der über die Schminkkünste unseres behinderten Freundes Bescheid wissen könnte."

„Und wenn du schon mal dabei bist, überprüf doch mal, ob auf jemanden im Umfeld der Firma Lesemann ein rotes Auto zugelassen ist", wirft Katja ergänzend ein.

„Das klingt auch nach Sisyphusarbeit", stöhnt Toni.

„Du schaffst dat schon!", ermutigt ihn sein Chef, dann fällt hinter Brixmeier und Katja die Tür zu.

Toni wirft Dr. Yilmaz einen verzweifelten Blick zu. Der hebt sofort abwehrend die Hände und sagt schnell: „Tut mir leid, aber ich kann Ihnen da nicht helfen. Außerdem habe ich selber noch zu tun."

Im nächsten Augenblick ist Toni allein im Büro. Er atmet einmal tief durch und begibt sich an seine Arbeit.

Die Spur wird heißer

Svenja weiß nicht, wie lange sie schon hier gesessen hat, auf dieser stinkenden Matratze, mit dem Rücken an der Wand, von der die ehemals weiße Farbe großflächig abblättert. Sie verspürt einen Druck, der langsam aber sicher stärker wird. Eigentlich müsste sie den Eimer benutzen, aber auch diesmal wird sie diese erniedrigende Prozedur so lange wie möglich hinauszögern. Nur zu gut erinnert sie sich an das erste Mal. Fast hätte sie gekotzt. Und dann noch die Vorstellung, dass sie beim Pinkeln beobachtet wird; dass irgendwo einer sitzt, der mit irrem Blick auf einen Bildschirm starrt und sich auf ihre Kosten einen runterholt.

„Hallo, Alina", unterbricht die schnarrende Stimme aus dem Lautsprecher ihre finsteren Gedanken. „Es wird Zeit, dass du dir deine nächste Mahlzeit verdienst."

„Ich heiße nicht Alina", schreit Svenja trotzig.

„Ich würde gern ein paar Fotos von dir machen", redet die Stimme in aller Seelenruhe weiter. „Und dazu würde ich dich bitten, das Kleid, das an der Tür hängt, anzuziehen."

„Ich denke nicht daran", giftet Svenja zurück.

„Ich hätte es mir denken können, Alina", kommt es blechern aus dem Lautsprecher. „Du warst schon immer ein ungezogenes Mädchen. Als du klein warst, wolltest du deinen Brei nicht essen und später, als du zur Schule gegangen bist, wolltest du deine Hausaufgaben nie machen. Und ich musste immer sehr streng zu dir sein, obwohl es mir im Grunde meines Herzens wehtat. Aber du hast mir keine andere Wahl gelassen."

„Wer sind Sie eigentlich?", will Svenja wissen.

„Erkennst du mich denn nicht, Alina?" Die Stimme aus

dem Lautsprecher klingt zutiefst enttäuscht. „Ich bin es doch, dein Vater."

„Ich bin nicht Alina und Sie sind ganz bestimmt nicht mein Vater", keift Svenja wütend. Für einige Sekunden bleibt der Lautsprecher stumm.

„Ich kann ja gut verstehen, dass du ein bisschen verwirrt bist", krächzt die Stimme weiter. „Das wäre ich an deiner Stelle auch. Das alles hier ist doch sehr bedrückend. Aber wenn du deine Aufgaben brav erledigst, dann wirst du das hier ganz schnell vergessen haben. Dann ist alles wieder, wie früher, als wir noch eine richtig glückliche Familie waren – das verspreche ich dir. Also … zieh einfach das Kleid an und lass uns ein paar schöne Fotos machen."

„Ich denke gar nicht daran." Svenja gibt sich stur. *Der Typ hat echt einen Lattenschuss*, denkt sie, aber wie soll sie mit dieser Situation umgehen?

„Ach Alina, warum zwingst du mich schon wieder, so hart mit dir zu sein?", sagt die Stimme. „Mach es dir doch nicht so schwer. Sieh mal, ich habe hier eine Flasche Orangensaft und auch etwas zu essen. Wann hast du das letzte Mal was gegessen oder getrunken? Was glaubst du, wie lange du das durchhältst? Du hast nun etwas Zeit, darüber nachzudenken."

Es knackt leise im Lautsprecher und die Stimme verstummt.

„Arschloch", kommt es Svenja über die Lippen.

„Das habe ich gehört", tönt es aus dem Lautsprecher. Dann schweigt er. Dieser elende Bastard hat sie aufs Grausamste daran erinnert, wie durstig sie ist. Svenjas Kehle schreit nach etwas Flüssigem. Doch so schnell gibt sie nicht auf – darf sie nicht aufgeben. Svenja muss Zeit schinden. Sie ist davon überzeugt, dass Hauptkommissar Brixmeier,

Katja und Toni bereits nach ihr suchen. Wenn dieser quälende Durst nicht wäre. Svenja geht langsam im Raum auf und ab, um sich abzulenken. Doch es nützt nichts. Schon bald merkt sie, wie die trockene Glut in ihrer Kehle zu- und ihre Willenskraft abnimmt. Schließlich bleibt sie vor dem Kleid stehen. Ein paar Minuten lang schaut sie es an – unschlüssig. Was soll sie tun? Langsam beginnt Svenja, sich auszuziehen. Obschon sie sich denken kann, dass sie beobachtet wird, macht sie weiter, bis sie in ihrer Unterwäsche dasteht. Dann schlüpft in das blaue Kleid. Oben herum ist es ein bisschen zu eng, aber ansonsten passt es einigermaßen, trotzdem ist Svenja froh, dass es hier keinen Spiegel gibt.

„Na also, geht doch", meldet sich der Lautsprecher. Svenja zuckt erschreckt zusammen, fängt sich aber sofort wieder.

„Krieg' ich jetzt was zu trinken?", fragt sie.

„Nein, erst wenn wir die Fotos gemacht haben", antwortet die Geisterstimme. „Ich werde jetzt die Tür öffnen und ich rate dir, keine Dummheiten zu machen. Alle Türen nach außen sind fest verschlossen und sämtliche Schlüssel sind sicher verwahrt. Du hast also keine Chance, hier rauszukommen. Kann ich mich darauf verlassen, dass du keinen Ärger machen wirst?"

„Vielleicht", gibt Svenja trotzig zurück.

„Ich denke, ich muss dir noch ein wenig Zeit zum Überlegen geben", droht die Lautsprecherstimme.

„Nein, nein, ist ja schon gut", lenkt Svenja kleinlaut ein. „Ich werde keinen Ärger machen – versprochen."

„Na gut, dann tritt jetzt bitte von der Tür zurück."

Svenja folgt der Aufforderung ohne zu zögern. Sie spürt, wie sich ihre Nackenhaare aufstellen. Nun wird sie ihrem Entführer Auge in Auge gegenüberstehen. Das Herz schlägt ihr bis zum Hals, als sie hört, wie sich der Schlüssel im Schloss dreht. Dann öffnet sich langsam die Tür.

Das Erste, was Svenja auffällt: Ihr Entführer ist nicht maskiert und sie weiß, was das heißt. Dieser Typ hat nicht vor, sie mit dem Leben davonkommen zu lassen. Dabei sieht er nicht wie ein Mörder aus – jedenfalls nicht so, wie man sich einen eiskalten Mörder vorstellt. Dieser Mann sieht so normal aus, so erschreckend normal, wie all die Männer, die einem tagtäglich über den Weg laufen, in der Fußgängerzone, in den Geschäften, bei der Arbeit, eben überall. Ein völlig durchschnittlich aussehender Zeitgenosse. Er lächelt Svenja an, freundlich, aber mit eiskalten Augen. Es durchzuckt sie wie ein elektrischer Schlag. Svenja kennt dieses Gesicht. Sie erinnert sich plötzlich wieder an diese Nacht. Sie war auf dem Weg nach Hause. Am Straßenrand stand dieses Auto, ein rotes Auto. Der Fahrer beugte sich über die Motorhaube und schien sich im Licht einer kleinen Taschenlampe etwas anzusehen. Svenja hatte sich noch darüber gewundert, dass er an einer so dunklen Stelle angehalten hatte. Unter einer Straßenlampe wäre das, was immer er da tat, viel einfacher gewesen. Als er sie bemerkte, sprach er sie an.

„Entschuldigen Sie bitte, aber ich glaube, ich habe mich verfahren. Können Sie mir vielleicht sagen, wie ich nach Lauenförde komme?" Seine Stimme klang sanft und väterlich – auf jeden Fall vertrauenerweckend.

Touri, dachte Svenja schmunzelnd, dann begann sie, den Weg zu beschreiben. Doch schon nach wenigen Sätzen unterbrach sie der Fremde.

„Könnten Sie mir das mal auf der Karte zeigen?" Er deutete mit dem Lichtschein der Taschenlampe auf den ausgebreiteten Stadtplan.

„Kein Problem", antwortete Svenja. Sie ging zu dem Mann, nahm seine Taschenlampe und versuchte, sich auf der Karte zu orientieren, was ihr gar nicht so leicht fiel. Plötzlich bemerkte sie, dass es gar nicht der Stadtplan von Höxter war, und dann wurde alles schwarz ...

„Hier lang", sagt der Entführer und wieder klingt seine Stimme sanft und väterlich – nicht so krächzend, wie über den Lautsprecher.

Er führt Svenja durch einen schmalen Gang, vorbei an drei Türen. Durch die letzte Tür auf der linken Seite gelangen sie in einen großen, hellen Raum. An einer Wand hängt über die volle Breite eine weiße Stoffbahn, die so lang ist, dass sie zusätzlich fast den ganzen Boden bedeckt. Auf der anderen Seite steht eine Kamera auf einem Stativ und zwei Lampen mit großen, weißen Schirmen. Ganz ähnliche hatte Svenja mal gesehen, als sie bei einem Fotografen war, um Bewerbungsfotos machen zu lassen. Das hier ist so eine Art Fotostudio. Aber was soll das?

„So, Alina, wenn du dich jetzt bitte vor den Hintergrund stellen würdest." Der Entführer zeigt auf die Stoffbahn.

„Wieso nennen Sie mich eigentlich Alina?", fragt Svenja.

„Du bist Alina."

„Ich bin Svenja."

„Die warst du vielleicht mal. Jetzt bist du Alina."

„Waren die anderen auch Alina?"

„Welche anderen?"

Svenja spürt wieder das kleine Mädchen, wie es mit den Füßen trampelt und wild um sich schlägt. Das Mädchen, das auf den Namen Angst hört. *Reiß dich zusammen, jetzt bloß keine Schwäche zeigen.*

„Die, die Sie getötet haben?", sagt sie stoisch.

„Ich habe niemanden getötet. So etwas würde ich niemals tun", beteuert der unscheinbare Mann. „Im Gegenteil, ich werde dich unsterblich machen."

„Und wenn ich das gar nicht will ...?"

„Stell dich bitte vor den Hintergrund. Du hast doch Durst, oder ...?" Wieder blickt Svenja in zwei eiskalte Augen und irgendetwas sagt ihr, dass es besser ist, dieser Anweisung zu folgen.

Die Praktikantin der Kriminalpolizei Höxter hat keinerlei Erfahrung als Fotomodell, aus dem Grund ist es nicht nötig, sich bewusst dumm anzustellen. Obwohl sie den Anweisungen des Fotografen brav folgt, ist der mit den Ergebnissen ganz und gar nicht zufrieden.

„Schenk mir doch mal ein freundliches Lächeln", fordert er Svenja mit sanfter Stimme auf.

„Gefangene lächeln nicht freundlich", erwidert sie.

„Alina, du bist keine Gefangene."

„Was denn sonst?"

„Das geschieht alles zu deinem Besten, du wirst seh'n."

„Ich habe Durst!"

„Wenn du etwas trinken willst, musst du es dir verdienen. Also, streng dich gefälligst an", bellt der Entführer sein Opfer jetzt im Befehlston an. „Lächle, oder dir steht eine sehr trockene Nacht bevor – das verspreche ich dir."

Die Drohung wirkt, aber schön ist das Lächeln, das Svenja ihrem Gesicht aufzwingt, wahrlich nicht. In der Geisterbahn oder auf einer Halloween-Party hätte sie mit dieser Maske vielleicht ein paar Freunde gewinnen können, aber hier ... Die Begeisterung ihres Kerkermeisters hält sich in Grenzen. Er probiert noch ein paar Posen, dann gibt er entnervt auf.

Svenja denkt schon mit Schrecken an die Durststrecke, die ihr nun bevorsteht.

„Gibt es hier eine Toilette?", fragt Svenja zaghaft. Der Entführer geleitet sie wortlos durch den Gang in Richtung ihrer Zelle. Auf halbem Weg stößt er eine Tür auf. Svenja schlägt sofort ein widerlicher Gestank entgegen. Auch sonst sieht hier alles vollkommen versifft aus – kein einladender Ort für eine junge Frau, aber allemal besser, als der Eimer in ihrer Zelle. Als Svenja versucht, die Tür hinter sich zu schließen, wird sie abrupt daran gehindert.

„Geilt es dich auf, Frauen beim Pinkeln zuzusehen?", fragt Svenja erbost.

„Du bist meine Tochter!"

„Dann kann ich die Tür ja zumachen."

„Die Tür bleibt auf. Ich will nicht, dass du auf dumme Gedanken kommst."

Es bleibt keine Zeit für weitere Diskussionen. Wenn sich Svenja jetzt nicht tierisch beeilt, geht alles in die Hose. In buchstäblich allerletzter Sekunde kann sie sich auf die Kloschüssel retten und während der Druck nachlässt, stiert dieser Typ sie mit so einem undefinierbaren Blick an. *Was das wohl für ein Vater-Tochter-Verhältnis war*, schießt es der Polizei-Praktikantin durch den Kopf. Nachdem sie diese entwürdigende Prozedur überstanden hat, findet sich Svenja in ihrer trostlosen Zelle wieder – ohne etwas zu essen oder zu trinken. Wenn sie schon verdursten soll, dann wenigstens nicht in diesem affigen blauen Kleid. Svenja zieht es aus. Kaum hat sie es weggehängt, öffnet sich die Tür erneut. Der Entführer tritt ein und stellt eine kleine Flasche O-Saft und eine Packung Butterkekse auf den Boden. Ohne sich darum zu kümmern, dass sie fast nackt ist, stürzt sich Svenja auf das Getränk, doch bevor sie die Flasche zu fassen bekommt, hat sie ihr Kerkermeister mit einem schnellen Griff wieder an sich genommen.

„Zuerst die PIN", sagt er. Er hält Svenjas Smartphone in der Hand.

„Was wollen Sie mit meiner PIN?", will Svenja wissen.

„Die PIN – oder ich nehme das hier wieder mit." Der Typ hält ihr die O-Saft-Flasche demonstrativ vor die Nase.

„Viermal die Vier", sagt Svenja.

„Soll ich das etwa glauben?"

„Probieren Sie's doch aus."

„Das werde ich tun, aber nicht hier." Der Unbekannte hält Svenja die Flasche hin. Sie greift sofort zu und nimmt erst einmal einen kräftigen Schluck. Endlich! Obwohl es nur der billigste O-Saft vom Discounter ist, kann sich Svenja nicht erinnern, jemals etwas Köstlicheres getrunken zu haben. Wie betäubt vergisst sie für einen Moment alles um sich herum – und als sie es wieder wahrnimmt, ist ihr Gefängnisaufseher verschwunden und die Tür wieder abgeschlossen.

„Was wollen Sie denn schon wieder hier?" Frau Lesemann ist ziemlich angefressen, als Hauptkommissar Brixmeier und seine Kollegin im Laden stehen.

„Wir haben noch ein paar Fragen", antwortet Katja.

„Aber wir haben doch schon alles gesagt."

„Wo können wir unjestört reden?" fragt Brixmeier, ohne auf Frau Lesemanns Einwand einzugehen. „Es wäre chut, wenn Ihr Mann auch dabei wäre."

Ein paar Minuten später sitzen Katja und Brixmeier in dem morbide anmutenden Séparée, das die Oberkommissarin bereits kennengelernt hat. Der Aufsteller mit den Prospekten für Sterbegeldversicherungen steht an der gewohnten Stelle. Im letzten Verkaufsgespräch schien es jedoch um die klassische Form der Bestattung zu gehen. Jedenfalls weist der Stapel Kataloge, in denen Särge in unterschiedlichster Ausführung angepriesen werden, darauf hin.

Da Frau Lesemann noch im Betrieb unterwegs ist, um ihren Mann zu holen, vertreibt sich der Hauptkommissar die Zeit, indem er sich einen der Kataloge schnappt und gelangweilt darin zu blättern beginnt. Über Katjas Gesicht huscht ein verschmitztes Grinsen.

„Wenn du sie nett darum bittest, lässt dich Frau Lesemann bestimmt mal probeliegen", sagt sie.

„Sehr witzich", grunzt Brixmeier und schmeißt den Katalog demonstrativ zurück auf den Stapel.

Katja will noch etwas sagen, aber in dem Augenblick kommen Herr und Frau Lesemann. Der Bestattungsunternehmer macht keinen Hehl daraus, dass er vom erneuten Besuch der Polizei ebenso begeistert ist wie seine Frau.

„Ich verstehe ja, dass Sie Ihre Arbeit machen müssen, aber das müssen wir auch", beklagt er sich. „Und im Gegensatz zu Ihnen müssen wir dafür sorgen, dass wir unsere Angestellten bezahlen können. Daher bitte ich Sie, sich kurz zu fassen."

„Dann kommen wir am besten chleich zur Sache. Wenn Ihr Sohn die Wahrheit jesacht hat – und unser Polizeipsychologe ist davon überzeucht –, dann chibt es jemanden außerhalb Ihrer Firma, der darüber Bescheid weiß, dat er Ihre Toten zurechtmacht", sagt Brixmeier. „Und wir brauchen eine vollständige Liste über alle Personen, die da in Frage kommen könnten."

„Wir haben Ihnen doch schon gesagt, dass es da niemanden gibt", erwidert Frau Lesemann ärgerlich. „Womöglich können wir den Laden dicht machen, wenn bekannt wird, dass Dennis die Verstorbenen zum Aufbahren vorbereitet. Das haben wir Ihnen doch nun wirklich ausführlich erklärt."

„Es muss aber jemand wissen", beharrt Katja.

„Ausgeschlossen."

„Gibt es ehemalige Mitarbeiter, die es wissen könnten?"

„Nein!"

„Kann es sein, dass vielleicht mal ein Lieferant oder ein Handwerker, der hier zu tun hatte, zufällig mitbekommen hat, was Dennis macht?", fragt die Oberkommissarin weiter.

„Das kann nicht sein", antwortet Frau Lesemann. „Wenn Handwerker im Hause waren, war ich immer dabei, wenn Dennis seine Arbeit gemacht hat. Meistens habe ich sogar die Tür abgeschlossen, damit genau das nicht passieren konnte."

„Oder wäre es möglich, dass sich ein Kunde auf dem Weg zur Toilette verlaufen hat?"

„So sehr verlaufen kann man sich hier nicht."

„Du, Karin ...", meldet sich plötzlich Herr Lesemann.

„Ja?"

„Da war doch dieser Mann, der seine verstorbene Mutter fotografieren wollte und deshalb allergrößten Wert auf ein perfektes Styling legte. Du hast mir doch davon erzählt."

Frau Lesemann schaut ihren Mann einen Moment lang fragend an, doch dann scheint plötzlich der Groschen zu fallen.

„Ach ja, den hatte ich ja gar nicht mehr auf dem Schirm."

„Und der hat mitbekommen, was Dennis macht?", hakt Katja augenblicklich nach.

„Ja, das war wirklich äußerst unglücklich gelaufen", gibt Frau Lesemann kleinlaut zu.

„Erzählen Sie der Reihe nach."

„Nun ja, er kam hier in den Laden und sagte, dass seine Mutter verstorben ist. Ich habe ihm natürlich mein Beileid ausgedrückt und dann haben wir uns hierhingesetzt und über alles Weitere rund um die Bestattung gesprochen. Es war zunächst ein Beratungsgespräch wie jedes andere auch. Er erwähnte beiläufig, dass er vor nicht allzu langer Zeit schon mal ein Familienmitglied verloren hatte und mit der Leistung des Bestattungsunternehmens nicht zufrieden war." Frau Lesemann macht eine Pause, offenbar um ihr Gedächtnis zu durchforschen. „Dann fragte er, ob wir Verstorbene auch schminken und frisieren, was ich natürlich bejaht habe. Er hat mich mehr als einmal darauf hingewiesen, wie wichtig es für ihn ist, dass diese Arbeit perfekt ausgeführt wird."

„Und warum war das für ihn so wichtig?", fragt Katja.

„Er wollte Fotos von ihr machen. Er war nämlich Fotograf, soweit ich mich erinnere. Er fragte auch, ob ich ihm ein paar Fotos zeigen könnte."

„Fotos von Toten, die Sie geschminkt haben, nehme ich an."

„Ja genau. Er wollte sich wohl ein Bild davon machen, was wir können", meint Frau Lesemann. „Selbstverständlich haben wir derartige Fotos nicht. Es hat bisher auch niemand danach gefragt. Ich habe ihm versichert, dass wir jemanden haben, der das wie ein Profi macht. Aber er sagte, er wolle nicht die Katze im Sack kaufen – er wollte was sehen."

„Und was – oder sollte ich besser fragen – wen haben Sie ihm gezeigt?" Die Oberkommissarin ahnt bereits, dass es nun richtig interessant wird.

„Wir hatten damals ein junges Mädchen hier, sie war bei einem Verkehrsunfall ums Leben gekommen. Dennis hatte den ganzen Morgen damit verbracht, sie herauszuputzen."

„Lassen Sie mich raten", wirft Katja ein, „war es zufällig das Mädchen, dem Dennis die Schamhaare entfernt hat?"

Frau Lesemann nickt schweigend, dabei weicht sie dem Blick der Beamtin aus.

„Und die haben Sie diesem Mann gezeigt?"

Wieder nickt die Gefragte, und wieder wagt sie nicht, der Oberkommissarin in die Augen zu schauen. „Heute weiß ich, dass es nicht richtig war, aber wie mein Mann schon sagte: Wir haben Mitarbeiter zu bezahlen, da können wir es uns nicht leisten, potentielle Kunden zur Konkurrenz gehen zu lassen. Außerdem hat er mir sein Wort gegeben, dass die Sache unter uns bleibt."

„Und das haben Sie ihm einfach so geglaubt?"

„Der Mann machte einen äußerst seriösen und gebildeten Eindruck", rechtfertigt Frau Lesemann ihre Vorgehensweise.

„Sagn Se mal, wie hat der Mann auf den Anblick Ihrer ... Arbeitsprobe reagiert?", will Brixmeier wissen.

„Merkwürdig ... sehr merkwürdig ..."

„Wie darf ich dat verstehen?"

„Als er ihr Gesicht gesehen hat, dachte ich, dass ihn der Schlag trifft", berichtet Frau Lesemann. „Er stand da wie weggetreten. Minutenlang hat er sie angestarrt, ohne auch nur ein Wort zu sagen. In dem Moment kamen mir die ersten Zweifel. Irgendwann habe ich gedacht: *Jetzt musst du etwas sagen*. Ich glaube, ich habe so was gesagt wie ...: *Na, wie gefällt sie Ihnen*. Total bescheuert, nicht wahr? Aber etwas Besseres ist mir einfach nicht eingefallen. Sie können sich nicht vorstellen, wie grotesk die Situation war – wie in einem billigen Film." Frau Lesemann macht eine Pause. Die Erinnerung an diesen Vorfall macht ihr sehr zu schaffen. *„Sie ist wunderschön*, hat er daraufhin gesagt, *sie sieht aus wie eine Göttin. Da war ein wahrer Künstler am Werk."*

„Aber bis dahin hat er noch nicht gewusst, dass es Dennis war, der sie so schön gemacht hat", stellt Katja fest.

„Da haben Sie allerdings recht", stimmt Frau Lesemann zu. „Aber ich hatte dummerweise die Tür einen Spalt breit offen gelassen. Ich haben nicht bemerkt, wann Dennis reingekommen ist. Als unser Sohn gehört hat, dass dieser fremde Mann ihn als wahren Künstler bezeichnet hat, drehte er total durch. Er kam an und tönte lautstark rum: *Das war Dennis, Dennis hat sie schön gemacht, Dennis ist ein großer Künstler.* Ich kann Ihnen gar nicht sagen, wie peinlich mir das war. Und dann kam es noch schlimmer."

„Wat meinen Se mit: Noch schlimmer?", fragt Brixmeier.

„Dennis ist um uns rumgetanzt, wie so ein aufgedrehter Kasper. Ich war vollkommen perplex und ehe ich mich versah, hat er das Leichentuch weggerissen. Das junge Mädchen lag splitterfasernackt da und er schrie wie besessen: *Das hat alles Dennis gemacht. Er hat sie von Kopf bis Fuß schön gemacht und wenn sie in den Himmel kommt, freut sich der liebe Gott und dann weiß er auch, dass Dennis ein Künstler ist.* Er sprang da rum und freute sich wie ein Schneekönig und ich hätte mich am liebsten in Luft aufgelöst." Es steht Frau Lesemann im Gesicht geschrieben, welche Qualen sie in dem Augenblick durchlitten haben muss. „Bei der Gelegenheit habe ich im Übrigen bemerkt, dass mein Sohn dem Mädchen die Schamhaare abrasiert hat – und das hat mich mehr geschockt, als alles andere."

„Das kann ich mir vorstellen", pflichtet Katja ihr bei, „und wie haben Sie sich aus der Affäre gezogen."

„Ich habe versucht, Dennis zu beruhigen und aus dem Raum zu bugsieren – das klappte leider nicht. Dann habe ich ihm gesagt, er soll seinem Vater erzählen, dass er ein Künstler ist. Das hat schließlich funktioniert."

„Ja, dann hatte ich ihn am Hals. Er hat mich vollgelabert und ich wusste nicht, was er von mir wollte. Ich hatte ja keine Ahnung, was passiert war", berichtet Herr Lesemann.

„Und wie hat dieser Mann auf Dennis' Auftritt reagiert?", will die Oberkommissarin dann wissen.

„Er wollte natürlich wissen, wer Dennis ist. Ich habe ihm erklärt, dass er mein Sohn ist, dass er geistig behindert ist und dass er ziemlich talentiert ist, was das Schminken von Toten betrifft – ungefähr so, wie ich es Ihnen erklärt habe", antwortet Frau Lesemann. „Der Mann hat wirklich sehr verständnisvoll reagiert. Er hat mir versichert, mit keinem Menschen über diesen Vorfall zu reden."

„Und dann ...?", hakt Katja nach.

„Dann ist er gegangen. Er hat sich verabschiedet und ich habe nichts mehr von ihm gehört."

„Sie haben seine Mutter also nicht bestattet?"

„Nein."

„Dat is ja eine herzzerreißende Jeschichte", grunzt der Hauptkommissar ungerührt. „Wissen Se wenichstens noch, wie der Mann hieß?"

„Es tut mir leid", antwortet Frau Lesemann. „Er hat sich sicherlich mit seinem Namen vorgestellt, aber ich kann mich beim besten Willen nicht mehr daran erinnern."

„Können Sie ihn denn beschreiben?"

Frau Lesemann überlegt ein paar Sekunden. „Mitte vierzig, ungefähr eins achtzig groß, schlank, kurze dunkle Haare, gepflegtes Äußeres, höflich, gebildet, aber im Grunde ein unauffälliger Typ", sagt sie.

„Und was wissen Sie über seine Mutter? Hat sie in Höxter gelebt?", fragt Katja.

„Er erwähnte, dass sie in einem Seniorenheim gelebt hat."

„In Höxter?"

„Ich glaube, ja. Aber beschwören kann ich es nicht."

„Wann war der Mann bei ihnen?"

„Wenn Sie es ganz genau wissen wollen, könnte ich in den Unterlagen nachsehen, wann wir dieses Mädchen hier hatten."

„Ja bitte, machen Sie das", fordert Katja sie auf.

Frau Lesemann springt auf und begibt sich in ihr Büro. Die Oberkommissarin nutzt die Gelegenheit, um einen Umstand zu klären, der ihr etwas merkwürdig vorkommt.

„Sagen Sie, Herr Lesemann, ziehen Sie den Verstorbenen nicht irgendetwas an, bevor Sie sie in den Sarg legen?"

„Selbstverständlich tun wir das", antwortet der Gefragte.

„Und wieso war das Mädchen nackt?"

„Ihre Familie wollte uns ein Kleid bringen. Das hat aber an dem Tag aus irgendeinem Grund nicht geklappt. Dennis hat sie, so weit er konnte, hergerichtet. Das Kleid bekamen wir am nächsten Morgen und wir haben es ihr angezogen, kurz bevor wir sie in die Friedhofskapelle überführt haben."

„Verstehe."

Ein paar Minuten herrscht abwartendes Schweigen. Brixmeier schielt auf die Kataloge, wagt es aber nicht, noch mal einen in die Hand zu nehmen. Dann kommt Frau Lesemann zurück.

„Das verstorbene Mädchen hieß Sibylle Kleemeier. Wir haben sie am 9. September aus dem St.-Vincenz-Krankenhaus in Paderborn abgeholt – ganz früh morgens", erklärt sie.

„Wieso Paderborn?", hakt Katja nach.

„Der Unfall ist in der Nähe von Paderborn passiert. Man hat sie dort ins Krankenhaus gebracht, aber sie konnten wohl nichts mehr für sie tun. Dennis hat sie noch am selben Tag für die Bestattung vorbereitet und am nächsten Morgen haben wir sie in die Friedhofskapelle gebracht."

„Dat heißt also, der Mann war am 9. September hier und seine Mudda is höchstwahrscheinlich an dem Tach in einem Altenheim in Höxter jestorben", fasst Brixmeier zusammen. „Chibt es sonst noch jemanden außerhalb der Firma, der über die Arbeit Ihres Sohnes Bescheid weiß?"

„Nein", antwortet Frau Lesemann. Auch ihrem Mann fällt nun niemand mehr ein.

„Wir müssten auch noch mal mit Ihren Angestellten reden", sagt die Oberkommissarin.

„Das tut mir leid, aber Herr Kurz und Herr Trost haben außer Haus zu tun – die Arbeit macht sich nun mal nicht von allein. Und Herr Ahlrogge hat heute frei", entgegnet Frau Lesemann.

Die Beamten verabschieden sich und fahren zurück zum Präsidium. „Dat nenn' ich mal eine richtige Spur", grunzt der Hauptkommissar zufrieden, während sie an einer roten Ampel warten.

„Toni, et chibt Arbeit für dich", dröhnt Brixmeier, als er das Büro betritt. Dann schildert er in Kurzfassung, was sie bei den Lesemanns in Erfahrung gebracht haben. „Ich denke, du weißt, watte zu tun hast."

„Die Sterbefälle vom 9. September oder kurz davor in allen Seniorenheimen von Höxter und Umgebung überprüfen", beginnt Toni aufzuzählen.

„Nur die Frauen!", korrigiert der Hauptkommissar.

„Überprüfen, ob sie Söhne haben. Checken, wo sie wohnen, was sie von Beruf sind und was für ein Auto sie fahren."

„Und ...?"

„Herausfinden, ob einer von ihnen in den letzten Jahren eine nahestehende Person verloren hat", endet Toni.

„Und wenne schon mal dabei bist, besorch uns auch chleich ein Bild von Sibylle Kleemeier."

„Das klingt ja mal wieder richtig spannend."

„Mecker nich und fang an", grunzt der Hauptkommissar.

„Und was macht ihr?"

„Wir reden noch mal mit Hubert Ahlrogge. Die beiden anderen müssen wir uns später vornehmen", antwortet Brixmeier. Dann wendet er sich ab und will gehen.

„Wollt ihr denn gar nicht wissen, was ich recherchiert habe?", fragt Toni vorwurfsvoll.

Erwin Brixmeier hält inne und wirft seinem Kollegen einen undefinierbaren Blick zu.

„Du hast wat recherchiert?"

„Ja, allerdings."

„Worauf warteste dann noch?"

„Um bei Hubert Ahlrogge zu bleiben, seine Tochter – sie heißt übrigens Barbara Gerster – fährt einen roten Renault Twingo", berichtet Toni.

„Interessant", grunzt Brixmeier, obwohl er gar nicht so interessiert aussieht.

„Sie wohnt jedoch in Stuttgart."

„Hasse noch mehr so vielversprechende Hinweise?"

„Ja, Jutta Kurz, die Schwester von Sebastian Kurz, fährt ebenfalls ein rotes Auto, und zwar einen Ford Fiesta."

„Und?", fragt der Hauptkommissar genervt, „wohnt die auch in Stuttgart?"

„Nein, in Gütersloh." Toni macht eine Pause. „Außerdem habe ich mit Henrike Steinmeyer telefoniert. Sie hat mit niemandem über Dennis und seiner Arbeit in der Firma seines Vaters gesprochen."

„Wenne jetzt zur Abwechslung so wat wie 'ne heiße Spur für uns hättest ..." Brixmeier wird ungeduldig.

„Vielleicht keine heiße, aber eine ganz interessante ...",
erwidert Toni, geheimnisvoll grinsend. „Ich habe Lesemanns
Telefonverbindungen überprüft. An 22. September gab es 46
Anrufe von einer ganz bestimmten Mobilfunk-Nummer."

„Von der Mobilfunk-Nummer, die wir auf Dennis' Handy gefunden haben?", tippt Katja.

„Volltreffer!"

„War auch nicht so schwer."

„Aber was noch viel interessanter ist: 45 Anrufe dauer-
ten nur ein paar Sekunden, der 46. hingegen deutlich länger
als eine Stunde. Na, was sagt ihr?"

„Dat wir immer noch nich wissen, wer dieser Anrufer
war", gibt der Hauptkommissar zurück. „Abba ansonsten
hat dir die Information deinen Arsch jerettet."

„Ein einfaches „Danke, Toni" hätte es auch getan", beklagt sich der Kollege.

„Heul nich, du hast noch zu tun – und wir auch. Kommen Se, Frau Kollejin, wir wollen niemanden vonne Arbeit
abhalten", grunzt Brixmeier kühl und verlässt das Büro.
Katja wirft ihrem Kollegen einen bemitleidenden Blick zu,
zuckt mit den Schultern und folgt dem Hauptkommissar.

Die Befragung von Hubert Ahlrogge erweist sich als wenig
fruchtbar. Der langjährige Angestellte der Firma Lesemann
hat Außenstehenden gegenüber nie erwähnt, welch ein Ta-
lent in dem behinderten Sohn seines Chefs schlummert.
Auf die Frage der Oberkommissarin, wann seine Tochter
Barbara ihn das letzte Mal besucht hat, reagiert er ziemlich
verdutzt. Schließlich gibt er an, dass es Ostern war, aber
dass er inzwischen verschiedene Male mit ihr telefoniert
hat, was die beiden Kriminalbeamten allerdings nicht son-
derlich zu interessieren scheint.

„Hatte Hubert Ahlrogge so viel zu erzählen oder wieso hat es so lange gedauert?", will Toni wissen.

„Der hatte char nix zu erzählen", antwortet Brixmeier. „Wir dachten abba, dat wir dir ein bissken mehr Zeit für deine Arbeit cheben und dir nich ständich dazwischenquatschen sollten."

„Das nenne ich mal eine gute Idee. Und was habt ihr die ganze Zeit gemacht?"

„Wir ham uns inne Stadt 'n jemütliches Plätzchen jesucht, ein Käffken jetrunken und lecker Sahnetorte jechessen."

„Während ich hier im Schweiße meines Angesichts geschuftet habe ...!", entrüstet sich Toni. „Und du Verräterin machst auch noch dabei mit – ich bin enttäuscht."

„Er ist mein Chef, ich bin weisungsgebunden", rechtfertigt sich Katja mit gekonnter Unschuldsmiene.

„Komisch, sonst interessiert dich das nie."

„Ja, aber diesmal hat Erwin einen ausgegeben."

„So was muss man natürlich ausnutzen – das entschuldigt alles", meint Toni verständnisvoll.

„Bevor ihr noch mehr hirnrissijes Zeuch labert", beendet Brixmeier die Lästereien. „Toni, hasse wat rausjekricht?"

„Das kann man wohl sagen."

„Dann lass ma hören."

„Im fraglichen Zeitraum sind in Seniorenheimen in und um Höxter zwei Frauen verstorben, Klementine Dürr und Antonia Maywald. Klementine Dürr hatte zwei Töchter und einen Sohn. Der lebt jedoch in Irland. Deshalb habe ich ihn mir nicht näher angeschaut. Antonia Maywald hatte zwei Söhne, Jürgen und Frank. Jürgen Maywald wohnt in Osnabrück und Frank in Brenkhausen. Ich habe mir zuerst Frank Maywald vorgenommen. Das fand ich naheliegender und ... Volltreffer."

„Jetz mach et nich so spannend", bellt Brixmeier, und das nur, weil Toni nicht gleich weiterredet.

„Frank Maywald hat vor ungefähr zweieinhalb Jahren seine Tochter Alina bei einem Autounfall verloren. Sie war gerade mal siebzehn Jahre alt. Er hat daraufhin den Unfallfahrer, einen gewissen Lutz Weber, verfolgt und bedroht – dadurch wurde er aktenkundig. Seine Firma – er war Werbefotograf – ist nach der ganzen Geschichte den Bach runtergegangen, ich meine, er musste Insolvenz anmelden."

„Ich weiß, watte jemeint hast", brummt der Hauptkommissar. „Sonst noch wat?"

„Ja, er wurde in die Psychiatrie eingewiesen. Das hat aber nichts genutzt. Letztendlich ist seine Ehe auch zu Bruch gegangen. Seine Frau Karla wohnt jetzt mit den Kindern Jens und Jenny in Bad Salzuflen – als ihr hier reingeschneit seid, war ich gerade dabei, ihre Telefonnummer ausfindig zu machen. Aber da wäre noch etwas: Auf Frank Maiwald ist ein Opel Astra zugelassen – Farbe: Rot."

„Adresse?"

Steht alles hier drauf. Toni reicht seinem Chef einen Zettel und dann zwei Fotos.

„Wer is dat?", fragt Brixmeier.

„Das eine ist Sibylle Kleemeier", erklärt Toni und zeigt auf das erste Foto. „Und das andere ist … Alina Maywald."

„Unchlaublich", rutscht es dem Hauptkommissar raus. Er hält Katja die Fotos hin.

„Der Mann muss einen totalen Schock gekriegt haben, als er Sibylle Kleemeier gesehen hat", meint die Oberkommissarin.

„Dat muss dem wie im Horrorfilm vorjekommen sein – als ob seine Kleene widda auferstanden und noch mal jestorben ist."

„Und dann ist bei ihm 'ne Sicherung durchgebrannt."

„Toni, du schickst uns sofort ein vonne Kavallerie hinterher", kommandiert Brixmeier. „Dann siehste zu, dat du ein Durchsuchungsbeschluss krichst und dann bringste die Spusi auf Trab. Und wenn ich wiederkomme, will ich alles über diesen Frank Maywald wissen – von seinem ersten Furz bis heute. Komm, Frau Oberkommissarin, bewech dein zarten Hintern."

Am liebsten hätte Katja ihrem Chef für den zarten Hintern einen kollegialen Einlauf verpasst, aber dafür hat sie nun wirklich keine Zeit. Die beiden Kriminalbeamten hetzen über die Flure und wenig später verlässt ein alter Ford Granada, gefolgt von einem Streifenwagen, den Parkplatz.

Frank Maywald

Nachdem die Beamten das fünfte Mal an Frank Maywalds Tür geklingelt haben, können sie wohl davon ausgehen, dass der Gesuchte nicht zu Hause ist. Die Tatsache, dass weit und breit kein roter Opel Astra zu sehen ist, spricht ebenfalls dafür. Der überquellende Briefkasten deutet sogar darauf hin, dass der Bewohner ihn schon seit Tagen nicht mehr geleert hat.

„Gefahr im Verzug?", fragt die Oberkommissarin und zückt ihr Etui mit dem Einbruchswerkzeug.

„Jefahr im Verzuch", bestätigt Brixmeier. Nur Sekunden später ist die Tür geöffnet. Unterstützt von Oliver Bender und Hardy Großknecht durchsuchen die Kriminalbeamten die Wohnung. Der Vogel ist tatsächlich ausgeflogen und nichts deutet darauf hin, dass Svenja jemals hier gewesen ist. Es gibt auch keine Spuren, die eine konkrete Verbindung zu den drei getöteten Frauen oder den Fundorten ihrer Leichen erkennen lassen. Keine, bis auf ...

„Schau dir das mal an", Katja hält ihrem Chef ein Paar Schuhe unter die Nase.

„Chröße 43", stellt der fest. Kunststück – die Größe steht deutlich sichtbar unter den Sohlen.

„Und? Ist dir hier noch etwas aufgefallen?"

„Eine chanz normale Wohnung. Na ja, vielleicht ein bisschen zu ordentlich für einen alleinstehenden Mann."

„Eine interessante Feststellung – da sollte ich unbedingt mal mit meinem Freund drüber reden", gibt Katja süffisant zurück. „Aber das meine ich nicht."

„So? Wat denn?"

„Hier gibt es eine Menge sehr schöner Fotos."

„Darf ich dich daran erinnern, das der Typ Fotochraf is?"

„Umso erstaunlicher ist es, dass wir keine Fotoausrüstung gefunden haben, nicht mal Teile davon. Und einen Computer habe ich auch nicht gesehen", klärt Katja ihren Chef auf.

„Klar doch, wer heutzutage ohne so einen elenden Kasten auskommt, macht sich automatisch verdächtig."

„Fotografen arbeiten heutzutage mit Digitalkameras. Da ist man ohne so einen elenden Kasten aufgeschmissen. Willkommen im 21. Jahrhundert. Dunkelkammer war gestern."

Als die Beamten Frank Maywalds Wohnung verlassen, fahren gerade mehrere Fahrzeuge vor – das Rollkommando von der Spurensicherung.

„Vielleicht finden die ja mehr", grunzt Brixmeier.

Katja sieht sich unterdessen in der Umgebung um. Einige Nachbarn sind auf das ungewöhnlich große Polizeiaufgebot aufmerksam geworden. Sie alle versuchen, einen neugierigen Blick auf die Vorgänge zu erhaschen. Die Oberkommissarin hat schon sehr bald eine Dame im fortgeschrittenen Alter ausgemacht, die aussieht, als würde sie über alles, was in dieser Straße vor sich geht, bestens Bescheid wissen. Die Beamtin tut so, als würde sie zu ihrem Dienstwagen gehen. Erst im letzten Augenblick ändert sie abrupt den Kurs und steuert direkt auf die neugierige Nachbarin zu, was dieser sichtlich unangenehm ist – aber für eine Flucht ist es nun definitiv zu spät.

„Oberkommissarin von Sternberg, Kripo Höxter", stellt sich Katja vor. „Und Sie sind ...?"

„Ähm ... Bruns, Mathilde Bruns", stammelt die Frau. „Dem Herrn Maywald ist doch hoffentlich nichts zugestoßen?"

„Wie kommen Sie darauf, dass ihm etwas zugestoßen sein könnte?", dreht die Beamtin den Spieß sofort um.

„Na ja, ich habe ihn seit einer ganzen Weile nicht mehr gesehen und jetzt kommen Sie mit einem Großaufgebot und dringen in seine Wohnung ein – da macht man sich so seine Gedanken."

„Und wann haben Sie ihn das letzte Mal gesehen?"

Frau Bruns überlegt einen Moment. „Das muss so zwei Wochen her sein", sagt sie dann.

„Ist Ihnen an ihm irgendetwas Ungewöhnliches aufgefallen?"

Die alte Dame scheint nicht ganz zu verstehen, worauf die Kriminalbeamtin hinaus will. Sie schaut Katja fragend an.

„Hat sich der Herr Maywald anders verhalten als sonst? Hat er irgendwas gesagt? Wirkte er nervös ... oder gehetzt?"

„Nein, er hat sich eigentlich ganz normal verhalten – so wie immer", erklärt Frau Bruns leutselig. „Na ja, er hätte sich verabschieden können, wenn er so lange wegfährt. Das hat er sonst nämlich immer gemacht. Selbst, wenn er nur für einen Tag weg war. *Passen Sie mir schön auf meine Wohnung auf, Frau Bruns,* hat er jedes Mal gesagt, *und verjagen Sie mir die Langfinger.*"

„Sie scheinen sich mit Herrn Maywald ja gut zu verstehen", meint Katja.

„Der Herr Maywald ist ein sehr höflicher und hilfsbereiter Mann, müssen Sie wissen. So was findet man heute nur noch ganz selten. Und immer adrett gekleidet. Ein Gentleman vom Scheitel bis zur Sohle. Und dass, obwohl es das Schicksal nicht gut mit ihm gemeint hat."

„Was wollen Sie damit sagen?", hakt die Beamtin nach.

„Zuerst hat er seine Tochter verloren, sie war gerade mal

siebzehn Jahre alt, Autounfall. Dann hat ihn seine Frau im Stich gelassen, die beiden Kinder hat sie mitgenommen und dann ist auch noch seine Firma pleite gegangen. Und vor ein paar Monaten ist seine Mutter gestorben. Das ist mehr, als so manch einer ertragen kann – viel mehr. Jeder andere wäre darunter zusammengebrochen; hätte sich gehen lassen; wäre dem Alkohol verfallen. Aber nicht der Herr Maywald. Er ist ein wirklich bewundernswerter Mann."

„Sagen Sie, Frau Bruns, wie lange wohnt er denn schon hier?", will Katja dann wissen.

„Fast genau ein Jahr. Im Januar ist er hier eingezogen."

„Haben Sie ihn schon mal in Begleitung einer jungen Frau gesehen? So um die zwanzig, groß, schlank, lange, blonde Haare?"

„Nein", antwortet Frau Bruns ganz spontan und ihre Stimme klingt irgendwie empört. „Ich habe Herrn Meywald noch nie in Begleitung gesehen und wenn Sie mich fragen: Nachdem er von seiner Frau in den schwersten Stunden seines Lebens so schmählich sitzengelassen wurde, hat er von Frauen die Nase voll – jedenfalls von jungen Frauen. *Herr Maywald*, habe ich mal zu ihm gesagt, *was Sie brauchen, ist eine Frau, die mit Ihnen durch dick und dünn geht. Vielleicht eine, die nicht mehr ganz so jung ist. Die sind lebenserfahren, ordentlich, häuslich und mitunter auch noch recht ansehnlich. Und das andere"*, die ältere Dame zwinkert der Kriminalbeamtin verschmitzt grinsend zu, *„kommt bestimmt nicht zu kurz."*

Katja kann sich ungefähr vorstellen, von wem Frau Bruns gerade gesprochen hat. „Sie sind alleinstehend, nehme ich an?", fragt sie mit möglichst unverfänglicher Stimme.

„Ja, wie kommen Sie darauf?"

„Kriminalistischer Instinkt", sagt Katja freundlich. „Ich danke Ihnen, Frau Bruns. Sie haben uns sehr geholfen."

„Und, ist dem Herrn Maywald was zugestoßen?", kommt Frau Bruns auf ihre anfängliche Frage zurück.

„Ich hoffe nicht", antwortet die Oberkommissarin.

„Ich hoffe es auch nicht", pflichtet ihr die ältere Dame seufzend bei. „Noch so einen harten Tiefschlag hat der gute Herr Maywald nun wirklich nicht verdient."

„Auf Wiederseh'n, Frau Bruns."

„Auf Wiederseh'n."

Brixmeier sitzt bereits in seinem Granada und er scheint mal wieder schlecht gelaunt zu sein.

„Kaffeekränzchen beendet?", knurrt er, nachdem seine junge Kollegin auf dem Beifahrersitz Platz genommen hat.

„Jau, fehlte nur der Kaffee", kontert Katja.

„Hat et wenichstens wat jebracht?"

„Eher weniger. Ist die Fahndung schon raus?"

„Chlaubste etwa, ich hätte Däumchen jedreht?"

„Dann habe ich noch eine wichtige Info für die Kollegen."

„Und ...?"

„Wir suchen jemanden mit Heiligenschein."

„Häh ...?"

„Fahr los, ich erzähl's dir unterwegs."

Toni ist noch in ein angeregtes Telefongespräch vertieft, als Brixmeier und Katja das Büro betreten. Die zwei Beamten begeben sich schweigend an ihre Plätze, um ihren Kollegen nicht zu stören. Den Neuankömmlingen ist schnell klar, mit wem Toni da redet. Es ist Lutz Weber, der junge Mann, der den Unfall verursacht hat, bei dem Alina Maywald ums Leben gekommen war. Katja ist gespannt auf das, was Toni derweil herausbekommen hat. Doch bevor er den Hörer auflegt, öffnet sich die Tür ein weiteres Mal. Kriminalrat

Lange kommt rein und er schließt sich den beiden Wartenden ohne einen Ton zu sagen an. Endlich legt Toni auf.

„Herr Kriminalrat, wat verschafft uns die Ehre?", dröhnt der Hauptkommissar.

„Ich habe läuten hören, es gibt einen neuen Verdächtigen."

„Jau, den chibt es tatsächlich."

„Eine heiße Spur?"

„Heißer chehts nich." Dann berichtet Brixmeier kurz, wie sich der Fall in den letzten Stunden entwickelt hat. Auf das, was sie in Frank Maywalds Wohnung gefunden oder auch nicht gefunden haben, geht er ausführlicher ein, denn der Teil ist auch für Toni Allwisser neu und daher interessant. Katja fasst das Wichtigste aus der Befragung von Mathilde Bruns mit wenigen Worten zusammen.

„Dieser Maywald ist also verschwunden", sagt Kriminalrat Lange nachdenklich.

„So sieht dat aus", grunzt Hauptkommissar Brixmeier. „Abba früher oder später finden wir ihn."

„Früher, Brixmeier. Finden Sie ihn früher", fordert Lange. „Denken Sie an Frau Delmenhorst. Ich möchte nicht, dass wir sie nackt und tot in irgendeinem Bretterverschlag finden."

Brixmeier nickt. „Toni, hast du wat Neues?"

„Ich habe mit Karla Maywald, seiner Exfrau gesprochen und mit dem Unfallfahrer, aber das habt ihr ja mitgekriegt. Und die hatten einiges zu erzählen."

„Na, dann schieß ma los!"

„In Kurzform oder in allen Einzelheiten?"

„In der Kürze liecht die Würze", meint Brixmeier.

„In allen Einzelheiten", widerspricht der Kriminalrat.

Toni sammelt sich einen Moment, dann legt er los:

„Am 19. Januar 2012 ist Lutz Weber zusammen mit seiner Freundin Alina Maywald schwer verunglückt. Laut Polizeibericht war überhöhte Geschwindigkeit die Unfallursache. Lutz Weber kam relativ glimpflich davon. Außer einem gebrochenen Arm hatte er nur eine ganze Reihe Schnittwunden und Hämatome. Alina Maywald erlitt ein schweres Schädel-Hirn-Trauma – sie war nicht angeschnallt. Sie wurde in die Universitätsklinik Göttingen geflogen, dort wurde sie sofort operiert und in ein künstliches Koma versetzt. Ihr Zustand hat sich schnell stabilisiert und man war recht optimistisch. Nach ungefähr einer Woche kam es urplötzlich zu Komplikationen. Die Ärzte konnten nichts mehr für sie tun – sie konnten nur noch den Hirntod feststellen. Herr und Frau Maywald waren anwesend, als die lebenserhaltenden Maschinen abgestellt wurden.“

„Das ist hart“, kommt es dem Kriminalrat über die Lippen.

„Herr Maywald hat Lutz Weber für den Tod seiner Tochter verantwortlich gemacht – zu Recht. Lutz Weber wurde wegen fahrlässiger Tötung vor Gericht gestellt. Der Junge zeigte nicht nur Reue, er litt sehr unter seiner Schuld, was vom Richter entsprechend gewürdigt wurde. Daher fiel das Urteil ungewöhnlich milde aus. Das kam bei Frank Maywald überhaupt nicht gut an. Er fing an, Lutz Weber zu verfolgen. Er hat ihn massiv bedroht und sogar mehrfach tätlich angegriffen. Lutz Weber ist letztendlich zu einer Verwandten nach Bayern gezogen. Heute studiert er in München Elektrotechnik, seine Schuldgefühle ist er aber immer noch nicht losgeworden.“

Toni macht eine kleine Pause. Dann fährt er fort.

„Tja, als Frank Maywald nicht mehr an Lutz Weber herankam, hat er seine Familie terrorisiert. Er hat Alina verehrt wie eine Göttin. Er hat sie regelrecht angebetet, es war schon abartig – so jedenfalls hat es Frau Maywald beschrieben. Ganz nebenbei ist seine Firma, die bis dahin sehr gut lief, den Bach runtergegangen – er musste Insolvenz anmelden. Um die Ehe zu retten, hat er sich in psychiatrische Behandlung begeben. Hat aber nichts genützt – ein Jahr nach Alinas Tod hat sich Frau Maywald von ihrem Mann getrennt und ist nach Bad Salzuflen gezogen. Die Kinder hat sie mitgenommen. Herr Maywald ist zunächst nach Hannover gezogen. Im Februar 2014 wurde die Ehe geschieden – da wohnte er aber schon wieder in Höxter – genau gesagt in Brenkhausen."

„Wenn der nich eiskalt drei Frauen umjebracht hätte, würde ich den Burschen als armes Schwein bezeichnen", kommentiert Hauptkommissar Brixmeier Tonis Ausführungen.

„Viel wichtiger wäre es, zu wissen, wo dieses arme Schwein sich zurzeit aufhält", sagt Katja.

„Sagen Sie, Herr Oberkommissar, hat Frau Maywald zufällig irgendeinen Ort erwähnt, wo sich ihr Mann ... ich meine natürlich ihr Exmann eventuell aufhalten könnte?", will der Kriminalrat von Toni wissen.

„Nein", antwortet Toni nach kurzem Überlegen. „Ich wusste zu dem Zeitpunkt noch nicht, dass der Maywald untergetaucht ist, sonst hätte ich bestimmt danach gefragt."

„Schon gut", sagt Lange, „Das konnten Sie ja auch nicht wissen, aber Sie sollten noch mal mit Frau Maywald darüber sprechen – und zwar heute noch."

„Und wenne schon mal dabei bist", wirft der Hauptkommissar brummig ein, „frach se doch chleich mal nach seinen Freunden und Bekannten. Vielleicht is ja einer dabei, der so wat wie 'ne Chartenlaube oder 'n Ferienhaus hat. Irjendwat wo man auch mal 'ne Cheisel verstecken kann. Und dat Versteck muss chanz hier inne Nähe sein."

„Wie kommen Sie denn da drauf?", fragt der Kriminalrat.

„Der Bursche hat seine Opfer nicht erst nach Posemuckel verfrachtet, sie da umjebracht und sie dann wieder hierhin befördert, um se uns wie ein Stillleben zu präsentieren. Dat wäre zu umständlich", erklärt Brixmeier. „Der is hier chanz inne Nähe, da verwette ich meinen Arsch drauf."

„Ich werde morgen früh erst mal nach Bad Driburg fahren und schau'n, ob Dennis was mit dem Namen Frank Maywald anfangen kann", verkündet Katja. „Vielleicht fällt ihm noch was ein, was er uns bisher noch nicht erzählt hat. Toni, besorg mir doch mal ein Bild von diesem Maywald."

„Ach ja, was diesen Dennis Lesemann betrifft", sagt der Kriminalrat. „Wir haben keine Veranlassung mehr, ihn weiter festzuhalten. Wir müssen ihn laufen lassen."

„Das wird sich dann wohl nicht verhindern lassen", meint die Oberkommissarin nachdenklich.

„Wat is denn mit dir los?", dröhnt Brixmeier. „Du warst doch von Anfang an der Meinung, dat der Bursche unschuldich ist, und jetz willste nich, dat wir den laufen lassen?"

„Frank Maywald hat dafür gesorgt, dass wir Dennis für den Täter halten. Solange der Junge in Gewahrsam bleibt, kann er davon ausgehen, dass wir auf seine Masche reingefallen sind – er fühlt sich sicher. Er hat jetzt allerdings keinen mehr, der sein nächstes Opfer verschönert und so kunstvoll aufbahrt. Er wird nach einer Lösung seines Problems suchen. Das gibt uns vielleicht mehr Zeit, Svenja zu finden."

„Und wenn er irjendwie spitzjekricht hat, dat wir seine Wohnung durchsucht ham?", gibt Brixmeier zu bedenken.

„Dann weiß er, dass wir hinter ihm her sind, und dann wird er sie wohl so schnell wie möglich ..." Die Oberkommissarin spricht es nicht aus, aber jedem ist klar, was sie meint. „Wir können nur hoffen, dass er nichts von unserer Aktion mitbekommen hat."

„Die ganze Diskussion führt zu nichts", meldet sich Lange erneut zu Wort. „Wir haben keine Handhabe, Dennis Lesemann weiter festzuhalten. Morgen früh wird er wieder auf freien Fuß gesetzt."

„Ich werde trotzdem hinfahren und ihn befragen", beharrt Katja.

„Tun Sie das, wenn Sie sich was davon versprechen. Meinen Segen haben Sie. Und was gedenken Sie sonst noch zu unternehmen?" Langes Frage ist an alle gerichtet.

„Wir werden uns den wohlverdienten Feierabend umme Ohren schlagen und dat chanze Umfeld von diesem Frank Maywald durchleuchten. Familie, Freunde, Bekannte, Kunden – jeden Einzelnen, der irjendwat mit ihm zu tun hat oder zu tun hatte. Wenn uns Fortuna chnädich is, kriejen wir so raus, wo er sich verkrochen hat." Der Hauptkommissar glaubt nicht wirklich, dass diese Aktion was bringt, aber was sollen sie machen?

Kriminalrat Lange nickt zustimmend – Zweckoptimismus. Dann verlässt er das Büro und Brixmeiers Team macht sich an die Arbeit. Während Toni im Internet forscht, bringen Katja und Brixmeier die Telefonleitungen zum Glühen.

Stundenlanges Grübeln, abgelöst von Wellen der hilflosen Verzweiflung, unterdrückte Weinkrämpfe. Dann wieder Härte, trotziges Aufbegehren, stummer Widerstand, der letztendlich in Resignation endet. Und immer wieder die gleichen Fragen: *Was kann ich tun? Werden sie mich rechtzei-*

tig finden? Und vor allem: *Was passiert, wenn sie mich nicht rechtzeitig finden?* Das alles mit knurrendem Magen und ausgetrockneter Kehle. Die letzte Mahlzeit war nicht gerade üppig – eher ein Snack für zwischendurch. Und die homöopathische Dosis Orangensaft reichte nicht aus, ihren brennenden Durst auch nur annähernd zu stillen.

Svenja sitzt wieder auf dieser stinkenden Matratze, wobei sie den Gestank schon gar nicht mehr wahrnimmt. Womöglich ist der Geruch, den sie selbst verbreitet, auch nicht mehr der angenehmste. Ein kaum hörbares Knacken im Lautsprecher lässt sie aufschrecken.

„Hallo, Alina, wie geht es dir?", fragt die Blechstimme.

„Beschissen!", antwortet Svenja.

„Das können wir schnell ändern."

„Und wie?"

„Indem du noch mal das Kleid anziehst."

„Schon wieder Fotos ...?"

„Es tut mir aufrichtig leid", schrebbelt der Lautsprecher, „aber beim letzten Mal hast du dir einfach nicht genug Mühe gegeben. Das muss diesmal besser werden."

„Und wenn nicht?"

„Dann würdest du lernen, was es wirklich heißt, Durst zu haben", droht die Stimme. „Und glaub mir, es würde mir sehr leid tun, wenn ich zu solchen Maßnahmen greifen müsste."

Arschloch, Arschloch, Aaaarschloch ..., Svenja spricht es diesmal nicht laut aus. Stattdessen steht sie auf und zieht das Kleid an. Den unbändigen Hass, den sie dabei empfindet, verbirgt sie hinter einer Maske aus Gleichgültigkeit.

Einige Minuten später findet sich Svenja im improvisierten Fotostudio wieder. Hinter ihr die blendend weiße Stoffbahn, so unschuldig wie frisch gefallener Schnee, und vor ihr das kalte, unbestechliche Zyklopenauge der Kamera. Dahinter ihr Kerkermeister ... ein Kerkermeister mit einem unverschämt sympathischen Allerweltsgesicht. Er lächelt sie freundlich an – was für eine unglaublich surreale Szenerie.

Dann passiert etwas, womit Svenja nicht gerechnet hat. Ihr Entführer reicht ihr einen Plastikbecher mit Orangensaft.

„Ein kleiner Vorschuss", sagt er. „Mehr gibt's erst, wenn es mit dem Lächeln klappt."

Svenja gibt sich alle Mühe, bedächtig zu trinken – der Becher ist sowieso nur halb voll. Ihr Gegenüber soll nicht merken, wie sehr sie nach etwas Flüssigem lechzt.

Nun muss sich Svenja wieder vor dem Hintergrund aufbauen und irgendwelche hirnrissigen Posen einnehmen ... und sie soll dabei lächeln.

„Bitte, Alina, mach doch mal ein freundlicheres Gesicht." Der Kerkermeister-Fotograf wirkt leicht genervt.

„Wie denn?", keift Svenja zurück. „Ich kann das nicht."

„Die anderen konnten es auch."

„Welche anderen?"

Der Typ sagt nichts.

„Die, die Sie umgebracht haben?", legt Svenja nach.

„Ich habe niemanden umgebracht! Das habe ich dir schon mal gesagt. Ich habe sie nur ..."

„Nur was ...?", hakt Svenja nach. „Unsterblich gemacht?"

„Sei still und streng dich gefälligst an, sonst gibt es nichts zu trinken", faucht der Unbekannte und seine Stimme lässt keinen Zweifel aufkommen, dass er es ernst meint.

Svenja will den Fotokünstler nicht weiter provozieren. Sie gibt sich alle Mühe, ihn zufriedenzustellen. Daher folgt sie seinen Anweisungen, so gut sie kann. Ob er tatsächlich zufrieden ist, lässt sich nicht erkennen. Das Fotoshooting geht über etwa eine halbe Stunde, dann hört der Entführer plötzlich auf. Er schaut Svenja mit so einem Blick an, der nicht Gutes erahnen lässt.

„Zieh das Kleid aus!", befiehlt er.

Svenja verspürt plötzlich einen dicken Kloß im Hals. Sie tut so, als hätte sie es nicht verstanden, und schaut ihren Entführer argwöhnisch an.

„Mach schon, zieh das Kleid aus", wiederholt der Fotograf ungeduldig.

„Sie meinen ... ich soll ... jetzt ... hier...?" Svenjas Stimme beginnt zu zittern.

„Stell dich nicht so an, Alina, ich habe dich früher oft in Unterwäsche gesehen – oder in einem knappen Bikini."

Mich ganz bestimmt nicht, denkt sich Svenja.

„Und außerdem", fährt ihr Peiniger fort, „hast du doch sicher Durst." Svenja erschaudert vor der Kälte, die sich hinter diesen Worten verbirgt. Sie zieht das Kleid aus und steht nun halbnackt vor dem weißen Hintergrund, angestarrt vom gierigen Auge der Kamera und – was viel schlimmer ist – von den gierigen Augen des Fotografen. Arme Alina, Svenja möchte gar nicht wissen, was dieser perverse Typ mit seiner Tochter angestellt hat.

Dieser Teil des Shootings dauert, allen Erwartungen zum Trotz, nicht so lange. Nach ungefähr zehn Minuten ist alles erledigt. Svenja zieht das Kleid wieder an und fordert ihre versprochene Belohnung, doch leider wartet eine unangenehme Überraschung auf sie.

„Zuerst die PIN." Svenjas Entführer hält wieder einmal ihr Smartphone in der Hand. „Und diesmal die richtige."

Svenja will etwas sagen, doch ihr Kerkermeister lässt sie nicht zu Wort kommen.

„Ich warne dich. Einmal hast du mich reingelegt, ein zweites Mal wird dir das nicht gelingen. Du wirst erst dann etwas zu essen und zu trinken bekommen, wenn ich mich davon überzeugt habe, dass du mich nicht angelogen hast. Also – die PIN!"

„Ich habe nicht gelogen", protestiert Svenja erbost. „Ich habe nur ..."

„Die PIN!"

„Neun, acht, sieben, eins."

„Ich hoffe für dich, dass sie diesmal stimmt", sagt ihr Gefängniswärter, dann sperrt er sie wieder in ihre Zelle, wo sie noch zwei unerträglich lange Stunden ausharren muss, bis sie endlich ihre staubtrockene Kehle benetzen kann und etwas in ihren knurrenden Magen bekommt.

Katja hat sich heute schon sehr früh auf den Weg nach Bad Driburg gemacht. Unterwegs verflucht sie zum hundertsten Mal das schmuddelige Wetter und ebenso häufig sich selbst, weil sie es immer noch nicht auf die Reihe gekriegt hat, sich endlich ein Auto anzuschaffen. Sie fährt diesmal nicht zur Polizeidienststelle, sondern direkt zur Psychiatrie. Es dauert gar nicht lange, bis sie Dennis findet. Er sitzt an einem Tisch im Aufenthaltsraum der geschlossenen Abteilung und blättert in seinem Buch – leider ist er nicht allein.

„Sie schon wieder!", empfängt Dennis' Mutter die Beamtin mit finsterer Miene.

„Katja!" Wenigstens Dennis freut sich, sie zu sehen.

„Hallo, Dennis", grüßt Katja freundlich zurück, während sie sich zu ihm an den Tisch setzte. „Es tut mir leid, dass ich Sie schon wieder belästigen muss, Frau Lesemann, aber ich habe noch ein paar Fragen an Ihren Sohn – und eine auch an Sie." Die Kriminalbeamtin zeigt Frau Lesemann ein Bild von Frank Maywald. „Kommt Ihnen der bekannt vor?"

„Das ist der Typ", antwortet Dennis' Mutter wie aus der Pistole geschossen. „Das ist der, der wegen seiner Mutter bei uns war. Der, dem ich das Mädchen gezeigt habe."

„Er heißt Frank Maywald", sagt Katja.

„Wie gesagt – er hat sich sicherlich vorgestellt, aber ich kann mich nicht an seinen Namen erinnern."

Die Oberkommissarin wendet sich an den jungen Mann. „Hast du den Namen Frank Maywald schon mal gehört?"

„Nnnein", antwortet er langgezogen, wobei er wild den Kopf schüttelt. Dann zeigt Katja ihm das Bild.

„Der ift lieb", sagt Dennis mir leuchtenden Augen. „Der hat gewagt, daf Dennif ein grofer Künftler ift."

„Hast du ihn später noch mal gesehen?", will die Beamtin wissen. „Vielleicht, als du die jungen Frauen schön gemacht hast – in Lütmarsen, in Brakel und in Godelheim."

„Nein!" Wieder schüttelt Dennis heftig mit dem Kopf.

„Dennis", Katja wirkt sehr ernst und sie schaut dem Jungen tief in die Augen, „du bist sogar ein ganz großer Künstler, aber der Mann ist *nicht* lieb, er ist böse – sehr böse."

„Glaub ich nich!", gibt Dennis trotzig zurück.

„Dennis ... die drei jungen Frauen, die du schön gemacht hast ...", die Polizeibeamtin legt die Fotos der drei Opfer auf den Tisch, „... hat er tot gemacht."

„Katja lügt! Der macht keine Menfen tot!"

„Ich lüge nicht. Der Mann hat dich angelogen", Katja tippt auf das Foto von Frank Maywald. „Er hat dir gesagt, dass er der liebe Gott ist – das war gelogen. Du weißt doch, was Pastor Engelhardt gesagt hat. Der Mann ist sehr böse und er hat Svenja."

„Fenja ist lieb", sagt der Junge leise.

„Er wird sie auch tot machen."

„Ich dachte, Sie haben ihn", wirft Frau Lesemann ein. Sie wirkt ein wenig verwirrt.

„Wir haben ihn identifiziert, aber er ist untergetaucht."

„Er darf Fenja nich tot machen!", brüllt Dennis erbost und springt auf.

„Du hast recht, das darf er nicht", stimmt Katja ihm zu. „Und damit er das nicht tut, musst du uns helfen."

„Jaha, Dennif hilft."

Dennis' Mutter schaut die Beamtin fragend an. „Moment mal, wie soll ich mir das vorstellen? Wie kann Dennis Ihnen denn helfen?"

„Frau Lesemann, Frank Maywald weiß wahrscheinlich aus der Presse, dass wir Ihren Sohn in Gewahrsam genommen haben. Er geht davon aus, dass wir Dennis für den Mörder halten. Wenn er die junge Frau jetzt umbringt, hat derjenige, dem Frank Maywald die Morde in die Schuhe schieben will, das beste Alibi, das man sich vorstellen kann. Sollte er allerdings mitkriegen, dass Dennis wieder frei ist, dann muss er damit rechnen, dass wir ihm auf die Schliche gekommen sind. Er könnte nervös werden, die Geisel sofort töten, seine Spuren verwischen und endgültig von der Bildfläche verschwinden. Solange Dennis hierbleibt, ist Svenja Delmenhorst halbwegs sicher."

Dennis hat Katjas Erklärung genau verfolgt und die Beamtin fragt sich, ob er verstanden hat, was sie von ihm will.

„Frau Kommissarin, kann ich Sie mal einen Moment unter vier Augen sprechen?", fragt Frau Lesemann, steht auf und verlässt den Raum. Katja folgt ihr.

„Sie können sich denken, weshalb ich hier bin?", beginnt Frau Lesemann ihr Verhör.

„Um Ihren Sohn abzuholen, vermute ich."

„Genauso ist es. Und Ihnen ist klar, dass Sie Dennis nicht länger festhalten dürfen?"

„Das ist mir durchaus klar."

„Sie wissen auch, dass ich sein Vormund bin?"

„Das weiß ich."

„Und Sie sind sich ganz sicher, dass dieser Maywald seinem Opfer nichts antun wird, solange Dennis hier ist?"

„Nein, das bin ich nicht", gibt die Beamtin unumwunden zu. „Es ist nur eine Chance."

„Und ... was ich Sie schon länger fragen wollte: Diese Frau Delmenhorst – also die Geisel ... das ist doch Ihre Kollegin?"

„Es wäre schön, wenn es so wäre. Wenn sie eine Kollegin wäre, dann wüsste sie genau, wie sie sich verhalten muss. Sie hätte den Kerl vielleicht schon längst überwältigt", erklärt die Oberkommissarin. „Nein, Frau Delmenhorst ist unsere Praktikantin. Sie wollte mal in den Polizeidienst reinschnuppern und sie ist gerade mal achtzehn Jahre alt."

„Und mein Sohn soll jetzt dafür herhalten, dass Sie Ihre Arbeit nicht ordentlich machen."

„Wir machen unsere Arbeit nicht ordentlich ...?" Katja traut ihren Ohren nicht.

„Natürlich", legt Frau Lesemann nach. „Wenn die Polizei nicht mal imstande ist, auf ihre Praktikantin aufzupassen."

„Frau Lesemann, auch eine Praktikantin hat mal Feierabend oder Wochenende und sie steht nicht vierundzwanzig Stunden am Tag, sieben Tage die Woche unter Polizeischutz", stellt die Beamtin klar. „Und was Ihren Sohn betrifft: Muss ich Sie tatsächlich daran erinnern, wofür er sein halbes Leben lang herhalten musste – für Ihr Geschäft, für Ihren Erfolg, für Ihren Profit. Sie haben ihn auf unvorstellbare Art und Weise ausgenutzt und sich eingeredet, Sie würden ihm damit einen Gefallen tun. Darüber sollten Sie mal nachdenken."

„Wollen Sie mir etwa ein schlechtes Gewissen einreden?", fragt Dennis' Mutter aufgebracht.

„Nein, das will ich nicht", antwortet Katja. „Ich bitte Sie lediglich, uns zu helfen, ein Menschenleben zu retten und einen Mörder dingfest zu machen. Obwohl – ein bisschen schlechtes Gewissen könnte hier nicht schaden."

Frau Lesemann schweigt.

„Vielleicht sollten Sie die Entscheidung einfach mal Ihrem Sohn überlassen", schlägt die Oberkommissarin vor und bevor Frau Lesemann einen weiteren Einwand vorbringen kann, ist Katja wieder bei Dennis im Aufenthaltsraum.

„Du, Katja", sagt er zaghaft, „wenn Dennif hierbleibt, tut der böwe Mann Fenja dann nicht weh?"

„Nein, dann tut er ihr nicht weh, ganz bestimmt nicht!", antwortet Katja und sie ist sich bewusst darüber, wie weit sie sich jetzt aus dem Fenster gelehnt hat.

„Dann bleibt Dennif hier." Eilig fügt er hinzu: „Auferdem freut wich dann Klauf. Der war fon ganf traurig, weil ich heute nach Hauwe gehen wollte."

Die Oberkommissarin wirft Frau Lesemann, die unschlüssig in der Tür stehen geblieben war, einen flehenden Blick zu. Dennis' Mutter nickt.

„Vielen Dank, Dennis", sagt Katja lächelnd. „Das ist sehr ritterlich von dir."

„Haft du daf gehört, Mama. Dennif ift ritterlich", tönt der junge Mann voller Stolz. „Und ein grofer Künftler. Daf muff ich gleich Klauf erfählen."

Dennis springt freudig erregt auf und hetzt mit schnellen Schritten aus dem Zimmer, um Klaus die guten Nachrichten zu überbringen. Für die Polizeibeamtin wird es auch Zeit – sie muss zurück nach Höxter. Sie verabschiedet sich von Dennis' Mutter und flüstert ihr, bevor sie geht, noch ein leises „Danke" zu.

Im Büro trifft Katja auf ziemlich betreten dreinschauende Kollegen. Sie muss erfahren, dass es trotz umfangreichster Fahndung und akribischster Ermittlungsarbeit nicht gelungen ist, einen Hinweis auf den Ort zu finden, an dem sich Frank Maywald und seine Geisel aufhalten könnten.

Katja berichtet kurz von ihrem Besuch in Bad Driburg und fängt sich augenblicklich einen Einlauf von ihrem Chef ein.

„Wie kannste dem Jungen so wat versprechen?", poltert er verärgert. „Dat is im höchsten Maß unprofessionell und dat solltest du als Oberkommissarin wissen."

„Das weiß ich auch."

„Wat willste dem eijentlich erzählen, wenn unser Fräulein Praktikantin dat nich überlebt?", bohrt Brixmeier penetrant weiter.

Die junge Kollegin zuckt hilflos mit den Schultern. „Wir müssen sie eben rechtzeitig finden."

„Tja, Frau Oberkommissarin von Schlaumeier, wenne uns jetzt noch sachst, wo wir suchen sollen ..."

„Bevor ihr euch hier komplett anne Köppe kriegt", schaltet sich Toni ein, „ich hätte da noch was."

Die beiden Streithähne lassen voneinander ab und schauen ihren Kollegen erwartungsvoll an.

„Ich habe vor einer Stunde mit dem Finanzamt gesprochen. Die gewähren uns Einblick in Maywalds Steuerunterlagen – also, in die seiner Firma", erklärt Toni.

„Und du meinst, datte ausjerechnet da wat findest?", fragt Brixmeier zweifelnd.

„Es ist ein Versuch. Aber wenn du eine bessere Idee hast", antwortet Toni. „Ich werde mir die Unterlagen jedenfalls mal näher anschauen. Ihr könnt ja mitkommen, zu dritt geht das bestimmt schneller."

„Warum bisse nich schon da?", will Brixmeier wissen.

„Sie müssen die Sachen erst raussuchen – das dauert."

„Warum hasse nich ordentlich Druck jemacht? Du weißt doch: So einem Beamten musse richtich Feuer umterm Arsch machen, damit der sich überhaupt bewecht."

„Das hab' ich doch", verteidigt sich Toni entnervt. „Erst haben sie gesagt, sie würden es keinesfalls vor morgen früh schaffen – Personalmangel. Dann habe ich meinen legendären Charme ein wenig spielen lassen und siehe da, ab heute zehn Uhr stehen die gewünschten Unterlagen zur Verfügung. Jetzt ist es Viertel vor. Also, was ist, kommt ihr mit?"

„Dat macht ihr besser alleine", wiegelt der Hauptkommissar ab. „Dieser chanze Papierkriech is nix für mich. Und dieser Steuerkram is für mich 'n Buch mit sieben Siejeln. Könnt ja mal Kollejin Raschdorf fragen, dat is die Expertin auf dem Jebiet."

„Erwin, wir wollen keinen Steuerhinterzieher überführen", entgegnet Toni.

„Toni, ich weiß nicht, ob du es weißt", wirft Katja mit einem schelmischen Grinsen ein, „aber ein weiser Mann hat mal gesagt: So einem Beamten musse richtich Feuer umterm Arsch machen, damit der sich überhaupt bewecht."

„Ja ja, is ja chut, ich komme mit", Brixmeier steht abrupt auf und stiefelt zur Tür raus. „Wat is, muss ich euch jetz Feuer unterm Arsch machen?", treibt er seine Kollegen an.

Katja und Toni hasten hinter ihrem davoneilenden Chef her.

„Et tut mir aufrichtich leid, Frau Kollejin, abba du wirst

wohl selber fahren müssen", sagt der Hauptkommissar auf dem Weg durch die Flure der Polizeibehörde. „Bei mir kann nur einer mitfahren. Ich hab heute früh ein paar Kleinichkeiten einjekauft und jetz liecht meine chanze Rückbank voll."

„Macht euch nicht lächerlich", kontert die junge Beamtin. „Da gehen wir doch wohl zu Fuß hin – ich auf alle Fälle."

Toni schließt sich ihr an. Es ist ja auch nur um die Ecke. Obwohl ... das nasskalte Wetter ... Brixmeier entscheidet sich selbstverständlich dafür, mit seinem alten Granada zu fahren – schon aus Prinzip. Dass er beim Finanzamt keinen Parkplatz findet, ist p. P. – persönliches Pech.

Svenja wacht auf. Sie hat Kopfschmerzen und Hunger. Aber vor allem der Durst macht ihr zu schaffen. Sie fühlt sich abgeschlafft und ausgetrocknet wie eine verwelkende Blume. Wie lange soll das noch so weitergehen? Wie lange kann sie das noch durchhalten? Was hat dieser Typ noch alles mit ihr vor? Mit brummenden Schädel lässt sie ihren Blick durch den Raum schweifen, in dem das Licht niemals ausgeht. Das blaue Kleid hängt an seinem Platz und irgendwie kommt es Svenja vor, als würde es sie beobachten. Die junge Frau schüttelt den Kopf. *Jetzt sehe ich schon Gespenster*, denkt sie. Dann hört sie wieder dieses leise Kratzen im Lautsprecher.

„Bist du bereit für das nächste Fotoshooting?", fragt die Blechstimme monoton – wie Svenja sie hasst. „Natürlich bist du, ich sehe es dir doch an, Alina. Du kannst es kaum erwarten, mir zu zeigen, wie schön du bist. Zieh das Kleid an und geh von der Tür weg."

Roboterhaft tut sie, was der Entführer von ihr verlangt.

Im Zeitlupentempo zieht sie sich um. Wie so häufig in den endlosen Stunden stellt sie sich vor, sie würde zufällig ein Eisenrohr oder etwas Ähnliches in ihrer Gefängniszelle finden. Wie gern würde sie ihrem abartigen Peiniger damit eins überziehen, sobald er die Tür aufmacht. Leider hat ihr Kerkermeister die Zelle gewissenhaft von allem befreit, was als Waffe hätte dienen können. Trotzdem – schon allein die Vorstellung haucht Svenja neues Leben ein.

Nun steht sie da und wartet auf das Geräusch des sich im Schloss drehenden Schlüssels. Sie muss nicht lange warten. Der Typ führt sie ins Studio und bietet ihr einen halben Becher O-Saft an.

„Damit es heute mit dem Lächeln klappt", sagt er. Svenja bemerkt sofort, dass irgendetwas anders ist. Es ist die Stimme, seine Stimme. Sie ist so kalt, so bedrohlich. Sie hat den väterlichen Unterton der letzten Tage gänzlich verloren. Svenja leert den Becher in einem Zug.

„Stell dich da hin, schau in die Kamera und versuch mal, ein halbwegs freundliches Gesicht zu machen", kommandiert der selbsternannte Fotokünstler.

Svenja nimmt ihre ganze verbliebene Kraft zusammen, sie gibt sich die allergrößte Mühe, die verlangten Posen so perfekt wie möglich umzusetzen – und es gelingt ihr. Ja, sie schafft es sogar, ein erfrischendes Lächeln auf ihr Gesicht zu zaubern, was nicht nur sie, sondern auch ihren Fotografen überrascht. Der wird angesichts des veränderten Verhaltens seines Modells immer lockerer. Ein Umstand, den Svenja mit Genugtuung zur Kenntnis′ nimmt. Bevor sie jedoch dazu kommt, ihren Trumpf auszuspielen, muss sie zunächst eine Kröte schlucken.

„Zieh das Kleid aus." Wieder ist es diese kalte Stimme.

Svenja ist einen Augenblick lang geschockt. Da sie aber

nicht die Absicht hat, sich durch so eine Kleinigkeit von ihrem Vorhaben abbringen zu lassen, gewinnt sie schnell die Kontrolle zurück. Außerdem ist es nicht das erste Mal, dass der Typ sie in Unterwäsche fotografiert. Sie zieht also das Kleid aus und wartet auf die nächsten Anweisungen. Wieder gibt Svenja ihr Bestes, um auch als Unterwäschemodell eine gute Figur zu machen, und wieder klappt es überraschend gut. Es entwickelt sich eine geradezu entspannte Atmosphäre zwischen Täter und Opfer. Jetzt sieht Svenja den Zeitpunkt gekommen, zum Gegenangriff auszuholen.

„Was ist mit Alina passiert?", will sie plötzlich wissen.

Ihr Gegenüber hält abrupt inne, lässt die Kamera sinken und schaut sein Model irritiert an.

„Was ist mit ihr passiert? Was haben Sie Ihrer Tochter angetan?" Svenja lässt nicht locker.

„Ich habe ihr gar nichts angetan. Was soll die Frage?"

„Ist sie tot? Haben Sie sie umgebracht?"

„Ich habe niemanden umgebracht, wie oft soll ich das noch sagen?", faucht der Entführer Svenja an. „Die waren es. Die haben sie auf dem Gewissen."

„Die?"

„Ihr sogenannter Freund war es. Er hat sie umgebracht. Und die hochgelobte deutsche Justiz. Die haben sie ein zweites Mal getötet – Bewährung nannten sie das. Meine Tochter ist tot, meine Familie kaputt, die Firma pleite und der Mörder spaziert ungestraft draußen rum, als ob gar nichts passiert wäre. Ist das etwa gerecht?"

„Nein", sagt Svenja betreten, „klingt nicht so, als wenn es gerecht wäre."

„Klingt nicht so, als wenn es gerecht wäre", brüllt der Entführer, wobei sich seine Stimme fast überschlägt. „Was weißt du denn schon? Stell dich gefälligst dahin und schau in die Kamera – und zieh deinen verdammten BH aus."

Svenja ist geschockt. Damit hatte sie nicht gerechnet. Sie steht da wie versteinert und schaut ihren Gefängniswärter mit weit aufgerissenen Augen an.

„Mach schon! Tu, was ich dir sage und zieh deinen BH aus", wiederholt der Entführer seinen Befehl harsch.

„Das möchte ich nicht", sagt Svenja leise.

„Zwing mich bitte nicht, Dinge zu tun, die ich im Grunde meines Herzens verabscheue." Auch ihr Kerkermeister redet nun leise. Doch hinter diesen leisen Worten verbirgt sich eine Härte, der Svenja nichts entgegenzusetzen hat. Mit zitternden Händen zieht sie den BH aus. Schamhaft verbirgt sie ihre Brüste hinter verschränkten Armen. Dem Fotograf scheint diese Pose nicht besonders zu gefallen. Er fixiert sie mit eiskalten Augen und macht ein paar Aufnahmen.

„Und jetzt nimm die Hände runter", kommandiert er dann.

Svenja zögert.

„Stell dich nicht so kindisch an."

Aber es ist nicht Svenja, die sich kindisch anstellt. Es ist das kleine Mädchen tief in ihr. Das kleine Mädchen, das Svenja zwingen möchte, schreiend und wild um sich schlagend davonzulaufen. Und Svenja würde ihr nur zu gern nachgeben, wüsste sie nicht, dass es sinnlos wäre. Sie lässt langsam ihre Arme sinken und gibt den Blick auf ihre wohlgeformten Brüste frei.

„Schon besser", sagt der Fotokünstler, dann macht er eine Reihe weiterer Fotos. Immer wieder gibt er Anweisungen, die Svenja apathisch, aber ohne Widerspruch befolgt. Dessen ungeachtet ist er nicht zufrieden – vor allem nicht mit Svenjas Mimik. Er versucht alles, aber er kann seinem Model kein warmes Lächeln mehr abgewinnen.

„Wir probieren es mal damit." Frustriert wirft er ihr ein Kleidungsstück aus hauchdünnem weißem Stoff vor die Füße. Svenja hebt es auf, dreht ihrem Peiniger den Rücken zu und streift es blitzschnell über.

„Dreh dich bitte wieder um, ich möchte dich ansehen", hört sie seine Stimme hinter sich sagen.

Svenja ist folgsam. Noch während sie sich langsam umdreht, glaubt sie die gierig-lüsternen Blicke dieses Perversen auf ihrer Haut zu spüren, denn das Ding, das sie nun trägt, ist kaum mehr als eine Andeutung von Nichts. Es wird lediglich von zwei hauchdünnen Spaghettiträgern auf ihren Schultern gehalten und reicht gerade mal über ihre Hüften. Das Teil verdeckt wahrhaftig nicht viel – und das, was es verdeckt, verbirgt es nicht, denn es ist durchsichtig. Trotzdem fühlt sich Svenja nun nicht mehr ganz so nackt – erst mal.

„Und jetzt zieh dein Höschen aus", verlangt ihr Entführer.

„Das geht zu weit! Das werde ich ganz bestimmt nicht tun", giftet Svenja zurück.

„Stell dich nicht so an", entgegnet der Typ. „Als du noch klein warst, habe ich dich gebadet. Da hat es dir nicht das Geringste ausgemacht, dass ich dich nackt gesehen habe."

Svenja hegte schon lange den Verdacht, dass das Verhältnis zwischen diesem Kerl und seiner Alina nicht so war, wie es zwischen Vater und Tochter eigentlich sein sollte. Aber was hier nach und nach zu Tage tritt, übertrifft alles, was sie sich hatte vorstellen können.

„Vergiss es!", bekräftigt Svenja.

Plötzlich hält ihr Kerkermeister eine Flasche in der Hand. „Die sollte eigentlich für dich sein", sagt er seelenruhig. „Aber wenn du nicht willst ..." Er schraubt den Deckel ab und beginnt, den Inhalt vor Svenjas Augen ganz langsam auf den Boden zu schütten. *Du sadistisches Arschloch,* schießt es ihr durch den Kopf. Alles in ihrem Körper scheint sich beim Anblick der sich stetig leerenden Flasche aufbäumen zu wollen. Das kleine Mädchen tief in ihrem Inneren schlägt und tritt und schreit verbissener als jemals zuvor. Und Svenja? Sie weiß nicht, was sie mehr peinigt: Ist es der Durst oder der Hass? Ein Hass, wie sie ihn bislang nicht gekannt hat. Er breitet sich langsam in ihren Eingeweiden aus. Schleichend, wie eine bösartiges Geschwür vergiftet er Geist und Seele. Dieser Typ, dessen Namen sie nicht einmal kennt, ist ein Ungeheuer, eine Ausgeburt der Hölle, die es verdient hätte, einfach nur totgeschlagen zu werden.

Doch während sich Svenja ihren Mordfantasien hingibt, wird die Lache auf dem Boden unaufhörlich größer und die Flasche immer leerer.

„Du perverses ..." *Stück Scheiße.* Es sind nur die ersten beiden Worte, die Svenja angewidert hervorwürgt. Den Rest behält sie für sich. Mit einer schnellen Bewegung zieht sie ihren Slip aus und schmeißt ihn dem Widerling ins Gesicht.

„Ganz schön temperamentvoll", gibt der beiläufig von sich, während er die halbvolle Flasche wieder verschließt. „Dann können wir ja wohl weitermachen."

Svenja steht da wie eine Statue. Noch nie hat sie sich so hilflos, so gedemütigt und so verletzlich gefühlt. Doch der brodelnde Hass gibt ihr Energie. Nein, dieses Scheusal soll um keinen Preis der Welt als Sieger vom Platz gehen – jetzt erst recht nicht.

Der Typ nimmt die Kamera und macht ein paar Fotos. Dann gibt er wieder Anweisungen, aber Svenja rührt sich nicht. Er wird ungehalten, brüllt sie an, aber sie verzieht keine Miene und bleibt wie versteinert stehen. Schließlich greift er wieder zur Flasche und schraubt sie auf.

„Du willst es nicht anders", sagt er und wieder ergießt sich der wertvolle O-Saft auf den Boden.

„Nein!", schreit die Polizei-Praktikantin so laut, wie es ihr mit ihrer staubtrockenen Kehle möglich ist.

„Dann tu, was ich dir sage."

Svenja zögert einen Moment, dann nimmt sie die gewünschte Position ein. Am liebsten würde sie sich für ihre Schwäche ohrfeigen – aber Durst ist ein grausames Druckmittel. Sie hat ihren Mut vollends verloren. Sogar das kleine Mädchen in ihr rebelliert nicht mehr – es hat nur noch Angst. Der Fotograf kommandiert und sein Modell folgt ohne sichtbare Gefühlsregungen. Selbst als er von ihr verlangt, diesen hauchdünnen Stofffetzen auch noch abzulegen und sich ihm vollkommen unbekleidet zu präsentieren, leistet sie keinen Widerstand. Im Grunde müsste der Entführer zufrieden sein. Er ist es jedoch nicht, denn ein freundliches Gesicht kann er seiner unfreiwilligen Muse nicht mehr abringen.

„Das reicht", sagt er schließlich entnervt.

„Ich habe Durst", gibt Svenja zurück.

„Du kriegst was zu trinken, wenn du in deiner Zelle bist."

Sadistischer Folterknecht, denkt sie, während sie dabei zusieht, wie er in aller Seelenruhe seine Kamera einpackt.

„Hast du sie eigentlich gefickt?", fragt sie unvermittelt.

Ihr Gegenüber stutzt und schaut sie verwirrt an.

„Deine Tochter – hast du sie gefickt?" Svenja ist selbst überrascht. Sie weiß nicht, woher sie den Mut genommen hat, diese Frage zu stellen – oder war es Dummheit?

Ihr Entführer braucht ein paar Sekunden, um die Frage zu begreifen. Doch dann kommt er mit wutverzerrtem Gesicht auf Svenja zu. Sein stechender Blick bohrt sich in ihre Augen und er holt zu einem brutalen Schlag aus. Svenja versucht, ihr Gesicht mit den Händen zu schützen. Sie hat Glück – der Angreifer stoppt seine Attacke in letzter Sekunde. Er darf ihr schönes Gesicht nicht verletzten.

„Du weißt nichts!", würgt er mit leiser, zitternder Stimme hervor. „Du weißt gar nichts."

Dann packt er sie am Oberarm und schiebt und stößt sie unsanft vor sich her. Mit einem letzten kräftigen Schubser befördert er seine Geisel zurück in ihre Zelle.

Svenja landet ziemlich unsanft auf der Matratze und die Tür wird hinter ihr verschlossen. Das hätte ins Auge gehen können. Sie ist froh, dass der Entführer nicht zugeschlagen hat. War es sonst auch so erbärmlich kalt hier drin? Svenja zittert, sie spürt, dass sie eine Gänsehaut bekommt. Kein Wunder, sie ist immer noch vollkommen nackt. Das Kleid und die Unterwäsche liegen im improvisierten Studio. Zum Glück hat sie noch ihre normalen Klamotten.

Sie zieht sich wieder an. Es ist ein komisches Gefühl, so ohne was drunter, aber Svenja fühlt sich deutlich besser. Ein weiteres Mal geht die Tür auf. Ihr Kerkermeister stellt eine Flasche O-Saft und eine Packung Kekse auf den Boden. Es ist nicht die fast leere Flasche aus dem Studio, sondern eine volle, dazu noch eine große. Svenja könnte Freudentänze aufführen können, wenn da dieses eigenartige Gefühl nicht wäre. Sie schaut die Flasche misstrauisch an. Irgendetwas stimmt hier nicht.

Auf Messers Schneide

Die Mitarbeiter des Finanzamtes waren so freundlich, den Kriminalbeamten ein leeres Büro zur Verfügung zu stellen. Hier sitzen sie nun und kämpfen sich durch einen Berg von Unterlagen – hauptsächlich Rechnungen. Die Beamten haben beschlossen, rückwärts vorzugehen. Katja brütet über den Belegen aus dem Jahr 2012 – dem Jahr, in dem Frank Maywald Insolvenz angemeldet hat. Toni hat sich den Papierkram von 2011 vorgenommen und ein ungenießbarer Hauptkommissar stößt alle paar Minuten unanständige Flüche aus, während er sich durch die Steuerunterlagen aus dem Jahr 2010 kämpft. Sein ständiges Lamentieren nervt die beiden anderen ganz schön. Vielleicht hätten sie ihren Chef wegen seiner Probleme mit dem Parkplatz nicht so sehr aufziehen sollen. Daran ist aber nichts mehr zu ändern und sie müssen nun mit seiner Nörgelei klarkommen. Das eintönige Durchsehen von Papieren hat einen fatalen Einfluss auf die Zeit – sie will einfach nicht vergehen. Nach etwa zwei Stunden – gefühlt fünf bis sechs Stunden – zeigen sich erste Verschleißerscheinungen.

„Himmel, Arsch und Zwirn, wat zum Teufel machen wir hier eijentlich", poltert Brixmeier plötzlich los. „Diese chanze Scheiße bringt doch nix. Dat is pure Zeitverschwendung."

„Was sollen wir machen? Willst du von Haus zu Haus gehen und jeden fragen, ob er einen Entführer und seine Geisel im Keller versteckt hält?", fragt Katja bissig.

„Wat ihr macht, is mir schnuppe. Ich muss jetzt ers ma anne frisch Luft. Hier drin kriech ich Platzangst oder Börnaut oder wie immer man dat heute nennt." Dann fliegt die Tür zu und der Deserteur sucht das Weite – und die frische Luft.

Katja und Toni kämpfen tapfer weiter und versuchen, diesem widerspenstigen Papiertiger das Geheimnis zu entlocken, von dem sie nicht einmal wissen, ob es überhaupt existiert. Sie sind nicht wenig überrascht, als nach ungefähr zehn Minuten der Fahnenflüchtige wieder auftaucht. Brixmeier setzt sich, ohne ein Wort zu sagen, auf seinen Platz und macht weiter, als sei nichts geschehen. Es wirkt fast wie eine Erlösung, als sich Katja zu Wort meldet.

„Sagt mal Kollegen, taucht der Name Oxana Malinkowa bei euch auch so oft auf?"

„Der ist mir auch schon ein paarmal begegnet", meint Toni.

„Jou, zwei- oder dreimal hab ich den auch schon jelesen", grunzt Brixmeier. „Meinste, dat bringt uns weiter?"

„Also ich habe gerade eine Rechnung von ihr vorliegen", erklärt die Oberkommissarin, „und so wie ich das sehe, war Frau Malinkowa als eine Art Assistentin für Frank Maywald tätig – auf freiberuflicher Basis."

„Ja, und ...?", fragt der Hauptkommissar.

„Erwin, eine Assistentin weiß doch so einiges über ihren Chef. Ich finde, wir sollten mal mit Frau Malinkowa reden. Ihre Adresse und ihre Telefonnummer haben wir." Katja hält die Rechnung hoch.

„Tu, watte nich lassen kannst."

Die Oberkommissarin hat bereits ihr Handy in der Hand und die erste Nummer gewählt. „Der Festnetz-Anschluss ist nicht mehr aktuell", sagt sie nach wenigen Sekunden. „Mal seh'n, ob wir mit der Handynummer mehr Glück haben."

Katja startet einen zweiten Anlauf, doch die gewünschte Verbindung kommt wieder nicht zustande. „Mailbox", sagt sie enttäuscht. „Die Mailbox von Frau Oxana Dreyfinger."

„Dreyfinger ...?", wiederholt Toni und guckt dabei etwas dumm aus der Wäsche.

„Na ja, vielleicht hat sie inzwischen geheiratet", meint Katja spontan.

„Vielleicht isse deshalb umjezogen", spinnt Brixmeier den Faden weiter.

„Das würde auch erklären, warum die Festnetznummer nicht mehr stimmt", schlussfolgert die Oberkommissarin.

„Redet nicht so um den heißen Brei rum. Sagt einfach, dass ich das Internet-Orakel für euch befragen soll", bringt es Toni schließlich auf den Punkt.

„Eine ausgezeichnete Idee", stimmt Katja zu.

„Der will sich doch nur vor dem Papierkriech hier drük-ken", grunzt Brixmeier. „Der verpisst sich in unser schönes Büro und wärmt seinen Stuhl an – und wir können uns allein durch diese chanze Scheiße wühlen. Schönen Dank auch."

„Erwin, nicht jeder schleppt so eine Steinzeit-Gurke mit sich herum", entgegnet der Angesprochene. „Bei den meisten Menschen ist das einundzwanzigste Jahrhundert schon längst angekommen." Toni hält sein Smartphone neuester Generation für alle deutlich sichtbar hoch, dann beginnt er, das Teil mit seinen flinken Fingern zu bearbeiten. „Woll'n doch mal seh'n, was das Internet über Oxana Malinkowa ausspuckt."

Ein paar spannungsgeladene Sekunden vergehen, dann ist an Tonis Gesicht abzulesen, dass er fündig geworden ist.

„Is ja irre ...! Ich glaub, mich tritt ein Pferd ...!" In To-nis Gesichtszügen spiegelt sich Fassungslosigkeit gepaart mit einer reichlichen Dosis Belustigung wider. „Boah, alter Schwede ... für die Dinger braucht die ja schon fast einen Waffenschein – echt sind die bestimmt nicht."

„Toni, ich wäre dir sehr dankbar, wenne aufhören würdest, Jeräusche zu machen wie ’ne Kuh beim Kalben", beklagt sich der Hauptkommissar. „Sach schon, wat los is."

„Oxana Malinkowa war bis vor ein paar Jahren Fotomodell", rückt Toni schließlich mit der Sprache raus. „Künstlername: Chantal Chevalier."

„Was das wohl für Fotos sind?!", rutscht es Katja raus.

„Tja, das ist eine ziemlich beeindruckende Karriere. Von Oxana Malinkowa über Chantal Cevalier zu Oxana Dreyfinger", redet Toni unbeeindruckt weiter. „Schauspielerin war sie im Übrigen auch noch."

„Ich hab ja schon ’ne chanze Menge Filme jesehen", merkt Brixmeier an, „abba von der hab ich noch nie wat jehört."

„Dabei hatte sie schon solche Kassenschlager wie *Die Alphornbläserin*", sagt Toni grinsend, „oder *Französisch für Anfänger* und natürlich *Französisch für Fortgeschrittene.*"

„Ach wat? Chibt die auch Sprachkurse?" Der Hauptkommissar wirkt ein wenig irritiert.

„Na ja, Sprachkurse würde ich das nicht unbedingt nennen."

„Ja, wat denn jetz?", fragt Brixmeier gereizt.

„Katja, würdest du es ihm erklären."

„Ne, ne, mein Lieber", lehnt die Oberkommissarin lachend ab, „das klärt mal schön unter euch Männern."

Bevor einer der Herren etwas sagen kann, klingelt Katjas Handy – sie geht dran.

„Schön, dass Sie zurückgerufen haben, Frau Dreyfinger."

Es folgt ein etwas längeres Telefongespräch. Dabei ist es mucksmäuschenstill im Raum. Erwin Brixmeier und Toni hängen neugierig an den Lippen ihrer Kollegin, doch die sagt nicht viel – sie ist in erster Linie mit Zuhören beschäftigt. Schließlich beendet sie das Gespräch mit den Worten: „Sehr schön, Frau Dreyfinger, dann sehen wir uns in einer halben Stunde auf dem Polizeirevier."

Das Funkeln in den Augen der Oberkommissarin verrät, dass sie interessante Neuigkeiten erfahren hat.

„Ja, und ...?", dröhnt Brixmeier ungeduldig.

„Frau Dreyfinger hat bis kurz vor Maywalds Pleite für ihn gearbeitet", beginnt Katja ihren Bericht.

„Als Fottomodell ...?", fragt der Hauptkommissar nach.

„Nein, als Model arbeitet sie schon lange nicht mehr. Sie war bei Maywald Mädchen für alles. Sie hat ihm assistiert, Modelle geschminkt und gestylt und unerfahrenen Modellen mit ihren Fachkenntnissen etwas zur Seite gestanden."

„Beim Alphornblasen ...?", wirft Toni breit grinsend ein.

„Nein, beim Posen ... Blödmann", kontert Katja, ebenfalls grinsend. „Meistens haben sie in seinem Studio gearbeitet, aber für manche Aufnahmen war es zu klein. Dann – und jetzt wird's interessant – fanden die Shootings in einer Halle im Industriegebiet statt."

„Zur Lüre?", hakt Brixmeier nach.

„Ich denke schon. *Richtung Corvey*, hat sie gesagt."

„Jenauer ching's nich?"

„Nein, aber sie meinte, sie würde es wiederfinden."

„Und da hasse se chleich einjeladen."

„Was denn sonst?"

„In einer halbe Stunde hier? Wo kommt die chute Frau denn her?", will Brixmeier wissen.

„Aus Steinheim", antwortet Katja.

„Dann lasst uns mal schnell rübergehen, sonst ist sie noch vor uns da." Toni scheint es plötzlich sehr eilig zu haben.

„Toni, es reicht völlig, wenn Katja und ich rüberchehen. Einer muss sich weiter um diesen Kram kümmern", grunzt der Hauptkommissar, wobei er hämisch zu grinsen beginnt.

„Ne, Erwin, das kannst du mir nicht antun. Ich kann doch nicht allein den ganzen Papierberg durchwühlen. Ich krieg ja jetzt schon einen Rappel von all den Rechnungen – ich brauch ganz dringend 'ne Pause."

„Meinetwegen komm mit. Abba sach den Leuten, die sollen hier nix anrühr'n, wir müssen eventuell weitermachen."

Es hat inzwischen aufgehört zu regnen. Die Kriminalbeamten gehen zurück zur Dienststelle.

„Ich bin ja gespannt", meint Toni beiläufig.

„Worauf?", will Katja wissen.

„Na ja, ob die Hinweise von dieser Frau Dreyfinger uns einen Schritt weiterbringen – worauf denn sonst?"

„Klar, worauf denn sonst?" Brixmeier und Katja werfen sich vielsagende Blicke zu.

Der Frauenmörder hat seine Opfer mit einer Überdosis K.-o.-Tropfen umgebracht, so viel weiß Svenja. Sie weiß aber auch, dass sie kurz vor dem Verdursten ist – jedenfalls fühlt es sich so an. Die O-Saft-Flasche hat etwas Unwiderstehliches, aber auch etwas Bedrohliches. Svenja nimmt sie und schraubt sie auf. Sie lässt sich leicht öffnen – zu leicht. Svenja glaubt, einmal gehört zu haben, dass K.-o.-Tropfen geruch- und geschmacklos sind. Genau weiß sie es aber nicht. Sie riecht an der Flasche. Es riecht nach O-Saft – was sonst? Was hat sie erwartet? Und wenn das Zeug wirklich geruchlos ist ...? Sie nimmt einen vorsichtigen Schluck. Es schmeckt nach O-Saft. Ist da ein bitterer Nachgeschmack oder bildet sie es sich nur ein? Svenja weiß es nicht. Sie nimmt einen zweiten Schluck. Nein, da ist kein Nachgeschmack. Es schmeckt nach O-Saft – einfach nur nach O-Saft und es tut so unglaublich gut. Ein dritter, größerer Schluck. Ihr Körper verlangt nach mehr. *Beherrsch dich*, versucht sie sich zu bremsen. Noch ein Schluck. Fühlt es sich so an, wenn man russisches Roulette spielt? Noch ein Schluck ... und noch einef. Dann ist es gut. Svenja schraubt die Flasche zu und stellt sie zur Seite. Sie will erst mal abwarten, was passiert. Wenn sie in ein paar Minuten noch bei Sinnen ist, wird sie die Flasche in einem Zug leeren. Wenn nicht, dann ... ja, was dann? Das Verlangen ist zu stark. Einen Schluck will sie noch nehmen. Nur den einen, dann wird sie abwarten. Svenja greift erneut zur Flasche, doch die ist auf einmal so weit weg. Svenja streckt sich, um sie zu erreichen, doch die verdammte Flasche entfernt sich immer schneller. Svenja will aufspringen und ihr nachlaufen ... dann ist plötzlich alles schwarz.

Frank Maywald hat die ganze Szene von seinem Bildschirm aus verfolgt. Auf seiner Stirn zeigen sich Sorgenfalten. Warum hat sie nicht alles getrunken, so wie die anderen? Wird die Dosis dennoch ausreichen? Er beobachtet Svenja, die regungslos auf der Matratze liegt, noch eine Weile. Schließlich steht er auf und geht zu ihr in die Zelle. Er sieht sie an, wie sie da liegt und gleichmäßig atmet. Dann nimmt er die Flasche und betrachtet sie nachdenklich. Sie ist noch halbvoll. Und wieder die bohrende Frage: Wird es reichen? Klar, es gäbe da noch andere Möglichkeiten, aber er darf sie nicht verletzen, sonst wäre alles vergeblich gewesen. Frank Maywald kniet sich vor Svenja auf den Boden. Er will sie sich ganz aus der Nähe ansehen. Dabei stützt er sich mit der linken Hand auf dem harten Beton ab – der ist jedoch eiskalt. Das bringt ihn auf eine Idee. *Ja*, denkt er sich, *so müsste es gehen.*

Er verschwindet und kommt wenig später mit einer Schere zurück. Er zerschneidet Svenjas Kleidung und entfernt sie Stück für Stück. Als nächstes holt er einen Eimer Wasser, einen Schwamm und ein schwarzes Tuch. Das Tuch breitet er tropfnass mitten im Raum aus. Danach bettet er die junge Frau darauf. Das macht er so behutsam, als wäre Svenja eine Puppe aus feinstem chinesischem Porzellan. Nachdem er sie in die richtige Lage gebracht hat, befeuchtet er ihre Haut mit dem Schwamm. Er verlässt den Raum ein weiteres Mal und kehrt mit einem Diadem, einem Kruzifix und ein paar Kerzen zurück. Das Diadem steckt er Svenja ins Haar, das Kruzifix legt er in ihre Hände, die gefaltet auf ihrem Bauch ruhen. Nun versucht Frank Maywald noch, die Haare des bewusstlosen Opfers ein wenig in Form zu bringen, muss allerdings bald erkennen, dass seine Fähigkeiten bei weitem nicht an die des schwachsinnigen Jungen heranreichen. Als Letztes stellt er die mitgebrachten Kerzen rund um Svenjas unbekleidetem Körper auf und zündet sie an. Auch wenn dieses Arrangement nur ein kläglicher Abklatsch der Kunstwerke ist, die Dennis gezaubert hatte, hält er es auf einigen Fotos fest. Frank Maywald nimmt die Kamera runter. Er betrachtet sein Werk ein letztes Mal und er ist zuversichtlich: Sollten die K.-o.-Tropfen nicht ausreichen, wird die Kälte den Rest besorgen. Dann verlässt er die Gefängniszelle, schließt hinter sich ab – sicher ist sicher – und löscht von außen das Licht, das in den letzten Tagen ununterbrochen gebrannt hat.

Frank Maywald verlässt das Haus und steigt in sein Auto. Er hat noch eine Kleinigkeit zu erledigen, bevor er hier endgültig seine Zelte abbricht.

Im Büro müssen sich Hauptkommissar Brixmeier und Co. noch ein wenig gedulden. Frank Maywalds ehemalige Mitarbeiterin trudelt mit ein bisschen Verspätung ein. Als sie aber dann endlich in der Tür steht, verbreitet sich in diesen tristen vier Wänden auf der Stelle eine Atmosphäre, die jeden der Anwesenden unweigerlich in ihren Bann zieht. Ja, Frau Oxana Dreyfinger, geborene Malinkowa, ehemalige Chantal Chevalier ist eine wahrhaftig bemerkenswerte Erscheinung.

Sie ist bestimmt eins achtzig groß, wobei Katja die High Heels schon abgezogen hat. Frau Dreyfinger ist schlank und hat eine atemberaubenden Figur. Ihre glatten, dunklen Haare fließen geschmeidig den Rücken herunter und enden erst auf Höhe der Taille. Sie umschmeicheln ein schönes, sympathisch wirkendes Gesicht, dessen slawische Züge unverkennbar sind. Ihre dunklen Augen funkeln wie zwei Edelsteine, umgeben von einem goldbronzefarbenen Teint. Lediglich der knallrote Schmollmund ist für Katjas Geschmack des Guten zu viel. Er erinnert sie doch sehr an ein prall aufgeblasenes Gummiboot kurz vor dem Platzen. Was aber die Oberweite der Besucherin betrifft, kann Katja Toni nicht widersprechen. Für das, was der Hochleistungs-BH da zu bändigen hat, braucht die Frau wirklich einen Waffenschein. Mit seinem anderen Verdacht scheint ihr Kollege ebenfalls richtig zu liegen – die sind ganz sicher nicht echt. Ihr Dekolleté lässt vermuten, dass Frau Oxana Dreyfinger gesteigerten Wert darauf legt, jedem männlichen Zeitgenossen zu präsentieren, was die Frau von Welt in osteuropäischen Schönheitskliniken für ihre sauer verdienten Euros bekommen kann. Letztendlich fallen ihre nicht enden wollenden Beine auf, die einerseits wirklich sehr lang sind und andererseits durch den Minirock sowie durch das hochhackige Schuhwerk noch länger anmuten.

Katja ist beeindruckt. Für eine Frau um die vierzig macht das ehemalige Fotomodell echt was her – jedenfalls für den, der darauf steht.

Hauptkommissar Brixmeier ist nicht beeindruckt – eher ein wenig irritiert. Es kommt relativ selten vor, dass ihm eine Frau gegenübersteht, auf die er nicht herabblicken muss.

„Sie chlauben also, dat se dat Jebäude im Industriejebiet widdafinden?", grunzt er im Anschluss an das obligatorische Begrüßungszeremoniell.

„Ich denke schon", antwortet sie zögerlich. Katja hat den Eindruck, dass sie nicht sicher ist.

„Dann sollten wir jetz keine Zeit mehr verlieren", fordert Brixmeier Frau Dreyfinger auf. „Katja, du kommst mit."

„Und ich?", fragt Toni.

„Du bleibst hier!"

„Aber ..."

„Einer muss die Stellung halten", würgt der Hauptkommissar seinen Kollegen harsch ab. Damit ist für Brixmeier der Fall erledigt. Toni fügt sich enttäuscht in sein Schicksal und während er sich widerstrebend auf seinen Schreibtischstuhl sinken lässt, wirft er der davoneilenden Silikon-Schönheit einen letzten schmachtenden Blick nach.

„Du wirst es überleben", sagt Katja mitfühlend, dann ist auch sie verschwunden und die Tür fällt ins Schloss.

Da die Rückbank von Brixmeiers Granada mit irgendwelchem Gedöns vollgepackt ist, muss die Oberkommissarin wohl oder übel mit ihrem Motorrad fahren. Es regnet zwar nicht mehr, aber die Straßen sind immer noch nass und es ist unangenehm kalt. Katja schließt gerade den Kinnriemen ihres Helms, da sieht sie aus dem Augenwinkel, wie Oxana Dreyfinger ihren wohlgeformten Hintern mit einem eleganten Schwung auf dem Beifahrersitz des alten Ford platziert.

Wie das Schicksal so spielt, geht es Katja bei dem Anblick durch den Kopf, *da hat es eine ehemalige Alphornbläserin in die finsterste Provinz verschlagen, und dann ausgerechnet in das erzkatholische Steinheim. Ob sie wohl bei ‚Bauer sucht Frau' an ihren Traumprinzen geraten ist?*

Die Oberkommissarin wartet, bis sich Brixmeiers Granada in Bewegung setzt, dann erweckt sie die Hayabusa zum Leben und folgt ihrem Chef unauffällig.

„Sagn Se mal, Frau Dreyfinger, wat ham Se bei diesem Frank Maywald eijentlich jenau jemacht?", will der Hauptkommissar wissen, als sie den Parkplatz verlassen haben.

„Alles, was eine Fotoassistentin so macht", antwortet die Gefragte. „Aber hauptsächlich habe ich mich um die Modelle gekümmert."

„Wie darf ich dat verstehen?"

„Neben der Werbefotografie hat sich Frank sehr intensiv mit Aktfotografie beschäftigt."

„Er hat also nackte Frauen abjelichtet", stellt Brixmeier mit eindeutig abfälligem Unterton fest.

„Nicht, was Sie meinen", widerspricht Frau Dreyfinger. „Es handelte sich um künstlerische Aktfotografie. Das war seine große Leidenschaft – und Frank war ein wahrer Künstler. Er sagte immer: ‚Elegante Kleidung unterstreicht die Schönheit einer Frau, aber nur nackt wird sie zu einer Göttin.'"

„Soso", grunzt der Hauptkommissar. „Und wie ham Se sich um die Chöttinnen jekümmert?"

„Er arbeitete ausschließlich mit Amateur-Modellen.

Weil sie natürlicher rüberkommen, meinte er."

„Abba Sie meinten dat nich?"

„Doch, doch, er hatte da schon recht, aber Amateure haben eben keine Erfahrung. Egal, ob es um Make-up geht, um Mimik oder um die Art und Weise, sich vor der Kamera zu bewegen."

„Und Sie als erfahrene ... ähm ... Schauspielerin ham den jungen Damen jezeicht, wie et cheht", folgert Brixmeier. Eine rote Ampel zwingt ihn zum Anhalten.

„Ja, so könnte man es sagen", bestätigt Frau Dreyfinger. „Aber Schauspielerin wäre wohl etwas zu viel gesagt."

„Sie ham doch Filme jemacht, oder?"

„So richtige Filme waren das eigentlich nicht." Die Frau auf dem Beifahrersitz wirkt nun ein wenig verlegen. „Eher niveaulose Unterhaltungsstreifen für notgeile Männer – wenn Sie verstehen, was ich meine."

Der Hauptkommissar versteht und wechselt das Thema.

„Und wie kommt jemand wie Sie nach Steinheim? Ich könnte mir chut vorstellen, dat Ihre beruflichen Perspektiven inne Chroßstadt um einiges besser wären."

„Im Prinzip haben Sie recht, aber ab Mitte dreißig ist das mit den beruflichen Perspektiven so eine Sache – jedenfalls in meiner Branche. Abgesehen davon habe ich lange genug in Großstädten gelebt, zuerst in Hamburg und dann in Hannover. Ob Sie's nun glauben oder nicht, ich genieße das Landleben in vollen Zügen." Frau Dreyfinger macht eine kleine Pause und fährt dann mit leiser Stimme fort. „Außerdem habe ich hier meinen Mann kennengelernt – er ist die Liebe meines Lebens."

„In Steinheim?"

„Nein, in Blomberg. Nach Steinheim bin ich erst gezogen, nachdem wir geheiratet haben. Das war Mitte 2013."

Dem Hauptkommissar liegt noch eine Frage auf der Zunge, aber die schluckt er ganz schnell runter. Seine Beifahrerin errät dennoch, was den Kriminalbeamten beschäftigt.

„Ja, Herr Hauptkommissar, mein Mann weiß, womit ich früher mein Geld verdient habe – und er hat kein Problem damit."

„Da hab ich doch char nich nach jefracht. Außerdem cheht mich dat nix an." Obwohl Brixmeier es nicht will, klingt es wie eine Rechtfertigung.

Die Ampel wird grün und der 76-er Ford Granada biegt in das Industriegebiet ‚Zur Lüre' ab.

„So, junge Frau, jetz schau'n Se mal, ob Ihnen irjendwat bekannt vorkommt." Hauptkommissar Brixmeier fährt langsam die Straße entlang und seine Beifahrerin schaut sich die Gebäude auf beiden Seiten genau an. Meter um Meter schiebt sich der alte Ford durch das Industriegebiet. Mit diesem Fahrstil macht sich der Hauptkommissar keine Freunde, doch das stört ihn nicht im Geringsten. Er fährt in aller Ruhe weiter, bis sich auf beiden Seiten der Straße ausgedehnte Ackerflächen erstrecken. Brixmeier hält an.

„Und ...?", fragt er.

Frau Dreyfinger schüttelt den Kopf. „Tut mir leid."

„Sie sind abba sicher, dat et hier irjendwo sein muss?"

„Ganz sicher, man konnte Corvey sehen."

„Na ja, dann werden wir uns mal die Nebenstraßen ansehen." Der Hauptkommissar wendet den Wagen, fährt ein Stück zurück und biegt dann nach links in die Gutenbergstraße ein. Doch zum Leidwesen des Polizeibeamten werden sie auch hier nicht fündig. Zwar gibt es im Industriegebiet noch mehr Straßen, die in Frage kommen könnten, aber die Zuversicht, endlich das Versteck des Gesuchten zu finden, schwindet von Minute zu Minute.

„Tja, dat war dann wohl ein Chriff inne Kacke", grunzt der Hauptkommissar missmutig. Er hat am Ende der Konrad-Zuse-Straße angehalten und steht ratlos neben seinem Granada.

„Tut mir leid", sagt Frau Dreyfinger ein weiteres Mal.

„Kann es sein, dass es doch ganz woanders war?", will die Oberkommissarin, die ihr Motorrad abgestellt hat und sich jetzt dazugesellt, von dem Exfotomodell wissen.

„Man konnte Corvey sehen, das weiß ich ganz genau."

„Dann muss es hier irgendwo sein", sagt Katja.

„Und wat is, wenn die Halle inzwischen abjerissen wurde und da jetz wat chanz anderes steht?", wendet Brixmeier ein.

„Wozu haben wir einen Allwisser im Büro?", schlägt Katja vor. Sie holt ihr Handy raus, ruft Toni an und gibt ihm den Auftrag, zu überprüfen, ob es nach 2012 Abbrucharbeiten im Industriegebiet zur Lüre gegeben hat.

„Und, wat sacht er?", will Brixmeier wissen.

„Ein bisschen Zeit müssen wir ihm schon geben", antwortet Katja. „Und wir sollten währenddessen die Straßen noch mal abfahren – in entgegengesetzter Richtung."

„Meinste, dat bringt wat?"

„Frau Dreyfinger sieht dann alles aus einer etwas anderen Perspektive ...", entgegnet die Oberkommissarin, „aber wenn du eine bessere Idee hast."

Die hat Erwin Brixmeier nicht. Mit einem unverständlichen Grummeln steigt er wieder ein. Frau Dreyfinger folgt seinem Beispiel. Wieder führt sie die Schleichfahrt kreuz und quer durch das Gewerbegebiet und wieder muss der Hauptkommissar den Unmut der anderen Verkehrsteilnehmer ertragen. In der Gutenbergstraße wird er schließlich zum Anhalten gezwungen. Ein großer Lastzug schiebt sich, vom Hof eines angrenzenden Betriebs kommend, langsam in den fließenden Verkehr. Gerade als Brixmeier die Fahrt fortsetzen will, wird er durch ein schrilles „Stopp" seiner Beifahrerin ausgebremst.

„Hier ...?", fragt er verwundert.

„Ich bin mir nicht sicher."

Der Hauptkommissar fährt rechts ran und beide steigen aus. Katja hält unmittelbar dahinter, stellt ihr Motorrad ab und verstaut ihren Helm.

„Ist es hier?" Sie zeigt auf eine Halle, die etwa dreißig Meter von der Straße entfernt liegt.

„Möglich wäre es – aber damals sah alles ganz anders aus. Außerdem stand die Halle leer", antwortet Frau Dreyfinger.

„Das tut sie jetzt definitiv nicht mehr." Katja zeigt auf ein Schild neben der Zufahrt. *Spedition Emil Frische* ist darauf zu lesen. „Aber das muss nichts heißen." Die Beamtin schaut Frau Dreyfinger forschend an.

„Wenn ich da mal reinschauen könnte ...", sagt sie, „ich habe die Halle nämlich meistens von innen gesehen."

„Na, dann statten wir dem frischen Emil doch mal einen Besuch ab", dröhnt Brixmeier und marschiert los. Die beiden Frauen folgen ihm.

Bereits auf halber Strecke kommt ihnen ein junger Mann entgegen. Er sieht südländisch aus und macht einen nicht gerade freundlichen Eindruck.

„Das is Privatgrundstück, betreten verboten", brüllt er in gebrochenem Deutsch mit osteuropäischem Akzent. „Gehen Sie, sonst rufe ich Polizei."

„Die Polizei is schon da. Hauptkommissar Brixmeier, Kripo Höxter." Brixmeier hält dem Mann seinen Dienstausweis unter die Nase. „Und wer sind Sie?"

„Goran Kilic ... ich ... ähm ... ich arbeiten hier", der junge Mann steht da, wie vom Blitz getroffen. Es sind aber nicht die Dienstausweise der Beamten, die seinen Blutdruck in die Höhe schießen und seinen Atem stocken lassen. Sein Blick haftet wie in Trance auf Oxana Dreyfinger – genauer gesagt auf dem Teil von ihr, für den sie einen Waffenschein braucht. *Männer sind doch alle gleich* – die Oberkommissarin kann sich ein verschmitztes Grinsen nicht verkneifen.

„Herr Kilic, wir würden chern mal 'n Blick in die Halle werfen", reißt Brixmeier den guten Mann aus seinen Träumen.

Der guckt den Hauptkommissar verdatt an. „Weiß nich ... ich muss erst Chef fragen."

„Wir werden Ihnen chanz bestimmt nix klauen. Kommen Sie, meine Damen." Brixmeier lässt Herrn Kilic stehen und nimmt Kurs auf die Tür neben dem großen Rolltor. Der Mitarbeiter der Spedition Frische folgt aufgeregt, wagt es aber nicht, das Trio aufzuhalten. Im Inneren der Halle schaut sich Frau Dreyfinger genau um, dann nickt sie.

„Ja, das ist die Halle", sagt sie, „ganz sicher." Und um ihre Aussage zu unterstreichen zeigt sie den Beamten einige Dinge, die nur jemand kennen kann, der schon mal hier war – und zwar mehr als einmal.

„Sagn Se mal, Herr Kilic, wat machen Sie hier jenau?"

„Ich mach alles! Einladen, ausladen, einlagern, auslagern, aufräumen, sauber machen, Halle in Ordnung halten, einfache Reparaturen – alles eben."

„Und Sie machen dat alles chanz allein?"

„Mal so, mal so. Bei Ein- und Ausladen helfen Fahrer. Wenn viel zu tun, kommt Kollege und hilft – manchmal ein paar Stunden, manchmal ganzen Tag."

„Und jetz is nich viel zu tun?"

„Nein, heute nicht viel los. Eben war der erste LKW."

„Wie lange ist die Spedition schon hier drin?", verlangt Brixmeier nun zu wissen.

„Nich lange, halbes Jahr ... ungefähr."

„Und Sie waren von Anfang an hier?"

„Ja. Ich wohne nich weit von hier. Gehe zu Fuß zur Arbeit. Firma ist eigentlich in Bad Pyrmont – viel fahren. Hier ist besser. Ich zufrieden, Chef zufrieden. Alles gut."

„Dann kennen Sie dieses Gebäude bestimmt sehr gut?", wirft Katja ein.

„Klar, kenne hier jede Ecke."

„Wir würden uns gern mal alle Räume ansehen."

„Ich weiß nich." Herr Kilic geht nun merklich auf Distanz. „Muss erst Chef fragen."

„Ich bitte Sie, Herr Kilic, wir sind von der Polizei. Wir können sofort einen Durchsuchungsbeschluss beantragen. Dann kommen meine Kollegen mit Blaulicht und stellen hier alles auf den Kopf. Glauben Sie etwa, das würde Ihrem Chef besser gefallen?" Die Oberkommissarin weiß genau, dass sie bei dieser Faktenlage keinen Durchsuchungsbeschluss bekommen wird – aber ein kleiner Bluff kann ja nicht schaden.

„Ich weiß nich." Dem Lagerarbeiter ist anzusehen, wie unwohl er sich jetzt in seiner Haut fühlt. Katja hingegen ist fest entschlossen, nicht eher hier rauszugehen, bis sie alle Räume gesehen hat. Die Sekunden ziehen sich.

Mit einem Mal hellen sich die Züge des jungen Mannes auf. „Ah ...", sagt er und schaut erleichtert in Richtung Tür. „Chef kommt gerade. Sie können selber fragen."

Die Beamten und das Exmodel folgen seinem Blick und sehen durch das Fenster neben der Eingangstür, wie ein protziger schwarzer SUV vor der Lagerhalle hält und ein weit weniger protzig wirkender Mann aussteigt. Er ist recht verwundert darüber, dass sein Mitarbeiter nicht allein ist. Bevor er jedoch etwas sagen kann, zücken die Beamten ihre Ausweise und Brixmeier stellt sich und seine Begleiterinnen vor. Der Chef von Herrn Kilic wirft nur einen flüchtigen Blick auf die Dienstausweise, dafür widmet er den Sehenswürdigkeiten von Frau Dreyfinger umso mehr Aufmerksamkeit – unauffällig nur, aber die Oberkommissarin bemerkt es dennoch.

„Herr Emil Frische?", fragt der Hauptkommissar.

„Alexander Frische", antwortet der SUV-Fahrer.

„Der Juniorchef?"

„Der einzige Chef, mein Vater hat sich vor ein paar Jahren aus dem Geschäft zurückgezogen", gibt Herr Frische zurück. „Aber was macht die Polizei hier?"

„Wir wollen uns nur ein bisschen umsehen."

„Und warum, wenn ich fragen darf? Sie werden hier weder Diebesgut noch Drogen finden."

„Vielleicht hat sich hier jemand einjenistet, der bei uns chanz oben auffer Fahndungsliste steht", grunzt Brixmeier.

Herr Frische gibt ein herzerfrischendes Lachen zum Besten. „Sie machen mir wirklich Spaß, Herr Hauptkommissar. Wenn sich hier einer eingenistet hätte, der hier nichts zu suchen hat, hätte Goran ihn längst gefunden und achtkantig rausgeschmissen – oder er hätte die Polizei gerufen. Darauf können sie sich verlassen."

„Dat chlaub ich Ihnen chlatt. Er hat sogar uns mit der Polizei jedroht, als wir Ihr Chrundstück betreten haben."

„Da seh'n Sie es, Herr Hauptkommissar."

„Wenn ich mich hier so umsehe, kann ich ja selber nich chlauben, dat sich hier einer versteckt hat. Abba da wir schon mal hier sind, könnten wir mit einem kleinen Rundchang alle Zweifel endchültig aus dem Wech räumen."

„Brauchen Sie dafür nicht einen Durchsuchungsbefehl?" Herr Frische nimmt die Angelegenheit immer noch mit Humor.

„Den brauchen wir tatsächlich", mischt sich Katja nun ein, „aber es gibt auch gesetzestreue Bürger, die der Polizei bei der Arbeit helfen – ganz ohne Durchsuchungsbefehl."

„Tja, Frau Oberkommissarin, wenn Sie mich so nett bitten", entgegnet Herr Frische lächelnd. „Ich werde Sie persönlich durch unsere heiligen Hallen führen und Ihnen alles zeigen, was Sie sehen wollen – wir haben nichts zu verbergen."

Und dann beginnt auch schon der Rundgang. Es geht durch die Halle, in der sich alle möglichen Sachen stapeln. Herr Frische erklärt beiläufig, dass dies früher mal ein Betrieb mit über dreißig Beschäftigten war. Der Heizungsraum, ein Technikraum, die Toiletten und ein kleines Büro, das laut Frau Dreyfinger bei den Fotoaufnahmen als Garderobe diente, werden ebenfalls inspiziert. Die Betriebsbesichtigung endet schließlich im ehemaligen Aufenthaltsraum.

„Chibt's hier drunter einen Keller?", fragt Brixmeier, obwohl er auf dem ganzen Rundgang keine Treppe gesehen hat, die nach unten führt.

„Nein!", antwortet Herr Frische.

„Was ist mit dem Haus da drüben?" Katja hatte es schon bei ihrer Ankunft bemerkt. „Sieht ganz so aus, als würde es auf dem gleichen Grundstück stehen wie diese Halle."

„Das Haus gehört zu dieser Halle."

„Tja, dann würden wir da auch mal chern reinschauen", sagt Brixmeier bedeutungsvoll.

„Das tut mir leid, aber das geht nicht."

„Und warum nicht?", fragt der Hauptkommissar gereizt.

„Weil ich keine Schlüssel dafür habe."

„Abba Sie sind doch ...?"

„Nein, bin ich nicht!", fällt Herr Frische ihm ins Wort. „Ich habe diese Halle gemietet – nur diese Halle. Mit dem Haus habe ich nichts zu tun."

„Und wem jehört es?", fragt der Hauptkommissar weiter.

„Lothar König, dem damaligen Inhaber der Firma Innenausbau König."

„Wo finden wir den?"

„Um diese Jahreszeit – in seinem Haus auf Teneriffa. Ich kann Ihnen aber gern seine Telefonnummer geben."

„Seit wann steht dat leer?"

„Soviel ich weiß, hat König seine Firma vor ungefähr acht Jahren dichtgemacht", erklärt Herr Frische, „seitdem steht auch das Wohnhaus leer."

„... und chammelt vor sich hin." Brixmeier spielt auf den etwas verwahrlosten Zustand des Hauses an.

„Dabei hat er so eine Art Hausmeister."

„Da wär ich jetzt wirklich nich drauf jekommen. So, wie dat da aussieht, hat der dat Arbeiten wohl nich erfunden."

„Da mögen Sie recht haben, Herr Hauptkommissar. Ich habe ihn auf jeden Fall noch nie da arbeiten sehen. Wenn nicht hin und wieder mal sein Auto da stände, würde ich nicht mal glauben, dass es ihn überhaupt gibt."

„Was für einen Wagen fährt er denn?", fragt Katja.

„So einen roten Opel ... was weiß ich – älteres Modell."

Die Oberkommissarin zeigt Herrn Frische ein Bild von Frank Maywald. „Ist er das?", will sie wissen.

„Tut mir leid, wie ich schon gesagt habe", antwortet der Gefragte, nachdem er einen Blick auf das Foto geworfen hat, „Ich habe ihn noch nie gesehen, aber Goran vielleicht, der ist viel öfter hier."

Herr Kilic hatte den kleinen Rundgang nicht mitgemacht. Er hatte wohl noch einiges zu tun. Wenige Augenblicke, nachdem Herr Frische seinen Namen in die Halle hinausgebrüllt hat, kommt er angetrabt.

„Goran, hast du den schon mal gesehen?", fragt sein Chef und Katja hält Herrn Kilic das Foto vor die Nase.

„Ist der Typ von nebenan. Der Hausmeister", antwortet der Lagerarbeiter herablassend.

„Sind Se sicher?", hakt Brixmeier nach.

„Ganz sicher. Ist stinkfaul der Typ. Einer, der sich Hände nicht dreckig macht. Ich meine, sehen Sie sich an, wie es da aussieht – wie Saustall. Wenn der da, sitzt nur im Haus und spielt sich an seine Eier rum – wenn Sie mich fragen." Nach einer kleinen Pause fährt er fort: „War vorhin auch da. Wären Sie ein bisschen früher gekommen, hätten Sie ihn angetroffen."

„Wann ist der hier weggefahren?" verlangt Katja zu wissen.

„Vor eine Stunde. Vielleicht etwas länger her." Herr Kilic zuckt mit den Schultern. „Hab nicht auf Uhr geguckt."

„Komm' Se, Frau Kollejin, dat sollten wir uns unbedingt näher ankucken", dröhnt der Hauptkommissar. „Herr Frische, kann Frau Dreyfinger solange hier bleiben?"

„Natürlich. Kommen Sie, Frau Dreyfinger, wir setzen uns ins Büro, da ist es etwas wärmer."

Katja wundert sich nicht über die Gastfreundschaft des Spediteurs. Die Blicke, mit denen er die Silikon-Schönheit während des ganzen Rundgangs angeschmachtet hat, waren nun wirklich nicht zu übersehen. Doch jetzt gibt es Wichtigeres zu tun. Die Kriminalbeamten verlassen eilig die Halle

und gehen zum ehemaligen Wohnhaus der Familie König.
Auf halbem Weg klingelt Katjas Handy.

„Ja, Toni, was gibt's?", meldet sie sich.

Sie hört ihren Kollegen einen Moment zu.

„Lass mal, das mit der Halle hat sich erledigt. Wir haben
sie gefunden", sagt sie. „Die liegt in der Gutenbergstraße
und gehört einen gewissen Lothar König, ehemaliger Inhaber der Firma Innenausbau König. Zurzeit wird sie aber
von der Spedition Frische genutzt. Es gibt hier auf dem
Grundstück noch ein leerstehendes Wohnhaus. Das werden wir uns jetzt mal ansehen."

Brixmeier gibt Katja ein eindeutiges Zeichen.

„Einen Moment, Erwin will noch was von dir", sagt sie
und gibt ihr Handy an den Hauptkommissar weiter.

„Toni", brüllt der, „wir brauchen Verstärkung, abba nur
zivile Fahrzeuje, keine Musik und keine Leuchtreklame,
und ich will hier keine Uniform sehen – hasse verstanden?
Und dat chanze inne Chutenberchstraße zur Spedition Frische, Hausnummer weiß ich nich, abba die wirste schon
rauskriejen – und jetz mach hinne."

Brixmeier gibt Katja ihr Handy zurück und setzt seinen
Weg fort. Die beiden Kriminalbeamten gehen einmal ums
Haus und inspizieren die Eingänge. Spuren im Bereich der
Kellertür deuten darauf hin, dass diese in jüngster Vergan-
genheit des Öfteren benutzt wurde.

Katja schaut ihren Chef unsicher an. „Gefahr im Verzug?",
fragt sie und holt schon mal ihr Einbrecher-Werkzeug raus.

„Jefahr im Verzuch", grunzt er und Katja legt los.

Wieder klingelt ein Handy. Diesmal ist es das von Erwin
Brixmeier. Er geht dran. Toni hat interessante Neuigkeiten
zu berichten.

„Wat?", dröhnt der Hauptkommissar dazwischen.

Toni erzählt weiter.

„Toni, bleib mal einen Moment dran", Brixmeier nimmt das Handy runter. Er wirkt ziemlich ratlos. „Dat Handy von Frau Delmenhorst hat sich eingeloggt."

„Wo?", will Katja wissen.

„Zuerst in Bad Pyrmont. Jetz bewecht et sich in Richtung Hameln. Wat denkste?"

„Hat Toni mal da angerufen?"

„Hatter – Mailbox."

Katja überlegt einen Augenblick. „Ablenkungsmanöver", sagt sie dann. „Der will uns auf 'ne falsche Fährte locken."

„Abba woher in drei Teufels Namen soll der wissen, dat wir ihm auffe Spur jekommen sind?"

„Das weiß er nicht – das kann er gar nicht wissen. Der Typ will uns nur möglichst weit von Höxter weghaben. Der hat hier wahrscheinlich noch was zu erledigen und dabei will er auf gar keinen Fall gestört werden."

„Und wat könnte dat sein?", fragt Brixmeier.

„Einpacken, Spuren verwischen, untertauchen?", vermutet die Oberkommissarin. „Und das bedeutet für Svenja ..."

„... Scheiße!", flucht der Hauptkommissar. „Toni", brüllt er aufgeregt in sein Handy, „überlass dat verflixte Signal den Kollejen aus Niedersachsen und schick uns unverzüchlich einen Notarzt. Verdacht auf eine Überdosis K.-o.-Tropfen."

Kleine Pause.

„Frach nich so blöd, mach et einfach!" Dann lässt Erwin Brixmeier sein Handy in die Tasche gleiten. „Wat is, hasse die Tür immer noch nich auf", treibt er seine Kollegin an, und im Flüsterton fügt er hinzu: „Ich hab 'n Scheißjefühl."

Das Schloss leistet ungewöhnlich viel Widerstand. Katja braucht einige Minuten, bis es endlich nachgibt. Vorsichtig und mit gezogenen Waffen dringen die Beamten in den Keller ein. Schon bald stehen sie vor der nächsten verschlossenen Tür. Das Schloss erweist sich glücklicherweise als weniger hartnäckig. Katja und ihr Chef stehen nun in einem langen, schmalen und stockfinsteren Gang. Brixmeier entdeckt einen Lichtschalter. Es gibt mehrere Türen auf beiden Seiten. Die Beamten nehmen sich die Räume, die sich dahinter verbergen, der Reihe nach vor. Zuerst kommen sie in das improvisierte Fotostudio.

„Hier sind wir goldrichtig", stellt Katja fest.

Es gibt noch eine völlig versiffte Toilette und eine Art Wohnraum. Er ist mit einem Bett, einem Schrank, einem Tisch und ein paar Stühlen ausgestattet – nicht gerade gemütlich. Alle anderen Türen sind abgeschlossen. Die Kriminalbeamten schauen sich den Wohnraum näher an. Auf dem Tisch steht ein Computer. Ein Bildschirmschoner, der geduldig seinen Dienst verrichtet, verrät Katja, dass der PC in Betrieb ist. Sie berührt die Maus. Der Bildschirmschoner verschwindet und auf dem Monitor ist ein Raum zu sehen, der von vier Kerzen in ein diffuses Licht getaucht wird. Es reicht gerade aus, um den unbekleideten weiblichen Körper zu erkennen, der regungslos auf dem Boden liegt.

„Svenja!" Katja ist entsetzt und stürmt auf den Gang. Ihr Chef folgt ihr.

„Wat meinste, welche Tür?", fragt er.

Die Oberkommissarin schaut sich suchend um. Sie entdeckt einen Schalter direkt neben einer der abgeschlossenen Türen und betätigt ihn. Dann läuft sie wieder in den Wohnraum und schaut auf den Bildschirm. Das Licht in der Gefängniszelle ist angegangen. Nun ist alles deutlicher zu erkennen.

Katja sieht, dass Svenjas Körper auf einem schwarzen Tuch liegt. Sie sieht das Diadem in ihrem Haar und das Kruzifix, das sie in den Händen hält, die gefaltet auf ihrem Bauch ruhen. Zu spät – unfähig, einen klaren Gedanken zu fassen, stiert die junge, sonst so taffe Beamtin auf den Bildschirm.

„Chlotz nich wie 'n Huhn, dem se dat Jehirn rausjerissen ham", blökt Brixmeier sie plötzlich von hinten an. „Sie zu, datte die verdammte Tür aufkrichst."

Katja schreckt auf wie aus einem Albtraum. Sie stürmt zur Tür und macht sich mit ihren Einbruchsbesteck unverzüglich ans Werk. Eine Minute, zwei Minuten, drei ... das Schloss will einfach nicht nachgeben.

„Wat is los?" Brixmeier wird ungeduldig.

„Es klemmt", antwortet Katja gereizt. „Ich krieg es nicht auf."

„Dann cheh zur Seite."

„Was hast du vor?"

Der Hauptkommissar sagt nichts und nimmt Anlauf.

„Das ist 'ne Stahltür, du wirst dir alle Knochen brechen", warnt Katja ihren Kollegen.

Brixmeier hält inne.

„Is so'n Reflex", erklärt er kleinlaut. Dann geht er zur Tür und klopft ein paarmal dagegen, um ihre Beschaffenheit zu prüfen. Ebenso begutachtet er das Schloss.

„Sieht verdammt stabil aus", grunzt er. Nach einem Moment des Nachdenkens tritt er ein paar Schritte zurück und zieht seine Dienstwaffe. Kurz entschlossen feuert er drei Schüsse in schneller Folge auf das Schloss ab. Danach wirft er sich mit seiner ganzen Körperfülle gegen die Tür, doch die zeigt sich unbeeindruckt.

„Dat chibt's doch char nich!", brüllt er, während er sich die schmerzende Schulter hält.

Katja schaut sich unterdessen die Reste des Schlosses an. Brixmeiers Kugeln haben so viel Schaden angerichtet, dass sie ihr Einbruchs-Werkzeug jetzt endgültig vergessen kann, aber die Tür gibt dennoch keinen Millimeter nach.

„Das ist ein Spezialschloss", sagt sie, „besonders robust. Kein Wunder, dass ich das nicht aufgekriegt habe."

„Und wat jetz?"

Die Oberkommissarin greift in eine Tasche und holt zwei Gehörschutzstöpsel raus. Die steckt sie sich in die Ohren und sagt zu ihrem Kollegen: „Tu dir einen Gefallen und halt dir die Ohren zu."

Sie stellt sich breitbeinig gegenüber der widerspenstigen Tür auf und zieht ihre Waffe. Es handelt sich jedoch nicht um die übliche Dienstpistole der Kriminalpolizei. Es hat sich inzwischen in der Dienststelle herumgesprochen, dass Oberkommissarin Katja von Sternberg auf die großen Kaliber steht – auf die ganz großen. Sie nimmt ihren schweren Smith-&-Wesson-Revolver in beide Hände, zielt und dann kracht der Schuss. Brixmeier kommt es vor, als würde das ganze Haus erbeben – jedenfalls rieselt eine ansehnliche Portion Staub von den Heizungsrohren, die unter der Decke entlanglaufen. Und das Schloss? Es hat kapituliert. Der Einschlag war so heftig, dass die schwere Stahltür jetzt etwa zwei Handbreit aufsteht.

Katja zögert nicht eine Sekunde. Als der Hauptkommissar den Raum betritt, kniet seine Kollegin bereits neben Svenja und fühlt ihr den Puls.

„Sie lebt!", sagt sie erleichtert, „aber sie ist eiskalt."

„Cheh anne Seite", kommandiert Brixmeier. Katja tritt ein paar Schritte zurück und der Hauptkommissar wuchtet Svenjas Körper hoch, als wäre er leicht wie eine Feder. Die junge Oberkommissarin ist beeindruckt, welch eine

Kraft in ihrem nicht mehr ganz jungen Chef steckt. Zudem wundert sie sich, wie gefühlvoll, ja, fast zärtlich, dieser ost-westfälische Hobbybauer mit der zerbrechlich wirkenden Gestalt umgeht.

„Kuck keine Löcher inne Luft, mach dat Bett feddich", grunzt er ungeduldig.

Katja läuft voraus in den Wohnraum und bereitet das Bett vor. Sie entdeckt einen Heizlüfter und schaltet ihn ein – er funktioniert. Ihr Chef hat die Praktikantin inzwischen aufs Bett gelegt und sorgsam zugedeckt. Dann positioniert er einen Stuhl an ihrer Seite, stellt den Heizlüfter darauf und richtet ihn so aus, dass die angenehm warme Luft direkt auf Svenja geblasen wird. Er hebt die Bettdecke an und sagt zu Katja: „Komm her und halt fest, die warme Luft muss da drunter. Ich cheh los und sorch dafür, dat der Doktor den Wech hierhin chleich findet."

Kaum hat Hauptkommissar Brixmeier den Raum verlassen, hört Katja die Signalhörner der herannahenden Rettungskräfte. Es vergehen allerdings noch ein paar Minuten, bis ihr Chef mit dem Notarzt zurückkommt.

„So, Frau Kollejin, wir ham jetan, wat wir konnten", sagt er leise, „jetz lass mal die Profis ihre Arbeit machen."

Die Oberkommissarin verlässt den Keller mit gemischten Gefühlen. Ja, Svenja lebt. Trotzdem wird sie den quälenden Gedanken nicht los, zu spät gekommen zu sein. Die Beamten gehen schweigend zur Halle zurück. Dort angekommen sagt der Hauptkommissar: „Ich chlaube, du hast recht – unser Freund wird noch mal hierhin zurückkommen, um den chanzen Krempel einzupacken und seine Spuren zu beseitijen. Eine bessere Chelegenheit, ihn ohne viel Aufhebens zu kassieren, werden wir wohl nich kriejen."

„Da könntest du recht haben", stimmt Katja zu. „Aber dazu müssen die erst weg sein." Sie zeigt auf den Rettungswagen. „Wenn Maywald nur ein Blaulicht hier in der Gegend sieht, riecht er sofort Lunte und ist verschwunden."

Ausgerechnet jetzt biegt ein Streifenwagen von der Straße ab, fährt auf den Hof und hält vor dem Rolltor. Brixmeiers Gesicht verwandelt sich augenblicklich in die versteinerte Monsterfratze irgendeines vorzeitlichen Rachegottes und die Neuankömmlinge haben noch keine Ahnung, was gleich über sie hereinbrechen wird – sie tun Katja jetzt schon leid.

„Verdammte Scheiße! KEIN STREIFENWAGEN und KEINE UNIFORMEN – dat habe ich ausdrücklich jesacht!", brüllt Brixmeier mit hochrotem Gesicht, als sich die Fahrertür öffnet. „Welcher hirnverbrannte Sesselfurzer hat euch hierhin jeschickt?"

Polizeimeister Bender weiß nicht, wie ihm geschieht. Er kriegt kein Wort raus.

„Ähm, wir ... also, uns hat keiner geschickt", antwortet Polizeiobermeister Großknecht unsicher. „Wir waren hier auf Streife ... haben den Rettungswagen gesehen ... und Ihren Wagen ... und das Motorrad ... Dachten, wir schau'n mal, was passiert ist ... können vielleicht helfen."

„Verpisst euch chanz schnell", wütet der Hauptkommissar weiter. „Wenn unser spezieller Freund eure verdammte Karre hier sieht, dann sind wir am Arsch."

„Wenn es nur das ist", Herr Frische steht plötzlich hinter den Beamten, „dann mache ich das Tor auf und Sie können den Wagen in die Halle fahren."

Diesmal ist es der Spediteur, dem Erwin Brixmeier einen vernichtenden Blick zuwirft. Wenn er eins hasst, dann sind es vorlaute Zivilisten, die sich in Polizeiangelegenheiten einmischen. Er will ihn zurechtweisen, doch Katja kommt ihm zuvor und nimmt ihm den Wind aus den Segeln.

„Eine gute Idee", sagt sie. „Die beiden können wir hier womöglich noch sehr gut gebrauchen."

Brixmeiers nächster Giftblick ist für die Oberkommissarin bestimmt. Doch insgeheim muss der ostwestfälische Sturkopf zugeben, dass seine Kollegin recht hat.

„Abba ihr bleibt da drin, bis wir euch brauchen – damit dat klar is", dröhnt er die beiden Uniformierten ärgerlich an. Dann wird der Streifenwagen in die Halle gefahren und die Beamten Großknecht und Bender gehen auf Tauchstation.

Leider bekommt der arme, gebeutelte Hauptkommissar keine Gelegenheit, sich nachhaltig zu beruhigen, denn schon fährt der nächste Wagen vor. Es ist Toni – und er ist allein.

Mit den Worten: „Sach ma, Kolleje, ham se euch heute alle ins Jehirn jeschissen?", wird der Oberkommissar von seinem Vorgesetzten wütend empfangen. „Wat willst du denn hier?"

„Du hast doch Verstärkung angefordert, wenn ich mich nicht irre", faucht Toni unbeeindruckt zurück.

„Und wieso kommste allein?"

„Die Kollegen brauchen noch ein paar Minuten. Die hatten noch einen anderen Einsatz."

„Du hast jetzt auch einen anderen Einsatz. Du setzt dich in deinen Wagen und fährst chanz schnell zurück ins Büro. Ich brauche dich da", befiehlt Brixmeier. „Bei der Jelejenheit kannste chleich Frau Dreyfinger mitnehmen."

„Und wo ist sie?" Toni schaut sich suchend um.

„Einen Moment, ich hol sie", grunzt der Hauptkommissar und verschwindet in der Halle. Den beiden uniformierten Beamten fallen fast die Augen raus, als Brixmeier kurz danach in Begleitung des üppigen Exfotomodells an ihnen vorbeigeht.

„Das glaubt uns kein Mensch", raunt Hardy Großknecht, als er sicher ist, dass nur sein Kollege ihn hören kann.

„Was meinst du?", will Oliver Bender wissen.

„Hast du ihre Dinger nicht gesehen?"

„Klar habe ich. Echt Silikon, wenn du mich fragst."

„Trotzdem ...!"

„Chroßknecht, Bender", Brixmeier, der die Halle bereits verlassen hatte, steht plötzlich wieder in der Tür, „macht den Mund zu, euer Karies kuckt raus."

Toni Allwisser hat das Firmengelände gerade verlassen, als die Sanitäter Svenja aus dem Haus tragen. Der Notarzt folgt mit wenig zuversichtlicher Miene. Die Kriminalbeamten gehen auf ihn zu.

„Herr Doktor, wie cheht's ihr?", fragt der Hauptkommissar.

„Ihr Zustand ist äußerst kritisch", antwortet er.

„Abba sie wird es doch schaffen?"

Der Arzt zuckt nur mit den Schultern und geht seiner Wege. Betroffen sieht Katja zu, wie die junge Praktikantin in den Rettungswagen geschoben wird und sich die Türen hinter ihr schließen. Plötzlich hört sie Brixmeiers Stimme: „Verdammte Scheiße, konnte der nicht fünf Minuten später kommen?"

Sie dreht sich zu ihrem Chef um, schaut ihn an. Der guckt unauffällig zur Straße. Sie folgt seinem Blick und entdeckt einen älteren roten Opel Astra, der merkwürdig langsam die Gutenbergstraße entlangfährt. Frank Maywald begutachtet das Geschehen vor der Halle, begreift sofort, was passiert ist, und gibt augenblicklich Vollgas.

Der verwirrte Orpheus

Katja reagiert sofort. Sie sprintet in Richtung Straße und schwingt sich auf ihre Maschine. Die Zylinder ihrer Suzuki brüllen angriffslustig auf und nach einer Wende, die jedem Stuntman Respekt abgerungen hätte, jagt sie dem Flüchtigen mit wehenden Haaren hinterher. Ein unbedarfter LKW-Fahrer, den die Oberkommissarin mit ihrer akrobatischen Nummer zu einer Vollbremsung gezwungen hat, macht seinem Ärger Luft, indem er seine Hupe eine halbe Ewigkeit erschallen lässt. Katja lässt es kalt. Sie hat nur ein Ziel vor Augen: Sie will den Mörder auf keinen Fall davonkommen lassen. Dass ihr mit zunehmender Geschwindigkeit der eiskalte Fahrtwind immer unbarmherziger ins Gesicht beißt, nimmt sie klaglos in Kauf.

Brixmeier sprintet nicht ganz so schnell. Als er, nachdem der Motor seines betagten Gefährts endlich aufgewacht ist, ebenfalls die Verfolgung aufnehmen will, ist es eigentlich schon zu spät. Das stört den diensteifrigen Hauptkommissar aber nicht im Geringsten. Unter Zuhilfenahme von Lichthupe, Hupe, Blaulicht und einiger anstößiger Flüche verschafft er sich die nötige Vorfahrt. Wieder muss der gebeutelte LKW-Fahrer dran glauben. Brixmeier nötigt dem Mann mit einem halsbrecherischen Überholmanöver eine weitere Vollbremsung ab, worauf dieser ein erneutes Hupkonzert zum Besten gibt. Die Ampel an der Einmündung zur B 64 ist rot, aber wozu hat man ein Blaulicht und ein Signalhorn. Auch an der Kreuzung mit der Brenkhäuser Straße gilt blau vor rot. Erst vor der nächsten großen Kreuzung beschleichen den Hauptkommissar die ersten Zweifel. Im Grunde weiß er gar nicht, wohin der Flüchtige mit seinem zweirädrigen Schatten unterwegs ist. Mit einer Menge Wut im Bauch fährt Brixmeier rechts ran. Dass er den Radweg blockiert, ist in diesem Augenblick sein geringstes Problem. Er greift zum Handy und ruft Toni an.

„Pass ma auf, Toni", brüllt er ins Telefon, „der Bursche ist uns entwischt. Chib mal an alle durch: Jesucht wird ein roter Opel Astra, Baujahr 96."

Der Hauptkommissar wird unterbrochen.

„Nein, Toni, ich hab keine Ahnung, wohin er unterwechs is. Vermutlich in Richtung Brakel ... et kann abba auch chanz anders sein. Auf jeden Fall klebt Katja dran. Die Kollejen sollen also auf eine roten Opel Astra achten, der von einer Motorradfahrerin ohne Helm verfolgt wird."

Wieder entsteht eine kleine Pause.

„Is mir auch klar, abba kannste mir mal sagen, wie sie mit einem Motorrad einen PKW stoppen will? Weiter im Text: Nimm mit Jroßknecht und Bender Kontakt auf – die sind immer noch bei dieser Spedition. Die sollen das Wohngebäude neben der Halle absperren und sich nicht vonne Stelle rühren, bis die Spusi da ist – und die setzte auch chleich in Marsch. Die sollen sich als Erstes den Keller vornehmen und ich will so schnell wie möchlich wissen, wat auf dem Computer is. Alles klar?"

Kurze Pause.

„Ja, jenau in der Reihenfolge." Der Hauptkommissar will das Gespräch beenden, aber Toni hat noch eine Frage – eine Frage, die selbst einen so ausgebufften Beamten wie Erwin Brixmeier für einen Moment die Mörderjagd vergessen lässt.

„Sie lebt", antwortet er mit leiser Stimme. „Ihr Zustand is kritisch, meint der Notarzt ... Können nur abwarten ... und hoffen ... und beten."

Der Hauptkommissar lässt das Handy in die Tasche gleiten. Er schaut sich mit nachdenklicher Miene die Kreuzung an und widmet sich wieder der Aufgabe, für die er bezahlt wird.

Wie wäre ich jefahren, wenn der Teufel – oder Schlimmeres – hinter mir her wäre, fragt er sich. Schließlich trifft er eine Entscheidung. Er nimmt das Blaulicht vom Dach, stellt den Funk ein bisschen lauter und verlässt, seinem Instinkt folgend, Höxter in Richtung Godelheim.

Katja klebt wie eine Klette an Frank Maywalds rotem Opel. Völlig egal, was er bislang angestellt hat, ob rote Ampeln oder abenteuerliche Überholmanöver, der Flüchtige ist seine Verfolgerin nicht losgeworden – und das, obwohl er sich gar nicht mal ungeschickt angestellt hat. Andererseits ist es völlig egal, wie geschickt sich eine fliehende Schildkröte anstellt – einer Gepardin wird sie niemals entkommen. Doch fatalerweise hat eine Schildkröte einen harten Panzer. Für die Raubkatze in schwarzem Leder lautet die Frage: *Wie soll ich einen PKW mit einem Motorrad stoppen?* Es wäre für sie kein Problem, ihn zu überholen, bei einer Kollision würde sie aber unweigerlich den Kürzeren ziehen. Nein, sie muss wohl oder übel darauf hoffen, dass ihr die Kollegen mit ihren Streifenwagen oder einer netten Straßensperre zur Hilfe kommen; oder dass dem Opelfahrer ein gravierender Fahrfehler unterläuft.

Und dann ist da noch diese Kälte. Ab einhundertvierzig fühlt es sich an, als würde der Fahrtwind Katja eine Maske aus Eis ins Gesicht tackern – mit Klammern, die besonders tief unter die Haut gehen – aber aufgeben gilt nicht.

Hauptkommissar Brixmeier hat gerade Godelheim verlassen und bewegt sich nun in manierlichem Tempo auf Ottbergen zu. Aus welchem Grund sollte er, solange er nicht weiß, ob er auf der richtigen Fährte ist, rasen wie ein Weltmeister? Ununterbrochen kommen Meldungen über Funk, doch leider ist die richtige nicht dabei. Der Hauptkommissar beschließt, noch bis Brakel zu fahren und dann ... ja, was dann? Auf der Höhe von Hembsen wird ihm die Entscheidung abgenommen. Aus dem Funkgerät krächzt die Nachricht, dass das gesuchte Fahrzeug bei Brakel in der Nähe des Kurparks Kaiserbrunnen gesehen wurde. Es fährt mit überhöhter Geschwindigkeit die Bruchtauenstraße entlang in Richtung Bad Driburg, gefolgt von einer Motorradfahrerin ohne Helm. Brixmeier kurbelt die Seitenscheibe runter, setzt das Blaulicht aufs Verdeck und tritt das Gaspedal bis zum Anschlag durch. Mit eingebauter Vorfahrt fliegt die Landschaft an dem alten Granada vorbei. Kreuzungen und Einmündungen verlangsamen das Vorwärtskommen ein wenig, bilden jedoch kein allzu großes Hindernis. Schon bald ist Brakel nur noch im Rückspiegel zu sehen und Erwin Brixmeier befindet sich auf dem Weg nach Bad Driburg. Kurz vor einer scharfen Linkskurve bemerkt der Hauptkommissar einen Streifenwagen, der ihm mit Blaulicht folgt. *Der muss wohl von der Ostwestfalenstraße gekommen sein*, vermutet er. Auf den nächsten Kilometern werden beide Straßenseiten von ausgedehnten Waldflächen gesäumt. Als die sich allmählich lichten und von Ackerland abgelöst werden, weiß Brixmeier, dass Bad Driburg nicht mehr allzu weit ist. Das Städtchen an der Egge müsste schon nach der nächsten scharfen Kurve in Sicht kommen. Auf der langen Geraden davor gibt er noch mal so richtig Gas.

Plötzlich erblickt der Hauptkommissar ein Blaulicht. Er bremst ab. Schon bald erkennt er einen Streifenwagen, der unmittelbar in einer Linkskurve auf einem Parkplatz neben der Straße steht. Als er näher kommt, sieht er auch das schwere Motorrad, das wenige Meter davor abgestellt wurde – Katjas Motorrad. Sie selbst steht beim Einsatzwagen und redet mit einem Kollegen. Brixmeier biegt auf den Parkplatz ab und hält an. Erst jetzt entdeckt er den roten Opel. Der steht ein Stück abseits der Straße im Gelände und es sieht so aus, als hätte er sich ein paarmal überschlagen.

Oberkommissarin 007 hat mal wieder zugeschlagen, schießt es dem alten Beamten durch den Kopf. Er steigt umständlich aus und marschiert mit finsterer Miene auf seine Kollegin zu. Die hat ihn natürlich schon längst bemerkt. Jetzt nimmt sie die Hände hoch, so, als wolle sie sich ergeben, und sie stellt eine Miene zur Schau, als könne sie kein Wässerchen trüben.

„Ich war's nicht!", sagt sie knapp.

„Wat warste nich?", will ihr Chef wissen.

„Das da!" Katja zeigt auf den zusammengefalteten Opel. „Er ist zu schnell gefahren und hat die Kontrolle verloren. Ich habe nichts gemacht – ganz bestimmt nicht."

„Dat chlaub ich erst, wenn die KTU mir sacht, dat se keine Einschüsse in der Karre jefunden haben." Erst jetzt bemerkt der Hauptkommissar den Mann, der mit Handschellen gefesselt im Streifenwagen sitzt. Es ist Frank Maywald und er scheint bei seinem Ausflug ins unwegsame Gelände ein paar Kratzer abbekommen zu haben, die von den Polizeibeamten notdürftig versorgt worden sind. Brixmeiers Miene hellt sich auf.

„Den da will ich so schnell wie möchlich im Verhörzimmer ham", kommandiert er. „Abba vorher bringt ihr 'ne noch zum Arzt." Dann wendet er sich an die Besatzung des Wagens, der ihm von Brakel aus gefolgt war. „Ihr seht zu, dat die Karre inne KTU kommt – am besten chestern noch."

„Wird gemacht", bestätigt einer der Angesprochenen.

„Und wir zwei beide", diesmal ist Katja gemeint, „fahren zurück inne Dienststelle. Und setz jefällichst deinen Helm auf, sonst halten dich noch die Bullen an."

Bereits wenig später sind beide Kriminalbeamten auf dem Rückweg nach Höxter.

Katja kommt – wie könnte es anders sein – vor ihrem Chef im Büro an. Toni empfängt sie verschmitzt grinsend.

„Sag nichts", kommt die Oberkommissarin ihrem Kollegen zuvor. „Ich habe nichts gemacht."

„Nichts gemacht ist gut", gibt Toni zurück. „Du hast nur einen Serienmörder zur Strecke gebracht."

„Genau genommen hat der sich selbst zur Strecke gebracht", widerspricht Katja. „Ich war nur zufällig vor Ort und habe ihn festgenommen."

„So, so, nur festgenommen ...", Tonis Grinsen wird immer unverschämter. „Also, ich stelle mir das in etwa so vor: Die schwarze Rächerin galoppiert auf ihrem heißblütigen Hengst dem fliehenden Unhold hinterher. Er hat nicht die geringste Chance, zu entkommen. Mit ihrem stahlharten, unbarmherzigen Blick fixiert sie ihr Opfer. Und als sie so nah ist, dass ihr heißer Atem ihm das eiskalte Grauen in die Eingeweide treibt, zieht sie ihre alles vernichtende Superwaffe, zielt und ..."

„Pass bloß auf, Kollege", fällt Katja ihm ins Wort, „sonst könnte es passieren, dass ein gewisser Oberkommissar – ich will keinen Namen nennen – die schwarze Rächerin gleich von ihrer finstersten Seite kennenlernen wird."

Unterdessen geht die Tür auf.

„Wat denn für 'ne schwarze Rächerin?", fragt Brixmeier.

„Vergiss es. Nichts von Bedeutung", antwortet Katja.

„Hat die Spusi schon wat für uns?" Die Frage ist an Toni gerichtet.

„Lass die erst mal in Ruhe ihre Arbeit machen."

„Wenn wir in Ruhe Verbrecher jagen würden, dann könnten wir den chanzen Laden hier dichtmachen", kontert Brixmeier.

„Die haben eben erst angefangen. Ein bisschen Zeit musst du ihnen schon lassen. Außerdem – was soll der Stress? Ihr habt Maywald doch." Toni ist etwas angefressen.

„Ja, is ja chut. Ich hätte nur chern noch ein paar Fakten, bevor ich mir den Burschen vornehme."

„Du wirst deine Fakten schon noch rechtzeitig kriegen."

„Gibt es sonst noch was Neues?", fragt Katja ungewöhnlich scharf. Es kann ja wohl nicht sein, dass Toni und der Chef sich wegen solcher Nichtigkeiten in die Haare kriegen. „Hat Frau Dreyfinger noch was gesagt?"

Katja kennt Toni inzwischen ziemlich gut und mit der Frage hat sie bei ihm genau den richtigen Schalter umgelegt.

„Wir haben noch ein wenig über Frank Maywald gesprochen."

„Und du hast ihr dabei die chanze Zeit innen Ausschnitt jechlotzt." Auch Brixmeier kennt seinen Mitarbeiter.

„Was hat sie denn so erzählt?", will Katja wissen.

„Wenn man ihr glauben darf, muss Frank Maywald früher ein ganz anständiger Kerl gewesen sein. Vorbildlicher Ehemann, guter Familienvater, angenehmer Chef – sie hat jedenfalls nie einen Grund gehabt, sich über ihn zu beschweren."

Das kommt der Oberkommissarin irgendwie bekannt vor. „Und was war nach dem Tod seiner Tochter?", fragt sie daher.

„Dazu konnte sie leider nichts sagen. Nach dem Unfall hat sie kaum noch für ihn gearbeitet."

„Schade."

„Aber stellt euch vor. Der hat damals auch Aktfotografie gemacht", weiß Toni zu berichten.

„Ach, watte nich sachst ...", grunzt der Hauptkommissar.

„Nein, nicht, was du meinst. Er hat künstlerische Aktfotos gemacht", ergänzt Toni. „Und er hat nur mit Amateurmodellen gearbeitet."

„Da hätteste wohl auch chern den Fotoassistent jespielt?", knurrt Brixmeier. Im gleichen Augenblick dreht er sich um, verlässt das Büro und knallt die Tür hinter sich zu.

„Was hast du mit dem denn angestellt?", fragt Toni und er schaut Katja dabei so merkwürdig an.

„Ich ...? Gar nichts!", keift sie zurück.

„Na ja, der wird sich schon wieder einkriegen."

Hauptkommissar Brixmeier nimmt sich für seine verspätete Mittagspause ungewöhnlich viel Zeit.

„Isser da?", dröhnt er verdrießlich, als er endlich wieder im Büro erscheint.

„Wenn du Frank Maywald meinst, der sitzt schon seit einer halben Stunde im Verhörraum", antwortet Toni.

„Kommste, Katja, wir ham zu tun." Der Hauptkommissar macht Anstalten, das Büro gleich wieder zu verlassen.

„Ich dachte, du wolltest vorher noch ein paar Fakten", wirft Toni verwundert ein.

„Hasse denn welche?" Jetzt erst nimmt Brixmeier wahr, dass Katja und Toni zusammenhocken und sich auf einem Bildschirm etwas ansehen.

„Ich habe die Festplatte aus Maywalds Computer hier", sagt Toni. „Die wollten sie zwar noch nicht rausrücken, aber dank meiner sagenumwobenen Überredungskunst ...“

„Laber nich so jeschwollen, sach schon, wat drauf is.“

„Tja, Erwin, das ist besser als jedes Geständnis.“ Tonis Augen leuchten. „Der hat alles gefilmt – wirklich alles.“

„Wie? Wat?“ Brixmeier hat es plötzlich gar nicht mehr so eilig, in den Verhörraum zukommen.

„Komm her und schau's dir selber an.“

Der Hauptkommissar gesellt sich zu seinen Kollegen und Toni beginnt mit seinem Vortrag.

„Frank Maywald hat alle Filme und Fotos sorgsam sortiert und katalogisiert – ein deutscher Finanzbeamter hätte das nicht besser gekonnt. Das erste Video ist vom 17.09.2014. Es zeigt Elke Bremer am Tag nach ihrem Verschwinden.“

„Du willst uns abba nich jedes einzelne Video zeijen?“

„Nein, dazu sind es viel zu viele“, erklärt Toni und macht weiter. Das nächste Video zeigt Elke Bremer im blauen Kleid – zuerst in ihrer Gefängniszelle und dann im improvisierten Fotostudio. „Er hat seine Opfer gefügig gemacht, indem er ihnen nichts zu essen und zu trinken gegeben hat. Außerdem hat er sie alle mit dem Namen *Alina* angesprochen“, erzählt Toni. „Bei den Fotoaufnahmen ist er immer nach demselben Muster vorgegangen: Als Erstes hat er sie im blauen Kleid fotografiert, dann in Unterwäsche, dann in einem Nachthemd – einem durchsichtigen Nachthemd wohlgemerkt und am Ende vollkommen nackt.“ Toni zeigt seinen Kollegen einige Fotos, um Frank Maywalds Vorgehensweise zu veranschaulichen.

„Und dat hat er mit allen so jemacht.“ Brixmeier schüttelt ungläubig den Kopf.

„Ja, mit allen – auch mit Svenja“, bestätigt Toni. „Willst du ein paar Fotos von ihr sehen?“

„Lass ma stecken.“

„Die ganze Fotografiererei hat sich über fünf bis sechs Tage hingezogen. Maywald hat dafür gesorgt, dass die Frauen nach den letzten Aufnahmen halb verdurstet waren. Damit war es für ihn ein Leichtes, ihnen eine Überdosis K.-o.-Tropfen zu verabreichen."

„Dat is doch pervers!", poltert der Hauptkommissar los. „Möchte wissen, wat im Kopp von solch einem Typen vorcheht. Erst cheilt er sich an seinen Opfern auf und dann bringt er sie eiskalt um."

„Ich glaube nicht, dass er sich an ihnen aufgegeilt hat", widerspricht Katja mit nachdenklicher Miene. „Da steckt was ganz anderes dahinter."

„Ejal", brummt Brixmeier. „Mach weiter!"

„Den Abtransport der Leichen hat er nicht gefilmt. Erst an den Fundorten kam wieder eine Kamera zum Einsatz. Sie muss an einem der Lampenstative befestigt gewesen sein. Man kann sehen, wie er den Schrein vorbereitet hat. Zuerst deckte er einen Tisch oder etwas Ähnliches mit einem schwarzen Tuch ab. Dann legte er die Tote darauf; die war zu dem Zeitpunkt bereits nackt. Ich vermute mal, dass er sie im Haus in der Gutenbergstraße ausgezogen hat. Blumen, Kerzen und all das andere Zeug legte er auf einen Stuhl oder eine Kiste, je nachdem, was gerade da war. Zum Schluss legte er ein rotes Päckchen auf den Bauch der Toten – das Geschenk für Dennis. Und die ganze Zeit trug Frank Maywald einen Schutzanzug, Handschuhe und Überschuhe." Toni macht eine Pause.

„Hat er auch jefilmt, wie Dennis die Leichen jeschminkt hat?", verlangt sein Chef zu wissen.

„Das hat er auch – und die Aufnahmen sind ganz besonders interessant."

„Warum?"

„Man kann darauf sehen und hören, dass Dennis während der Arbeit Anweisungen über sein Handy erhalten hat. Das heißt, dass das Videosignal per Funk übertragen wurde und Maywald jeden Handgriff von Dennis mitverfolgen konnte. Wenn Dennis etwas falsch gemacht hat, hat Maywald sofort eingegriffen."

„Unchlaublich." Erwin Brixmeier schüttelt verständnislos den Kopf. „Sach ma, hatter auch jefilmt, wie sich der Junge ein runterjeholt hat?"

„Ja."

„Und er hat nich einjechriffen?"

„Nein."

„Sach bloß, der hat in aller Seelenruhe dabei zujesehen, wie dieset arme Schwein sein chanz persönliches Autochramm da hinterlassen hat, wohl wissend, dat der sich der Polizei damit ans Messer liefert und am Ende als cheistesjestörter Mörder dasteht?", sagt Brixmeier mehr zu sich selbst.

„Sieht ganz so aus", meint Toni.

„Wat für ein hinterfotziges Arschloch!", entrüstet sich der Hauptkommissar. „Hasse sonst noch wat?"

„Nein, eigentlich nicht", antwortet Toni. „Wenn Dennis den jeweiligen Fundort verlassen hat, enden die Aufnahmen. Wie gesagt: Bei allen Opfern ist er nach dem gleichen Schema vorgegangen. Bei Svenja enden die Video-Aufnahmen mit den Nacktfotos. Auf einer Speicherkarte, die noch in der Kamera steckte, waren noch ein paar Fotos, die er ganz zum Schluss gemacht hat. Sie zeigen Svenja in ihrem Gefängnis – so, wie ihr sie gefunden ..."

Toni bleibt der Rest des Satzes im Halse stecken. Er ist plötzlich todernst und schaut seine Kollegen schuldbewusst an. „Apropos Svenja, wie geht's ihr eigentlich? Weißt du was Neues?" Die Frage ist an Erwin Brixmeier gerichtet. Der schaut ebenfalls betreten aus der Wäsche und zuckt hilflos mit den Schultern.

„Weißte wat, Toni", sagt er schließlich leise, „Katja und ich chehen jetz da rein und nehmen den Burschen fachjerecht auseinander. Und du erkundichst dich unterdessen nach Frau Delmenhorst – und lass dich bloß nich abwimmeln."

„Geht klar, Chef. Aber sag mal, was willst du bei dem noch auseinandernehmen? Wir haben doch alles." Toni deutet auf den Bildschirm.

„Dat Motiv, Toni, ich will dat Motiv", antwortet Brixmeier mit finsterer Miene. „Der hat drei junge Frauen umjebracht. Drei Frauen, die dat chanze Leben noch vor sich hatten. Und die vierte hat er ... wollte er ..." Für eine Sekunde gerät der Hauptkommissar ins Straucheln, fängt sich jedoch sofort wieder. „Und ich will verdammt noch mal wissen, WARUM!"

Frank Maywald sitzt teilnahmslos am Tisch, als Brixmeier und Katja den Verhörraum betreten. Die Wunden, die er vom Unfall davongetragen hat, sind inzwischen ärztlich versorgt worden.

„Ham Se Ihren Anwalt anjerufen?", will Brixmeier wissen.

„Wofür brauche ich einen Anwalt? Ich habe doch überhaupt nichts getan", gibt der Gefragte ungerührt zurück.

Dem Hauptkommissar bleibt angesichts einer solch dreisten Behauptung die Spucke weg. „Nix jetan?", brüllt er außer sich. „Sie ham drei Frauen umjebracht und die vierte kämpft im Krankenhaus um ihr Leben."

„Ich habe niemanden umgebracht – so etwas könnte ich

gar nicht", erwidert Maywald entrüstet. „Und erst recht keine Frauen. Sie sind die schönsten und anmutigsten Wesen, die es auf der Erde gibt. Ich vergöttere sie. Niemals könnte ich einer Frau etwas zuleide tun."

„Wenn man Ihnen zuhört, könnte man chlatt auf den Jedanken kommen, dat Se selbst chlauben, wat Se da sagen."

„Es ist die Wahrheit."

„Die Wahrheit ...? Und wat is dat?" Der Hauptkommissar legt mehrere Fotos auf den Tisch. Sie zeigen die Opfer so, wie die Polizei sie gefunden hat. Brixmeier tippt ganz bewusst mit seinem Zeigefinger auf das Bild von Elke Bremer, deren Gesicht von Ratten angefressen worden war.

„Das ist ja widerlich!" Maywald schaut angeekelt weg.

„Das ist Ihr Werk", hält Katja ihm vor.

„Da irren Sie sich. Das ist nicht mein Werk, das ist ... allenfalls ... eine ... unschöne Begleiterscheinung."

„Eine unschöne Bechleiterscheinung!?" Brixmeier springt wütend auf und starrt sein Gegenüber mit eiskalten Augen an. Katja ist drauf und dran, ihn zurückzuhalten, doch es ist nicht nötig. „Sie entführen Frauen, geilen sich mehrere Tage lang an ihnen auf und bringen se dann um", poltert der Hauptkommissar weiter. „Und wenn ihre Leichen verwesen und von Ratten anjefressen werden, nennen Se dat eine *unschöne Bechleiterscheinung?*"

„Ich habe auch niemanden entführt", widerspricht Maywald.

„Und wie sind die dann zu Ihnen gekommen?", fragt Katja.

„Sie sind freiwillig mitgegangen. Und aufgegeilt habe ich mich auch nicht an ihnen. Ich habe lediglich versucht, ihre Schönheit herauszuarbeiten."

„Indem Sie sie nackt fotografiert haben?"

„Ja, indem ich sie fotografiert habe – unter anderem auch unbekleidet. Nur so tritt ihr wahres Wesen zutage – ihre Schönheit, ihre Anmut, ihre göttliche Ausstrahlung. Aber das verstehen Sie nicht."

„Gehe ich recht in der Annahme, dass die Frauen sich aus freien Stücken von Ihnen fotografieren lassen haben?", will die Oberkommissarin nun wissen.

„Ja!"

„Und sie haben sich auch freiwillig ausgezogen?"

„Ich habe ihnen ganz bestimmt nicht die Kleider vom Leib gerissen – das musste ich gar nicht."

Nein, das musste er tatsächlich nicht. Katja erinnert sich sehr gut an die grausame Methode, mit der dieser Typ seine Opfer gefügig gemacht hat. Sie hat die Videobilder noch vor Augen und Maywalds kalte Lautsprecherstimme im Ohr. Einer vagen Eingebung folgend erwähnt sie weder die Videos noch die Fotos, die Toni auf Maywalds Computer gefunden hat.

„Und aus welchem Grund waren Elke Bremer, Monika Seebrügge und Constanze Maier plötzlich tot?", fragt sie stattdessen.

„Sie sind nicht tot", lautet die überraschende Antwort.

„Unsere Rechtsmedizin sieht das aber ganz anders", Katja deutet auf die Fotos der toten Frauen, „und wir auch. Und wenn Sie sich die Bilder anschauen, werden auch Sie zugeben müssen, dass die Frauen nicht gerade lebendig aussehen."

„Sie sehen ja auch nur die Oberfläche. Was sich darunter verbirgt, sehen Sie nicht. Sie wollen es nicht sehen, weil es nicht in Ihr Weltbild passt", erklärt Frank Maywald und er hat plötzlich was von einem Missionar. „Die drei Frauen sind nicht tot – jedenfalls nicht wirklich. Sie haben sich bereit erklärt, diese Welt nur vorübergehend zu verlassen, um mir einen Gefallen zu tun und Alina zurückzuholen."

„Diese Welt vorüberchehend verlassen ...?", wieder sieht Brixmeier so aus, als wolle er sein Gegenüber eigenhändig erwürgen und den Fischen in der Weser zum Fraß vorwerfen.

„Ja, so war es geplant", redet Frank Maywald weiter. „Sie sollten Alina suchen und mit ihr zurückkehren. Dafür hätte ich sie alle unsterblich gemacht – zur Belohnung."

Der Hauptkommissar zieht ein Gesicht, als hätte er gerade eine unheimliche Begegnung der dritten Art.

„Wenn jemand schuld am Tod der Frauen ist, dann sind Sie es", fährt Maywald unbeirrt fort. „Ich habe alles in meiner Macht Stehende dafür getan, damit sie zurückkommen können, aber Sie beide halten mich von meiner Arbeit ab und werden dadurch zu Mördern ... an drei unschuldigen Frauen ... und an meiner Tochter."

Brixmeier tippt seine Kollegin leicht an und signalisiert ihr, ihm zu folgen. Sie verlassen gemeinsam den Verhörraum. Nachdem die Tür hinter ihnen ins Schloss gefallen ist, sagt er: „Entweder will der Typ uns nach allen Rejeln der Kunst verarschen oder er hat chanz derbe ein anner Klatsche."

„Wir sollten Dr. Yilmaz hinzuziehen", schlägt Katja vor.

„Da muss ich dir ausnahmsweise mal Recht cheben. Kümmerst du dich drum?"

„Mach ich." Die Oberkommissarin verschwindet im Büro und taucht nach knapp einer Minute wieder auf. „Er ist schon unterwegs."

„Sach bloß, der viel beschäftigte Mann hat cherade Zeit."

„Ich hab ihm unseren Freund so schmackhaft gemacht, dass er alles andere liegen und stehen lassen hat", gibt Katja verschmitzt lächelnd zurück.

„Bist ja doch zu wat zu jebrauchen", meint Brixmeier, und Katja überlegt, ob sie den Spruch unter Lob verbuchen soll.

Knapp zwei Minuten später erscheint Dr. Yilmaz und er ist sehr gespannt auf das, was ihn erwartet. Liebend gern wäre er mit ins Verhörzimmer gekommen, doch der Hauptkommissar bleibt hart. Er besteht darauf, dass der Polizeipsychologe die Befragung vom Nebenraum aus verfolgt. Dr. Yilmaz fügt sich widerstrebend und begibt sich mit Notizblock und Kuli bewaffnet auf seinen Beobachtungsposten.

Katja geht auf die Tür zum Verhörraum zu, da wird sie von ihrem Chef zurückgehalten.

„Tuste mir einen Jefallen?", Brixmeier wirkt plötzlich so seltsam ... anders. „Übernimmst du die Befragung?"

„Geht's dir nicht gut?"

„Doch, schon, abba weißte, Katja, ich kann nicht so mit Psychos", gibt er kleinlaut zu. „Und wenn der noch mal mit unschönen Bechleiterscheinungen umme Ecke kommt, cheh ich ihm möchlicherweise doch noch anne Gurgel. Chlaub mir, is besser, wenn du dat machst."

„Wenn du meinst ..." Katja geht in den Verhörraum und sie findet es schon etwas seltsam, dass der Hauptkommissar es vorzieht, seinem speziellen Freund, Dr. Yilmaz, Gesellschaft zu leisten.

„Können wir weitermachen?", will die Oberkommissarin von Frank Maywald wissen, nachdem sie Platz genommen hat.

„Wenn Sie wollen."

„Herr Maywald, wir haben Ihren Computer. Meine Kollegen sind gerade dabei, die Daten auszuwerten, die ganzen Filme und die Fotos – Sie wissen selbst am besten, was da drauf ist. Es ergibt also keinen Sinn, irgendetwas abzustreiten."

„Was wollen Sie dann noch von mir?"

„Können Sie sich das nicht denken?", antwortet Katja. „Ich will wissen, warum."

Einige Augenblicke lang liegt ein gespanntes Schweigen in der Luft, dann fährt die Oberkommissarin fort.

„Ich schlage vor, Sie erzählen mir von Anfang an, was Sie dazu bewogen hat, das zu tun, was Sie getan haben."

„Wo soll ich anfangen?"

„Wo Sie wollen." Als Katja jedoch merkt, dass von Maywald nichts kommt, hilft sie ihm ein wenig auf die Sprünge. „Ich hatte den Eindruck, dass alles irgendwie mit Ihrer Tochter zu tun hat – mit ihrem tödlichen Unfall."

„Tödlicher Unfall?", brüllt Maywald. „Das war Mord. Dieser gewissenlose Typ hat meine Alina kaltblütig umgebracht und Ihre sogenannte Justiz hat einfach weggeschaut und ihn mit einer lächerlichen Bewährungsstrafe davonkommen lassen."

„Herr Maywald, es tut mir unendlich leid, was mit Alina passiert ist, aber der junge Mann hat sie nicht kaltblütig umgebracht", widerspricht Katja. „Er ist einfach zu schnell gefahren, er hat sich überschätzt. Vielleicht wollte er ihr imponieren. Jungs in dem Alter machen so was; und manchmal nimmt das ein schreckliches Ende. Er hat Ihre Tochter nicht töten wollen – es war ein tragischer Unfall."

„Meinetwegen nennen Sie es, wie Sie wollen, jedenfalls ist es seine Schuld, dass meine Tochter tot ist."

„Ja, er hat Schuld auf sich geladen – und dessen ist er sich bewusst. Und er leidet bis heute darunter."

„Er leidet? Wissen Sie überhaupt, wovon Sie reden?",

fährt Maywald die Oberkommissarin an. „Wissen Sie, was es heißt, ein Kind zu verlieren – wissen Sie das?"

„Nein, ich weiß es nicht, aber ..."

„Wissen Sie, was es bedeutet, neben ihrem Krankenbett zu sitzen und ihre Hand zu halten, zu sehen, wie sie atmet, an den Geräten zu sehen, wie ihr Herz schlägt, ihre Wärme zu spüren." Es scheint, als sei Frank Maywald plötzlich ganz weit weg, irgendwo in seinen Erinnerungen. „Und dann kommen Ärzte und bringen Ihnen mit salbungsvollen Worten bei, dass vor Ihnen nur noch eine seelenlose Hülle liegt. Eine Hülle, deren mechanische Funktionen von Maschinen aufrechterhalten werden. Sie erklären, dass in diesem warmen Körper nichts mehr drin ist. Keine Freude, keine Trauer, keine Hoffnung, keine Erinnerung, keine Liebe ... keine Alina ... nur noch trostlose Leere – Hirntod nennen sie das."

Eine bleischwere Stille durchdringt den Raum. Katja fühlt sich genötigt, ein paar tröstende Worte zu finden, doch sie schweigt. Gleichgültig, was sie jetzt sagen würde – es kann nur falsch sein.

„Die Ärzte haben uns nahegelegt, die Maschinen abzustellen und der Natur ihren Lauf zu lassen", fährt Frank Maywald mit Tränen in den Augen fort. „Können Sie sich vorstellen, was es heißt, eine solche Entscheidung treffen zu müssen? Meine Frau und ich haben lange nachgedacht, wir haben viel geredet. Wir hätten uns mehr Zeit nehmen sollen, aber diese Halbgötter in Weiß drängten auf eine schnelle Entscheidung. Schließlich haben wir zugestimmt, unsere Tochter in Frieden gehen zu lassen."

Wieder entsteht eine Pause, in der die Zeit nur zähflüssig dahinschleicht. Wie lange, weiß Katja nicht.

„Letztendlich haben die Ärzte die Geräte abgeschaltet und wir waren dabei. Wir haben Alinas letzten Atemzug miterlebt – ihren letzten Herzschlag. Wir waren dabei, als aus ihrem Krankenbett ihr Sterbebett wurde."

„Ich weiß nicht, ob unsere Tochter ihren Frieden gefunden hat", sagt Maywald nach einer weiteren schmerzhaften Pause. „Wir jedenfalls haben ihn nicht gefunden. Nach Alinas Tod ist unsere Familie zerbrochen ... unsere Ehe ... meine Frau hat die Scheidung eingereicht – und die Firma ist auch den Bach runtergegangen. Und das alles binnen weniger Monate."

„Das alles tut mir wirklich sehr leid", beteuert Katja, „und ich wünsche niemandem, dass er das durchmachen muss, was Sie durchgemacht haben – aber was hatten diese jungen Frauen mit alldem zu tun?"

Wieder legt die Oberkommissarin Fotos der Opfer auf den Tisch. Diesmal sind es jedoch Bilder, die die Polizei von den Familien der jungen Frauen erhalten hat – Bilder, die die Opfer lebend zeigen. Und diesmal ist auch ein Foto von Svenja dabei. Frank Maywald schaut sie sich lange an; und entsprechend lange muss Katja auf eine Antwort warten.

„Vor ungefähr drei Monaten ist meine Mutter gestorben", setzt Frank Maywald seinen Bericht fort. „Ich war damals in diesem Bestattungsunternehmen."

„Lesemann", wirft die Oberkommissarin ein.

„Ja, Lesemann hießen die wohl. Ich habe mich ganz speziell danach erkundigt, ob sie jemanden haben, der meine Mutter ein wenig zurechtmachen kann, damit sie gut aussieht."

„Warum?"

„Ich wollte sie fotografieren – ich habe sie sehr geliebt, müssen Sie wissen. Und deshalb wollte ich ein paar letzte, schöne Bilder von ihr machen." Wieder kommt Frank Maywald ins Stocken. „Die Frau vom Beerdigungsinstitut sagte mir, dass man jemanden hätte, der das professionell macht. Nun ja, erzählen konnte sie mir viel – ich wollte was sehen."

„Und da hat sie Ihnen das Mädchen gezeigt."

„Sie hat sich erst noch ein bisschen geziert. Aber da sie mir keine Fotos zeigen konnte, hat sie mich schließlich in die Werkstatt, oder wie immer die das nennen, geführt. Da lag sie."

„Und dann?", will Katja wissen.

„Als die Frau das Tuch gelüftet hat und ich das Gesicht dieses Mädchens gesehen habe, dachte ich, mich trifft der Schlag. Die Ähnlichkeit war verblüffend – das Mädchen, das vor mir lag, sah fast genauso aus wie meine Tochter. Und sie war, genau wie Alina, bei einem Autounfall gestorben. Das ging mir durch und durch. Ich habe keinen Schimmer, wie lange ich da gestanden und sie angestarrt habe. Plötzlich habe ich ihre Stimme gehört, sie war in meinem Kopf, das tote Mädchen sprach zu mir."

Die Oberkommissarin hört aufmerksam zu.

„Sie sagte, dass sie Alina kennt – und dass sie noch leben würde, genau wie sie selbst. Sie hielt mir vor, dass es ein Fehler war, die lebenserhaltenden Maschinen abzustellen. Es gäbe aber eine Möglichkeit, diesen Fehler wiedergutzumachen und meine Tochter zurückzuholen."

„Und wie sollte das gehen?" fragt Katja skeptisch nach.

„Kennen Sie die Geschichte von Orpheus?"

„Sie meinen diesen Typ aus der griechischen Mythologie, der in die Unterwelt herabgestiegen ist, um seine geliebte Eurydike zurückzuholen?" Bei der Beamtin schleicht sich das Gefühl ein, dass es jetzt ziemlich bizarr werden könnte.

„Genau den meine ich."

„Und was hat Orpheus mit der ganzen Sache zu tun?"

„Sie sagte mir ...“

„Sie reden jetzt von dem toten Mädchen?“, hakt Katja nach.

„Ja! Das heißt, sie ist ja nicht wirklich tot. Sie lebt in einer anderen Welt – im Jenseits. Alina lebt auch dort. Und dieses Mädchen – ich weiß leider nicht, wie sie heißt – hat versprochen, Alina zu suchen und mit ihr zusammen in unsere Welt zurückzukehren. So wie es Orpheus mit seiner Eurydike gemacht hat.“

„Und Sie haben tatsächlich geglaubt, dass es funktionieren würde?“ Die Kriminalbeamtin hegt den Verdacht, dass Maywald offenbar ein weit größeres psychisches Problem hat, als sie und ihre Kollegen geahnt haben. Oder zieht er hier nur eine ganz große Verarschungsnummer ab?

„Warum sollte ich ihr nicht glauben? Ich habe genauso mit ihr geredet, wie ich jetzt mit Ihnen rede – okay, ich habe ihre Stimme in meinem Kopf gehört, aber das war auch schon der einzige Unterschied.“

Die Oberkommissarin weiß nicht, wie sie sich nun verhalten soll. Soll sie so tun, als würde sie diesen hirnverbrannten Quatsch ernst nehmen, oder sollte sie ihrem Gegenüber klipp und klar sagen, was sie über seine Gruselgeschichte denkt? Zum Glück fällt ihr ein, dass Dr. Yilmaz im Nebenraum sitzt und jedes einzelne Wort mit anhört. Soll sich doch der Herr Psychologe einen Reim auf Frank Maywalds höchst fragwürdige Auslassungen machen.

„Sie haben mir immer noch nicht verraten, was diese vier jungen Frauen mit der Sache zu tun haben.“ Katja deutet auf die Bilder der Opfer.

„Dieses Mädchen sagte mir, dass sie es keinesfalls allein machen würde. Wenn ich meine Alina wiedersehen will, müsse auch ich meinen Teil dazu beitragen, denn letztendlich war ich derjenige, der zugelassen hat, dass man die Maschinen abgeschaltet hat."

„Und was sollten Sie tun?"

„Sie bräuchte Helferinnen. Darum sollte ich mich kümmern. Ich sollte sie finden und zu ihr ins Jenseits schicken. Je mehr, desto besser – mindestens aber drei", erklärt Frank Maywald ungerührt.

„Und die sollten Ihrer Tochter ähnlich sehen?"

„Ja! Außerdem sollten sie körperlich unversehrt und, wenn möglich, perfekt gestylt sein."

„Wieso das denn?", hakt Katja misstrauisch nach.

„Weiß ich nicht. Ich wollte sie fragen, aber in dem Moment kam dieser schwachsinnige Junge rein."

„Sie meinen Dennis Lesemann?"

„Ja, Dennis hieß er. Der ist um das Mädchen rumgesprungen wie ein angeschossenes Karnickel. *Das war Dennis. Dennis hat sie schön gemacht. Dennis ist ein Künstler,* hat er die ganze Zeit wie von Sinnen gebrüllt. Warten Sie ... da war noch was ...", Frank Maywald überlegt einen Augenblick. „Der Typ hatte so einen ulkigen Sprachfehler. *Dennif,* sagte er, *Dennif hat sie fön gemacht* – bekloppt, oder? Und dann hat er das Tuch ganz weggerissen. Das Mädchen lag völlig nackt da und er brüllte weiter, *Dennif hat sie fön gemacht.* Der Frau war das sehr peinlich. Sie hat ihn dann aus dem Raum bugsiert und das Mädchen wieder zugedeckt. Danach hat sie mir erklärt, dass der merkwürdige Zeitgenosse ihr Sohn ist und dass er geistig behindert ist – als wenn ich das nicht schon längst mitgekriegt hätte."

„Hat sie Ihnen noch mehr über Dennis erzählt?", verlangt die Oberkommissarin dann zu wissen.

„Sie hat einen ganzen Vortrag gehalten. Sie hat erklärt, dass er den Verstand eines Zwölfjährigen hat und dass er es war, der das Mädchen geschminkt und frisiert hat. Das konnte ich erst gar nicht glauben. Dieser beschränkte Typ mit seinen grobschlächtigen Schwerarbeiterpranken, ein begnadeter Stylist? Andererseits ergab sein Rumgetöne von wegen: *Hat Dennif fön gemacht*, auf einmal einen Sinn. Und glauben Sie mir: Er hat das Mädchen wirklich wunderschön hingekriegt. Sie sah einfach göttlich aus, wie sie dalag – so ganz nackt."

„Und da haben Sie entschieden, sich Dennis' Fähigkeiten zunutze zu machen?"

„Nein, das war erst später. Ich wollte in dem Moment nur noch da weg – die ganze Situation war äußerst befremdlich."

Die Beamtin wundert sich, dass es überhaupt eine Situation gibt, die dieser Mensch als befremdlich empfindet.

„Wann haben Sie sich denn entschieden, den Jungen für Ihre Zwecke einzuspannen?"

„Die Idee ist über mehrere Tage gereift. Irgendwann habe ich versucht, ihn zu erreichen. Ich weiß nicht, wie oft ich bei denen angerufen habe. Wenn jemand anders ranging, habe ich sofort wieder aufgelegt. Es war ein echtes Geduldspiel, aber letztendlich hat es geklappt."

„Und Sie haben sich ihm als Gott vorgestellt."

Maywald grinst. „Seine Mutter hatte erwähnt, dass er sehr gläubig ist. Da habe ich es einfach versucht und der Hirni hat es gefressen. Dann habe ich ihm verklickert, was er tun soll. Das war ein noch viel größeres Geduldspiel, kann ich Ihnen sagen. Ich hatte nicht damit gerechnet, dass der Typ so begriffsstutzig ist. Aber es hat letztendlich geklappt und er hat alles getan, was ich von ihm verlangt habe. Tja, manchmal bin ich richtig genial."

„Und Sie haben ihm mit der Hölle gedroht, wenn er den Mund nicht hält."

„Ich habe ihm lediglich klargemacht, dass der liebe Gott furchtbar böse wird, wenn er unser kleines Geheimnis verrät – und das mit der Hölle ist auf seinem Mist gewachsen."

„Was haben Sie mit den Geschenken bezweckt, die Sie Dennis gemacht haben? Das Handy, die K.-o.-Tropfen und die Kamera?", möchte Katja nun wissen.

„Ich bitte Sie Frau Kommissarin, das liegt doch auf der Hand."

„Ich möchte es aber von Ihnen hören."

Frank Maywald zögert ein paar Sekunden. „Na schön", sagt er dann. „Das Handy hat er bekommen, damit ich ihn zu jeder Zeit erreichen konnte. Mit den *Liebestropfen* habe ich ihm das Tatwerkzeug untergeschoben und die Fotos auf der Kamera sollten auf ein Motiv hindeuten. Jeder sollte denken, dass der Trottel sich beim Anblick eines nackten Mädchen nicht mehr unter Kontrolle hat – was ja wohl nicht so ganz falsch war. Oder aus welchen Grund – glauben Sie – hat er überall sein ganz persönliches Autogramm hinterlassen?" Diesmal grinst Frank Maywald so schäbig, dass die Kriminalbeamtin ihm am liebsten eine reinhauen würde.

„Sie hätten ihn also eiskalt ans Messer geliefert", stellt sie angewidert fest.

„Mir geht es um meine Tochter, da kann ich auf so einen geisteskranken Typen keine Rücksicht nehmen. Außerdem, was soll schon mit ihm passieren? Der geht in die Klapsmühle und gut is. Da ist er doch am besten aufgehoben."

„Sie kommen sich wohl sehr gescheit vor?"

„Wie ich schon sagte: Manchmal bin ich richtig genial."

„Gott sei Dank hat auch das größte Genie gelegentlich mal eine unterbelichtete Phase. Sie haben offensichtlich nicht damit gerechnet, dass Dennis die Liebestropfen ausprobieren könnte und uns damit letztlich auf Ihre Spur gebracht hat."

Frank Maywald sagt nichts dazu. Er sitzt mit versteinerter Miene da und schaut an der Beamtin vorbei. Die wechselt das Thema und will nun wissen, wie Maywald sich an seine Opfer herangemacht und sie in seine Gewalt gebracht hat. Doch das verkannte Genie scheint plötzlich seine Stimme verloren zu haben. Katja versucht mit unterschiedlichen Methoden, ihrem Nicht-mehr-Gesprächspartner noch ein paar Informationen zu entlocken. Da sie das – wie sie es sich selbst eingestehen muss – nur halbherzig tut, bleibt der Erfolg aus. Doch das ist ihr ziemlich egal. Die Beweise, die sie haben, dürften ausreichen, um diesen durchgeknallten Frauenmörder für eine sehr lange Zeit wegzusperren. Die Oberkommissarin steht auf und schickt sich an, den Verhörraum zu verlassen. Sie hat die Klinke schon in der Hand, da dreht sie sich noch mal um.

„Übrigens, Herr Maywald, im Gegensatz zu Ihnen ist Orpheus höchstpersönlich in die Unterwelt herabgestiegen. Er hat es nicht nötig gehabt, andere loszuschicken, um seine Eurydike da herauszuholen." Katja wirft ihm einen Blick zu, in dem sich Mitleid und Abscheu die Waage halten. „Und dennoch hat es auch bei ihm nicht funktioniert."

Katja lässt Maywald in seine Zelle bringen und begibt sich in ihr Büro. Es dauert nicht lange, bis auch Hauptkommissar Brixmeier und Dr. Yilmaz erscheinen.

„Hat der einen an der Birne oder will der uns verarschen?" Katja richtet ihre Frage an den Polizeipsychologen.

„Eine Beurteilung aufgrund einer einzigen Befragung ist im Grunde gar nicht möglich", antwortet Dr. Yilmaz zögernd.

„Kommen Sie, Herr Doktor, ich will ja kein psychologisches Gutachten von Ihnen", gibt die Oberkommissarin zurück. „Ein erster Eindruck oder ein Bauchgefühl würde mir reichen."

„Nun ja, wenn Sie mich so fragen ...", der Doktor überlegt einen Moment. „Ich hatte den Eindruck, dass er tatsächlich glaubt, was er gesagt hat."

„Also hatta einen anner Klatsche", mischt sich Brixmeier polternd ein.

„Ich würde es zwar etwas anders ausdrücken, aber ...", der Psychodoktor lässt den Satz bewusst ins Leere laufen, nickt jedoch zustimmend.

Bevor einer der Anwesenden noch etwas zu dem Thema sagen kann, geht die Tür auf und der Kriminalrat kommt rein.

„Wie mir berichtet wurde, ist der Fall so gut wie gelöst", beginnt er das Gespräch, und seine Laune könnte kaum besser sein.

„Dat is nich chanz korrekt", knurrt Brixmeier in seiner ureigenen Art. „Der Fall is nich so chut wie jelöst – der is jelöst. Maywald sitzt im Bau und die Beweislast is so erdrückend, dat selbst die besten Rechtsverdreher ihn da nich mehr raushauen können."

„Das hört man gern", sagt Lange erfreut. „Und wann kann ich mit dem Bericht ..."

„Wenner feddich is", fällt der Hauptkommissar ihm rüde ins Wort.

„Also morgen ...", meint der Kriminalrat.

„Montach ...", widerspricht Brixmeier.

Langes Stimmung ist so gut, dass er diesmal davon absieht, seine ganze Autorität in die Waagschale zu werfen.

„Montag früh auf meinem Schreibtisch." Damit ist die

Sache für Kriminalrat Lange gegessen. Er wechselt das Thema. „Ich habe eine sehr gute Nachricht für sie ... Ich habe eben mit dem St. Ansgar gesprochen. Frau Delmenhorst ist stabil."

„Heißt dat, dat se übern Berch is?", fragt Brixmeier.

„Genau das heißt es", antwortet der Kriminalrat. „Sie ist außer Lebensgefahr, aber sie muss noch ein paar Tage im Krankenhaus bleiben. Nach allem, was ich vom behandelnden Arzt erfahren habe, war es verdammt knapp. Nur eine halbe Stunde später und sie hätte es nicht überlebt. Meine Dame, meine Herren, ich kann gar nicht sagen, wie dankbar ich Ihnen bin. Ich hätte es mir nie verziehen, wenn der jungen Frau etwas zugestoßen wäre – und das ausgerechnet während des Praktikums bei uns."

„Dass Frank Maywald sie entführt hat, hat nichts mit dem Praktikum zu tun. Er hat es getan, weil sie seiner Tochter so ähnlich sieht", wendet Katja ein.

„Ich weiß, Frau Oberkommissarin, aber trotzdem hätte ich mich verantwortlich gefühlt. Und deshalb, vielen Dank an Sie alle. Sie haben eine ausgezeichnete Arbeit geleistet."

Katja nickt. Sie kann den Kriminalrat verstehen.

Nachdem Lange sich verabschiedet hat, herrscht eine recht gelöste Stimmung im Büro. So ein Lob vom Chef, und das kurz vor Feierabend, tut einfach gut. Nur Kollege Toni Allwisser guckt etwas belämmert aus der Wäsche.

„Wat für 'ne Laus is dir denn übere Leber jelaufen", will Erwin Brixmeier wissen.

„Wisst ihr eigentlich, was ich alles anstellen musste, um vom St. Ansgar eine einigermaßen brauchbare Auskunft über Svenjas Gesundheitszustand zu bekommen?", beklagt sich der Angesprochene. „Ich dachte schon, ich müsste diesen Drachen von Oberschwester zum Essen einladen."

„Musstest du nicht ...?" Über Katjas Gesicht huscht ein schelmisches Grinsen.

„Nein, musste ich nicht. Ich habe auch so rausgekriegt, was ich wissen wollte. Und es hat mich jede Menge Schweiß und Überredungskunst gekostet ... Und dann kommt der Herr Kriminalrat reingestiefelt und klaut mir die ganze Show."

„Tja, Toni, dat Leben is manchmal chanz schön unjerecht", grunzt der Hauptkommissar gespielt mitfühlend. „Und wenn jetzt nich Feierabend wäre, würde ich dich chlatt in Arm nehmen und bedauern. Abba wenne willst, kann ich morjen chern noch mal drauf zurückkommen ... Also dann ... wünsch ich allseits einen anjenehmen Feierabend."

Eine Sekunde später ist Brixmeier verschwunden.

„Tut mit sehr leid, Toni", sagt Katja und auch ihr Mitleid wirkt alles andere als überzeugend, „Ich habe leider noch einen Termin, den ich nicht verschieben kann, aber wenn es so schlimm ist, kann dir sicher unser Polizeipsycho..."

„Leckt mich doch alle mal am Arsch!", würgt Toni seiner Kollegin leicht angesäuert das Wort ab.

„Ich wünsche dir auch einen schönen Feierabend", flötet Katja gutgelaunt zurück. „Und Ihnen natürlich auch." Sie wirft Dr. Yilmaz einen freundlichen Blick zu, dann lässt sie die beiden Herren allein.

Verwirrte Polizisten

An diesem Freitagmorgen ist es ungewöhnlich mild für einen Tag im Dezember. Am Himmel tummeln sich einige Wolken, aber es regnet zum Glück nicht. Genau der richtige Morgen, um jemandem eine kleine Freude zu machen. Die Oberkommissarin ist schon früh unterwegs. Bereits kurz nach acht stellt sie ihre Hayabusa vor der psychiatrischen Klinik in Bad Driburg ab. Sie muss noch ein paar Minuten warten. Dann endlich öffnet sich die Tür und Dennis Lesemann tritt ins Freie. Begleitet wird er von seiner Mutter. Der junge Mann hat die Kriminalbeamtin gleich entdeckt.

„Katja!", ruft er freudestrahlend.

„Sie?" Frau Lesemann ist weniger erfreut.

„Kein Grund zur Panik! Der Täter ist verhaftet und es ist alles in Ordnung", sagt Katja beschwichtigend.

„Was wollen Sie dann hier?"

„Ich habe es zwar nicht versprochen, aber ich glaube, ich bin Dennis noch was schuldig", antwortet Katja. „Was meinst du, Dennis, möchtest du mit mir zurück nach Höxter fahren?" Sie deutet mit einem Kopfnicken auf ihr Motorrad. Der junge Mann braucht einen kleinen Moment, bis er begreift, worum es geht, doch dann gibt es für ihn kein Halten mehr.

„Au ja!", brüllt er ausgelassen. „Dennif Motorrad fahren, Dennif Motorrad fahren ..." Er hüpft um Katja rum, wie ein wildgewordener Vollgummiball. „Dennif Motorrad fahren, ja, ja, Dennif Motorrad fahren ..."

„Ist das nicht viel zu gefährlich?", fragt Frau Lesemann besorgt.

„Wenn er sich gut festhält, ist das gar nicht gefährlich",

gibt die Oberkommissarin zurück. „Außerdem bekommt er einen Helm auf – so, wie es sich auf einem Motorrad gehört."

„Au ja, einen Helm … wie ein Ritter", Dennis ist Feuer und Flamme.

„Ich weiß nicht", zögert Dennis' Mutter.

„Kommen Sie, Frau Lesemann, geben Sie sich einen Ruck. Er wünscht es sich doch so sehr." Katja bleibt hartnäckig.

„Also gut, aber fahren Sie bitte vorsichtig."

„Sie werden Dennis schon heil wiederkriegen, darauf können sie sich verlassen", verspricht die Beamtin, dann hilft sie Dennis, den Helm aufzusetzen. Der wirkt plötzlich gar nicht mehr so unbeschwert.

„Waf if mit Fenja?", will er wissen.

„Die ist jetzt in Sicherheit, aber sie muss sich noch ein paar Tage ausruhen." Katja zieht es vor, dem jungen Mann nicht die ganze Wahrheit zu sagen. Ihre Rechnung geht auf. Dennis strahlt wieder über das ganze Gesicht.

„Wenn wie sich fertig aufgeruht hat, bewucht Dennif wie", kündigt er bedeutungsvoll an.

„Da wird sie sich ganz bestimmt freuen", entgegnet Katja. „Aber jetzt geht es erst mal zurück nach Hause."

„Mit dem Motorrad …", tönt Dennis stolz.

„Ja, mit dem Motorrad!" Katja steigt auf und Dennis nimmt auf dem Sozius Platz. Er hält sich mit beiden Armen an ihr fest. Die Beamtin spürt, welch eine Kraft in diesem jungen Burschen steckt – ja, er kann sich wirklich gut festhalten. Umso besser, da muss sie mit dem Gas wenigstens nicht ganz so zurückhaltend umgehen – jedenfalls dann nicht, wenn sie sich außerhalb der Sichtweite von Frau Lesemann befinden.

Der Motor erwacht mit markerschütterndem Gebrüll und die Fahrt geht los. In der Stadt hält sich Katja vorbildlich an alle Verkehrsregeln. Nachdem sie das Ortsschild hinter sich gelassen hat, tut sie das immer noch – nur etwas schneller. Die Landschaft fliegt mit immer höherer Geschwindigkeit an den beiden Feuerreitern vorbei und der hintere schreit sich fast die Stimmbänder aus dem Hals.

Nein, es sind keine Angstschreie, die bis an Katjas Ohren dringen – es sind Freudenschreie, es ist ungehemmter Jubel, ein ekstatische Begeisterung, das triumphierende Kreischen eines kleinen Jungen, dessen so lang gehegter Herzenswunsch endlich in Erfüllung geht. Und immer wieder mischen sich kleine Wortfragmente oder ganze Wörter in dieses Feuerwerk der Glückseligkeit. Das meiste davon kann die Beamtin nicht verstehen, doch ein Wort setzt sich gnadenlos durch und es klingt fast wie ein Befehl: „Fneller, fneller, fneller!"

Dennis erweist sich als hervorragender Beifahrer – nach wie vor sitzt er fest im Sattel und er geht in den Kurven richtig gut mit. Unter diesen Umständen ist Katja bereit, dem Wunsch ihres Copiloten nachzukommen – in angemessener Weise natürlich. Auch das Wetter scheint es gut mit Dennis zu meinen. Die Wolkendecke ist aufgerissen und die Sonne scheint nun von einen strahlend blauen Dezemberhimmel.

Die Beamtin entscheidet kurzerhand, dieses unerwartete Geschenk anzunehmen und nicht den direkten Weg nach Höxter zu nehmen. Dennis ist es recht. Mit einer Überdosis Spaß in der Birne cruisen die ungleichen Motorrad-Junkies über die Highways des Weserberglands – ein kleiner Abstecher in den Solling ist auch noch drin. Katjas Passagier ist voll und ganz in seinem Element. Jedes Aufbrüllen des Motors, jedes rasante Überholmanöver und jede scharfe Kurve entfacht bei ihm wilde Begeisterungsstürme, die selbst eine so erfahrene Kriminalbeamtin wie Katja von Sternberg nicht kalt lassen – geteiltes Glück ist eben doch doppeltes Glück.

Das Glück endet allerdings vor dem Geschäft der Lesemanns. Die Oberkommissarin hat den Motor noch nicht abgestellt, da kommt Dennis' Mutter schon aus dem Laden gestürmt – und sie sieht nicht gerade gut gelaunt aus.

„Wo haben Sie so lange gesteckt?", giftet sie Katja an. „Wir haben uns schon die allergrößten Sorgen gemacht. Ich bin schon seit über einer halben Stunde hier und dabei sind Sie mit ihrer Höllenmaschine doch viel schneller als ich."

Katja will etwas sagen, doch Dennis kommt ihr zuvor.

„Mama, daf war woooo geil", tönt er lautstark, wobei die Worte dank Helm und fehlerhafter Aussprache nur schwer zu verstehen sind. Und nachdem Katja ihn von einem der beiden Handycaps befreit hat, legt Dennis einen Kriegstanz auf die Gehwegplatten des Bürgersteigs, wie ihn die Welt – und auch seine Mutter – noch nicht gesehen hat. „Wo geil, wo geil, wo geil", brüllt er immer wieder und zwischendurch gibt er Geräusche von sich, die wie eine Mischung von Wolfsgeheul und Jodeln klingen. Die sonst so taffe Geschäftsfrau fühlt sich angesichts dieser extravaganten Performance sichtlich unwohl in ihrer Haut, zumal die ersten Passanten bereits neugierig stehenbleiben und Dennis' Darbietung argwöhnisch beobachten.

„Ich dachte, ich mache ihm eine kleine Freude, wenn ich ein paar Umwege fahre", gibt die Kriminalbeamtin zu ihrer Entschuldigung an.

„Das ist Ihnen offensichtlich gelungen. Ich jedenfalls

habe Dennis selten so … glücklich gesehen", erklärt Frau Lesemann und es hat den Anschein, als wäre der Groll gegen die Kriminalbeamtin vergessen. „Nichtsdestotrotz hätten Sie mich vorher fragen sollen."

„Sie haben recht", stimmt Katja schuldbewusst zu. „Tut mir leid." Es gibt da aber noch eine Sache, die ihr keine Ruhe lässt. „Frau Lesemann, hätten Sie noch einen Moment Zeit."

„Was gibt es denn noch?" Die Angesprochene ist skeptisch.

„Könnten wir vielleicht …" Die Oberkommissarin wirft einen unmissverständlichen Blick in Richtung Dennis.

„Dennis, deine Tasche steht noch im Auto. Würdest du sie bitte in dein Zimmer bringen?", fordert Frau Lesemann ihren Sohn auf. Ohne zu zögern, tut er, was seine Mutter von ihm verlangt und sie wartet, bis er außer Hörweite ist.

„Ich bin ganz Ohr", sagt sie dann zur Beamtin.

„Ich will nur eins von Ihnen wissen", die Kriminalbeamtin schaut ihr Gegenüber forschend an, „muss Ihr Sohn ab jetzt wieder Tote verschönern?"

Frau Lesemann wirkt ein wenig verlegen. „Nein, das muss er nicht", antwortet sie leise. „Das muss er nie wieder – das verspreche ich Ihnen."

„Haben Sie denn eine andere Lösung?"

„Noch nicht. Wir suchen jemanden, der seine Arbeit machen wird. Und bis dahin werde ich es wieder selbst machen."

„Wird wahrscheinlich nicht einfach werden, jemanden für den Job zu finden."

„Ist anzunehmen." Dennis' Mutter zuckt mit den Schultern.

„Und Dennis …?"

„Wir haben einen Platz in einer Behindertenwerkstatt für ihn gefunden."

„So schnell ...?" Katja staunt nicht schlecht.

„Sie werden es nicht glauben, aber durch den ganzen Wirbel in den Medien ist Dennis zu einer Berühmtheit geworden. Das war eine ziemlich große Belastung für uns alle, es hat aber geholfen, möglichst schnell einen Platz in einer geeigneten Einrichtung für ihn zu finden – na ja, ein bisschen Glück war aber auch dabei. Gleich im neuen Jahr geht's los."

„Das freut mich für Dennis", sagt Katja erleichtert.

„Mich auch – glauben Sie mir", stimmt Frau Lesemann zu.

Katja verabschiedet sich. Doch bevor sie auf ihre Maschine steigen kann, ist Dennis schon wieder zurück und sie muss einen weiteren Schwall ausgelassener Dankesbekundungen über sich ergehen lassen. Da kommt der Beamtin eine Idee.

„Dennis, würdest du mir einen Gefallen tun?", fragt sie.

„Jaha, Dennif tut Katja einen Gefallen", antwortet er und schon beginnt er erneut mit seinem Kriegstanz. „Dennif tut Katja einen Gefallen ... fallen ... fallen ... Dennif tut Katja einen ..."

„Dennis!", unterbricht sie ihn.

„Jaha?" Der junge Mann hält abrupt inne und schaut Katja erwartungsvoll an.

„Hast du nächsten Freitag Zeit? Sagen wir um vier Uhr?"

„Jaha, beftimmt!"

„Würdest du dann zu mir ins Polizeipräsidium kommen?" Zu Frau Lesemann, die schon wieder etwas skeptisch guckt, sagt die Oberkommissarin schnell: „Nichts Schlimmes! Ich werde ihn nicht verhaften – versprochen."

„Waf woll Dennif denn machen?", will der junge Mann von ihr wissen. Katja tut sehr geheimnisvoll und winkt ihn zu sich ran. Dann flüstert sie ihm was ins Ohr. Dennis' Augen beginnen zu leuchten.

„Au ja, daf machen wir", platzt es aus ihm heraus. „Dennif kommt ganf beftimmt. Dennif freut wich."

„Also, nächsten Freitag um vier Uhr! Und nicht vergessen." Katja steigt auf ihre Maschine.

„Nein, Dennif vergifft nich. Nächften Freitag um vier Uhr im Polifeipräwidium. Dennif ko-hommt, Dennif ko-hommt, ganf befti-himmt, Dennif freut wich, Dennif ..."

Dann metzelt ein plötzlich losbrechendes Vier-Zylinder-Gewitter jedes weitere Wort gnadenlos nieder. Ein letzter kurzer Gruß und die Oberkommissarin rauscht – nachdem sie vor staunendem Publikum einen eleganten Alarm-Start auf den Asphalt gelegt hat – von dannen.

An diesem Freitag passiert nichts Besonderes mehr. Ebenso sieht es auch in der darauf folgenden Woche aus. Dem Team um Hauptkommissar Brixmeier kommt es vor, als würden sie nach den Turbulenzen der vergangenen achtzehn Tage in eine Art Dornröschenschlaf fallen. Um jedoch den einen oder anderen Sachverhalt zu klären, müssen noch ein paar Vernehmungen durchgeführt werden – aber das geht ohne Stress und Hektik vonstatten.

Gleich am Montagmorgen fährt die komplette Truppe zum St. Ansgar, um Svenja einen Besuch abzustatten. In erster Linie möchte man natürlich wissen, wie es ihr geht. Und da es ihr erfreulicherweise besser geht als gedacht und sie förmlich darauf brennt, die Fragen der Kriminalisten zu beantworten, wird aus dem Krankenbesuch recht schnell eine ausführliche Befragung. Brixmeier und Co. erfahren nun, wie es Maywald gelungen ist, Svenja in seine Gewalt zu bringen. Alles, was sie über ihre Gefangenschaft zu berichten weiß, deckt sich exakt mit dem, was auf den Video-Aufnahmen zu sehen und zu hören ist. Das Ermittlertrio ist zufrieden. Mit einem guten Gefühl und der Gewissheit, dass ihre Praktikantin schon in den nächsten Tagen entlassen wird, verabschieden sie sich von ihr und wünschen ihr weiterhin gute Besserung.

Auch Frank Maywald muss noch eine Reihe Verhöre über sich ergehen lassen. Die dienen allerdings nicht dazu, Lücken in Brixmeiers Beweiskette zu schließen – die ist bereits mehr als wasserdicht. Vielmehr geht es darum, die Wissbegier des Polizeipsychologen zu befriedigen, denn eines steht für Dr. Yilmaz fest: Einen solchen Fall bekommt er nicht alle Tage. Bis zum Mittwoch hat er Gelegenheit, das Seelenleben des Beschuldigten zu erforschen, dann wird Frank Maywald in die Psychiatrie überstellt.

Nachdem der letzte Bericht geschrieben ist, ergreift der übliche Polizeialltag von Brixmeiers Abteilung Besitz. Und der besteht in dieser beschaulichen Gegend in der Regel aus weniger spektakulären Straftaten als Entführung und Mord. Mal werden sie zu einer Schlägerei gerufen, mal geht es um einen Einbruch, mal um einen Ladendiebstahl und mal um ein Drogenvergehen. Angesichts dieser düsteren Aussichten freut man sich über jede Abwechslung, vor allem aber über netten Besuch.

Es ist wieder einmal Freitag, es ist kurz nach Mittag, das Wochenende steht vor der Tür und Svenja Delmenhorst steht in der Tür. So wie es aussieht, hat sie sowohl die Tage in der Gewalt des Serienmörders als auch den Tötungsversuch selbst recht gut überstanden. Dennoch hat sich die junge Frau verändert. Sie wirkt nun ernster, erwachsener und eine Spur härter als vor ihrer Entführung. Die Oberkommissarin hatte es bereits im Krankenhaus bemerkt. Aber derartige Beobachtungen treten angesichts der Freude, Svenja gesund wiederzusehen, schnell in den Hintergrund. Schon bald geht es im Büro hoch her. Es wird viel gelacht und man redet über Gott und die Welt. Die Beamten vermeiden jedoch ganz bewusst, Dinge anzusprechen, die mit dem Fall zu tun haben. Auch wenn Svenja körperlich fit zu sein scheint, so weiß doch niemand, wie ihre Psyche das alles verkraftet hat.

„Tut mir leid, ihr Lieben, ich habe noch einen Arzttermin und muss euch jetzt verlassen", verkündet Svenja nach etwa einer halben Stunde. „Aber wir seh'n uns ja schon am Montag wieder."

„Am Montach?", Brixmeier guckt etwas merkwürdig, „wieso am Montach?"

„Mein Praktikum dauert sechs Wochen", erklärt Svenja, „und die sind noch nicht um."

„Ich dachte, Sie hätten vom Räuber-und-Gendarm-Spiel die Nase voll – nach allem, wat passiert is?"

Da ist es wieder. Katja bemerkt es sofort. Sie sieht die Kälte in Svenjas Augen, den entschlossenen Blick, mit dem sie Brixmeier fixiert.

„Herr Hauptkommissar", sagt sie betont leise, „ich habe am eigenen Leib erfahren müssen, wozu solche Typen fähig sind. Dabei hatte ich wahrhaftig genug Zeit zum Nachdenken. Ich habe mich entschieden und meine Bewerbungsunterlagen vor zwei Tagen abgeschickt."

„Sie woll'n also wirklich beie Polizei anfangen?", fragt Brixmeier ungläubig nach.

„Bei der Kriminalpolizei, um genau zu sein."

„Und da sind Se sich sicher?"

„Ganz sicher! Und …", ein verschmitztes Lächeln huscht über Svenjas Gesicht, „… vielleicht komme ich später mal hierhin – als Kommissarin … oder Oberkommissarin." Svenja schaut auf ihre Uhr und hat es plötzlich sehr eilig. „Oh, jetzt muss ich aber … Also, schönes Wochenende."

„Toni, ich wünsch' dir jetzt schon mal Hals- und Beinbruch", grunzt Erwin Brixmeier, nachdem Svenja die Tür leise hinter sich geschlossen hat.

„Wieso?", fragt der irritiert.

„Na, da denk ma chanz scharf nach … Wenn die Delmenhorst mit ihre Ausbildung feddich is und sich tatsächlich hierhin versetzen lässt, jenieß ich meinen wohlverdienten Ruhestand und verchifte vorschriftsmäßig Enten anne Weser. Abba du, mein Lieber, hast dann noch ein paar Jahre. Und du darfst dich dann nicht nur mit Kriminalhauptkommissarin Katja 007 von Sternberch rumschlagen – wat an sich schon schlimm is, denn die is dann deine Chefin. Nein, dann hasse auch noch Frau Kommissarin … oder meinetwejen auch Oberkommissarin Delmenhorst anne Backe, und aus der, dat flüstert mir mein oller Bullenriechkolben, wird mal jenau so eine, wie …", Erwin Brixmeier schielt zu Katja rüber, „… tja, du weißt schon. Chlaub mir, Toni, wenn dat so weit is, möchte ich in deiner Haut nich stecken."

Es entsteht eine längere Pause. Auf Tonis Gesichts zeigt sich ein durchtriebenes Grinsen.

„Ach, weißt du, Erwin …", sagt er leise, „… wenn es denn mal so weit kommen sollte, werde ich mich todesmutig in mein Schicksal ergeben."

„Dat kauf ich dir chlatt ab."

Den Rest des Freitagnachmittags sind die Mitarbeiter der Abteilung Brixmeier mit Berichten und ähnlich spannenden Dingen beschäftigt. Es ist kurz vor vier, da öffnet sich die Tür und eine Beamtin in Uniform schaut rein.

„Da ist ein junger Mann, der will zu ... ähm ... Katja", verkündet sie unsicher.

„Soll reinkommen", sagt die Oberkommissarin und Sekunden später steht Dennis mitten im Büro.

„Hallo, Katja", grüßt er freundlich und er strahlt dabei über das ganze Gesicht.

„Hallo, Dennis, schön, dass du da bist", grüßt die Beamtin zurück. Ihr fällt auf, dass Dennis einen ziemlich klobigen Koffer mit sich herumschleppt. „Du, sag mal", Katja scheint plötzlich einen dicken Kloß im Hals zu haben, „sind da drin die Schminksachen, die du zum Verschönern der Verstorbenen benutzt hast?"

„Jaha", antwortet der junge Mann stolz.

„Ich habe meine eigenen Sachen mitgebracht. Würde es dir was ausmachen, die zu benutzen?" Mit dem Gedanken, dass ihr Stylist einen Lippenstift benutzen könnte, der schon zum Schminken so manch einer Leiche benutzt wurde, kann sich die mit allen Wassern gewaschene Beamtin beim besten Willen nicht anfreunden.

„Nein, wo haft du deine Wachen?" Dennis schaut sich suchend im Raum um. Auch Katjas Kollegen schauen – und zwar so, als würden sie sich im falschen Film befinden. Und sie schauen noch seltsamer, als Katja den kleinen schwarzen Koffer, den sie zu Dienstbeginn unter ihrem Schreibtisch deponiert und der ihnen einige Rätsel aufgegeben hat, hervorholt.

„Ein Schminkkoffer ...?" Toni kriegt vor Staunen den Mund nicht mehr zu.

„Da brat mir doch einer 'nen Storch", grunzt Brixmeier, „ich hätt ja mit allem jerechnet, 'ne Maschinenpistole, 'n paar Handchranaten ... abba so wat?!" Er schüttelt den Kopf.

„Wilft du daf anbehalten?", will Dennis von Katja wissen.

„Nein, eigentlich nicht." Jeans, Sweatshirt, Turnschuhe und schwarze Lederjacke sind sicherlich nicht das geeignete Outfit für das, was die Oberkommissarin nach Dienstschluss vorhat. „Du meinst, ich sollte mich vorher umziehen?"

„If beffer ... glaube ich."

„Dann musst du einen Moment warten, ich bin gleich wieder da. Du kannst dir aber schon mal ansehen, was ich alles im Koffer habe." Die Tür fällt zu und Katja ist verschwunden.

Zurück bleiben ein junger Mann, der Katjas Schminkkoffer mit aller Hingabe inspiziert, und zwei Kriminalbeamte, denen die Fragezeichen in den Augen stehen. Es dauert wesentlich länger als einen Moment, bis Katja zurückkommt. Dennis ist mit der Begutachtung der Schönheitsutensilien längst durch und steht nun da wie bestellt und nicht abgeholt. Toni und Erwin sind mit Schreibkram beschäftigt, schauen aber immer wieder erwartungsvoll zur Tür, die sich irgendwann öffnet.

„Toni, kuck besser nich hin", dröhnt Erwin, „sonst muss ich dich womöchlich wiederbeleben."

Zu spät – Toni hat schon hingeguckt und der Anblick, der sich ihm nun bietet, hätte ihn glatt von den Füßen geholt, wenn er nicht gesessen hätte. Die knallharte Kriminalistin hat sich in einer Art und Weise verändert, die jedem Mann den Atem stocken lässt. Katja trägt ein kleines Schwarzes, bei dem die Betonung auf ‚kleines' liegt. Das Teil ist so kurz, dass ihre makellosen Beine unendlich lang erscheinen, und ihre abgewetzten Turnschuhe hat sie gegen schwarze High Heels eingetauscht, die allerdings nicht ganz so high sind wie die von Frau Dreyfinger. Der Hauptkommissar muss sich jedenfalls keine Sorgen machen, dass seine Untergebene nun mit ihm auf Augenhöhe ist oder auf ihn herabblicken kann.

„Wahnsinn ...!" Mehr bringt Toni nicht über die Lippen.

„Nicht schlecht", grunzt Erwin, der ebenfalls beeindruckt ist, sich aber Mühe gibt, es bloß nicht zu zeigen. „Bisse sicher, dat du noch lange beie Kripo Höxter bleibst, oder schwebste schon bald über die roten Teppiche in Hollywood."

Mit einer kleinen Handbewegung fordert er Katja auf, sich mal umzudrehen. Sie erfüllt ihm seinen Wunsch. Gekonnt, wie ein Model auf dem Laufsteg, führt sie eine kleine Pirouette vor. Toni ist nicht weit von einem totalen Kontrollverlust entfernt, denn der Rückenausschnitt von Katjas verboten aussehendem Kleidungsstück reicht ihr beinahe bis zum ... Nun ja, man könnte auch sagen, dass dieses Rückenteil fast nur aus Ausschnitt besteht. Hinzu kommt, dass Katja ihr Haar, das meistens zu einem Pferdeschwanz zusammengebunden ist, jetzt offen trägt. Das alles lässt die Oberkommissarin geradezu kriminell sexy aussehen.

Der Einzige, der nicht ausflippt oder versucht, seine Begeisterung im Schach zu halten, ist Dennis. Er betrachtet Katja mit einer eher kühlen Professionalität.

„Katja wieht fön auf", stellt er nüchtern fest.

„Und – kannst du mich noch etwas schöner machen?"

„Jaha, glaube fon."

„Und ich glaube, der Junge ist größenwahnsinnig", kommt es leise von Toni.

„Dann lass uns mal nach nebenan gehen", schlägt Katja vor, „da ist es bestimmt etwas ruhiger. Und ihr beide ...", sie schaut ihre Kollegen streng an, „wagt es ja nicht, uns zu folgen."

Dennis will sich seinen Schminkkoffer schnappen, aber die Oberkommissarin meint nur. „Den kannst du hierlassen. Meine Kollegen werden ihn ganz bestimmt mit Argusaugen bewachen."

Nachdem Katja und Dennis das Büro verlassen haben, atmet Toni einmal tief durch und sagt: „Glaub mir, Erwin, es gibt doch immer wieder Momente, in denen ich gern Polizist bin."

„Ach, watte nich sachst", kommt es knochentrocken zurück. Dann wendet sich Brixmeier wieder dem Abschlussbericht zum Fall Maywald zu – den will er heute unbedingt noch zu Ende bringen. Toni ist nicht mehr imstande, sich voll auf seine Arbeit zu konzentrieren. Er ist viel zu gespannt auf das, was noch kommt, doch Katja und Dennis lassen sich Zeit.

Es ist fast viertel vor fünf, bis Katja und ihr Make-up-Artist endlich wieder auftauchen. Alle Blicke sind auf die Oberkommissarin gerichtet und ihre beiden Kollegen werden nicht enttäuscht. Sie sah zwar vorher schon wie eine Film-Diva aus, doch was Dennis mit ihr gemacht hat, grenzt an Hexerei. Jetzt glänzt eine Göttin mit ihrer Anwesenheit und das triste Büro wirkt plötzlich noch trister und farbloser als vorher.

„Ich würde es nicht glauben, wenn ich es nicht mit eigenen Augen sehen würde", sagt Toni bewundernd. „Dennis, du bist wirklich ein ganz großer Künstler. Katja, du siehst einfach atemberaubend aus."

„Lass dat bloß nich Nadja hören", wirft der Hauptkommissar grunzend ein.

„Dennif hat Katja fön gemacht … noch viel, viel föner gemacht. Dennif ift ein grofer Künftler." Es ist dem Jungen anzumerken, wie stolz er ist. „Katja fön machen macht mehr Fpaf, als Tote fön machen … viel, viel mehr Fpaf."

„Da kann ich dir nich widdasprechen", stimmt Brixmeier zu. „Sach ma", wendet er sich dann an Katja, „wen willste mit deinem scharfen Fummel eijentlich ummen Finger wickeln?"

„Niemanden", antwortet sie, „Gregor und ich feiern heute unser Fünfjähriges. Wir gehen schick essen und …"

„… du bist das Dessert", fällt Toni ihr ins Wort.

„Ich bitte dich! Was du schon wieder denkst. Es soll nur eine kleine Überraschung sein."

„So würde ich auch gern mal überrascht werden."

„Tja, Toni, dafür ist ja wohl jemand anders zuständig", gibt Katja scharfzüngig zurück.

„Und wat habt ihr danach noch vor?"

„Toni, find'ste nich, datte jetz 'n bissken indiskret wirst", grunzt der Hauptkommissar vorwurfsvoll.

„Vielleicht geh'n wir noch eine Kleinigkeit trinken, oder vielleicht …", über Katjas Gesicht huscht ein tiefgründiges Lächeln, „… wer weiß?"

„Wenn ihr noch was trinken wollt, könnt ihr ja noch zu Hennes kommen", schlägt Toni vor. „Wir sind heute ab neun Uhr da. Nadja kommt auch."

„Dat is 'ne chute Idee, da kannste uns endlich mal deinen Freund vorstellen", stimmt Erwin zu. „Außerdem könnten wir auf die Lösung unseres Falls anstoßen."

Katja überlegt einen Moment. „Lass uns das ein andermal machen", sagt sie. „Der gute Hennes fällt tot um, wenn ich in dem Outfit bei ihm aufkreuze."

„Um Hennes brauchste dir keine Sorjen machen. Könnte abba sein, datte verhaftet wirst, wenn die Kollejen vonne Sitte da aufkreuzen."

„Dann wollen wir die Kollegen nicht in Versuchung führen", erwidert die Oberkommissarin. „So, jetzt muss ich mich aber auf die Socken machen, sonst meldet mich Gregor noch als vermisst. Außerdem habe ich Dennis versprochen, ihn vorher noch nach Hause zu bringen." Sie wirft sich ihre Lederjacke über – was zugegebenermaßen höchst unpassend aussieht – und verabschiedet sich.

„Du willst doch wohl nich in dem Aufzuch aufs Motorrad steijen?", dröhnt Erwin Brixmeier entsetzt.

„Oh, habe ich euch das noch nicht erzählt ...? Ich habe mir endlich ein Auto zugelegt."

„Nee, hast du nicht. Ähm ... ich meine, du hast es uns nicht erzählt", gibt Toni zurück.

„Dat wird auch allerhöchste Zeit", grunzt Brixmeier. „Ich hab mir schon Sorjen gemacht, datte dir eines Tages deinen schönen Hintern abfrierst."

„Erwin ...! Mein Hintern geht dich gar nichts an." Katja wirft ihrem Chef einen höchst angriffslustigen Blick zu.

„Bevor es am Wochenende noch zu Mord und Totschlag kommt", mischt sich Toni energisch ein, „lasst uns lieber Katjas neue Errungenschaft bewundern."

„Na, dann folgt mir mal unauffällig." Katja geht voran und sowohl ihre Kollegen als auch Dennis dackeln hinterher. Der Parkplatz ist inzwischen ziemlich leer. Die Oberkommissarin lenkt ihre Schritte auf einen Kleinwagen zu, der an einer gut beleuchteten Stelle am Rande des Parkplatzes steht.

„Ach du Scheiße!", meldet sich Brixmeier zu Wort, als sie sich dem Peugeot 106 älteren Baujahrs nähern. „Der is ja Kloschüsselblau, da krisse ja Augenkrebs von, wenne länger da draufkuckst."

„Ich wusste gar nicht, dass du blaue Kloschüsseln hast",
meint Toni kopfschüttelnd.

„Hab ich auch nich – ich will beim Scheißen schließlich
keine Depressionen kriejen."

„Du hast vielleicht Probleme!", faucht Katja. „Die Karre
fährt, es regnet nicht rein und billig war sie auch – und die
Heizung funktioniert." Sie schaut auf ihre Beine, die den ei-
sigen Temperaturen ungeschützt ausgeliefert sind, und fügt
ein flehendes „hoffentlich" hinzu.

„Dat is ja alles schön und chut", grunzt Brixmeier, „abba
mich kriechste in die Keksdose trotzdem nich rein."

„Dann eben nicht!" Katja lässt ihre beiden Kollegen stehen und steigt ein. Sie wartet noch, bis Dennis Platz genommen hat, und dann fährt sie mit quietschenden Reifen
los.

Wie immer am Freitagabend ist auch heute mächtig was los
bei Hennes. Mindestens die Hälfte der Gäste sind Polizisten oder Zivilangestellte der Polizei. An einem größeren
Tisch sitzen Erwin Brixmeier, Toni und dessen Freundin
Nadja. Der Hauptkommissar ist heute ebenfalls nicht allein. Seine Frau Evelyn hat sich überreden lassen, ihn in
seine Stammkneipe zu begleiten. Das hat Seltenheitswert,
denn sie steht nicht unbedingt auf diese rustikale Gemüt-
lichkeit, die einen hier fast erschlägt. Darüber hinaus haben
sich Hauptkommissar a. D. Riepschläger nebst Gattin hin-
zugesellt, zwei Gäste, die sich in der letzten Zeit recht rar
gemacht haben. Brixmeier kann sich jedenfalls nicht daran
erinnern, wann er seinen ehemaligen Kollegen das letzte
Mal hier gesehen hat. Schon bald drehen sich die Gesprä-
che der beiden alten Haudegen um die guten alten Zeiten.
Anfangs kann Toni ja noch die eine oder andere Anekdote

beisteuern, doch irgendwann schwelgen die zwei Kriminal-
dinosaurier in den Erinnerungen, in denen weder Handys
noch Computer vorkommen. Spätestens jetzt ist der sonst
so allwissende Oberkommissar abgemeldet und die Damen
der Schöpfung haben längst ihr eigenes Gesprächsthema
gefunden – armer Toni. Da hilft nur noch ... ein Bier ... und
noch eins ... und ... Als endlich Rettung naht, ist es schon
fast halb zwölf.

„Habt ihr noch Platz für zwei einsame Nachtschwär-
mer?"

Toni wirbelt herum. „Katja!", brüllt er so laut, dass sich
alle Anwesenden neugierig zu ihnen umdrehen. Katja bemerkt natürlich, dass ihr Kollege nicht mehr ganz nüchtern
ist – ebenso bemerkt sie, dass alle Augen auf sie gerichtet
sind.

„Siehst du auch, was ich sehe?", fragt jemand an der The-
ke seinen Kumpel.

„Sag bloß, das ist die Sternberg", würgt der hervor.

„Sieht ganz so aus."

„Das glaubt uns kein Mensch."

„Das ist der blanke Wahnsinn." Auch Oliver Bender ist
sich nicht sicher, ob er seinen Augen trauen soll, schließlich
hat er schon ein paar Bier intus.

Während Hardy Großknecht und Oliver Bender noch
darüber diskutieren, ob Oberkommissarin von Sternberg
nicht besser in der Filmbranche aufgehoben wäre, setzen
sich Katja und Gregor zu ihren Kollegen an den Tisch. Sogleich sind die guten alten Zeiten kein Thema mehr. Wilhelm Riepschlägers Interesse fokussiert sich schon sehr bald
auf seine überaus attraktive Nachfolgerin. Erwin Brixmeier
nimmt unterdessen ihren Freund Gregor ins Kreuzverhör.

„Ist das die neue Dienstkleidung für Kriminalbeamtinnen?", fragt Hennes grinsend. Er ist an den Tisch gekommen, um die Bestellung der beiden Neuankömmlinge aufzunehmen.

„Schön wär's", wirft Toni sehnsüchtig ein.

„Um Jottes Willen", protestiert Brixmeier. „Dann würde ein jewisser Oberkommissar den chanzen Tach nur mit Stielaugen und heraushängender Zunge rumlaufen."

„Das kann dir ja nicht passieren, Erwin", meint Hennes.

„Chanz bestimmt nich, aus dem Alter bin ich raus."

„Aber dafür hat er Angst vor großen Frauen", sagt Toni.

„Das ist ja hochinteressant. Das musst du uns mal näher erklären", meldet sich Wilhelm Riepschläger und er scheint sehr neugierig zu sein.

Toni lässt sich nicht lange bitten. Er gönnt sich zunächst noch einen anständigen Schluck, dann schildert er die erste Begegnung von Hauptkommissar Brixmeier mit Oxana Dreyfinger alias Chantal Chevalier in den schillerndsten Farben. Dass er seinem Publikum die besonderen Qualitäten dieser Dame nicht vorenthält, ist selbstverständlich. Insbesondere geht Toni auf Frau Dreyfingers Körpergröße ein, mit der sie – wie er glaubt – den Hauptkommissar in die Defensive gedrängt hat. Der sieht das allerdings ganz anders.

„Toni, ich chlaube, da is wohl der Wunsch der Vadder det Jedanken", grunzt er. „Wenn einer von der Dame überwälticht war, dann war dat ein chanz bestimmter männlicher Kollege – wir wollen ja keinen scharf ankucken. Und so chroß war se nu auch wieder nich. Die sah nur so chroß aus aus, weil se diese hochhackigen Nuttentreter anhatte."

„Komm, du hast ganz schön komisch geguckt, als dir Frau Dreyfinger Auge in Auge gegenüberstand", meldet sich Katja verschmitzt grinsend zu Wort.

„Jetz fall du mir auch noch innen Rücken!"

„Tja, Erwin, vielleicht solltest du dir auch mal ein Paar High Heels anschaffen", schlägt Hannes vor. „Dann kannst du bei Bedarf den verlorengegangenen Größenunterschied wieder herstellen – sei denn, die Tante ist über zwei Meter groß."

„Eine gute Idee", meint Toni. „Ich fürchte nur, dass es in seiner Größe keine High Heels gibt."

Sowohl Hennes' Vorschlag als auch Tonis Kommentar treiben die Stimmung am Tisch in ungeahnte Höhen. Einzig der arme Erwin Brixmeier schaut etwas angefressen aus der Wäsche.

„Laber nich so'n dummes Zeuch", keift er Hennes an. „Sorch lieber dafür, dat wir nich verdursten."

Nachdem der Hauptkommissar seinen Frust mit einem frisch gezapften Pils heruntergespült hat, klappt es auch wieder mit der guten Laune und somit hat der Abend das Zeug dazu, ein voller Erfolg zu werden. Es wird viel gelacht und noch mehr getrunken und je später es wird, desto ausgelassener wird die Stimmung. Irgendwann fordert die Natur ihr Recht und Katja muss mal für kleine Oberkommissarinnen. Zwar ist auch sie nicht mehr ganz nüchtern, dennoch bewegt sie sich in ihrem hautengen Kleid geschmeidig wie eine Raubkatze auf der Pirsch zwischen den Tischen hindurch. Verfolgt wird sie dabei von mehreren Dutzend Augenpaaren – sowohl männlichen als auch weiblichen –, in denen von Neid bis hin zu richtig unanständigen Phantasien alles abzulesen ist.

„Ich würde was drum geben, wenn ich sehen könnte, was die drunter hat", sagt Oliver Bender leise zu seinem Kollegen.

„Einen BH hat sie jedenfalls nicht an", stellt der fest.

„Logisch – bei dem Rückenausschnitt. Mich würde viel mehr interessieren, was unsere Oberkommissarin untenrum anhat."

„Stell doch mal ein paar Ermittlungen an", schlägt Hardy Großknecht vor. „Du bist schließlich bei der Polizei."

„Ich bin aber nicht lebensmüde. Ebenso gut kann ich meinen Kopf einem weißen Hai in den Rachen stecken."

Das Männergespräch zwischen den beiden Streifenbeamten ist vorerst beendet, denn Katja hat derweil den Raum verlassen. Doch als sie zurückkommt, greift Oliver Bender sehr schnell sein Lieblingsthema wieder auf.

„Die hat gar nichts drunter", behauptet er selbstsicher.

„Du bist verrückt. Die Sternberg läuft doch nicht unten ohne hier rum", widerspricht Hardy Großknecht.

„Guck dir bloß mal ihr Kleid an. Das ist hauteng. Wenn die da was drunter hätte, dann würde sich das abzeichnen. Aber da zeichnet sich nichts ab. Glaub es, Olli, die hat da nix drunter."

„Aber es gibt doch bestimmt Unterwäsche, die sich nicht abzeichnet – ohne Gummizug und so ... so ganz dünne ..."

„Ja, so was gibt es wohl, aber ganz unsichtbar sind die Dinger auch nicht. Du musst nur genau hinschauen."

„Und du hast ihr also ganz genau auf den Arsch geguckt?", hakt Hardy Großknecht zweifelnd nach.

„Worauf du dich verlassen kannst und meinem fachmännischen Blick entgeht nichts", erklärt der selbsternannte Experte für Damenunterwäsche. „Ich sage dir, die hat nix drunter."

„Ganz sicher?"

„Hundertprozentig!"

Oliver Bender scheint seinen Kollegen überzeugt zu haben. Der wirft einen sehnsüchtigen Blick zu Katja, gibt einen kaum hörbaren Stoßseufzer von sich und sagt wie in Trance: „Das glaubt uns kein Mensch."

Zwei Monate später

Hauptkommissar Brixmeier und seine Leute gucken ein wenig sparsam, als Kriminalrat Lange plötzlich im Büro steht. Mit ihm hatte niemand gerechnet, da die Dienstbesprechung noch keine zwei Stunden her ist.

„Wat chibts, Herr Kriminalrat?", will Brixmeier wissen. „Hat jemand der Omma vom Bürgermeister den Schlüpper vonne Leine jeklaut?"

„Es freut mich außerordentlich, Sie am Montagmorgen so gut gelaunt anzutreffen, Herr Hauptkommissar. Nein, der Oma vom Bürgermeister geht es gut und ihr *Schlüpper* ist hoffentlich da, wo er hingehört." Lange macht eine kleine Pause. „Ich habe vor wenigen Minuten eine Mitteilung erhalten, die auch Sie – und damit meine ich Sie alle – interessieren dürfte." Eine weitere kleine Pause treibt die Spannung in die Höhe. Alle Augen sind auf den Kriminalrat gerichtet.

„Frank Maywald ...", sagt er leise. „Er wurde gestern früh in der Psychiatrie tot aufgefunden."

Niemand sagt etwas. Die Stille im Büro ist fast mit den Händen greifbar. Jeder wartet darauf, dass Lange fortfährt, was er dann auch tut.

„Es deutet alles auf einen Selbstmord hin."

„Und wie ...?", fragt Katja.

„Vergiftet. Wahrscheinlich die Überdosis eines Medikaments – vermutet jedenfalls der Arzt, der vor Ort war", antwortet Kriminalrat Lange. „Wir warten noch auf die Ergebnisse der toxikologischen Untersuchung."

„Tja, dann hat sich dat Thema Maywald ja wohl ein für alle Mal erledicht", grunzt Brixmeier. „Ich hoffe, Sie erwarten nich, dat wir besonders traurich sind."

„Da bin ich nicht von ausgegangen. Allerdings ...", hier macht der Kriminalrat wieder eine kleine Pause, „... ist die Auffindesituation ziemlich merkwürdig."

„Wie das?" Katja ist neugierig.

„Er wurde gleich morgens im Aufenthaltsraum gefunden. Dort waren mehrere Tische zusammengestellt. Die sind mit einem schwarzen Tuch abgedeckt worden. Darauf lag Frank Maywald – nackt. In den Händen hielt er ein Kruzifix und um den Kopf herum waren Blumen drapiert. An allen vier Ecken standen brennende Kerzen."

„Gab es einen Abschiedsbrief?"

„Jain, es gab nur einen Zettel."

„Und wat stand da drauf?", fragt Brixmeier ungeduldig.

„Ich komme wieder!"

„Das ist bizarr", meint Toni.

„Und es wird noch bizarrer ...", entgegnet der Kriminalrat geheimnisvoll. „Maywald war perfekt geschminkt."